LES HOMMES, ETC.

Paru dans Le Livre de Poche :

DÉSIRS

DEVI

L'HOMME FATAL

L'INIMITABLE

LA MAISON DE LA SOURCE

LE NABAB

SECRET DE FAMILLE

IRÈNE FRAIN

Les Hommes, etc.

FAYARD

L'auteur a toujours démontré son goût de l'invention. Les personnages de ce roman sont donc parfaitement fictifs et il faudrait être animé d'une sérieuse dose d'outrecuidance ou d'une étrange pulsion masochiste (voire des deux à la fois) pour vouloir à toutes fins s'y reconnaître.

Aussi, selon la formule consacrée, toute ressemblance des personnages et de leurs aventures avec des personnes vivantes, ou ayant existé, relève de la pure coïncidence.

© Librairie Arthème Fayard, 2003.

À la Fine Équipe.

> *« Tu as tout à craindre,
> c'est le type de la femme à histoires. »*
>
> Jean Giraudoux, *Électre*.

1

Le programme

Solstice d'été dans vingt-trois jours. Sur la carte des fuseaux horaires, l'ombre est en fuite, prise en chasse sous une déferlante de lumière.

Hémisphère Nord, le soleil est au mieux de sa forme. Levé à Auckland il y a huit heures et demie, à Tokyo trois minutes plus tard, à Pékin il y a huit heures. Cela fait soixante minutes qu'il brille sur Le Caire. Il sera à l'horizon de Rome à 4 h 38, à Paris un quart d'heure plus tard. Puis viendront Londres, Reykjavik, Montréal, Boston, New York, Dallas, Anchorage, Los Angeles, enfin les côtes de Hawaï où resplendira à l'heure dite, comme la veille, cette nouvelle houle d'ondes radieuses.

On est à Paris.

Sur l'Europe du Nord, de la Pologne à la Suisse, de la France à l'Écosse, la Suède et même l'Islande, solide et vaste anticyclone. Ciel parfaitement clair, pas un seul nuage. Mars a brillé toute la nuit, mais pas moyen d'apercevoir Jupiter et Saturne, trop proches du Soleil à cette époque de l'année. Premier quartier de lune ; le satellite terrestre s'est couché il y a deux heures, presque à l'instant où Vénus se levait. L'arrivée de la lumière est imminente ; le ciel déglutit ses ultimes étoiles. Voici venir le moment où, sous leurs optiques, les astronomes enregistrent leurs ultimes observations, ferment les coupoles, parquent les télescopes puis s'achètent des croissants avant d'aller se coucher.

4 h 53 : les enfants qui voient le jour à cette minute seront classés dans le signe des Gémeaux, ascendant Taureau. Température extérieure : douze degrés centigrades – soit un degré de plus que la moyenne observée depuis 1900. À Tokyo, Calcutta, Karachi, Alexandrie et Milan, les météorologues ont également noté, au soleil levant, des chiffres trop élevés, qu'ils ont imputés, comme d'habitude, à l'effet de serre.

La pièce – une chambre – donne plein est. Elle est assez spacieuse. C'est la plus calme de l'appartement, un petit trois-pièces, au sixième étage d'un immeuble haussmannien situé au fond d'un square privé, en retrait d'un grand boulevard. Côté cour, l'endroit n'a pas résisté à l'invasion du béton : son jardinet a été en partie dévoré par un immeuble moderne.

La chambre donne côté cour. La construction voisine, avec ses dix étages, intercepte toute l'année les premiers rayons du matin, sauf quand le soleil décrit sa courbe la plus haute, entre le 30 mai et le 13 juillet. À cette époque, juste après le lever du soleil, les rayons ne sont plus arrêtés par le bloc de béton qui ferme la courette. Pour peu qu'on ait négligé d'occulter les vitres de la chambre, ils jettent alors sur la pièce un bref éclair. On est le 30 mai.

Pour avoir remarqué ce microphénomène, il faut avoir vécu depuis un bon moment dans cet appartement. En avoir fait son lieu et sa coquille ; comme une partie de son corps. Il faut aussi avoir conservé la vigilance maniaque des gens d'autrefois, leur œil perpétuellement aiguisé par l'obsession de la survie, qui les dotait d'une sensibilité extrême aux modulations de la lumière. Maintenant, en dehors des jardiniers et de quelques statisticiens, plus personne ne s'intéresse à la vie du ciel. Tout ce qu'on en remarque – la plupart du temps pour s'en plaindre –, c'est l'orage, la canicule, la pluie, le froid. Pour le reste, on s'en tient au rythme le plus sommaire : le jour, la nuit.

Ici, bien sûr, on a pensé à la nuit : devant la double fenêtre de la chambre, on a abaissé un store métallique. Mais avec négligence ou exaspération : le rideau s'est disloqué. À sa partie inférieure, une dizaine de lattes se sont affalées les unes sur les autres, formant une large trouée. C'est par cette brèche qu'on voit le ciel engloutir ses ultimes étoiles. Il rosit, puis déteint. L'éclair est proche.

Dans la pénombre de la chambre, avec paresse, des formes se dessinent, floues, fantomatiques, comme les contours d'une épave au fond d'une fosse sous-marine. Émergent pour commencer les masses des meubles : contre le mur de droite, une commode laquée des années trente ; un téléviseur posé sur un support à roulettes et un fauteuil de travail, également à roulettes. Sur toute la longueur de la double fenêtre, on distingue ensuite une table-bureau soutenue par des tréteaux – elle est surchargée d'un fouillis de paperasses et d'objets hétéroclites regroupés autour d'un ordinateur allumé. Sur l'écran dérivent sans interruption des poissons multicolores – l'économiseur de batterie. On entend le léger souffle, lui-même continu, du système de refroidissement. Enfin, juste en face de ce bureau-capharnaüm, un lit. Lui aussi est en désordre. Dans les replis des draps, quelques objets disséminés : une télécommande, un walkman, des magazines, des journaux froissés, des CD, un tube de crème anticellulite, un téléphone portable, un petit carnet à la reliure de cuir rouge, dans lequel est glissé un stylo-feutre.

Le rayon va frapper le lit. De sa lumière drue, franche, il va l'aveugler, l'assommer. Vitrifier l'oreiller, les draps, les objets éparpillés. Et le corps nu.

Corps de femme. Taille moyenne : environ un mètre soixante-cinq. Assez fluet. À la taille et aux cuisses, toutefois, il s'épaissit.

Brune. Teinte naturelle, mais les tempes et le pourtour du front grisonnent. Cheveux mi-longs, assez épais. Peut-être embarrassants : ils ont été réunis pour la nuit en un chignon hâtif. Des mèches se sont affranchies de la prison des épingles ; elles dissimulent entièrement le visage.

Sur ce corps, peu de détails notables. Pas de cicatrice, fût-ce la trace d'une ablation de l'appendice. La peau semble ferme, élastique, à l'exception de la région du haut des cuisses, où elle s'amollit. Le cou est long, gracile, comme l'ensemble de l'ossature. Sur les épaules, on relève une grêle serrée de taches brunes, désastre classique chez les femmes qui, durant leur jeunesse, n'ont pas mesuré les dangers du soleil. Depuis quelques années, le sujet a réduit les expositions : le reste du corps est uniformément pâle. Entre les seins – denses, petits, bien en place, sans rien qui évoque une intervention esthétique – s'étalent quelques marques rosâtres et légèrement squameuses : un de ces psoriasis que les dermatologues, faute de pouvoir les guérir, qualifient de «bien dominés». Ils y voient le plus souvent le symptôme d'une anxiété énergiquement refoulée.

Le corps est soigné, les jambes épilées, les ongles vernis. Sur ceux des mains, rien qu'un discret coloris transparent; les ongles des orteils, en revanche, sont peints d'un rouge très agressif – cette couleur que les vendeuses de produits de beauté baptisent d'une voix fiévreuse: «*rouge sensuel*». L'oreiller est barbouillé de traînées d'un rouge à lèvres de même teinte. Les sous-vêtements éparpillés sur le plancher – slip string, soutien-gorge à balconnet – pourraient eux aussi passer pour provocants s'ils n'étaient taillés dans un textile candide, une broderie anglaise de coton blanc.

La femme est étalée sur le dos. Le drap de dessus a glissé, il ne recouvre plus que la jambe droite, celle qui pend légèrement du lit. L'autre est fléchie et forme avec la précédente un angle d'environ trente degrés. Le sexe est visible.

La chaleur de la nuit continue d'engourdir les lieux. Sur toute la surface du corps suinte une légère transpiration, surtout à l'aine et aux aisselles, deux régions épilées, semble-t-il, il y a peu. La pilosité pubienne dessine un rigoureux triangle équilatéral; mais la repousse s'amorce et, sous la lumière qui monte, on pressent sa configuration initiale, beaucoup plus luxuriante. Les alentours du sexe sont assez attirants: pubis bombé, plis de l'aine délicats. Le haut du ventre, juste au-dessus du nombril, s'arrondit comme l'intérieur des cuisses, d'un discret coussin – effet probable du manque d'exercice. L'épiderme est exempt de rides et de vergetures. Cette femme, vraisemblablement, n'a pas eu d'enfant.

De cette anatomie, cependant, la région du sexe n'est pas la plus parlante. Ce que ce corps a de plus singulier, ce sont les mains, plus particulièrement leur forme effilée, leurs doigts très frêles. L'une des paumes est ouverte ; la peau en est très lisse et la lumière y réveille des reflets nacrés. Les repères familiers des chiromanciens – Vie, Cœur, Tête, Chance, Mont de Vénus, du Soleil, de Jupiter – y sont franchement inscrits. Un dessin si net qu'il laisse l'impression d'une figure cabalistique. On voudrait alors croire qu'une fois décryptée, elle dissiperait miraculeusement l'énigme de ce corps.

Car, après tout, il n'a rien de très particulier. Rien de spectaculaire, rien de somptueux. Pas de difformité non plus ; pas une infirmité pour lui donner du caractère. Rien que des défauts ordinaires : ce réseau de capillaires violacés, par exemple, à la commissure du genou. Ou ces chevilles légèrement enflées. La moyenne, en somme. Pas mal pour son âge. La banalité.

Seulement il y a ces mains et leur secret à fleur de peau, ces mains qui ont l'air de parler, même au repos. Comme près de s'envoler alors qu'elles sont figées dans la plus parfaite immobilité.

Cela tient peut-être à la position des bras : le droit rejeté en arrière, déplié comme une aile d'oiseau à l'envol. Et le gauche doucement replié en couronne au-dessus de la tête.

C'est bien ce qui arrête, dans ce corps à l'abandon, les mains, le dessin des bras. Posture du rêve.

Et voilà pourquoi il est si étranger au désordre qui l'environne, draps en bouchon, vêtements épars, store cassé – ne parlons même pas du méli-mélo du bureau. Sans rien savoir du visage de cette femme, de sa bouche, de son œil, de la lumière de son regard, à ses seuls mains et bras, on lui prêterait bien une âme.

Ce serait alors une âme au vent. Comme on dit : île au vent, plume au vent.

Sauf que, ce matin, le vent du monde se tait. Dans la chambre, rien que cette chaleur en maraude. Et derrière l'âpre façade de l'immeuble d'en face, le rayon qui monte à l'assaut du béton.

D'ailleurs le voici, le soleil, à cette seconde exacte, cataracte féroce, par la trouée du store. Le corps, sans pitié, est arraché à la mamelle du rêve. Il se retourne ; les jambes se replient, le cou s'étire, les cheveux s'écroulent, découvrant le visage où les yeux clignent, puis s'écarquillent.

Réveil d'une femme qui dort seule : rien ni personne pour partager ce jeune matin. Conjoint : néant. Enfant : néant. Concubin : néant, ainsi que l'a inscrit Judith Niels, pas plus tard que la semaine dernière, sur un formulaire de l'administration publique.

Et si d'aventure la bureaucratie avait poussé plus loin le souci de précision – il ne faut jamais désespérer des talents inquisitoriaux des fonctionnaires –, si le Ministère avait prévu dans le questionnaire une rubrique *Amants*, Judith Niels y aurait répondu tout aussi froidement : *néant*. Personne dans sa vie depuis un bon moment.

Alors pourquoi, ce matin, pareil saisissement ? Pourquoi cette suée subite, cette angoisse qui l'épingle à son drap comme un papillon mort ? La stupeur de se voir extirpée du rêve par un éclair de soleil, et non par l'alarme de son téléphone portable ? Ou un rappel à l'ordre plus violent, un avertissement monté du tréfonds de ce corps, de ses plus infimes cellules ?

Ce secret, peut-être, qui lui a déplié les paumes et les bras, ce rêve d'où elle vient d'être arrachée et qui lui aurait lâché, au moment de l'abandonner : « Attention, Miss Niels ! La roue tourne, bientôt le solstice, c'est sûr. Mais, juste après, les jours raccourcissent ! Où se perdent, Judith, tes espoirs et ta force ? Dans quel désert, quel gouffre ? Où s'en va ton souffle, où s'enfuit ton sang ? »

Mais c'en est fait. Fini de dormir, il fera bientôt grand jour, allez ! on est réveillée, Miss Niels, pas moyen d'y couper, il va falloir se lever.

Et pas moyen non plus de faire machine arrière pour s'en retourner nager, ne fût-ce que deux minutes, dans le lac aventureux des songes, trop tard : comme la ville par-delà le store, le corps a pris son pouls du petit matin. Il bat maintenant à l'unisson du jour, les paupières cillent, s'écartent, les globes oculaires roulent de droite et de gauche, le cristallin accommode, l'iris perd son trouble, se durcit, et Judith Niels voit tout d'un seul coup, de sa prunelle exacte, trop exacte : le bureau en désordre, les vêtements en bouchon, les draps froissés, le store cassé.

Pourtant son regard demeure enfantin, incrédule. Béant sous l'œil du néant.

Donc, en ce matin du 30 mai, choc inattendu entre une petite routine bancale et la lointaine, éternelle, grandiose musique des sphères. Judith Niels se réveille, ouvre les yeux, inspecte, assez déboussolée, le décor de sa chambre. Puis sa mémoire entre en action.

Et elle retrouve le rêve où elle était, l'instant d'avant, tout entière. Radieuse, abandonnée, dansante, au profond du sommeil, dans le temps suspendu des mondes infinis, un vide intersidéral qui ne l'effrayait pas, bien au contraire, qui l'exaltait.

D'où ses paumes ouvertes, ses bras en couronne au-dessus de sa tête : juste avant d'être rattrapée par les lois de la gravitation universelle, Judith, précisément, rêvait d'astronomie.

Mais d'une astronomie enfiévrée, jubilatoire, fantasque : elle bondissait de nébuleuse en galaxie, se laissait glisser, comme si c'était de la neige, dans la poussière d'étoiles, s'accrochait à la queue d'une comète, faisait valser, d'un geste désinvolte, l'anneau d'un astre égaré dans une banlieue de l'Univers, mutine, folâtre, se jouant des trous noirs et des supernovae, immatérielle, insouciante, vaporeuse, Judith, en cet instant, sans poids au bord des gouffres les plus noirs, légère, continûment.

Et dans la minute qui suit son réveil, quand lui revient l'intense volupté de ce rêve, elle se dit qu'il était vraiment très saugrenu : si, l'instant d'avant, elle se trouvait encore les quatre fers en l'air, à se rouler dans la poudre d'étoiles, la raison lui en saute aux yeux comme le soleil dans sa chambre : c'était à cause de l'homme, un astronome justement, dont elle aurait dû, si elle avait vraiment suivi son programme, faire son amant.

Mais l'éclair lumineux qui l'a réveillée s'éteint soudain. Il abandonne la chambre à une lumière plus trouble, un marais gris-bleu, propice aux pensées lentes, et Judith quitte sa posture de papillon épinglé. Elle se recroqueville, comme effrayée, dans les replis du drap. Puis, dans cette position qui la fait ressembler à la rescapée d'un cataclysme, avec les mêmes yeux vagues et absents, elle entreprend de rassembler les fragments épars du jour d'avant. Et de la silhouette qui, comme tout à l'heure les meubles de la lumière du jour, en émerge lentement…

L'Astronome. L'homme qu'elle aurait dû prendre pour amant.

De toute façon, elle le savait : si l'Astronome avait été destiné à entrer dans sa vie, elle se serait attachée aussitôt aux syllabes de son nom. Elle aurait fait comme pour les hommes précédents, ceux quelle a aimés, ceux qui ont compté, elle se serait chuchoté son nom pour elle seule, à toute heure du jour et de la nuit.

Sans savoir pourquoi et n'importe où. Devant sa glace. Dans sa cuisine. Au fond de son lit. Dans son bain. Au supermarché. Aux toilettes.

Oui, même aux toilettes, partout et n'importe quand. Comme pour l'amalgamer d'avance à sa chair, à sa vie, au plus ténu de ses instants.

Or elle ne l'a pas fait. Durant la petite semaine qui a précédé son rendez-vous avec cet homme, chaque fois qu'elle a pensé à lui, Judith s'est dit, platement : « l'Astronome ». Mauvais signe, malgré la majuscule qu'elle lui attribuait intérieurement.

Et indice flagrant, chez une femme comme elle, que cette histoire ne se transformerait jamais en histoire – histoire d'amour, s'entend.

Car elle ne s'est pas non plus creusé la tête pour lui trouver un sobriquet original, alors que c'est aussi une manie, chez Judith Niels, de baptiser de surnoms rien qu'à elle ceux qui, croisant sa vie, la retiennent. Pour elle, ces surnoms sont des sortes d'aide-mémoire, de balises pour naviguer sur l'océan du Temps. Ainsi, à partir d'un seul sobriquet judicieusement choisi, elle peut dévider des dizaines d'anecdotes, des pans entiers de sa vie. Généralement, elle s'adonne à ce penchant en silence : quand elle s'ennuie, en train, au volant de sa voiture ; ou la nuit, quand l'insomnie s'entête et lui calcine l'esprit. Ou encore au réveil, comme aujourd'hui. Quand elle n'a envie de rien, sauf de rester au lit.

Elle se parle alors à elle-même, parfois longtemps, sans bouger ni les lèvres ni la langue, en laissant simplement les phrases s'enchaîner les unes aux autres dans le silence de ses neurones et engendrer peu à peu une étrange scénographie où elle revit ce qu'elle a vécu la veille, l'avant-veille, parfois la semaine, les mois précédents.

Moments de soumission, d'abandon. À ces mots qui ne font pas de bruit Judith se livre en toute confiance. En amoureuse. En femme qui leur remet sa faiblesse, passionnément.

Cette curieuse inclusion entre veille et sommeil, cette part précieuse de ses matins, Judith leur donne aussi un nom secret : *Ménage dans la Tête*. Car même si ce rituel est parfaitement invisible, il faut y déployer la même méthode, la même ardeur qu'au moment de s'attaquer au nettoyage d'une pièce ou d'un appartement. Forte de mots qui sont autant de plumeaux, suceurs d'aspirateur, chiffons, balais, éponges ou tampons à récurer, Judith se collète, chaque matin ou presque, avec le nettoyage de sa vie et tâche de lui restituer un aspect présentable.

Ce n'est pas très compliqué. Il suffit de s'y prendre comme pour le vrai ménage : frotter, curer, briquer, ranger, trier, organiser, jeter. À la fin, tout doit se retrouver en ordre et étinceler – au moins, faire semblant. Ainsi la vie peut continuer.

L'octroi des surnoms constitue une étape capitale du Ménage dans la Tête. À la manière de certains produits d'entretien (les mousses à décaper les fours, par exemple, ou les déboucheurs d'évier avec leurs paillettes de soude qui viennent à bout en un rien de temps des bondes les plus compactes au fond des tuyauteries), ces petits codes strictement intimes, souvent pittoresques ou saugrenus, lui offrent des raccourcis merveilleux : ils lui évitent de se livrer à de longues et méandreuses analyses sur les tours et détours des êtres qui gravitent autour d'elle. Que de temps gagné ! Car ce précieux moment ne saurait s'éterniser : l'heure tourne, le travail attend, quand ce n'est pas le vrai ménage – vaisselle, linge à laver, poussière ou saleté en attente d'un authentique chiffon ou d'un non moins incontestable tampon à récurer. Judith trouve d'ailleurs aux surnoms la même commodité qu'aux éponges grattantes et aux rouleaux de papier absorbant. Ils sont *pratiques*. Du coup, pendant ses séances de Ménage dans la Tête, elle en use et abuse, à tel point parfois que ces sobriquets lui échappent dans les conversations de la vie courante, de la même façon qu'il lui arrive de sortir vêtue d'un pull enfilé par inadvertance à l'envers, ou chaussée, toujours par mégarde, d'un escarpin noir et d'un autre gris – décidément, que d'étourderie en Judith ! décidément, que de rêverie ! Souvent, ses amis, comme pour ses chaussures dépareillées ou ses pulls passés du mauvais côté, s'étonnent de l'usage qu'elle fait des surnoms, ils la chambrent : « Ah ! Toi alors, Judith ! Il n'y a que toi ! Toi et les petits noms que tu donnes aux gens ! Tu es vraiment spéciale ! »

Judith n'apprécie pas le mot *spéciale*. Elle ne répond rien, mais se cabre : non, elle n'est pas spéciale. Elle est secrète. Et, comme tous les gens secrets, elle se trahit de temps en temps.

Et alors ? On n'a pas le droit d'être secret ? On n'a pas le droit, par des jours comme celui-ci, quand on se retrouve sans force, sans vie, sans envie, de s'approprier les mots pour reconstruire le monde aux couleurs de son désir, puisqu'il faudra bien recommencer, tout à l'heure, d'aller le prendre comme il est, lui et sa grossièreté, son désordre, son obscénité, sa crasse, ses truismes, ses banalités, ses redites ?

Donc, ce matin plus que tout autre, devant le jour qui filtre trop tôt du store cassé, ménage en grand, Judith ! Nettoyage et récurage de l'épisode précédent. Allez ! courage : l'histoire de l'Astronome...

Mais, au dernier moment, Judith tergiverse, elle a le trac. Est-ce vraiment une histoire ? Plutôt le programme d'une machine à laver qui s'est enrayée.

Un homme, donc, un astronome. Rencontré il y a une semaine chez son amie Gloria, qui les a présentés l'un à l'autre, lors d'une fête, sous prétexte de les arracher tous deux à ce qu'elle appelle « *une solitude malsaine* ».

« Qu'est-ce que tu risques ? lui a seriné Gloria au début de la soirée, qu'est-ce que tu as à y perdre ? De toute façon, tu ne peux pas savoir avant d'avoir essayé… »

Et elle lui présente l'Astronome. Qui, à l'évidence, n'a fait aucun effort pour briller : sur un flasque pantalon de lin beige, il a passé un simple tee-shirt gris. Gloria s'est éloignée ; l'Astronome s'est mis à monologuer.

Et plus moyen de l'arrêter, il parle d'années-lumière, de galaxies reculées, il dit qu'il est très occupé, que sa vie vient d'être chamboulée par la découverte de onze planètes extra-solaires dans quelque recoin oublié d'une nébuleuse voisine. Et il fronce le nez, avant d'ajouter avec une extrême gravité que, comme tout conduit à penser que des grappes de satellites gravitent autour des astéroïdes extirpés du néant, il s'est fixé pour mission de les découvrir toutes affaires cessantes.

Judith le jauge, le dévisage. Cheveux châtains, la trentaine finissante. Maigrelet, mais correctement fait. Parfaitement quelconque, n'étaient ses yeux, transparents et gris ; et sa bouche charnue, qui promet.

Il aurait dû s'habiller en noir, se dit Judith, il aurait pris du caractère. Et cependant elle continue d'écouter ses phrases qui s'enroulent, blafardes et mornes, comme les spirales sans fin de nébuleuses perdues. Elle s'y perd, s'y noie – le démarrage de la machine à séduire ne s'enclenche pas.

Et elle commence à désespérer qu'il s'amorce jamais, quand, d'exaspération, cessant de prendre appui sur une jambe pour se caler sur l'autre, elle attire sur elle, à l'instant où elle ne l'attend plus, le regard de l'Astronome.

Mais sur une partie de son corps, aussi, où elle ne l'attendait certes pas : ses pieds. Il vient de découvrir, dépassant de ses mules noires, ses orteils rutilants de vernis.

Il en reste coi. Puis lâche : « Ça doit vous prendre un temps fou, non, de vous peindre les ongles ? »

Il est pataud, il bafouille. Mais sa voix vibre enfin, donne dans le mâle. Judith ne sait que répondre ; et, pendant quelques secondes, l'Astronome et elle sont unis dans le même silence. La fête, autour d'eux, se désintègre. Plus rien qu'un enrobage de sensations confuses. Des personnages flous, en pointillé : le serveur qui remplit les verres derrière le buffet, Gloria qui s'affaire entre ses invités. Une bulle se referme sur eux ; le programme, enfin ! démarre. À Judith de jouer.

Mais rien ne vient. Elle le connaît pourtant par cœur, son petit protocole des approches, elle sait qu'elle a le choix entre deux personnages en qui elle excelle : la fille piquante, à l'humour vache, celle qu'elle appelle la Garce Urbaine, la femelle qui affole le mâle en lui répliquant du tac au tac ; et l'autre, la Cruche Poétique, au phrasé suave, enfantin, aux phrases délicieusement loufoques. Seulement, ce soir, pas de chance : à nouveau, le programme s'enraye. Pas envie de jouer.

Là encore, mauvais signe : il y a moins d'un an, elle aurait embrayé dans la seconde.

L'Astronome, qui de son côté déroule consciencieusement et posément sa propre ouverture de programme, lui jette un œil décontenancé. Étonné de ce déphasage, il tente de se réajuster, revient en arrière et se remet à pérorer : « ... Or, ces derniers temps, tout ne cesse de se compliquer, car depuis qu'on a démontré la mort des supernovae, il faut faire avec le problème de l'énergie noire. Mais ne croyez pas, on va finir par le pénétrer, le secret des nébuleuses ! Le problème, c'est de déterminer si l'Univers est en expansion continue, ou, au contraire, s'il va finir par une monstrueuse autodévoration. Vous savez bien, le Big Crunch ! Big Crunch, le contraire du Big Bang, vous me suivez ? »

L'évocation du Big Crunch doit représenter une étape décisive dans le programme de l'Astronome, car une sorte de fièvre allume son œil gris et son visage, sous l'effet des mouvements carnassiers de ses mâchoires, prend un subit relief. Il semble jubiler, cependant qu'il répète : « Big Crunch ! Big Crunch ! »

Et c'est là que le programme de Judith se met à dérailler : au lieu de continuer à laisser venir l'Astronome, en lui adressant, entre deux mots, deux phrases, ces menus mouvements des lèvres et des yeux qui sont autant d'encouragements, Judith s'abandonne à ses pensées. Et c'est là que, brutalement, surgit l'image du crocodile.

Cela s'est passé au moment où l'Astronome entamait, toujours aussi enthousiaste, son développement sur les comètes. Elle a regardé ses lèvres, elle les a trouvées belles; et elle s'est dit : « Il a un sourire de crocodile en rut. » Puis tout s'est enchaîné à une vitesse inouïe.

Un crocodile lubrique, rien d'autre, voilà ce qu'était cet homme en tee-shirt anthracite. Désormais, il aurait beau jeter dans ses phrases tous les mots qu'il voudrait – quasar, quanta, trou noir, constellation... –, elle n'arriverait plus à le voir sous les espèces d'un astronome, mais en saurien, obstinément.

Pas moyen de faire autrement, c'était un crocodile, et il la fixait avidement du même œil transparent. Puis, la plaquant maintenant contre le mur du couloir voisin, il lui relevait la jupe, lui écartait les jambes, la léchait et la croquait pour finir en rugissant le même « Crunch ! » carnassier que l'Univers à l'orgasmique seconde de l'implosion finale.

Cependant que l'autre, l'Astronome, le vrai, qui n'avait du crocodile que les canines proéminentes, continuait tout aussi opiniâtrement de l'assurer, en voix *off*, que le cataclysme dévorateur finirait un jour par se produire dans une rétraction interstellaire de trous noirs dont la violence était inconcevable. L'hypothèse semblait l'emplir de la même joie fauve que le saurien imaginaire au moment d'allonger la langue et de sortir les dents. Aussi, plus l'Astronome s'acharnait à lui démontrer que ce serait là l'inéluctable épilogue de l'Univers, plus Judith avait envie de se retrouver, chair offerte sous sa langue, sous ses dents.

Malheureusement, en dépit de sa force, le crocodile se décomposa à l'instant même où la voix mâle cessa de répéter « Big Crunch ! ». À sa place revint aussitôt dans le champ visuel de Judith Niels le personnage qui l'avait occupé juste avant que n'ait été prononcé l'érogène *Big Crunch* : un homme à la voix morne, en tee-shirt anthracite, doté d'une bouche intéressante, d'un bel œil transparent et de canines proéminentes.

Il fallait donc voir les choses en face : si elle tenait absolument à se retrouver le dos collé à la porte voisine, dans l'irrésistible état de la femme qui attend le crocodile, Judith ne pouvait compter que sur ses propres moyens.

Mais, après tout, c'était sa faute : elle n'avait pas bronché pendant qu'il parlait. Pas minaudé, pas joué ni la Garce Urbaine, ni la Cruche Poétique. Donc, plus rien à faire, maintenant, sinon aller s'empiffrer au buffet puis décamper ; et elle s'y apprêtait quand elle entendit l'ex-saurien lubrique prononcer enfin les mots qu'elle attendait : « Il y a trop de bruit ici. Si on partait ? »

Il y avait donc espoir de crocodile.

Le programme se remit aussitôt en marche, option Cruche Poétique : œil arrondi, tendre et grand sourire en guise d'approbation, cervicales redressées, histoire de faire entrevoir un début de sein. Quelques secondes plus tard, l'Astronome et Judith quittaient les lieux sous l'œil réjoui de Gloria – elle leur fit signe, de loin, avec une mine de marieuse, qu'elle les autorisait à s'éclipser.

On aborda alors la phase cruciale, la rue, les premiers instants de solitude à deux.

Ils se turent, c'est la loi du genre – à ceci près qu'ils n'avaient rien à se dire.

La voiture de Judith était garée à deux pas. Elle s'arrêta, déverrouilla sèchement la portière, certaine, une seconde fois, que le déroulement du programme allait s'arrêter là. L'Astronome lui-même semblait à deux doigts d'interrompre le sien ; il paraissait emprunté, d'un seul coup, se passait et repassait les doigts dans les cheveux. Puis il bafouilla qu'il devait rentrer, qu'il avait des calculs à finir. La main repliée sur la poignée de la porte, Judith rétorqua qu'elle avait elle-même du travail – ce qui était faux, bien entendu, elle n'avait d'ailleurs aucune idée de ce quelle pourrait inventer si l'Astronome lui demandait quelle était la nature de ces urgentes tâches. Mais le mâle grisâtre se contenta de hocher la tête avant de sortir de sa poche, d'un mouvement soudain décidé, un agenda électronique.

Et le protocole reprit son cours : « On pourrait peut-être se revoir, pour dîner, un de ces soirs ? »

Ce n'était qu'un vague grommellement. Judith lui répondit toutefois aussi sec le « oui » qu'il espérait.

L'Astronome se mit alors à manipuler sa machine électronique et recommença à marmonner : « ... Là, tout de suite, impossible, avec ces onze nouvelles planètes, mon emploi du temps se complique. Mais je trouverai le temps. Si on ne s'aménage pas des jardins secrets, on se met à mener des vies stupides. »

Il avait les yeux rivés à son petit écran, mais sa main, sur la machine, n'était plus si sûre, et sa voix, sembla-t-il à Judith, vacillait comme au moment où il avait découvert la peinturlure de ses ongles. « Le 29, proposa-t-il, que diriez-vous du 29 ? » Puis il reparla de jardins secrets.

Et tandis qu'il prononçait ces mots qui laissaient entrevoir, au bout de la rue engloutie dans la nuit, quelque chose qui, justement, n'était pas la nuit, l'image du crocodile recommença à se superposer au mâle grisâtre. Mais sans vigueur, cette fois, en lignes floues, incertaines. Le saurien semblait comme éteint ; pareil à ces nébuleuses expirantes dont Judith l'avait entendu conter les ultimes instants.

Elle se dit alors que c'était bien dommage. Et que, décidément, Gloria avait vu juste : elle avait besoin d'un amant.

À ce point de son Ménage dans la Tête, Judith s'arrête. Elle est traversée d'un mouvement d'intense satisfaction ; elle se dit : « C'est net, ça brille. »

C'est qu'en effet, pour cette scène avec l'Astronome, elle se souvient de tout, au geste et au mot près. Elle se revoit accepter le rendez-vous du 29 mai, d'une voix de Cruche Poétique qui habite son rôle à la perfection, avec le doux et léger vibrato de convenance à cet instant du programme, le moment précis où les mains de l'Astronome ont entouré son visage, puis effleuré ses cheveux avant de déposer sur ses lèvres un baiser léger ; et elle a une mémoire impeccable de l'instant où ses yeux ont cherché les siens tandis que sa bouche chuchotait : « Tu me plais. »

Aucun doute, donc : de chaque côté, le programme avait merveilleusement déroulé ses étapes, dans l'ordre et selon les convenances. L'Astronome l'avait dévisagée, touchée, tutoyée à point nommé. Aussi, c'était certain : le reste allait suivre en temps et en heure – pas de quoi s'inquiéter.

Alors pourquoi, dès qu'elle s'est retrouvée au volant de sa voiture, à s'enfoncer de boulevard en avenue dans sa nuit de femme seule, pourquoi Judith s'est-elle mise à griller les feux rouges comme si elle était une héroïne de thriller ? Pourquoi a-t-elle commencé à s'adresser des mots furibonds : mais quelle folle, qu'est-ce qui m'a pris ? Maintenant il va falloir se coltiner tout le tintouin, le Grand Bastringue, remonter tout le zinzin, décrasser les écrous, les vis, les grandes et les petites tubulures de l'usine à rêver, les infernales complications de l'imagination, la machine à aimer, quoi ! attendre, espérer, s'exalter, sourire, mentir, jouir ou faire semblant, frémir de toute façon, chaud et froid hors saison, événements, agacements, énervements, tourments, petites folies, grandes jalousies, surexcitation, dépression...

Sans compter les notes de téléphone, les achats de lingerie, les ordonnances de somnifères, l'homéopathie pour calmer les battements de cœur, l'acupuncture en attendant la revoyure.

Plus l'infernal arsenal de la Triche Cosmétique, façade ravalée soir et matin à grandes lichées de fond de teint, yeux redessinés à la poudre aux yeux amoureuse, allez ! mobilisation générale du Grand Dispositif de Camouflage, bouteilles, pots, tubes, sprays, ampoules, produits à gommer, restructurer, apaiser, estomper, lifter, cacher, crèmes à essayer de pomper la chimère de l'intérieure beauté, masques à plaquer vite fait sur la grimace des années...

Sans jamais arriver à ce qu'on veut. Car – eh-eh ! – chaque fois qu'on se refait la façade, retour en fanfare du passé. On se souvient, bien obligée. On se rappelle que, pour tous les hommes précédents, pourtant si différents, on a eu les mêmes gestes, exactement. Et la même envie de croire. Le même espoir.

Aussi large qu'à vingt ans. Alors que la vie, elle, a rétréci au lavage. Et malgré tout, on se retrouve à l'enfiler. On voit qu'on flotte dedans, on se dit : « J'ai l'air de quoi ? » Mais on ne l'enlève pas. On n'arrive pas.

Alors on avance quand même. Mais on fatigue : on n'arrête plus de penser aux hommes qui sont venus avant.

Qu'on a quittés, qu'on a perdus. Partis, largués. Ou bêtement liquidés, parce qu'on n'a plus voulu.

C'est bien ça, l'épuisant. Tous ces amants en défroque de revenants.

Cela dit, ressassements métaphysiques ou pas, on n'arrête pas un programme comme ça. Aussi, le programme de Judith Niels, comme tout programme, s'entêta à faire son métier de programme : dérouler un à un, inexorablement, ses étapes, ses paliers, ses césures et ses phases.

C'était d'autant plus facile qu'il y avait crocodile sous roche. À ceci près que crocodile, hélas ! ne signifiait pas Astronome. Au fil des jours, à de nombreuses reprises, l'idée effleura donc Judith de le décommander. Mais elle se heurtait toujours à la même question : comment faire, alors, avec le crocodile ?

Le saurien, certes, ne se montrait plus guère ou, du moins, ne venait plus la harceler pour lui relever la jupe contre le mur d'un couloir. Il préférait l'aiguiller en sournois, à n'importe quel moment de la journée. Mais tout aussi compulsivement que la première fois.

Car qui d'autre que le crocodile, deux jours après la rencontre avec l'Astronome, avait bien pu pousser Judith Niels à se ruer dans un magasin de lingerie, toutes affaires cessantes, pour acheter trois slips string, dont un en soie ? Deux jours plus tard, qui d'autre fallait-il incriminer, sinon encore lui, quand elle avait subitement pris rendez-vous chez la Grande Épileuse ? Elle aurait pu d'ailleurs la surnommer la Terrifiante Ruineuse, vu la somme qui lui fut extorquée après lui avoir reproduit, à grand renfort de tartines de cire brûlante étalées sur le bas du ventre et dans les replis de l'entrecuisse, le dessin parfait qu'un article de *Glamour*, « Séduire avec sa toison », à la page 22 du Spécial « Tombez-les comme des mouches », avait répertorié sous la rubrique « Maillot équilatéral ». Seule la rencontre avec une impeccable géométrie pubienne, affirmait sobrement le magazine, pouvait longuement maintenir un homme dans l'état du mâle désirant. Va donc pour le supplice à la cire chaude, avait alors résolu Judith, et elle s'était précipitée dans l'heure se faire rôtir le bas-ventre chez la Grande Épileuse.

Trente minutes de grimaces sous la palette d'une tortionnaire en blouse rose et parfumée, pour le seul horizon d'un dîner en tête à tête avec un homme qui ne l'intéressait pas : indiscutablement, c'était bien là la patte du crocodile. Car l'Astronome, lui, ne lui disait vraiment rien, la preuve : quand il avait rappelé pour confirmer leur rendez-vous – « Le 29, c'est bien d'accord, vingt heures, je passe vous chercher, on ira dîner » –, Judith n'avait pas frémi. Pis encore, elle n'avait pas même cherché à glisser dans sa voix le petit frisson qui l'aurait aidée à mettre en scène, par anticipation, la suite du programme, à imaginer les répliques qu'elle lui donnerait, les gestes qu'elle aurait pour lui, ni même la robe qu'elle se choisirait pour ce premier rendez-vous. Non, rien, absolument rien. Érotogramme plat.

Et elle s'est entêtée, pourtant, elle a laissé s'enchaîner les phases et les étapes, elle a persisté, encore une fois, à tout faire dans l'ordre. Et le 29 mai au soir, enfilé son string en soie. Puis une robe lamée qui collait. Ensuite elle s'est docilement maquillée, parfumée. Enfin s'est allongée sur son lit, à attendre l'Astronome.

Qui n'arrivait pas. Et c'est là, pour de bon, que le programme s'est enrayé.

Car au lieu de se ronger les sangs, d'enrager, de fulminer, au lieu surtout de chercher à le joindre, Judith s'en est complètement foutue, de l'Astronome. Elle n'a même pas cherché à l'appeler. Ensuite, quand il a été clair qu'il ne viendrait pas, qu'il ne viendrait jamais, elle est restée sur son lit, allongée sur le dos dans sa petite robe lamée, à laisser posément s'égrener les minutes.

Au bout d'une heure, tout de même, elle s'est levée. Mais parce qu'elle avait faim. Elle s'est déshabillée, démaquillée, elle a commandé par téléphone un plateau de sushis pour une personne, comme d'habitude ; puis, comme d'habitude aussi, en attendant le livreur, elle a lu des magazines, *Glamour*, une fois de plus, où elle s'est passionnée pour l'article : « Sommes-nous toutes faites pareil ? » assorti de photos de sexes féminins. Sans trouver la force, toutefois, comme le conseillait le journal, d'aller débusquer dans son miroir de poche la singularité de son intime anatomie.

Puis elle est allée arroser à la cuisine un pot de basilic, en se disant qu'avec la chaleur il allait fabriquer de nouvelles feuilles. Pour finir, elle est retournée dans sa chambre, où elle a sorti de sa commode le Petit Carnet Rouge : depuis des années, elle a pris l'habitude d'y consigner ses rencontres masculines ; et c'est par simple acquit de conscience, sans la moindre colère, qu'elle y a inscrit : « *29 mai. L'Astronome. Présenté par Gloria. M'a posé un lapin. De toute façon il était barbant.* »

Puis elle a jeté le carnet sur son lit – encore une fois, ce n'était ni colère, ni dépit. Elle se laissait tout simplement aller, elle y prenait plaisir, elle n'avait pas envie de le ranger. Le parlophone a alors mugi. Une brève seconde, elle a craint que ce ne fût l'Astronome – mais non, c'était le livreur.

Toujours aussi tranquille, elle a réceptionné ses sushis. Pour manger, elle s'est installée dans sa chambre, assise en tailleur devant son téléviseur. Elle ne s'était pas rhabillée, à cause de la chaleur ; et c'est dans cet état qu'elle a effleuré de la main le désordre de son bureau en se disant qu'elle pourrait profiter de la soirée pour nettoyer et classer.

Mais elle y a tout de suite renoncé, elle a préféré se caler contre un oreiller et lire les journaux qu'elle achète pour ces soirs-là, les magazines de La-Grande-Fête-Qui-N'Existe-Pas, comme elle les appelle, les journaux qui parlent des gens célèbres, de l'Universelle Bacchanale, de la Perpétuelle Nouba.

Et la petite magie a marché, encore une fois : à force de les feuilleter, elle y a cru. Elle a fini par s'y voir, Judith Niels, dans les photos de fiestas.

Mais ce bonheur léger n'a pas duré : tout autour des photos, il rôdait trop de relents de crocodile. Elle s'est alors amusée avec ses petites prothèses technologiques, télécommande, walkman, portable, elle a écouté des bribes de CD, appelé des amies qui ne répondaient pas, regardé des bouts de séries télévisées qui ne l'intéressaient pas, jusqu'au moment où elle a bien dû admettre la vérité : elle n'avait vraiment envie de rien.

Elle a donc choisi de s'étaler de tout son long au beau milieu de son lit. En se disant que le lendemain, tout de même, il faudrait qu'elle répare le store cassé. Et, rien que d'y penser, elle s'est endormie, assommée.

Mais maintenant qu'elle se réveille, maintenant qu'elle revient à la vie, Judith se dit qu'elle ne l'aura toujours pas, ce courage, aujourd'hui. Et que s'endormir, comme la veille au soir, c'est la seule chose qui lui fasse envie.

Ou bien alors se borner au minimum : sentir, sous son index, ses artères qui battent à l'aine, au cou, aux cuisses. Ou attendre la respiration suivante. Juste de quoi se sentir vivante.

Seulement, voici le matin. Le soleil qui entre sans prévenir. Qui envahit tout, maintenant. Qui crie.

Qu'est-ce qu'il veut ? Qu'est-ce qu'il a ?

Pour commencer, il dénonce le désordre. D'ordinaire, Judith n'y prête aucune attention, elle vit avec, il fait partie d'elle-même, comme sa chambre. D'ailleurs, le rendez-vous avec l'Astronome ne l'a pas poussée à le ranger ni à le dissimuler – elle aurait eu l'air fin, pourtant, s'il s'était présenté chez elle avec le projet de l'entraîner jusque dans cette pièce... Mais elle n'y a même pas songé. Donc pas rangé. Pas plus qu'elle n'a trouvé la force, ni la veille ni l'avant-veille, de s'attaquer au store.

Le reste de l'appartement, cependant, dont elle entrevoit, par la porte de sa chambre, les deux pièces en enfilade, est parfaitement en ordre. Les placards de la cuisine, au bout de la perspective, reluisent dans le matin avec la même impeccable élégance que sur un cliché pour magazine de décoration ; et dans le salon tout proche, pas un objet en souffrance. Du clair partout : des meubles anciens et modernes nonchalamment mêlés sous les moulures d'un plafond qu'elle a fait peindre, comme les murs, d'un blanc de linge de maison ou de fleur des champs. Et la même teinte naïve pour les rideaux, les étoffes jetées çà et là, les fauteuils, le divan.

Il n'y a donc que cette chambre-bureau, la plus grande pièce de l'appartement, qui soit livrée au chaos – c'est bien simple, de toute façon, quand Judith Niels s'est installée ici, il y a moins d'un an, elle aurait dû commencer par supprimer ce store et, comme dans les pièces voisines, poser des rideaux. Elle ne sait toujours pas pourquoi elle n'y est pas parvenue. Un an qu'elle remet l'affaire au lendemain, à la semaine suivante, au mois prochain. Un an aussi qu'elle n'aime pas cette chambre, qu'elle laisse s'y installer la pagaïe, notamment sur la table à tréteaux.

Seulement ce fouillis, songe aujourd'hui Judith, comment envisager de l'ordonner sans l'avoir bien compris ? Dans son intimité, s'entend. Car ses entassements, ses recoins, ses replis obéissent certainement à une logique secrète. Mais quel fatras ! Difficile d'y voir clair. En dehors des fils, prises, câbles fichés dans les machines – téléphone, fax, ordinateur, répondeur –, elles-mêmes contrôlées par des voyants, écrans, clignotants, rien qui dessine un début de cohérence. Aux yeux de Judith, en cet instant, seuls émergent peut-être les objets qui la relient ou la ligotent au monde. Ses longes. Comme celle d'une chèvre attachée à un pieu.

À ceci près que ces câbles, ces fils, c'est elle qui les a voulus. Achetés – très cher, au demeurant. C'est elle aussi qui les a installés. Et maintenant, elle ne peut plus s'en passer.

À présent donc, inventaire des dépendances. Mais de quoi se plaindre ? Sur chaque machine, les balises lumineuses sont au vert en palpitation régulière ; sur l'océan électronique, le jour sera sans erreur, aujourd'hui comme hier, le vent s'annonce bon, pas de coup de chien en vue, les cadrans chantent à l'unisson leur cantique informatique : batterie du portable, pleine aux as ; décompte du répondeur

MESSAGES : 5

inchangé depuis la veille ; l'horloge numérique, tout aussi péremptoire, assène à trois ou quatre secondes près la même heure que le cadran du téléviseur

5:28:43

un geste minuscule et les écrans vont s'allumer, réveiller toutes ces surfaces dépolies où commencent à jouer les premiers reflets de la journée. Et à ce seul signal, tout aussi discipliné, le monde va lui répondre, sur leur plate et douce surface, par une batterie de signes sans épaisseur ni profondeur. Mais superbement calibrés, encadrés, formatés.

Pour les déchiffrer, bien sûr, il faudra s'armer d'autres écrans. Ces lunettes, par exemple, toutes brillantes elles aussi, ces verres que Judith est contrainte d'interposer entre les choses et elle depuis maintenant six mois. Est-ce la raison qui la pousse à s'acheter, depuis ce jour-là, les pilules à rajeunir dont elle voit, derrière le plastique de sa bouteille d'eau minérale, reluire la plaque d'aluminium ?

Mais comment faire sans, Judith, même si c'est du boniment ? Pas le temps de réfléchir, bien obligée d'aller de l'avant : d'un instant à l'autre, ouverture de l'allègre symphonie que le monde va s'entêter à jouer toute la sainte journée. Clinggg ! jubilation du servile micro-ondes dès qu'il aura fini de réchauffer le café. Schlangg, schlangg, batterie métronomique de la machine à laver. Et maintenant douce plainte de la plaque à induction, tiiiic-tiiiic-tiiiic, la bouilloire a débordé, le contact est coupé. Ensuite, à la caisse du supermarché, bup-bup-bup ! Judith Niels vient de s'acheter des sachets de thé. Bup-bup-bup ! encore, elle s'est offert quatre plaques de chocolat au riz, c'est tout de suite enregistré, peut-être pour l'éternité, par la machine à débiter, scrrccch-scrrrcch-sccrccch, succion de l'argent pompé. Retour à l'appartement, beuglement du parlophone, stroÜoÜoÜoÜüng ! pourvu que ce ne soit pas l'Astronome ! non, tout bêtement, une lettre recommandée, nouvelle carte de crédit, nouveau code à mémoriser. Départ pour le parking, deux codes encore avant d'y arriver, et badge devant la borne, tzzzzipppp ! radieux, il t'a reconnue, Judith, tu es bonne fille, tu as bien payé ton loyer ; alors schkllonggg ! de télécommande, la voiture s'ouvre, schlllakk ! elle est verrouillée, pas moyen de la voler...

Et après, au bureau, au café, au restaurant, partout, jusqu'au soir, d'autres bips, bup-bup, tzzzzippp, pop', clinggg, stroÜoÜoÜoÜüng, tous accompagnés, où que tu sois, par les variétés les plus cacophoniques de carillons téléphoniques, jusqu'à l'heure où tu réussiras à te retrouver, Judith, dans ton petit monde à toi, ici, rien qu'à toi. Mais pas comme ça, ah non ! va pas croire ça ! À grands coups, encore une fois, de tzzzzipppp, schkllonggg, stroÜoÜoÜoÜüng, bip, bup-bup-bup, pop', scrrccch-scrrrcch-sccrccch, et schlllakk ! Tu seras exténuée sans trop savoir de quoi, de ce continuum sonore ou de l'image du crocodile, toujours à te provoquer, le saligaud, à te narguer dès que tu entres dans ta chambre et que tu découvres ton lit, ton bureau, ton désordre…

Qu'une fois de plus tu ne pourras pas ranger, Judith Niels, pas plus que tu ne parviendras à terrasser le crocodile. Alors, ce soir comme tous les autres, c'est de ton plein gré que tu iras les rechercher, tes voyants, tes clignotants, tes cadrans, tes écrans. En bonne petite chèvre, tu tireras un peu sur ta longe. Mais pas trop fort, l'herbe est trop verte, par ici ; et la pâture, facile. Tu te contenteras donc de donner, comme hier soir, un coup de téléphone pour te commander, cette fois, des tomates mozzarella, des spaghettis carbonara. Puis, d'un autre coup de télécommande, schlik, schlik, tu t'assureras que le monde, de l'autre côté de l'écran, est toujours décidé à tourner. Dès que tu auras vérifié, tu lui couperas le sifflet, tu iras faire un petit tour dans ta cuisine et verser trois giclées d'eau sur ton pot de basilic, histoire simplement de te convaincre, comme hier soir, comme avant-hier soir, que la nature n'a pas encore collé sa dem'. Sans te trouver pleinement convaincue de ses bonnes intentions. Alors retour à la case départ, ta chambre. Et son chaos.

Où tu t'en remettras, devant ta planche et sa machine, à un dernier fond sonore, tu-tu-tu-tuuuu, tcheing-tcheing, tcheing-tcheing-tcheing-tcheing, pfffüüüüüüch, le long larghetto enrhumé et chuintant qui t'entraînera en souplesse vers le seul horizon à te rester : l'océan de la Toile. Et tu y navigueras jusqu'à pas d'heure, ce moment où tu te retrouveras face à ton vieil ennemi, le plus coriace, le plus ancien : l'ennui. Et là, comme hier soir, tu te diras : allez, suffit, au lit !

Par conséquent, Judith, aujourd'hui, exactement comme hier, ouverture du grand concerto universel !

Et inutile de te boucher les oreilles, il commence en douceur, l'orchestre en est encore à accorder ses instruments, il n'y a que le métro, pour l'instant, à gronder dans les soubassements de l'immeuble ; et, très loin, par-delà les murs, le premier bourdon d'une formation de moteurs.

Mais c'en est trop, déjà. Donc, dans la seconde, conclusion du Ménage dans la Tête. Prendre une décision, et s'y tenir.

Ranger, par exemple. Et réparer le store cassé.

D'un brusque coup de reins, Judith Niels s'arrache alors à ses draps ; puis elle s'avance vers la fenêtre. Le soleil n'est plus arrêté par la façade bétonnée de l'immeuble moderne, la lumière tombe en longues et franches coulées et révèle tout, du plus proche au plus éloigné. Comme cette gaine onduleuse d'un boulevard, entre deux façades, au loin, où commence à s'enfiler un long cordon d'automobiles.

Dociles, passives. Bien recluses, elles aussi, sur leur petit monde d'écrans, de cadrans, de menus bruits, de voyants. Tranquillement aspirées par le siphon du jour levant.

2

L'acte

Comme dans beaucoup d'immeubles haussmanniens, la cour intérieure de la Cité Pornic dessinait un fer à cheval. Les dix-huit logements qui composaient l'immeuble étaient rigoureusement symétriques, sauf aux premier et cinquième étages, où l'on avait réuni deux appartements sans déroger au plan initial. Ainsi toutes les cuisines continuaient d'être situées côté cour et se faisaient face.

Dès que revenaient les beaux jours, les occupants (sauf au premier étage, par crainte des cambriolages) en laissaient souvent la fenêtre ouverte. Il arrivait aussi qu'au moment des repas, entre deux va-et-vient entre table, évier, placards, réfrigérateur, four à micro-ondes, l'un ou l'autre adressât un petit signe à son voisin d'en face. Façon de marquer, peut-être, que la jungle électroménagère laissait encore à l'humanité souffrante une petite chance de survie.

Depuis sa chambre, Judith pouvait observer deux cuisines. À son étage, celle des voisins qui vivaient sur le même palier qu'elle, un couple de quadragénaires et leur fils unique, un garçonnet d'une dizaine d'années, Zonzon. Personne ne connaissait son vrai prénom ; tout le monde, dans l'immeuble, à commencer par ses parents, semblait trouver qu'il allait de soi et résumait à la perfection sa petite personne et un embonpoint qui ne surprenait pas davantage : Zonzon passait le plus clair de son temps dans cette cuisine à engloutir face au téléviseur toutes sortes de crèmes glacées, céréales et barres chocolatées.

Mais que Judith fût postée dans sa propre cuisine ou, comme aujourd'hui, occupée à observer la cour depuis la fenêtre de sa chambre, une bonne partie du QG de Zonzon lui échappait. Elle distinguait la partie supérieure des appareils ménagers, le téléviseur, les quelques photos et affiches qui tentaient de dégeler les murs, sévèrement laqués d'un blanc d'hôpital. En revanche, elle jouissait d'une vue plongeante sur la cuisine de l'appartement d'en dessous. Carrelage, plinthes, tuyauteries, elle voyait tout, jusqu'au bac du chat et au contenu des plats ou casseroles posés sur la vieille et massive table rustique qui s'étalait en travers de la pièce.

Un local très vétuste, comme ses meubles, buffet vitré, gazinière, chaises de bois paillées. Depuis sa fenêtre, Judith avait même remarqué un tableau de sonnettes à l'usage des domestiques. Il ne servait sans doute plus : l'appartement était occupé par une veuve très âgée qui n'employait désormais qu'une femme de ménage – encore ne venait-elle que deux jours par semaine. Le reste du temps, la veuve, restée très alerte et vive, se débrouillait seule. Fort bien, au demeurant, comme avait pu l'observer Judith depuis sa position privilégiée.

Car elle l'avait souvent épiée ; non par basse curiosité, mais par pure fascination. Installée Cité Pornic après d'innombrables pérégrinations immobilières, généralement parallèles aux avanies de sa vie amoureuse, Judith était éblouie que la Vieille Dame, comme tous l'appelaient dans l'immeuble (sans plus s'interroger sur son patronyme que sur le vrai prénom de Zonzon), n'eût pas bougé de cet appartement depuis plus de soixante ans.

Cependant, depuis trois mois, la Vieille Dame n'était pas réapparue dans sa cuisine : à la suite d'une attaque cérébrale qui l'avait laissée à moitié paralysée, elle ne bougeait plus de sa chambre. On savait simplement qu'elle était là, au bout d'une enfilade de pièces, attendant la mort dans une des chambres de son appartement, à la merci des deux infirmières qui désormais se relayaient à son chevet : le jour, une créature bougonne, boulotte, toujours à suer et se démener – une religieuse, à l'évidence, immuablement habillée de vêtements bleu marine et chaussée, par tous les temps, de ces souliers marronnasses, à lacets et talons bottier, qui signalent, mieux que le voile ou la guimpe, l'offrande d'une chair féminine au Corps Mystique de l'Amour Universel ; la seconde, une longue créature aux cheveux courts et oxygénés, assurait la nuit.

La fausse blonde faisait métronomiquement son entrée dans la cuisine sur le coup de vingt heures pour y enfiler par-dessus son tee-shirt et son jean, à gestes à la fois paresseux et précis, la blouse rose qui l'attendait sur son cintre, à droite de la vieille gazinière. Elle ne s'en débarrassait qu'au matin, dans cette même cuisine, à huit heures pile, quand déboulait toujours aussi transpirante et préoccupée, la religieuse hyperactive, elle-même inexorablement corsetée dans ses vêtements bleu marine et chaussée de ses sempiternels souliers à talons bottier.

Se déroulait alors une brève et sèche passation de pouvoirs. La religieuse détestait manifestement la jeune femme. Laquelle la méprisait tout aussi clairement ; mais ce dédain était mou, nonchalant, détaché, comme toute sa personne. Pour faire sentir à la bonne sœur qu'elle n'était pas du même monde, et n'en serait jamais, la fausse blonde se contentait de signaux discrets. Par exemple, au moment où elle quittait sa blouse, elle lissait du plat de la main son tee-shirt et son jean ultra-moulants, histoire sans doute de lui suggérer qu'elle continuait d'habiter son corps avec jubilation, même ici, en ces lieux qui commençaient d'empester la mort ; et que, sitôt dehors, elle allait s'en donner à cœur joie.

Le geste était fugace, mais assez explicite pour révulser la nonne. Furtive elle aussi, la religieuse reluquait les formes de la blonde, puis se retournait sèchement pour enfiler sa propre blouse en transpirant de plus belle. L'autre se volatilisait pour ne réapparaître qu'à vingt heures, inchangée, toujours aussi indifférente. Se déroulait alors, en sens inverse, une autre passation de pouvoirs. La plupart du temps, les deux femmes n'échangeaient pas un mot.

Se téléphonaient-elles pendant la journée ? Ou faisaient-elles le point sur l'état de la Vieille Dame au moment où l'une ouvrait la porte à l'autre, passaient-elles un moment ensemble à son chevet ? Possible ; en tout cas, jamais leurs gestes ni leurs expressions n'avaient pu apporter à Judith un quelconque renseignement sur la santé de leur patronne. Elle aurait pu, bien sûr, les questionner : elle les rencontrait de loin en loin dans l'ascenseur ou dans l'entrée de l'immeuble. Elle s'en était jusque-là abstenue. Ce n'était pas seulement la gêne de se retrouver à frôler ces femmes qu'elle avait si souvent observées à leur insu. En fait, elle répugnait à entrer dans des calculs sur la date probable de la disparition de leur patiente. Et, après elle, du monde qui l'entourait.

Car la Vieille Dame, c'étaient les archives vivantes de l'immeuble : plus d'un demi-siècle qu'elle avait vécu là, écouté, observé, pressenti, deviné, scruté, déchiffré la vie secrète de la Cité Pornic. À deux ou trois reprises – sans doute pour se distraire – elle avait attiré Judith chez elle, sous prétexte de lui demander si elle se plaisait dans son nouvel appartement. Judith, qui fuyait les habitants de l'immeuble, n'avait pu refuser : la Vieille Dame était aussi sa propriétaire. Mais, une fois qu'elle l'eut installée dans son salon devant un verre de vieux banyuls et une assiette de biscuits roses, la Vieille Dame ne lui avait plus posé une seule question sur sa vie dans l'appartement d'au-dessus. Elle s'était mise à observer le square à travers les rideaux de sa fenêtre, puis à dévider méthodiquement l'écheveau de sa mémoire, l'œil soudain brouillé, comme brusquement troublé par une surabondance d'images.

C'était en somme, à haute voix, une séance de Ménage dans la Tête, à ceci près qu'il lui fallait une présence, un corps vers quoi allât se porter sa parole, ce récit toujours identique que la Vieille Dame baptisait *l'histoire ancienne* par opposition à ce qu'elle nommait *la vie moderne*, désignant d'un petit coup de menton, par-derrière ses rideaux, le square et le boulevard.

Histoire ancienne, donc, qu'elle resservit à Judith, à chacune de ses visites, identique au mot près. Un collier d'anecdotes tout aussi exactement mesuré que la dose de banyuls dans son verre de cristal rose. Pour commencer, toujours, du temps des nazis, la fuite d'un résistant, sa folle course dans l'escalier de service jusqu'aux chambres de bonne et aux toits de la Cité Pornic; puis sa reddition, quelques heures plus tard, quand il avait vu les Allemands pousser sa femme et ses fils au milieu du square, et menacer de les fusiller, s'il ne se rendait pas dans les cinq minutes. La Vieille Dame enchaînait alors, de façon incongrue, sur la mésaventure de cette femme médecin qui, vingt ans plus tôt s'était installée au troisième : « Elle n'était pas plus médecin que moi ! » s'esclaffait-elle alors rituellement avec un petit rire roucoulant qui fleurait lui-même *l'histoire ancienne*. « Un matin, la Mondaine a débarqué, comme dans un film ; c'était une mère maquerelle, elle faisait travailler ses trois filles en appartement... » Suivaient quelques épisodes plus insipides, des histoires de tapage nocturne, d'inondations catastrophiques, de cambriolages, l'ordinaire des copropriétés. Jusqu'au récit préféré de Judith, le dernier; celui, aussi, qui émoustillait au plus haut degré la Vieille Dame, auquel elle revenait à chaque visite comme au meilleur du gâteau qu'on garde pour la bonne bouche, le fleuron de *l'histoire ancienne* : la relation détaillée des très violentes querelles qui, deux ans plus tôt, jusqu'à sa théâtrale dislocation, avaient opposé le couple qui occupait le premier étage, un marchand d'art et sa femme, les Ruhl.

C'était pourtant une histoire de *la vie moderne*, l'affaire était si récente. Mais, curieusement, la Vieille Dame le présentait, à l'instar de l'épisode du résistant, comme une péripétie capitale dans la saga de la Cité Pornic. Il fallait voir d'ailleurs avec quelle verve elle décrivait les disputes du couple Ruhl : les cris, les coups, les meubles fracassés, les rideaux déchirés, tout y était. Il y avait eu, précisait-elle avec un sourire gourmand, jusqu'à un début d'incendie. La faute au marchand d'art, ajoutait-elle aussitôt : il était dans son tort, il avait une maîtresse dont il était fou, jamais il n'aurait dû l'introduire sous son toit en l'absence de sa femme : « On va à l'hôtel, dans ces cas-là, on s'arrange, décrétait-elle avec des mines de vieille routière de l'adultère. Ça ne se fait pas, jamais on ne doit coucher avec sa maîtresse sous son toit, surtout pas dans le lit conjugal, les femmes ne pardonnent pas. »

L'air de n'être toujours pas revenue de l'affaire, elle précisait systématiquement que, bien qu'elle fût dans son bon droit, c'était madame Ruhl qui était partie : « Une affaire bizarre. Parce que, même maintenant, avec la vie moderne, aucune femme ne supporte de trouver une rivale dans ses draps. Le premier réflexe, dans ces cas-là, c'est de flanquer le mari dehors, séance tenante, encore heureux si on le laisse faire sa valise. Eh bien, pas madame Ruhl ! Pas celle-là... »

La prunelle encore plus opaque qu'au début de ses récits, la Vieille Dame marquait alors une pause, comme pour chercher une dernière fois le fantôme de madame Ruhl par-delà ses rideaux, dans ce monde du dehors où elle était allée s'évanouir par un jour de colère, sans plus jamais remettre les pieds Cité Pornic. Puis elle se mettait à égrener un chapelet d'hypothèses : elle n'était peut-être pas si étrange, dans le fond, cette madame Ruhl, elle avait peut-être de bonnes raisons de partir. Un amant, par exemple. Ou plusieurs, pourquoi pas ? Ou bien ce n'était pas la vraie madame Ruhl. Simplement une compagne, rien qu'une maîtresse. Une fille, pourquoi pas, comme celles qui avaient travaillé au troisième. Mais entretenue, celle-là, installée, casée. Si ça se trouve, elle est partie parce qu'elle s'est trouvé un homme plus riche que Ruhl. Plus riche et plus beau, ou plus fidèle, allez savoir...

Mais, justement, on n'avait jamais su. Et le marchand d'art était resté inconsolable. Il vivait seul, maintenant. Riche et seul, ma petite fille. Sinistre. Et sans enfants.

Judith écoutait, enregistrait. Elle avait parfois croisé Ruhl, exactement comme les deux infirmières, lorsque l'ascenseur s'était trouvé en panne. Chaque fois, il lui avait paru plus distant que sinistre : grand, extrêmement élégant, les cheveux d'un blond roux, il lui adressait toujours le même salut froid. Elle le lui rendait à l'identique, rétractée, avare. Comment faire entrer cette silhouette raffinée dans l'opéra conjugal composé par la Vieille Dame, comment se l'imaginer en homme à femmes, comparse de la volcanique madame Ruhl, acteur de la scène quasi primitive qui formait l'apothéose du récit de la Vieille Dame, le jour où madame Ruhl, rentrée de vacances à l'improviste, découvrant la maîtresse de son mari dans le jacuzzi de la salle de bains, s'était armée d'un fusil de chasse et avait contraint l'intruse, sous la menace, à faire retraite jusqu'au palier où elle l'avait laissée, entièrement nue, attendre le retour de Ruhl, parti cinq minutes, comme dans un mauvais film, s'acheter des cigarettes au bar-tabac de l'autre côté du boulevard…

Et d'après la Vieille Dame, madame Ruhl n'en était pas restée là, elle avait mis le feu, par représailles, aux collections de son mari. Soixante-dix sérigraphies de prix anéanties en quelques minutes ; le feu s'était propagé à la bibliothèque, puis à la chambre conjugale et à sa salle de bains. Il avait fallu appeler les pompiers qui, en plus d'éteindre l'incendie, s'étaient chargés de calmer et rhabiller la gourgandine sous les hurlements de madame Ruhl qui ne s'estimait toujours pas assez vengée. La chaudière à gaz, enfin, avait manqué d'exploser.

Mais là encore, selon la Vieille Dame, madame Ruhl n'avait rien fait comme tout le monde. Elle s'était moquée de l'incendie et, pendant que les pompiers s'agitaient autour d'elle dans la confusion qu'on imagine, elle avait froidement, méthodiquement bouclé ses malles. Elle était partie peu après les pompiers, sans un mot de plus ; et on ne l'avait jamais revue.

Le récit de la Vieille Dame s'arrêtait là. On la voyait alors se redresser contre le dossier de son fauteuil, comme raidie sous l'empois de ses souvenirs, à moins qu'elle ne cherchât à s'arc-bouter contre la rumeur qui montait du boulevard, tout ce monde extérieur qu'elle appelait *la vie moderne*. Il était clair, en tout cas, qu'on ne lui soutirerait pas un mot de plus et que, pareille aux enfants quand ils relisent ou réécoutent un conte, la prochaine fois (à supposer qu'il y en eût une) elle s'en tiendrait, terme pour terme, à ce récit.

Judith se taisait donc et, tout en sirotant ce qui lui restait de banyuls, profitait de ce moment d'absence pour épier à loisir l'appartement : enfilade de couloirs, de pièces opulentes et silencieuses où rien n'avait dû changer depuis des lustres si ce n'est encore plus de charge et d'enchevêtrement dans les antiquités, tableaux, miroirs, consoles, fauteuils, bibelots accumulés ; et l'arrivage constant de fraîches photos de famille, nouveaux visages d'enfants, petits-enfants, arrière-petits-enfants, où pouvait maintenant se lire, en remontant de cliché en cliché, le vieillissement des corps et des traits. Et, davantage encore, dans les vêtements, coiffures, couleurs, postures, comment ces corps s'étaient affranchis de *l'histoire ancienne*. De cet appartement où ils étaient nés, peut-être. De ces pièces où rien n'attestait le déferlement de *la vie moderne*, sauf un téléviseur posé sur une table roulante en Plexiglas ; et, plus crûment encore, au centre d'une console, un téléphone violet à touches roses.

Or, à présent que la Vieille Dame était en passe de basculer dans *l'histoire ancienne*, c'est précisément à ce téléphone rose et violet que Judith repensait chaque fois qu'elle apercevait la fausse blonde. Sans comprendre le pourquoi de cette association d'idées, si ce n'est que la jeune femme choisissait souvent ces couleurs pour ses tee-shirts.

Et pour son rouge à lèvres aussi, et pour son vernis à ongles, comme Judith l'avait noté les deux ou trois soirs où, sortant du métro juste avant vingt heures, elle avait remarqué, dans le bar d'en face, la fausse blonde accoudée au comptoir. Elle y lapait un café du bout de la langue (aussi rose, lui sembla-t-il, que les touches du téléphone) avec le même détachement que les matins où, avant l'arrivée de la bonne sœur, elle manipulait au-dessus de l'évier de la cuisine les alèzes ou le linge souillé de sa malade.

Car toujours parfaite, la fausse blonde, à quoi qu'elle fût occupée. Imperturbable, aussi impeccable dans la basse infirmerie que dans la déclinaison du rose et du violet. Et puis ce hâle perpétuel qui dénonçait, même de loin, un séjour bihebdomadaire d'au moins trois quarts d'heure sous la rampe à UV. Bronzage si uniforme qu'il semblait le symbole même de sa fabuleuse indifférence, cette insensibilité qui lui faisait supporter avec le même air souverain l'agitation du bar d'en face et le silence de cet appartement plombé par l'effondrement si proche de la chape du passé – elle y passait pourtant ses nuits, la fausse blonde, en tête à tête avec une mourante. Comment s'y prenait-elle avec les fantômes des photos, les rêves errant autour des vieux meubles et des objets désuets ? En somme, comment faisait-elle, l'infirmière, avec *l'histoire ancienne* ? Comment se débrouillait-elle avec la nuit, le tremblement de la nuit ?

Au fil des jours, à mesure des matins, Judith s'était mise à l'envier, la fausse blonde ; et, à l'instant où, comme aujourd'hui, son regard, de l'avenue lointaine où serpentait le cordon d'automobiles, s'en revenait d'un mouvement instinctif jusqu'à la façade intérieure de la Cité Pornic, ce qu'elle allait chercher dans la cuisine de la Vieille Dame, c'était l'élucidation d'un mystère : comment les autres parvenaient-ils à s'arranger du monde ? Quel était leur secret, pour survivre à la fuite des jours, au poids du soir ?

Ou leur secret pour vivre, tout simplement. Car c'était évident : ils vivaient, eux. Là, à côté, tout près, si près…

Sur le coup, Judith n'a pas compris ; il est si rare que la réalité vous réponde du tac au tac.

Et puis c'était si net. Trop net, trop brut. Elle a donc marmonné, banalement : « Non... », et elle a lâché le store, s'est détournée. Elle tremblait.

Puis évidemment elle y est retournée, à la fenêtre, deux ou trois secondes plus tard – c'est cela aussi, la réalité : une violence, un courant, pas moyen d'y échapper, elle revient toujours, et bouscule, et pousse, et ramène sans pitié, impossible de jouer les fuyards, retour au point de départ.

Judith tremblait toujours des pieds à la tête. De quoi avait-elle peur ? Certainement pas d'être surprise : derrière son store, elle le savait, personne ne pouvait la voir. Mais c'était la lumière, si sèche, sa force froide tombant par l'autre fenêtre, ouverte elle aussi. Elle dénonçait tous les détails, la transpiration de l'homme, bien sûr, mais aussi une légère déviation de son épine dorsale. Et même, au-dessus du repli inférieur des fesses, une longue ligne de boutons violacés.

Et, face à lui, de la même façon, Judith distinguait avec la même netteté le tatouage vert et rose qui frappait l'épaule de la fausse blonde – car c'était bien elle, la blondasse, qui s'était calé les reins à la vieille table rustique et se laissait faire, secouer, le cou lâche, les yeux fermés. Avec la blouse rose, impossible de se tromper.

Elle ne portait rien en dessous, mais l'incongru n'était pas là. L'obscène, c'était de voir, pour une fois, la blouse ouverte lui retomber en gros plis mous sur les avant-bras – beaucoup plus obscène que le segment de sein, lui-même un peu flasque, qui tressautait à chaque poussée.

Une deuxième fois, puis une troisième, Judith a détourné le regard, mais une deuxième et une troisième fois elle y est revenue ; et, en douceur, avec une application extrême, elle a manipulé le store de façon à l'affaler complètement – ce mouvement précis, habile, qui lui avait paru hors de sa portée pendant tant de mois.

Il était extraordinairement facile, à présent : tout se passait comme en dehors d'elle-même. Enfin, dans le même silence consciencieux et adroit elle a entrouvert sa fenêtre.

Car c'était plus fort qu'elle, il lui fallait mieux voir. S'approprier ce secret où elle n'était pas, s'y introduire. Y insinuer, glisser son propre secret, même si c'était par très brèves séquences, en fuyant, en regrettant. Puis en y revenant, irrésistiblement.

Mais d'un seul coup, sans que ce soit un effort elle a cessé de fuir et de regretter : les deux secrets, le sien et l'autre, celui de sa chambre et celui de la cuisine d'en face, s'étaient enfin superposés. Elle s'est figée.

Suspendue, tel un ballon captif, au-dessus de cette vision aussi prodigieusement commune qu'absolument surprenante, et qui la prenait de court par sa parfaite banalité : deux humains forniquant au petit matin à l'appui d'une vieille table bien solide.

Et, d'un seul coup, tout ce qu'elle s'était dit au réveil s'en trouvait aussi suspendu. Elle était entrée dans une sorte de non-temps où elle ne savait plus qui elle était, où elle était. Ni surtout ce qui l'avait amenée là.

Jusqu'au moment, bien sûr, où le programme a repris ses droits et qu'elle a murmuré : « C'est moche. »

À la seconde même, elle a eu peur. Une peur panique. À nouveau, elle s'en est voulu ; et elle s'est détournée.

Même davantage : retournée.

Mais c'était sous-estimer une fois de plus la puissance de la scène. Presque aussitôt, la réalité s'est remise à la harceler : elle n'avait pas refermé la fenêtre ; et comme l'autre aussi était ouverte, elle a été poursuivie par le bruit.

Pas le brame des poumons et des gorges, mais ce qui le recouvrait : le raclement, à chaque poussée, de la vieille table sur le carrelage. Il était parfois irrégulier, parfois parfaitement cadencé. Rien qu'à l'écouter c'en était fait, elle retournait dans le secret.

Ça lui a paru à la fois très bref et très long, cela dura, sans doute, le temps qu'elle se décide à refermer la fenêtre.

Alors elle voulut voir, une dernière fois, voir et entendre. Mais le bruit avait cessé ; l'homme avait disparu. Ne restait plus que la fille, qui se dirigeait vers le fond de la pièce comme s'il ne s'était rien passé.

L'air de rien, vraiment. Détachée, exacte, comme à

son habitude. Elle reboutonnait maintenant sa blouse rose, se plantait devant un placard, se hissait sur la pointe des pieds pour y attraper un gros bocal en haut d'une étagère – sans doute du café lyophilisé. Puis elle se posta devant la gazinière pour y faire chauffer de l'eau.

Une fois de plus, Judith a quitté le store. Mais, là encore, pas de répit : elle s'est sentie lourde, d'un seul coup, et s'est affalée sur son lit. Et elle s'est dit : c'est la chaleur.

Elle savait bien pourtant que c'était tout autre chose, jamais la chaleur ne lui avait noué la gorge, ni à ce point engourdi les jambes et les reins – jusqu'à sa respiration qui se coupait ; c'était tout son corps, maintenant qui se trouvait étreint.

Comme il fut tentant alors, de revenir à la fenêtre... Elle n'a pas résisté. Et elle y a vu aussitôt ce qu'elle y cherchait : l'homme.

Assis à même la table, face à la cour, un bol de café en mains. Parfaitement détendu, sûr de lui. Le visage serein, le corps heureux d'entrer dans le matin. Pas plus habillé que tout à l'heure. Et de face. L'Astronome.

Le premier mouvement de Judith a été de regarder le cadran du téléviseur qui affichait l'heure,

5:42:27

Pur réflexe. Lequel, comme tout bon mécanisme, en a engendré aussitôt un autre : elle s'est mise elle-même à calculer.

La bonne sœur, a-t-elle estimé, ne serait pas là avant deux bonnes heures. La fausse blonde avait donc largement le temps de se retransformer en perfection d'infirmière. Et l'Astronome, de décamper.

Puis elle s'est souvenue de l'heure à laquelle elle avait vu la blonde prendre son café au bar d'en face, les quelques soirs où elle l'y avait croisée : peu avant vingt heures, à chaque fois.

Et, tant qu'elle y était, dans le calcul, elle y est restée : c'était tellement rassurant, sur le moment, de supputer, ça réconfortait, en donnant l'impression de tout contrôler de la situation ; ça dénouait la gorge. À toute vitesse : elle était très vive, Judith, très rapide à ce jeu-là.

D'autant que ce n'était pas bien sorcier de reconstituer le scénario : l'Astronome arrive un quart d'heure trop tôt devant la grille de la Cité Pornic, avise le bar, de l'autre côté du boulevard, puis la fausse blonde au comptoir, dans son jean moulant et son petit tee-shirt rose – peut-être même en débardeur, à cause de la chaleur. Il fait comme tous les hommes : il jauge les fesses, les seins sous le tee-shirt la taille, le bronzage, le tatouage sur l'épaule. Le rose l'excite, le vernis violet lui plaît. Il a un petit moment à perdre ; il ne sait pas où il va, mais il y va.

Il s'installe donc tout près d'elle, commande n'importe quoi. Les regards se croisent. Il tente une phrase, la première qui lui passe par la tête – ça n'a d'ailleurs aucune importance, leurs corps se sont déjà reniflés, la blondasse cherche à remplir sa nuit, il le sait déjà.

Elle aussi. Avec cette fille, on va vite et droit. Pas de complications, pas de faux-fuyants, pas de Garce Urbaine, encore moins de Cruche Poétique. En un quart de moment, l'affaire est dans le sac, l'Astronome a froidement choisi son camp : il va laisser en plan la fille qui l'attend.

Là, il doit y avoir un intermède, le temps de boire le café, d'échanger quelques petites données – je garde une vieille, en face, je fais la nuit. Non, pas de problème, je colle la bonne sœur à la porte et la route est libre. De toute façon, c'est pas un boulot tuant. Pas de comptes à rendre. Juste jeter un coup d'œil dans sa chambre de temps en temps.

La fausse blonde quitte ensuite le bar pour la passation de pouvoirs. Ça a duré quoi ? Un autre petit quart d'heure. L'Astronome reste seul au comptoir. Il n'est pas inquiet, il ne regarde pas sa montre, il a donné son numéro de portable à la blondasse qui l'appellera dès qu'elle sera débarrassée de la bonne sœur. Le téléphone sonne. Il sort à son tour du bar, avec un regard d'aveugle – il ne verra rien avant d'avoir refermé ses bras sur le corps qu'il convoite.

En entrant Cité Pornic, évidemment, il recouvre un instant ses esprits et il est pris d'une petite suée : l'adresse où l'attend la blondasse est exactement la même que celle de son rancart. S'il tombait sur la fille de l'autre jour, comment elle s'appelle, déjà ? Enfin, peu importe, tout ce qui compte, c'est cette question subite : eh ! qu'est-ce que tu fais, si tu tombes sur elle, là, dans le couloir ?

Mais nul besoin d'être astronome pour évaluer les risques et probabilités : l'autre fille, à l'heure qu'il est a toutes les chances d'être postée devant sa glace de salle de bains. À se maquiller, s'attifer, se rafistoler par tous les bouts.

Et puis, qu'est-ce que ça fout ? Il ne l'a vue qu'une fois. Bon, il pourrait décommander. Mais trop compliqué. Il va s'empêtrer, bafouiller, ça va lui gâcher le plaisir de la blonde oxygénée. Donc, aussi sec, portable coupé. Rien à faire comprendre ; rien à expliquer.

Et va pour l'inconnue, pour le monde allégé, la nuit qui ne comptera pas. On prendra chacun sa part ricrac, on se parlera, frissonnera, rira juste ce qu'il faut. Pas de remarques, pas de critiques, on prendra ce qu'il y a à prendre, on fera avec. Et quand on en aura fait le tour, on s'en ira. Plaisir maximum, émotions minima. Quelques petites heures *light*, façon Coca.

Elle est très forte, Judith, pour les scénarios, elle voit tout, elle projette vite, elle imagine juste, elle est parfaite pour ce genre de cinéma. Et pour cause : des coups comme celui de l'Astronome, elle-même en a déjà fait, deux ou trois fois…

Elle a aussi ressemblé, un temps, à la fausse blonde. Mais c'est loin, très loin : elle devait avoir vingt, vingt-cinq ans. Quelque chose l'a rattrapée, maintenant.

Quelque chose qui fait que, d'un seul coup, elle voit rouge. Aussi rouge que sont verts clignotants et cadrans ; et elle se met à renverser, furieuse, les objets qui s'entassent sur le bureau et sur le lit, elle les précipite par terre, accumule en un seul tas tout ce qui lui tombe sous la main, le walkman, le carnet où elle a tenu la liste de ses amants, la plaquette de médicaments, la bouteille d'eau minérale, les stylos – de toute façon, les trois quarts d'entre eux ne marchent plus –, le plateau de carton et ses restes de sushis noircis, les journaux, même le Spécial «tombez-les comme des mouches», et jusqu'aux magazines avec les photos de La-Grande-Fête-Qui-N'Existe-Pas.

Elle ignore ce qui lui prend ; elle n'y songe même pas, tout se fait comme ça. Comme pour le store tout à l'heure, elle veut soudain faire place nette. Et quand elle découvre, par exemple, sous le monceau de paperasses qu'elle vient de jeter, une sous-couche de désordre, de rognures de vie qu'elle ne soupçonnait pas, trombones tordus, épluchures de crayons, disquettes hors d'usage, courriers publicitaires jamais ouverts, journaux gratuits qu'elle n'a pas lus, toutes sortes de résidus, dans sa fureur elle les balaie, les balance, les envoie rejoindre le tas. Avec des jurons plein la bouche pendant que volent les papiers, la poussière. Puis, quand elle constate que sur la table-bureau ne demeurent que ses prothèses et ses longes – lunettes, câbles, portable, ordinateur, télécommande du téléviseur –, elle s'arrête, se rallonge sur le lit où, enfin détendue, elle souffle.

Plus de poids sur la poitrine, plus même d'image de crocodile. Rien que cette phrase marmonnée : « Moi aussi… » Et elle se rendort.

Ce qu'il y eut dans son rêve, elle ne devait s'en souvenir que très vaguement, il ne lui laissa qu'une sensation confuse, quoique d'une rare violence. L'impression d'avoir reçu un ordre, l'assignation d'une vérité aussi puissante qu'indéchiffrable.

Ce n'était pourtant que la suite de son histoire, la ténébreuse préméditation, sans doute, de ce qui allait advenir, la forme qu'elle allait donner à son désir : ces quelques semaines où elle alla se jeter dans le grand supermarché des corps, la forêt du monde du dehors.

Chasseresse fébrile, puis proie.

3

Le premier venu

Pas besoin de permis de chasse, champ libre. Les rues s'ouvraient. Ciel haut, bien franc. Il faisait de plus en plus chaud, le soleil aussi était hardi. Les gens montraient de la peau.

Fatiguée, souvent. Blafarde ; avec des muscles veules, de pleins grumeaux de graisse. Mais ils s'en fichaient, ils voulaient entrer à tout prix dans l'été. Le posséder, dégagés. En faire leur pays, à jamais.

Même si, l'été passé, ça n'avait pas marché, et le précédent non plus, et aucun autre avant. Mais c'était plus fort qu'eux, il fallait qu'ils espèrent. Qu'ils oublient que, chaque année, ils s'étaient retrouvés veufs de leur beau mirage, comme d'habitude, dès le premier gros nuage. Ils voulaient recommencer en dépit de tout. Se persuader qu'avec leur débraillé, leur corps à l'air, ils allaient tout effacer : les maladies, les ruptures, les deuils, les peurs. Ils y croyaient dur comme fer.

Et la rue les soutenait, soulevait et enflait leur espoir : à chaque carrefour, les affiches s'étaient décolletées, comme eux, parfois déshabillées. Abribus, vitrines, kiosques à journaux, partout des peaux, des peaux, des peaux. Avec la même histoire indéfiniment déclinée, tout en lumière, échappée, liberté. Plus qu'au soleil encore, la ville vivait suspendue à ce zénith des images, elle n'en démordait pas, même la nuit : dès le crépuscule, d'un grand vent d'électricité, elle leur rallumait le bronzage. Ainsi, même désert, le bitume des avenues continuait de donner sur le soleil et la liberté nue. À perte de vue.

Judith se répétait alors : Moi aussi. Je vais me laisser couler, moi aussi, au fond de la vie qui glisse et glisse, prendre mon désir comme un boulevard en pente, franco, en amour comme sur des rollers, m'emparer des hommes comme si c'était la rue : bien élastique, en poussant juste quand il faut.

Et au premier cahot, Judith, au premier accroc, changement de trottoir, va voir ailleurs si c'est meilleur. Zapping zen, cool, comme c'est écrit sur les affiches, désir aussi instantané que le café, glisse et passe, Judith, fais exactement comme c'est écrit sous les images. Et attention ! Pas d'émotions, pas d'expression ! Front lisse : laisse filer, laisse glisser. Allez, léger, léger, léger…

Seulement, elle pouvait se raconter tout ce qu'elle voulait, Judith Niels, prendre son air le plus détaché, montrer autant de peau que les autres dans la lumière béate de ce début d'été : ce n'était rien que de la volonté.

Et la volonté ça rend raide, pas vraiment dégagé. Alors pour la glisse, elle pouvait se rhabiller.

Car elle s'en allait à la chasse exactement comme elle pratiquait chaque matin le Ménage dans la Tête : en raisonnant, définissant, jaugeant, cataloguant.

C'était sans doute l'effet du Petit Carnet Rouge – cette manie, aussi, qu'elle s'était imposée de tenir à jour ce calepin, avec des notes et, pis encore, les surnoms !

Mais, depuis qu'elle travaillait dans l'immobilier – quinze ans maintenant, toujours le même métier –, Judith n'était jamais arrivée à penser sans étiqueter. La studette et le studio, rien à voir, c'est l'enfance de l'art ; il n'y a que les bleus pour confondre standing et grand standing, haut luxe et grand luxe, appartement d'exception et surface rare.

Oui, c'est à force de vivre entre ses petites annonces et ses visites d'appartements que Judith avait pris le pli du Petit Carnet. Rien d'affectif dans son travail, seulement de l'évaluation. Tour du propriétaire, inspection sévère, œil à tous les détails : plomberie, plancher, moquette, ravalement, toitures, caves, mode de chauffage, voisinage. Puis on passe au rapport et à la rédaction de l'annonce. Pour le style, pas d'effort : syntaxe minimale, descriptions elliptiques. Mais codées. De telle sorte que le client comprenne dans la seconde ce qui distingue le deux-pièces-récent-excellent-plan de la petite-surface-bien-placée-idéal-investissement. Pas de perte de temps.

Toutefois, jusqu'à ce début juin, le parallèle entre les amours de Judith et ses méthodes de travail s'était arrêté là. Jamais jusqu'à cette date elle n'avait prospecté le monde des hommes – en tout cas, jamais de façon systématique. Elle l'avait laissé venir à elle au petit bonheur la chance. En finissant, bien sûr, par établir des procédures – le fameux programme ! Mais en s'en remettant le plus souvent aux hasards de la vie. En s'abandonnant, confiante, à son pouvoir de surprise. Le Petit Carnet Rouge, par conséquent, lui avait toujours servi après coup.

Pour s'y retrouver, ne rien oublier. Comme répertoire érotique et sentimental, en somme ; non comme outil d'exploration, encore moins comme instrument de gestion. Elle s'était contentée d'y consigner au fil des mois et des années (habitude au demeurant banale) la succession de ses flirts, liaisons et aventures. La seule incidence de son métier sur le Petit Carnet Rouge – c'était cela qui lui conférait sa singularité – tenait au style dans lequel il était rédigé. Mais cette écriture relevait, elle aussi, de la déformation professionnelle. Après tout, en matière de plume, à partir d'un certain âge, il en va comme du reste : on ne se refait pas.

En ce début juin, la grande césure dans la vie de Judith se situa donc ailleurs : dans le même temps qu'elle décidait de s'en aller explorer le monde des hommes, elle entendit appliquer à cette reconnaissance les méthodes de la prospection immobilière. Notamment sur un point : elle avait remarqué que ses clients, au moment où ils entraient dans son agence en quête d'une maison ou d'un appartement, n'avaient qu'une idée très vague, la plupart du temps, du lieu où ils rêvaient de vivre. Combien en avait-elle vu qui, ayant exigé au premier rendez-vous qu'elle leur dénichât au plus vite un cinq-pièces strictement haussmannien au cœur d'un quartier central entouré de jardins, et n'en démordant pas, au bout de trois, voire six mois de recherches aussi vaines que têtues, s'éprenaient d'une villa avec jardin à la lisière d'une lointaine banlieue, laquelle se révélait parfaitement ajustée à leur secret et ancien désir… Dans son soudain accès de rigueur et de discipline, Judith s'appliqua à elle-même le conseil qu'elle leur serinait dès qu'ils s'installaient devant son bureau pour lui dresser l'interminable catalogue de leurs attentes : « Regardez d'abord ce qu'il y a sur le marché ! Voyez de tout pendant un, deux, trois mois s'il le faut. Faites-vous une idée, comparez, évaluez. C'est la seule façon de savoir ce que vous voulez… »

Judith appelait son système le « tour de piste ». Bien entendu, elle pressentit que, pour les hommes, l'affaire promettait d'être beaucoup plus compliquée. D'autant qu'en l'occurrence il était hors de question de passer par une agence, encore moins par une petite annonce. Simplement, comme pour les appartements, elle voulait se faire une idée. Jauger le marché. Regarder sans s'engager. Et sans être repérée. Mais, en s'y prenant avec patience et méthode, forcément, à la longue, ça ne pouvait que marcher.

Elle se crut très forte, se cramponna à son système. C'est bien simple : du jour où elle se persuada qu'il n'y avait pas d'autre façon de partir à la chasse à l'homme (vers le 3 ou 4 juin, au plus tard le 5, du moins si on se réfère à la date du solstice et à la rencontre qui transforma cette configuration sidérale en séisme sentimental), Judith se découvrit l'énergie de réparer le store.

Enfin, *réparer* est un bien grand mot. Raidie par sa toute fraîche détermination, elle réussit à en rééquilibrer les lattes. Mais elle les bloqua aussi une bonne fois pour toutes en position inclinée de telle sorte qu'il ne filtrât plus dans sa chambre un seul rai de lumière. Et plus moyen de le relever. À moins d'en acheter un autre aux dimensions exactes de la fenêtre, et, pari plus hasardeux encore, de dénicher un ouvrier disposé à l'installer avant la date butoir des vacances, sa chambre se retrouvait, de jour comme de nuit, condamnée aux ténèbres. Par ailleurs, à moins d'aller se poster dans sa cuisine, Judith ne pouvait plus épier l'appartement d'en face. Il lui fallait donc renoncer à ses méticuleuses observations des faits et gestes de la bonne sœur, et surtout de la blondasse.

Et alors ? trancha-t-elle à nouveau. Soupé de l'approche du solstice, des astronomes, des fausses blondes et de la musique des sphères ! Circulez, Miss Niels, rien à voir ! La vie, à partir de maintenant, se passe au-dehors. Agir, ne plus penser. Chercher à jouir, uniquement. Rentrer le plus tard possible, passer le minimum de temps dans cet appartement. Ne plus perdre un seul instant. Supprimer, par exemple, les séances de Ménage dans la Tête.

Enfin, essayer.

Et pour se trouver un crocodile, se faire soi-même crocodile, aller rôder dans la ville. Se confondre dans son flux, marauder, guetter. Feindre de s'y perdre, de se faire oublier. Mais, le moment venu, foncer.

Seulement, où chercher ? Où taper au juste, dans quelle tranche du millefeuille ? Riche, pauvre, divorcé ? Homme marié ? Chauve, chevelu, déplumé ? Crâne rasé ? Franc comme l'or, compliqué ? Musclé ? Silencieux ? Fringant, tendre, désarmé ? Un homme pour la nuit, un homme pour la vie ?

Non, surtout pas pour la vie !

Alors, un petit jeune ? Comme le livreur de pizzas, là, devant, sur son scooter, la fesse pétant autant le feu que son moteur… ?

Mais Judith n'avait pas jeté un œil sur lui qu'elle savait déjà ce qu'elle aurait écrit sur le Petit Carnet au bout d'une heure en tête à tête : «*Pas le sou. À garder pour deux soirs, grand maximum Ne paiera pas les additions, fouillera dans mes tiroirs. Beaux biscotos, sûr. Comme tous les gigolos.*»

Et son regard de s'enfuir aussitôt.

Pour reprendre illico sa traque : tiens, ce beau quinquagénaire, là, sous les marronniers, qui verrouille jalousement son coupé métallisé… Mais non, voyons, pas ça non plus ! «*Tempes-argentées-prison-dorée*», a décrété naguère le Petit Carnet au bas d'une page fort peu élégamment intitulée : « Roi-des-Tuyaux » :

allusion à la fortune de cet éphémère compagnon, un ex-plombier qui possédait une belle affaire de siphons et tubulures. « *Grands restaurants, assez bon amant* », avait approuvé les premiers jours le Carnet. Pour déchanter au bout d'une semaine : « *Petites manies. Déjà ronchonneries. Et rabâcheries. Ennui. Le plaquer très vite. Urgent. Ça va tourner à l'infirmerie.* » Le surlendemain, le chapitre « Roi-des-Tuyaux » était clos : « *Ouf! ça y est!* » concluait sobrement le Petit Carnet. Au propre comme au figuré, Judith avait tiré un trait.

C'était donc sans regret quelle regardait s'éloigner l'homme aux tempes argentées ; tout comme elle avait laissé le scooter, l'instant d'avant, s'enfoncer à grands coups de zigzags et de pétarades dans l'avenue engazée. De nouvelles images de chairs masculines se mettaient alors à émerger de la glu de la canicule.

Mais à peine son œil en avait-il extrait un spécimen qu'un surnom, une menue phrase, une brève saynète amoureuse, tout droit sortis du Petit Carnet, lui revenaient à l'esprit. Épaves d'histoires mortes, débris de romances soudain ressuscités, tous échoués là, sous les arbres ou dans les rues, sans qu'elle en saisisse ni le comment ni le pourquoi, et qui se surimpressionnaient à la silhouette masculine tout juste piégée par son regard. Un autre nez, un autre torse, d'autres fesses. Puis un dîner, des cadeaux, une chambre d'hôtel. Les trois mots d'un serment, un rendez-vous manqué, un matin de dispute dans une salle de bains. Une autre dispute dans une cuisine. Un répondeur débranché, des poches fouillées, un téléphone raccroché au nez.

Un déménagement, une valise jetée sur un palier. Avec toujours la même fin : sur le Petit Carnet, ce trait.

À son seul souvenir, Judith renonçait à l'homme qu'elle regardait. Puis elle recommençait à scruter les rues.

Mais elle pouvait guetter, fouiller tout ce qu'elle voulait, rien, toujours rien au fond des avenues gorgées de monoxyde d'azote. Seulement ce peuple informe de corps qui ne lui convenaient pas ; et, en surimpression, la succession de traits tirés au fil des mois, des pages du Petit Carnet.

Malgré tout, elle restait à l'affût. Tellement habitée par sa traque qu'elle n'avait plus un regard pour les femmes.

Elle s'en fichait, maintenant, des fausses blondes, des filles au châssis parfait, millimétrées des seins jusqu'aux chevilles selon les canons du Magazine de La-Grande-Fête-Qui-N'Existe-Pas et conformément aux règles non moins draconiennes du journal qui avait titré sur la géométrie pubienne. Du reste, Judith partait en maraude habillée à la diable. Oublieuse, désormais, de ses jambes et de son sexe rendus à l'invasion des poils. Indifférente à sa peau qui suintait sous son hâtif maquillage, ne sentant même pas ses cheveux encollés par l'air chaud. Elle n'était plus qu'un regard et un lobe cérébral : celui qui évalue. Celui du Petit Carnet.

Mais il faut dire qu'elle voyait vite et juste, et que c'était assez grisant de se sentir aussi perspicace : d'entrée de jeu, ses yeux débusquaient le défaut de la cuirasse – la paupière avachie, par exemple, qui empestait l'alcool et la déprime, le petit bedon qui trahissait, malgré la prison de la ceinture, toute la lenteur d'une digestion. Judith n'avait pas non plus son pareil pour mettre à nu la fêlure, l'imposture. Front rafraîchi au botox, pectoraux gonflés à l'hormone, rien ne lui échappait, ni les cheveux épaissis aux implants, ni l'épiderme doré à l'autobronzant. Voilà pourquoi rien n'allait, jamais.

Voilà aussi pourquoi elle se crut si forte. Rien qu'à se dire : c'est moi qui chasse, c'est moi qui juge. Cette fois, c'est moi qui vais choisir !

Et comme de temps en temps, tout de même, confusément, elle sentait bien quelque chose se décourager en elle, comme il fallait bien tenir, elle se répétait : de toute façon, c'est seulement pour me faire une idée. Dès que je verrai clair, je me fixerai. Mais, pour l'instant, je ne bouge pas, je regarde et pour le reste...

Pour le reste, on verra plus tard.

Elle observait souvent les hommes dans la rue depuis sa voiture. C'était le plus commode : toujours en va-et-vient entre l'agence et ses visites d'appartement, elle passait une bonne partie de la journée au volant.

Avec l'approche des vacances, pourtant, la tumeur des embouteillages ne cessait plus d'éployer ses métastases. Mais, loin de s'en agacer, loin de pester, Judith maintenant en profitait. Chaque fois qu'elle devait sortir, elle s'arrangeait pour quitter l'agence bien en avance ; et, au premier ralentissement, à l'abri de sa petite cage de tôle climatisée, elle se mettait aux aguets.

C'est ainsi quelle finit par remarquer que c'est de dos que se démêlent au mieux les secrets des hommes. Dans la démarche, l'échine, la carrure, la cambrure, la posture, la voussure. Dans le train et l'arrière-train ; disons les choses comme elles sont : dans la face des fesses.

Elle entreprit donc de lire dans leur dos. D'y déchiffrer, à fleur de peau ou de vêtement, leurs forces et leurs faiblesses. D'y traquer l'irrésolution, le courage, la détresse. D'y repérer l'amour et le désamour, la nuit heureuse ou désastreuse, la joie d'habiter son corps à découvert. Ou le dégoût qu'on a de lui.

Déformation professionnelle, une fois de plus : la même tournure d'esprit qui faisait qu'à la seule visite d'un appartement Judith pouvait deviner, sans l'avoir rencontré, le métier, la situation amoureuse, les petites manies de son occupant. Et à nouveau, elle se crut très forte.

Elle se dit : je vais me constituer une grille. Ensuite, quand j'aurai décidé de ferrer un homme, que je passerai à l'attaque, je saurai au millimètre près où j'irai. Je connaîtrai les contours exacts de l'amour, ce qu'il faudra lui donner, lui refuser. Ce que je pourrai en tirer. Je pourrai même prévoir l'instant où j'en aurai assez.

À cette seule idée, malgré la touffeur de l'embouteillage, Judith s'en trouvait toute surexcitée. Plus que jamais sa pupille furetait, guettait, décortiquait : *Tiens, pas mal, celui-là. Un peu chauve, tout de même. Non, pas ça. Et puis, cette dégaine conquérante. Bien roulé, bien balancé, mais c'est sûr, il se croit tous les droits. Le portrait craché de l'Acteur Américain, celui qui m'a fait perdre deux ans de ma vie en me promettant de divorcer. Peut-être un gay, d'ailleurs. Donc, on passe à autre chose... Celui-là, par exemple, ah oui, pourquoi pas ? Pas mal. Mais... les épaules commencent à tomber. Et puis, la fesse, trop large. Reste trop souvent sur son canapé devant la télé. Un veule, c'est sûr, il me fait penser à... Eh oui, à mon premier patron. Celui qui se regardait tout le temps dans la glace, même en faisant l'amour... Beau-Nombril : dix pages du Petit Carnet... Il se servait des appartements à vendre pour... C'était excitant, jusqu'au jour où... Il n'y avait pas que moi, il y avait aussi les clientes... Bon, allez, on passe. Et celui-là, maintenant, près du kiosque... tout mince, tout blond. Oui, mais les blonds... au lit, ça n'a jamais marché. Et puis un gay, celui-là, c'est sûr. Oui, c'est sûr, le beau brun à qui il parle, c'est du pur gay. Alors, l'autre, là, à vélo... Sacré coup de jarret. Mais ce qu'il est maigre ! Dos de pète-sec, on passe...*

Elle pouvait continuer ainsi pendant une heure, entretenue dans sa fièvre, comme en écho, par l'exaltation sonore de son autoradio ; et surtout par le contre-chant survolté – **Tigui-dinnng-Tigui-dinnng-Tigui-dinnng-Tinnng-Tinnng** – par-dessus lequel se déversait, pour la énième fois de la journée, l'ardent catalogue des nouvelles, toutes censées changer d'une heure sur l'autre, la face de la planète : – FUSION GÉANTE ENTRE LE GROUPE AUSTRALIEN D'AGROALIMENTAIRE CORNED KANGOUROU ET LA MULTINATIONALE EUROPÉENNE DE FINANCE GLADIATORI – DEUX MILLE LICENCIEMENTS PRÉVUS DANS LES FILIALES FRANÇAISES – **Tigui-dinnng-Tigui-dinnng-Tigui-dinnng-Tinnng-Tinnng** – COLIS PIÉGÉ AU PALAIS DE JUSTICE – LE PROCUREUR ZEPPELIN DÉCHIQUETÉ PAR L'EXPLOSION – ON SOUPÇONNE LE CHEF DE LA MAFIA OUZBEK – **Tigui-dinnng-Tigui-dinnng-Tigui-dinnng-Tinnng-Tinnng** – LA SUPÉRIEURE D'UN COUVENT DE CARMÉLITES CONVAINCUE DE PÉDOPHILIE SUR LE FILS NATUREL DE SA JARDINIÈRE EN CHEF – **Tigui-dinnng-Tigui-dinnng-Tigui-dinnng-Tinnng-Tinnng** – HAUSSE DE 2,7 % DU TARIF DU VIAGRA DÈS LE 1er JUILLET – LES ASSOCIATIONS DE CONSOMMATEURS DÉPOSENT UN

RECOURS DEVANT LE CONSEIL DE LA CONCURRENCE ET DES PRIX – Tigui-dinnng-Tigui-dinnng-Tigui-dinnng-Tinnng-Tinnng...

À croire que l'univers ne sortait plus de sa fièvre éruptive. Et comme c'était bon de partager avec le monde cette féerie de drames et de catastrophes, ce délire authentique, cette absolue folie, tout en rêvant qu'ici, bien à l'abri, finisse aussi par se produire quelque chose d'excitant, d'exaltant. Mais attention, contrôlable, le piment! Qu'il arrive des choses, soit mais maîtrisables, gérables. Oui, c'était le mot : gérables. Pas question de prendre de risques. De toute façon, on va uniquement retenir de l'impeccable. Du zéro défaut.

Seulement voilà, Miss Niels, comme on en était loin, de ce merveilleux idéal! Même de dos, tous les corps d'hommes vous répondaient la même chose : *Pas ça, pas ça non plus, tout mais pas ça, surtout pas ça! non, ça ne va pas, ça ne colle pas.* C'était comme un mauvais jour de soldes, on avait beau fouiller tout ce qu'on voulait, rien n'allait : *Pas ça, plus ça. Non, jamais plus ça, ça ne colle pas, c'est pas ça. Sûr, de toute façon, ça n'ira pas. Et ça, jamais de la vie. Et ça non plus, ça me rappelle trop... Et puis l'autre, là, c'est pareil, je n'aime pas du tout ce genre-là. Plus jamais ça. Et pas ça non plus, ça ne va pas. Ça, certainement pas. Alors ça? Non. Pas ça, pas ça, pas ça...*

Le soir, évidemment, c'était un peu différent. Ça devenait plus équivoque. Pourtant, Judith aimait bien ce moment-là, l'approche de la nuit, aux environs de vingt et une heures, quand les bruits commencent à s'étouffer et que la ville se transforme en grande méduse flasque. Elle se glissait alors dans une file d'attente, devant un cinéma.

Mais, là encore, chez les hommes, une fois de plus, imposture ou fatigue. Ce n'étaient pas les dos, cette fois, qui les trahissaient, mais, plus impitoyables, leurs odeurs. Camouflées, bien entendu : la plupart du temps, ils s'étaient récurés avant de sortir. Mais le nez de Judith, plus cruel que son œil, reniflait tout. Évidemment, elle était aidée en cela par la chaleur, qui révélait très vite, derrière l'arôme trop vif du gel-douche, de l'eau de toilette ou du shampooing, le relent du corps. Et le diagnostic tombait.

Ça se faisait tout seul, comme pour les dos : suée de surmenage, décrétait-elle ; ou de routine, d'anxiété, de déprime.

Judith, cependant, ne quittait jamais la file. Elle allait jusqu'au bout, jusqu'à la caisse, elle s'imposait de voir le film.

Qu'est-ce qu'elle attendait de la salle de cinéma ? Rien : jamais une main, une jambe n'y demandaient les siennes. Seuls ou accompagnés, ce que les hommes cherchaient ici, c'était simplement la salle climatisée, le confort du fauteuil, le menu plaisir des chuchotis ; puis, plus vaste, celui de l'illusion : la longue trouée d'images au fond du noir.

Des séquences chatoyantes, agitées où, souvent au milieu d'un affligeant troupeau de Pas-Ça, surgissait superbe trouvaille, un indiscutable Ça, un article extra-fin, doté de toutes les vertus du Ça de super-choix : tendresse, courage, humour, intelligence, brio sportif, débrouillardise, torse musclé, épaule protectrice – parfois même un outillage intime extrêmement prometteur.

Mais, hélas ! rien que de la pellicule d'homme. De l'ombre de crocodile. Où trouver de la chair pour donner consistance à cette enveloppe sans épaisseur ? Pour le transformer en authentique Ça dont on puisse vraiment palper les fesses et surtout chercher le doux abri des bras ?

Judith sortait très vite du cinéma.

Alors retour une fois encore aux notules du Petit Carnet Rouge. Au souvenir de Grand-Amour, par exemple : cinq pages du susdit Carnet. Plus deux tubes de somnifères, une semaine d'hôpital et trois ans de tranquillisants avant de pouvoir tirer un trait.

Cinq ans déjà, comme c'est loin ! se disait alors Judith. Et pourtant c'est si près.

Mais au lieu de prendre la situation à bras-le-corps, au lieu de se colleter hardiment avec son désir de crocodile – en allant en boîte, par exemple, ou en s'arrangeant ce qui était encore plus facile, pour se faire entreprendre par l'esseulé qui sirotait une bière à la terrasse du café d'en face –, Judith, c'était plus fort que tout filait directement à la Cité Pornic. Elle rentrait, se couchait. Et s'endormait.

Songes confus, comme toujours. Rêves de yetis, peut-être. De moutons à cinq pattes, d'oiseaux de paradis. Ou de crocodiles, allez savoir, forniquant contre des tables de cuisine. Le lendemain, en tout cas, au réveil, elle ne passait plus jamais par le sas du Ménage dans la Tête. Dans sa chambre désormais aveugle, elle se levait comme elle s'était couchée : en automate. Et repartait à la chasse. Exactement de la même façon.

Et, à nouveau, la ritournelle de la vie automobile : vraaaam-frittch-frittch-groiiinngg, accélération, boulevards, abribus, vitrines, trottoirs qui défilent, freinage, carrefour en vue, première, point mort, embouteillage, rooooooooooooooooooooot, tiens, oui, à l'arrêt de bus, pas mal, celui-là. Seulement, un peu trop gros, tout de même, pour faire un Ça. Et ce début de scoliose, là. Sans compter les cheveux dans le cou...

Le fleuve des rues et des boulevards demeurait sans espoir. Dans les rues, aux croisements, sur les trottoirs, aux feux rouges, aux feux verts, devant les bouches de métro, les kiosques à journaux, sur les motos, les scooters, les vélos, dans les files d'attente pour le ticket de Loto, pas l'ombre d'un Ça.

Même en cherchant plus loin, même en scrutant les foules, même en fouaillant leur mouvement brownien, à l'horizon des avenues et du bitume chaud, toujours le même refrain : trop vieux, trop jeune, trop petit, trop maigre, trop grand, trop gros, trop velu, trop imberbe, trop poilu, *pas ça, pas ça, ni ça, pas ça non plus, surtout pas ça, plus jamais ça, pas ça, pas ça, pas ça, pas ça...*

Et par-dessus ce couplet qui n'arrêtait jamais, l'autoradio qui continuait, incorrigible, à déverser sa cataracte de drames : **tigui-dinnng tigui-dinnng tigui-dinnng tinnng tinnng** — AU PROCÈS DE LA SECTE DES DOUKHOBORS, LA PRINCIPALE ACCUSÉE, UNE OCTOGÉNAIRE, S'EST PRÉSENTÉE NUE AU TRIBUNAL POUR PROTESTER CONTRE LES BRUTALITÉS POLICIÈRES DONT ELLE AVAIT ÉTÉ VICTIME AU MOMENT DE SON ARRESTATION — **tigui-dinnng tigui-dinnng tigui-dinnng tinnng-tinnng** — L'ACTION DE DUPLICATA WORKS EN CHUTE LIBRE APRÈS LA DÉCOUVERTE DES TROUBLES DE COMPORTEMENT DES CHATS PERSANS CLONÉS RÉCEMMENT MIS EN VENTE SUR LE MARCHÉ BELGE — **tigui-dinnng tigui-dinnng tigui-dinnng tinnng-tinnng** — D'APRÈS UNE ÉTUDE DE SCOTLAND YARD, LES CHAMPS MAGNÉTIQUES DES TÉLÉPHONES PORTABLES SERAIENT À L'ORIGINE DE LA DISPARITION DES FANTÔMES DANS LES MANOIRS ANGLAIS — **tigui-dinnng tigui-dinnng tigui-dinnng tinnng-tinnng** — feu vert, vraââââââm-frittch-frittch-groiiinngg, embouteillage, rooooooooooooot, tiens, pourquoi pas celui-là, devant la banque, qui prend de l'argent à la Trayeuse-À-Billets ? Dos intéressant, grand, mince, élégant, britannique. De l'allure. Ah mais non, il se retourne, surtout pas ça ! Copie conforme de l'Astronome…

Groiiinngg-vraââââââm-frittch-frittch, et en voici un autre. Mince, lui aussi. Mais moins élégant – son tee-shirt est vulgaire. Et puis, voûté. Avec une peau de roux. Impossible.

Et à nouveau, les avenues, les rues, les trottoirs, les boulevards, un rooooooooooooooooooooooooot qui se prolonge, s'étire, s'allonge, la pensée s'asphyxie au marécage des gaz, dans le rooooooooooooooooooooooooooooooooooooooooooooooooooooooooot qui ne s'arrête plus, le macadam, comme le désir, se met à étouffer sous le caoutchouc des pneus, le ventre se noue, l'épaule se crispe, les poumons se rétractent, l'esprit ne tient plus qu'à un reste de batterie – *pas ça, pas ça, pas ça, pas ça, non, pas ça, pas ça non plus, surtout pas ça, pas ça, pas ça...*

Il se produisit quand même un incident, au milieu de tout ce monotone fatras. Une anicroche pas vraiment rafraîchissante, mais stimulante. Dérangeante.

Ruhl. Dans l'escalier, un matin. Un jour de panne d'ascenseur.

Pour comprendre comment se déroule l'affaire, il faut rappeler les petites habitudes des uns et des autres, se remettre en tête la topographie de la Cité Pornic. Ruhl habite au premier; lorsqu'il sort de chez lui, il est généralement très absorbé. Le visage verrouillé sur ses énigmes, ses nuits dont il est le seul à connaître le secret.

Il n'y a peut-être aucun mystère là-dedans; mais, depuis deux ans, dans le regard de ses voisins, il traîne derrière lui, quoi qu'il fasse, l'extravagant souvenir de sa maîtresse et du fracassant départ de madame Ruhl.

Par ailleurs, il faut se souvenir que la cour de la Cité Pornic est assez vaste pour laisser tout loisir à l'observation : entre la grille qui donne sur le boulevard et l'immeuble du fond, celui de Judith et Ruhl, il faut bien compter une centaine de mètres. Enfin, dès les premières chaleurs, la concierge laisse grande ouverte la porte de l'immeuble; et, ce jour-là, pour comble, à cause de la panne d'ascenseur et des constants va-et-vient des ouvriers chargés de le réparer, elle avait aussi maintenu béante, à l'aide d'une petite cale de bois, la porte vitrée qui sépare le vestibule de la cage d'escalier, habituellement protégée par un digicode et sévèrement verrouillée.

Aussi ce matin-là, à aucun moment Ruhl ne s'arrêterait pour actionner les boutons électriques commandant l'ouverture des deux portes. Et n'aurait par conséquent l'occasion de se retourner et d'apercevoir Judith, à moins qu'elle ne s'approche de lui et ne cherche à faire irruption dans son champ de vision. Il pouvait sortir de chez lui sans un regard pour quiconque, comme il avait toujours fait : yeux fuyants, mâchoires cadenassées, et du même pas lourd, comme s'il portait à ses chevilles tout le lest de son passé.

Mais, ce matin, Judith est en retard. Elle a eu un réveil difficile, particulièrement engourdi ; au point qu'elle se serait volontiers octroyé une bonne petite séance de Ménage dans la Tête, n'était le serment qu'elle avait si fermement arrêté le jour où elle avait réparé le store. Car, sans vouloir se l'avouer, elle commence à se demander si elle n'est pas en train de perdre son temps depuis dix jours – très précisément depuis la scène qu'elle a surprise dans la cuisine entre la blonde et l'Astronome.

Elle expédie donc sa toilette, s'habille distraitement, jette un coup d'œil au miroir, s'y trouve un peu tassée, et, pour tâcher de se grandir, passe sous sa robe d'été – dont l'ourlet, hélas, il faut bien le constater, misérablement pendouille – une paire de mules à hauts talons.

Mais pas question de s'éterniser devant la glace pour vérifier l'effet de cette velléité d'élégance,

8:41:23

affiche sévèrement l'horloge numérique du téléviseur. Sur le plancher, par conséquent, maintenant, de pièce en pièce, schlllakk et schlllakk des mules, parfois schlllännng (le talon droit vacille, on dirait, et sur l'orteil gauche, la cambrure commence à se faire torture).

Malheureusement, trop tard pour changer de chaussures :

8:43:57

plus vite, Judith, trouve ton sac, et le portable, et l'agenda, et les cartes électroniques, les clefs, les lunettes, les badges, zip-zoup-clac, tzi-tzi-zap, schloukkk, encore clic et clac, fuiiittt ouf ! tout est là, dans le grand bazar du sac. Et maintenant à l'attaque, vite au parking sur les mules qui font schlllakk !

Seulement, sur le palier, voici que l'ascenseur refuse de répondre à l'injonction de son doigt. Elle peut appuyer tant qu'elle veut sur le bouton, la machine reste muette : aucun clic, aucun clac.

Mots grossiers – étouffés. Pour autant l'escalier à dévaler. Volée de marches. Schlllakk et schlllännng, orteils au martyre, pieds déjà cisaillés, pcchhu-pcchhu, nouvelles grossièretés chuchotées.

Mais bien forcée d'aller de l'avant, Judith Niels, bien obligée de continuer, schlllakk-schlllakk-schlllännng, de palier en palier, et la minuterie en panne par-dessus le marché. Donc la descente à l'aveuglette, c'est le bouquet, schlllakk-schlllakk-schlllakk, ouf ! plus qu'un seul étage. Enfin ça y est, sauvée : en vue, le palier du premier...

Et la lumière. Avec Ruhl en plein cœur de la lumière.

À ceci près que *lumière* était un bien grand mot pour le maigre ruisseau de clarté qui suintait de l'oculus en verre cathédrale percé à cet étage – le seul de tout l'escalier. Un éclairage miséreux, grisâtre, pompé à grand-peine au puits étroit que formaient, côté cour, les hauts murs de l'immeuble. Malgré le beau temps, ce jour restait sévèrement avaricieux ; et c'est dans cette morne flaque que Judith vit soudain surgir Ruhl. Il allait sortir, lui aussi ; et traversait l'ovale de grisaille dessiné par l'oculus.

Schlaëëëëëëëëënng, schlaëëëëëëëënng, les mules vacillent, Judith aussi. Puis elle se fige. Ruhl se trouve au centre de la flaque grise ; il a la même face rétractée que les autres jours. Il ne l'a pas vue.

Elle est tout près, pourtant, le pied droit suspendu, raidie dans la pénombre en posture d'échassier. Si près de lui qu'elle accompagne sa respiration. Et capte son odeur. Qui lui plaît.

Envie de s'approcher, alors. Immédiate. Besoin d'en savoir plus. D'en prendre plus. Déferlante de curiosité.

Mais Ruhl, déjà, sort de la flaque grise et s'engage dans l'escalier. De l'ombre n'émergent plus que ses épaules, sa nuque blonde et grevée de secrets. Plus rien à faire que continuer à l'épier.

Comme les autres.

Mais que c'est difficile, d'un seul coup ! Sur la cambrure des mules, comme les chevilles oscillent...

Pourtant il faut se reprendre. Se faire petite pour franchir la première porte ; plus minuscule encore pour la seconde. Et s'obliger à devenir lente.

Car Ruhl est dehors, à présent, il traverse le square sous le grand soleil qui se répand aussitôt sur le lin grège de son costume – c'est vrai qu'il est élégant.

Et de l'allure, indiscutablement. Sa veste est légèrement trop large – un début d'embonpoint qu'il cherche à camoufler ? Non, le costume flotte, il est mince ; et la fesse semble ferme. Ferait-il du sport ? À vérifier. Seulement, pourquoi ces épaules accablées ?

Et puis son sillage, son odeur... Qu'est-ce que c'est ?

Rien que la signature de son corps. Celle de l'animal Ruhl qui sort de sa douche, bien rincé, tout récuré au savon discrètement épicé.

Épicé ? Homme à femmes, alors, comme le veut la rumeur ?

Oh, mais tu vas trop vite, Judith ! Tes mules claquent sur le pavé de la cour, schlllakk, schlllakk, il va t'entendre, ralentis !

Seulement tu t'y prends mal, schlaaaëëënnggg, ton

genou, tes chevilles fléchissent comme tout à l'heure, et ton échine – mais qu'est-ce que tu as, à la fin ! – se relâche et s'effondre, pauvre et frêle collier tout près de se défaire en osselets.

C'est à cause de l'alliance, là, que tu viens de voir briller à sa main gauche ?

Oui, c'est l'alliance. Tu le croyais divorcé, tu ne savais pas qu'il s'était remarié ?

Remarié ? Mais avec qui, l'homme à femmes ? Et d'abord, homme à femmes, qu'est-ce qui le prouve ? Tu n'as jamais vu personne chez lui depuis le départ de madame Ruhl. S'il y avait du neuf, tu l'aurais su, depuis le temps ! La Vieille Dame te l'aurait dit, ou la concierge. Tu as dû mal voir. Un nouveau point à vérifier.

Vérifier ? Mais pourquoi ? Tu es folle, Judith, qu'est-ce qu'il y a à chercher, à trouver ? Ne t'approche pas, laisse ce Ruhl sur ses rails, reste sur les tiens. Chacun son petit monde, chacun son chemin. C'était comme ça jusqu'à ce matin. Et c'était bien.

Pourtant, schlllakk, schlllakk, schlllakk, schlllakk sur le pavé du square, Judith s'entête à marcher vite.

C'est que Ruhl, à présent, est à deux pas de la grille ; et comme la porte, ici comme à l'intérieur de l'immeuble, est restée grande ouverte, maintenue, tout comme la première, par une petite cale de bois, d'une seconde à l'autre il va passer sur le boulevard.

Et s'éloigner. Se laisser engloutir dans ce néant de fumées. En restant ce qu'il a toujours été : un homme jaloux de son absence, de sa distance. Emmuré dans ses énigmes. Une forteresse mobile.

Mais, surprise, voici qu'il ralentit. Qu'au moment

de franchir la porte de la grille il s'arrête. Et se retourne ! Vers elle...

Il pose la main gauche sur la porte comme pour la lui tenir – ça n'a pas pu lui échapper, tout de même, qu'elle est bloquée par une cale ! Et il se met à la dévisager.

Judith fuit son regard. Elle veut d'abord vérifier, pour l'alliance. Elle lorgne la main posée sur la porte. Et constate qu'elle a bien vu, tout à l'heure.

Elle relève les yeux. Ruhl sourit – de malice, on dirait. Puis redevient flou presque aussitôt, son œil paraît celui d'un poisson-lune. Et il lâche :

– On ne se croise pas souvent, vous et moi.

Autour de lui, l'odeur d'épices et de savon se précise. Surtout quand il ajoute :

– En fait, moi, je vous vois souvent.

C'est maintenant la voix de Ruhl qui cloue Judith au seuil du boulevard, puis épingle son regard au sien, à ses paupières gonflées, à son sourire qui a de la chair, de l'appétit. Et surtout à ses yeux qui se font minéraux. Très clairs ; presque gris à force d'être bleus. Et secs. Pupilles de scripte, qui voient tout.

D'ailleurs, c'est bien simple : voici que Ruhl avise, sur le col de son tee-shirt, une étiquette qui dépasse :

– Vous avez oublié... ça.

Il se saisit froidement de l'étiquette et la rentre sous le coton du tee-shirt.

C'est très fugace, mais Judith a le temps de sentir, sur l'étoffe, la prise de son pouce et de son index, aussi exacte que son regard. Ses doigts ont bien pris soin de ne pas frôler sa peau. Elle murmure :

– J'étais pressée.

On croirait qu'elle s'excuse. En face, le sourire s'aiguise :
— J'ai entendu.
— Entendu ?

On dirait de la colère : elle a presque crié. Mais Ruhl ne se trouble pas. D'un geste discret du menton, il désigne ses mules. Il sourit toujours, mais l'eau de ses yeux s'est épaissie. Ça s'éternise.

Ça pèse, aussi. Tout en allégeant, c'est bizarre. Et puis soudain, ça ne dure plus, ça ne fait plus que peser : sans préavis, Ruhl se rétracte. Redevient forteresse, homme de silence, de distance. Un petit salut puis il s'efface devant Judith. Elle franchit seule la porte de la grille.

Fracas des mules contre le bitume du trottoir. C'est bien une fuite. Mais, cette fois, Ruhl n'en pourra rien savoir. Rien voir, rien entendre. Il y a toujours un tel tintamarre dès qu'on se retrouve sur le boulevard.

C'est ce jour-là qu'elle en a eu assez. Qu'elle s'est dit : « Partir ».

Pas tout plaquer, non. Elle a seulement commencé à rêver de vacances.

Ça l'a saisie d'un coup, elle a pensé : « Ça suffit, maintenant. Je laisse tomber, basta. Et j'attends. J'attends les vacances. » Et elle s'est mise à rêver du Sud.

Elle croyait avoir oublié Ruhl, elle avait passé sa journée, comme toutes les précédentes, à reluquer les hommes, elle se croyait toujours très forte. Ce soir-là non plus, après son habituelle et vaine maraude automobile, elle n'a pas eu le cœur de rentrer Cité Pornic. Mais, comme elle en avait assez du cinéma, elle a garé sa voiture, elle est allée marcher au hasard des rues.

C'était la tombée de la nuit, il faisait toujours très beau. La lumière, avec l'approche du solstice, s'obstinait au bout des avenues. Une longue marge de clarté où s'effrangeaient, en dessin d'un noir précis, les plus menus détails des lignes de la ville, les frondaisons des arbres, la ligne des toitures, sa brousse d'antennes et de paraboles. Un reste de jour pâle et fixe ; au fil des minutes, aucun changement ou presque dans son rayonnement entêté. Il rendait encore plus fantasmagorique, au long des rues, l'irradiation des affiches lumineuses et des sésames électrisés, eux-mêmes continus, qui promettaient l'ouverture d'une myriade de mondes et de sensations parallèles :

ASTRONET.COM – GÉREZ VOTRE DESTINÉE / ROUGE IMPULSE – LES LÈVRES DU DÉSIR / LOLITAS, L'ARÔME DE L'INTERDIT / PANIC ATTACK – JAMAIS VOUS N'AUREZ AUSSI PEUR AU CINÉMA...

La bande de lumière naturelle était si persistante, par-delà ce long chapelet de mots et de fantasmes égrenés au fil des trottoirs, qu'on en arrivait à penser : le soleil ne se couchera plus. Du coup, on était prêt à basculer dans le premier rêve venu. Ça se faisait tout seul, sans qu'on y réfléchisse. On engloutissait aveuglément le bonheur de l'affiche ; ensuite, il fallait faire avec. On n'arrêtait plus de le digérer.

Oui, c'est sûr, sans l'affiche Judith ne se serait pas dit : « Maintenant, basta ! je pars en vacances, je vais chercher ailleurs », car elle se souvient encore de ce que représentait l'image, comme un arcane qu'elle aurait tiré aux tarots et qui lui aurait subitement dévoilé la face de son destin. Du coup, elle peut même retrouver, avec le moment où ça s'est passé, l'abribus où l'image était placardée : en haut d'une avenue large et déserte et qui montait, au point précis où l'asphalte venait mourir devant l'étroite bande de clarté.

Elle se souvient aussi parfaitement du slogan :

sPLASH !

LA FRAICHEUR SERA TIENNE !

s'enthousiasmait l'annonce devant un horizon de mer azuréenne, un flacon d'eau de toilette et le buste d'un homme jeune tenant sous son bras une planche de surf.

Un Ça, un homme parfait. Idéal, divin, sublime et même sublimissime ! comme se serait exclamé le magazine de La-Grande-Fête-Qui-N'Existe-Pas. Un Super-Ça, celui-là, sans discussion possible, et paré comme au cinéma, en sus de la jeunesse, de toutes les qualités qu'on attend d'un vrai Ça : cheveu dru, muscle ferme, teint bronzé, sourire tendre. Et ce regard si clair, si vert...

Et puis tout le reste : sa grâce dans le geste, sa planche serrée sous le bras ainsi qu'un corps aimé,

enfin cette façon d'émerger, ***SPLASH !*** d'un Sud dégoulinant de bleu et d'or. Fils de la vague, rayonnant, exultant, porté de crête en creux, écumeux, heureux, de la mer transpirante jusqu'à ces rives vierges, étales et douces, derrière le flacon d'eau de toilette, plus jeunes encore que sa jeunesse, plus ardentes que l'amour à faire et à refaire, radieuses, légères. Pur Sud.

De l'affiche, le désir ruisselait en pluie, exactement comme la lumière. Bonheur publicitaire, OK. Mais pourquoi s'en priver ? Pourquoi se refuser ce luxe : l'envie d'y croire ?

Le Sud, chuchota donc Judith. C'est là qu'on m'attend. Le Sud, ne serait-ce qu'un moment.

Et le lendemain elle se réveille sans états d'âme. Sans la moindre tentation non plus de s'offrir une séance de Ménage dans la Tête. Elle sort de la Cité Pornic – ouf! – sans rencontrer Ruhl. Elle a tout de même enfilé ses mules; et, à la pause de midi, au lieu d'aller comme d'habitude mâchonner une salade à une terrasse de café en espionnant les hommes qui passent, elle change de cap. Elle avise une agence où s'acheter du Sud. Et le rêve de l'homme qui va avec.

Le monde de la vitrine ressemble à celui de l'affiche : blondes et bleues publicités, sable, mer, palmes, sourires, corps joyeux. Derrière le mur transparent, l'or du plaisir attend. Judith entre.

Là encore, pas d'effort, tout glisse comme les rolleuses sur le trottoir d'en face, nulle porte à pousser. Elle n'a pas esquissé le début d'un mouvement en direction de la vitrine que des battants de verre s'écartent devant elle, comme lui disant : Venez par ici, Miss Niels, rien qu'un pas, rien qu'un chèque, et vous l'aurez, votre Sud, votre peau bronzée contre une autre peau bronzée au fond du lisse été. Rien à faire que choisir votre mer, votre ciel, votre plage, votre palmier. Et vous entrerez, le jour où vous voudrez, dans le quelque part ensoleillé où vous attend le quelqu'un que vous cherchez, entrez, entrez, c'est facile : voyez comme la porte coulisse, ici on vend les délices en libre-service, gros œufs tout pleins d'un bonheur clefs en main, loin. Très loin de ce trop petit monde où chacun vit enfermé dans son coin, empêtré dans son petit corps, ses petits liens, toujours à se croiser, à se serrer, se mélanger, se décroiser, tout ça pour finir chacun de son bord, déprimé, recroquevillé…

Pourtant, avant de passer le seuil, Judith hésite : des portes qui s'ouvrent sans qu'on ait rien demandé, le corps ne s'y fait toujours pas. Il reste un peu méfiant, l'œil et la jambe flottants.

Mais en définitive, pas moyen de résister. Judith fait comme tout le monde, la transparence l'aspire, elle se laisse avaler. Happer de l'autre côté.

L'employée de l'agence ne la regarde pas, elle est toute à son écran ; même quand elle tapote sur son clavier – *Tipeu-tipeu toup-toup-toup, tipeu-toup-tipeu-tipeu* – elle continue à fixer son lagon bleu d'un œil écarquillé et tout enamouré.

Et lui, l'écran, indolent mais docile amant, répond chaque fois gentiment à sa pupille dilatée. Puis une imprimante à aiguilles, sur la droite, part de petits feulements sourds et irréguliers, *tzrrreuh-euh, tzrrreuhh-euh-euh, tzrrreuhh-euh-euh-streutch*, juste après que le ductile écran a craché ses longues lignes de mots olivâtres sur son lac azuré.

Du même bleu exactement que la mer que Judith espère. Et qu'elle n'obtiendra pas, si ça continue à se passer comme ça : après chaque danse des doigts face à l'écran-amant, et grincement de l'imprimante, l'employée de l'agence a une moue. Puis elle commente, les yeux toujours noyés dans le lagon d'électrons :

– Rien à cette date-là.

– On va chercher autre chose, répond alors Judith.

Elle ne se décourage pas, elle serre les dents. La fille, elle, fait toujours la moue et étouffe un soupir avant de se remettre à taper sur son clavier un nouveau nom de rivage à palmiers ou d'île à alizés. Puis elle grommelle : « Bora Bora, non, j'oubliais, c'est pas dans vos prix. Alors, voyons du côté des Seychelles... Mais c'est seulement pour voir, parce que vraiment, vous vous y prenez trop tard. Ce sera comme pour Antigua, j'en ai peur, comme pour Cuba. Cette année, pareil partout. Même la Côte, Palma, Ibiza, je ne sais pas ce qu'ils ont. Ça les a pris il y a trois semaines, avec le beau temps. Enfin, on va bien voir, j'essaie quand même... »

Et à nouveau *tipeu-tipeu, toup-toup-toup* sous ses petits doigts légers, à nouveau passive attente des *tzrr-reuh-euh* et des *streutch*, qui finissent toujours par feuler et grincer. Enfin le soupir, comme tout à l'heure. Enfin la moue. Et la petite phrase qui tombe froidement :

– Rien non plus.

Toujours pas un regard pour Judith. La fille ne décolle pas de son écran, à croire que cette série de refus l'hypnotise. Pourtant Judith insiste :

– Et un peu plus tard ?
– Quelle date ?
– Le 3, le 4, le 5, peu importe...

Judith s'entend parler en suppliante, elle se sent faible, d'un coup, derrière ce comptoir, impuissante et fragile, les jambes coupées autant que la voix. Misérable. Et elle s'en veut : pourquoi être entrée ici alors quelle pouvait bien tranquille, explorer les mondes électroniques sur sa propre machine ? Sinon pour obtenir, en même temps que le Sud, une vraie voix qui lui dise, face à l'écran : « Oh oui, comme vous avez raison, partez là-bas ! Ce sera tellement beau, le Sud, tellement fort, tellement bien ! La mer, l'hôtel, la plage. Et les gens que vous trouverez sous les palmiers... »

Au lieu de quoi, dans cette agence, rien qu'une fausse blonde pour Astronome. Une fille standard qui ne lui adresse pas un regard ; et par en dessous, sous-titrage minimal :

– Maldives, rien.
– Et en partant deux ou trois jours plus tôt ?
– Mouais.
– Essayez.
– Hmmmm...
– Au moins, essayez !

Nouvelle supplique de Judith. Nouvelle moue de la fille aux cheveux peroxydés et à la voix de synthèse.

Et voilà que la machine s'y met à son tour, la copulation informatique tourne au fiasco, elle ne répond plus malgré les efforts de la fille qui n'arrête plus de s'échiner sur son clavier. Mais non : plus un seul mot sur le lagon d'électrons.

Judith hausse les épaules, jette un regard à la ronde. La pièce est aussi azuréenne que l'écran. Et presque aussi vide, en dehors de deux employés, les yeux pareillement fichés à leur écran ; et d'un homme assis dans un angle à une petite table, qui compulse rapidement un dossier, puis manipule un chéquier : un client.

Muet, comme les autres. Bien claquemuré dans son petit monde. Indifférent.

Mais voici que la fille lâche un petit cri : à force de pilonner son clavier, elle a réussi à ranimer la machine qui aligne poussivement une première giclée de lettres ; puis, plus roidement, trois autres. Le visage crispé de la blonde chimique s'éclaire. Elle se tourne vers Judith avec un air de triomphe et lui lance, définitive :

– Rien non plus !
– Comment, rien ?

Judith se cabre. L'autre baisse alors d'un ton, se fabrique une voix compassionnelle – celle du médecin qui prépare son patient au diagnostic d'une maladie mortelle.

– Les îles, vous savez... le Sud... Changez de créneau !

Mais Judith ne lâche pas prise, elle s'agrippe au comptoir, s'entête :

– Il y a bien d'autres îles. Vous n'allez pas me dire que...

De la même voix d'hôpital, la fille l'interrompt :

– Ou alors... en dernière minute... les annulations...

L'espoir qu'on laisse quand il n'y a plus d'espoir. Judith se tait. L'autre se sent obligée de poursuivre :

– Mais, surtout, si vous partiez plus tard... bien plus tard... Ce sera moins cher, et vous aurez tout ce que vous voulez.

Judith ne répond toujours pas. Alors la fille chimique se fait suave, répète :

– Partez plus tard. Attendez quelques semaines.

Elle sourit. Elle a un teint de brune et des yeux olivâtres comme les lettres qui, sur son écran, viennent d'assener que les hôtels sont complets, et hors de portée le bonheur du Sud.

Puis, comme Judith continue de la fixer sans lâcher un seul mot, elle se retourne vers sa machine en bâillant et laisse tomber d'une bouche molle :

— Après le 15 août, quoi…
— Pas question ! rétorque aussitôt Judith. Je ne veux pas attendre ! Et d'ailleurs je… je n'attendrai pas !

Elle a hurlé. Elle s'est entendue hurler.

Qu'est-ce qui lui prend ? Elle ne sait pas, elle ne maîtrise plus rien, ni ses mots ni sa voix. Ça lui sort comme ça. Non de la bouche ni de la gorge, mais de plus bas : du ventre, là où niche depuis longtemps sa colère. Qui se débonde d'un coup :

– Vous n'allez pas me faire gober ça, il y a de la place pour tout le monde partout dans le monde ! Allez, secouez-vous, je suis sûre que si vous vous bougez on va trouver ce que je veux, à la date que je veux et...

Mais en même temps qu'elle crie, Judith le sent : quelque chose va arriver.

La fille aussi, d'ailleurs : elle la dévisage maintenant avec intensité – comme si c'était son écran. L'espace d'un instant, à son tour, elle paraît sur le point d'exploser. Mais son regard s'enfuit très vite du côté de sa machine et elle lâche d'un ton neutre :

– Je vais réessayer les Maldives.

À nouveau, *tipeu-tipeu-toup-toup*, douce mélodie du clavier. La fille a décidé de mettre du liant, voici qu'elle parle enfin :

– Les Maldives, je connais, c'est superbe, j'y suis allée en voyage de noces... C'est cher, évidemment, mais on va voir. Je me souviens, quand j'y suis allée, d'une petite île paradisiaque, isolée... Évidemment, côté confort c'est un peu juste. Rustique, si vous voyez ce que je veux dire. Mais en y mettant du sien...

Et l'ordinateur se fait docile, d'un coup, il va faire de son mieux, lui aussi, il a compris la situation. Comme le climatiseur, juste au-dessus du comptoir, qui ronronne gentiment. Et comme les employés, à côté : ils ont lâché leur écran, ils regardent maintenant Judith, ils semblent tout à son problème, à sa demande de Sud. Même le client dans son coin : il en abandonne son chéquier.

Judith pourtant ne les observe pas. Elle sent tous ces yeux qui convergent sur elle, sans plus. Et les ignore. De toute façon, elle se sait mal habillée, comme hier, quand elle est tombée sur Ruhl. Même tee-shirt sans forme, mêmes mules à talons qui trépignent au-dessous de sa jupe à l'ourlet qui pend. De toute façon, rien à chercher ici ; c'est ailleurs, très loin ailleurs, que le bonheur attend.

Tzeuh-tzeuh, recommence à crachoter la machine à rêver, voici ressuscitée sur le lagon bleu la promesse de l'été, *tipeu-tipeu-toup-toup, tzeuh-euh-tzeuh-euh-streutch, streutch, streutch*. Et pour finir, comme tout à l'heure, la blonde chimique susurre en plissant ses yeux d'olive rance où elle tâche de glisser un petit ersatz d'humanité :

– Vous ne pourriez pas partir en couple ? Parce que... vous savez... Les gens seuls, dans les hôtels, dans le fond... c'est ce qu'il y a de plus dur à caser...

Quand l'homme s'est-il approché ? L'homme, le client, celui à qui elle avait à peine jeté un coup d'œil.

L'homme, la Présence, ce corps dans son dos, dans un coin, cette chair dont elle avait su d'emblée, pas besoin de réfléchir, qu'elle était masculine. Aussi mâle qu'était femelle, en face d'elle, la blonde chimique.

Donc pas même un visage, cet homme, pas même une odeur. Et encore moins une voix : depuis que Judith avait crié, dans l'agence, c'était le silence.

Oui, rien que cette seule idée d'un corps mâle à deux pas du sien. La Présence. Un corps vivant et masculin qui s'intéressait au sien.

Mais qui s'apprêtait à disparaître, hélas ! (tiens, cela aussi, sans le voir, Judith le sentait, le devinait). Sans avoir à l'observer, elle voyait son bras qui s'allongeait, sa main qui se refermait sur un chèque et le tendait en direction d'une autre présence.

Mais vague, celle-là, sans consistance, une silhouette informe derrière un autre comptoir

En fait, Judith ne se souvient pas de l'instant exact où la Présence est devenue vraiment Présence, quand l'homme s'est suffisamment approché d'elle pour que son corps détecte précisément le sien. Ça a dû se passer au moment où elle s'est remise à hurler à la face de l'employée peroxydée :

— En couple, en couple ! Je suis seule, bon ! Mais c'est mon droit ! Je veux partir en vacances au soleil et...

La fille chimique l'interrompt. Elle se raidit et lui jette sèchement en désignant l'écran :

— Mais voyez par vous-même, à la fin !

Elle a perdu sa voix de synthèse, elle frappe maintenant l'écran du dos de la main, comme pour bien lui prouver qu'elle est à la merci d'une froide machine, insensible à tout, au charme comme aux coups. Puis elle cingle Judith d'une salve de petites phrases rauques :

— Revenez demain avec quelqu'un, je vous case tout de suite. C'est comme ça. J'y peux rien.

Judith la dévisage. Ou plutôt son regard s'attache à la chevelure de la fille et ne la lâche plus. On dirait de l'étoupe, ces cheveux ; ils s'effilochent sur les épaules en petites mèches sèches. Courtes et ternes, bien modernes.

Comme celles de la fausse blonde quand elles tressautaient dans la cuisine de la Vieille Dame sous les coups de boutoir de l'Astronome.

Alors Judith s'écroule en larmes sur le comptoir.

Vraies larmes : sanglots, hoquets, hoquets, sanglots. Et quand ce ne sont pas sanglots et hoquets, ce sont san-han-glots, ho-ho-ho-quets. Judith pleure, c'est indiscutable. Pour de vrai.

Le résultat est immédiat ; derrière elle, une voix lâche : « Elle craque. » Belle voix de basse.

Le client – elle l'a su tout de suite.

La Présence.

Et maintenant on s'approche. On touche sa main, on pose son bras sur son bras.

Oui, voilà le résultat : la main qui tout à l'heure signait le chèque caresse à présent la sienne, son bras qui compulsait sèchement les feuillets d'un dossier s'enroule doucement autour de son épaule en murmurant : « Allons, allons... »

C'est ce qu'elle voulait, non ? À ceci près qu'à présent Judith ne sait plus où elle va. Chamboulement universel. Elle sait seulement qu'elle y va.

Alors, pourquoi se priver de pleurer ? Un homme est là.

« Elle craque, elle craque... », répète la Présence en serrant plus fort son épaule et son bras. « C'est la chaleur, le stress » – la Présence a maintenant quelque chose de neuf au fond de la voix.

Car la Présence ressemble à toutes les présences, les présences d'hommes, s'entend : interdite devant les larmes comme si c'était du sang.

Et puis, comme c'est sans doute écrit dans son programme, l'homme doit aussi se demander où il va, avec cette femme qui pleure.

Pourtant il y va, lui aussi : il lui tend un mouchoir, un vrai, de coton un peu sale, tout chiffonné, pas raffiné. Mais ce geste, au moins, il l'a.

Puis voici qu'il parle, qu'il prononce exactement les mots qu'il faut : « *Allons, ne restons pas là, sortons. Venez, venez donc, venez avec moi, prenons l'air, allons. Venez respirer, on va marcher un peu, ça ira mieux, vous verrez. Venez, venez avec moi. Dehors. Pour marcher, pour respirer.* »

Parfaite, vraiment, la Présence, dans son rôle de Présence. Judith saisit le mouchoir, abandonne le comptoir et se laisse entraîner.

Quelques pas sur le trottoir. Il fait de plus en plus chaud. Judith pleure toujours. Plus de hoquets, plus de sanglots ; larmes à présent tranquilles, coulant d'elles-mêmes, sans effort. La Présence se tait mais la maintient fermement par le bras. L'étui d'un portable, porté à la ceinture, comme un colt, frôle à chaque pas sa hanche – frottement étrange.

Peut-être sont-ils beaux, à marcher ainsi sans but, sans se connaître : derrière ses larmes, Judith sent que la rue les dévisage. Alors elle lève les yeux vers la Présence. Alors seulement.

Homme pas très grand, cheveux très bruns, grisonnants aux tempes, air lointain de ressemblance – coup de chance ! – avec l'homme qui, sur l'affiche

s**pLASH!**, faisait de la retape pour de l'eau de toilette. Mêmes petites rides, quoique plus profondes, autour des yeux. Et regard de miel.

Tout de même, dix ans de plus, au bas mot, que l'homme de l'affiche. La petite quarantaine. Seulement si rayonnant, si souriant – lèvres de prince moghol. Et qui ont de la chair, qui paraissent douces, comme celles de Ruhl... Mais râblé, lui. Pourrait sans peine porter sous son biceps la planche de surf.

Les mots s'alignent devant les yeux de Judith ; et elle serait déjà en esprit à noircir les pages du Petit Carnet si les paupières de l'homme, à ce moment précis, ne commençaient à s'effiler – décidément, comme les lèvres, quel dessin moghol ! Il y a aussi sa main qui s'appesantit sur son épaule tandis qu'il lâche :

– Si on allait au café ?
– Oui, au café..., chuchote aussitôt Judith.

Le café lui est inconnu, l'homme aussi – à peine regardé. Mais elle se laisse entraîner. Sans une pensée pour le Petit Carnet : le bras est si sûr, pour la guider. Et si tendres, les mains, quand elles abandonnent son épaule pour essuyer les larmes qui continuent de couler.

– Allons au fond, poursuit la Présence en la poussant vers l'intérieur du café. Au fond on sera mieux.

Le bras abandonne l'épaule, cherche la taille, légèrement, comme dans certaines danses, manière d'indiquer le rythme, le mouvement à décrire. Judith accueille le message et le suit. Pas de deux pour aller chercher le fond du café.

Petites tables de formica usé, relents de toilettes mal nettoyées. Mais, à gauche, une banquette de coin, en forme d'intimité. On s'installe.

Un garçon passe, lointain. La Présence le hèle ; le serveur consent à s'approcher.

– Qu'est-ce qui vous ferait du bien ? demande la Présence en scrutant le regard de Judith comme celui d'une mourante.

– De l'eau, répond-elle.

– Pas d'alcool ? insiste la Présence. Je ne sais pas, moi, un porto, un whisky, un remontant ?

Judith secoue la tête :

– Non, non…

– Vous êtes sûre ? interroge encore la Présence en plissant ses yeux de miel.

Judith continue à secouer la tête. La voix bien mâle poursuit alors à l'adresse du garçon :

— Alors, de l'eau piquante. Ça lui donnera un coup de fouet.

Tendre mais directive, la Présence. Elle fait parfaitement son métier de Présence. Et quel air résolu, quelle précision dans la volonté ! Surtout au moment d'ajouter :

— Pour moi, ce sera un scotch avec des glaçons. Dans un verre bien large. N'oubliez surtout pas la glace.

Distant, le garçon opine du menton et les abandonne à leur tête-à-tête.

En face de Judith, toujours le même sourire. Et les mêmes yeux dorés, la même étoile de rides franches, profondes, qui racontent des histoires. Lesquelles ? Envie de savoir. Même si c'est Barbe-Bleue, ouvrir la porte de son placard.

Savoir, par exemple, pourquoi les cheveux de l'inconnu commencent à blanchir, sur les tempes. Comment s'est inscrite, sur son cou un peu rouge, cette fine et longue cicatrice. Pourquoi justement il est un peu rouge, ce cou. Pourquoi, enfin, dépasse de la pochette de sa chemise ce prospectus coloré – tiens, une photo de glacier. Pourquoi, pourquoi, et encore pourquoi.

Oui, ne pas s'en aller d'ici sans savoir.

Seulement, pas le temps de chercher comment s'y prendre, ni même une seconde pour commencer d'y penser : voici qu'on s'empare de sa main, qu'on la pétrit. Judith renifle pour la première fois l'odeur du corps qui lui fait face. Presque la même que celle de Ruhl.

Mais pas de répit, encore une fois. Pas moyen de se demander ce qui se passe, pas une seconde pour souffler, tenter de chercher où on en est : tout aussi soudain, on lui lâche la main. Et on lui demande, comme à une petite fille :

– Alors c'est quoi, ce gros chagrin ?

À nouveau, Judith s'effondre.

Ça lâche de partout, cette fois. De la nuque, des mâchoires, des épaules, des côtes, du diaphragme – tiens, des mois qu'on l'avait oublié, celui-là –, du ventre et du bas-ventre.

Plus de nœuds dans les muscles, brusquement plus de plomb dans l'estomac. Jambes légères, pieds évaporés. Le cœur : rien qu'une tranquille pompe à chaleur. Les vertèbres, au lieu de la tige rigide qui tenait lieu de dos depuis le soir de l'Astronome, un souple collier, maintenant, une chaîne élastique et ductile de cailloux ultralégers bien souplement articulés.

Alors plaisir de la faiblesse, volupté de renoncer. Les pieds échappent aux mules, les repoussent – adieu les schlllakk d'autorité ! Rien que l'abandon aux larmes.

Car plus ça sanglote et ça pleure, plus le bien-être gagne les petits recoins du corps, là où ça marine et macère, les froncis et retroussis, les plis et replis, jusqu'aux muqueuses tapies dans les replis des plis.

Et quand elles en arrivent là, les larmes, à toucher et calmer ce qu'il y a de plus dissimulé et minuscule, elles s'arrêtent net. Judith lève alors la tête, s'essuie les joues, se tamponne les yeux, et, une dernière fois, dévisage l'homme.

Qui n'a pas bougé, pas changé. Mêmes yeux de miel, même sourire de prince d'Orient. Et surtout au coin des yeux, ces belles rides heureuses, avec les vies mystérieuses qui s'y trouvent tapies.

La Présence avance à nouveau la main, resserre ses doigts sur les siens. Plus un mot, rien que leurs souffles.

Judith sourit. Ces deux-là, dans une heure, seront dans le même lit.

4

Juste avant le lit, ultime bout de programme

Petite parenthèse, tout de même, petit bout de programme à dérouler avant d'y arriver. Minimum à respecter, même si on est pressé. Même si tout cela se produit de façon parfaitement inopinée.

Donc une petite demi-heure de préambule au café. On y met les formes, on sait vivre, on n'y va pas de but en blanc – enfin, on fait semblant.

Plus de bruits, maintenant, dans l'arrière-salle. Ou plutôt s'il en reste (jets de vapeur de la machine à café, verres entrechoqués, commandes des clients, *streutch* de caisse enregistreuse, lointaine rumeur automobile, **tigui-dinnng** de radio sous la sempiternelle pluie d'infos, chasse d'eau, de temps en temps, dans le tréfonds des toilettes), Judith et l'homme ne les entendent plus. Le désir a coupé le son.

Au premier sourire de Judith, d'ailleurs, l'homme a débranché son portable. Le premier cadeau qu'il lui fait est celui de son silence.

Qui forme aussitôt bulle autour d'eux. Un nid en attente des paroles qui donneront corps à l'appétit des corps.

Mais, pour l'instant, rien ne vient. L'homme fait exactement comme avant : il ne bouge pas d'un millimètre derrière la table de vieux formica et se borne à regarder Judith tout en lui tenant les mains.

Pendant qu'il joue sa scène, c'est sûr, il doit penser à la prochaine séquence. Judith aussi, du reste, qui se demande : de quoi j'ai l'air ? Qu'est-ce que j'ai mis ce matin comme petite culotte, est-ce que c'est le string de soie ? Je ne crois pas. En plus, je suis sûre, je ne me suis pas refait les ongles des orteils, mon vernis est écaillé. Et par-dessus le marché, je ne suis pas retournée me faire épiler...

Seulement, plus question de reculer ; l'homme reprend :

— Allons, maintenant racontez-moi ce qui vous est arrivé...

Il a l'air ému, un peu grave. Judith secoue ses cheveux, veut retirer ses mains — on les retient. C'est ce qu'elle attendait. Elle baisse les yeux, soupire. Les répons peuvent commencer.

— Je suis ridicule.
— Mais non !
— Qu'est-ce qui m'a pris ?
— Buvez un peu d'eau, allez.
— Je ne sais pas ce qui m'a pris…
— Allez, buvez…
— Je ne comprends pas. C'est pas moi, ça. C'est pas moi…
— Buvez !
— Et vous ? Vous n'avez même pas touché votre scotch !
— Vous la première.
— Non, vous !
— Alors, à la vôtre !
— À la vôtre.
— Vous buvez comme un petit chat.
— Ça boit comment, les petits chats ?
— Comme vous.
— Ah bon.
— Et puis, c'est décoiffé comme vous.
— Qu'est-ce que vous allez chercher…
— N'importe quoi.
— Vous voulez me faire rire ?

— Puisque vous pleurez !
— Je suis ridicule… Grotesque…
— Vous n'allez pas recommencer !

*

Fin de la première stance. L'homme passe lentement ses doigts dans les cheveux de Judith, avec tendresse, comme s'il la connaissait depuis toujours. Puis il pose la main à plat sur les commissures de sa bouche. Il a les doigts un peu chauds. Judith le laisse faire.

Elle se tait. Consciencieusement. Attend patiemment le verset qui ouvrira, elle le sait, le deuxième couplet.

À la virgule près, il tombe bientôt dans le silence, parfait :

— Allez… Faites pas cette tête-là… Je suis là…

*

La deuxième stance se chante à une seule voix. Donc se taire encore et ne pas bouger – surtout pas. Laisser venir.

Moment des signaux, des compliments. Pas besoin de réfléchir : le programme se déroule tout seul. Seul effort à faire : mémoriser les paroles de l'homme. Pour savoir où on va. On y va de toute façon, dans une heure on y sera. La preuve, il reprend :

— Je suis là.

Donc, après les cheveux, se laisser caresser les lèvres. Et se délecter de l'entendre ajouter :

— Vous avez une belle bouche.

Savourer – l'instant est fragile. Le faire durer. Donc une fois de plus, se taire. Attendre qu'il lâche (ça vient très vite) :

— Vous ne me croyez pas ?

Baisser les yeux, alors. Se mordre la lèvre inférieure. Il est forcé d'ôter ses doigts.

Puis faire la cafardeuse – pas compliqué, après les larmes de tout à l'heure, il reste un peu de tristesse en réserve. Et à nouveau attendre la question. Qui elle non plus ne tarde pas :

— Chagrin d'amour ?

Attaque franche. Dont la précision recèle une information capitale : il est aussi pressé qu'elle.

Malgré tout, ne pas répondre. Attendre encore. Lui faire confiance. Il a l'air expert. Nouvelle preuve, ce murmure grave :

— Ça vous va bien, les larmes.

À ce moment-là, jouer les yeux, à fond. Les planter dans les siens, se laisser reprendre la main. Silence, alors, très long silence. À nouveau, faire durer.

Puis on reprend à deux voix.

*

Cette fois, c'est à elle de commencer. Ton ferme :
– Ça va mieux. Je vais me sauver.
– Mais non, voyons! Vous n'avez même pas fini votre verre!
– Je le bois, mais je me sauve après.

Elle ne se lève pas, bien sûr. Elle fait semblant. Et se remet à boire. En prenant son temps. Ce qui lui laisse, à lui, tout loisir de revenir à la charge :
– Vous buvez vraiment comme un petit chat.

Elle ne répond toujours pas. Il insiste donc :
– Alors, chagrin d'amour ?
– Pas exactement.

Air froid, vaguement énigmatique. Effet immédiat : les questions redoublent :
– Vous partiez en vacances ?
– Oui.
– Seule ?
– Oui.
– Divorcée ?
– Non.
– Séparée ?
– Non.
– Seule-seule ?
– Comme vous dites !
– Vous teniez vraiment aux Maldives ?
– Non.
– Qu'est-ce que vous cherchiez, alors ?
– Je ne sais pas.
– Je ne vous crois pas...
– Et vous, alors, qu'est-ce que vous fichiez là ?
– On avait rendez-vous ici, non ?

*

Parcours sans faute. À ce moment-là, le programme est implacable : on rit. Ensemble. Au même rythme.

Puis les mains, les lèvres, les doigts recommencent à se chercher ; les jambes, sous la table, demandent à s'effleurer. Mais trop tôt pour enchaîner. Encore quelques mots, avant la grande aria.

Judith aurait dû faire attention, tout de même, à ce moment-là. Mais non, rien vu, rien entendu. Ou pas voulu entendre, pas voulu voir.

Il faut dire qu'elle avait tellement envie de lui. Et comme lui aussi...

Le bout de programme égrenait maintenant ses ultimes bavardages, finissait par s'effilocher en minuscules verbiages : « *Les Maldives, c'était franchement idiot, comme idée. Vous n'en avez pas assez, du soleil et des cocotiers ? Et savez-vous que toute la pollution de l'Inde est rabattue sur les îles par les alizés ? – Si c'était si nul que ça, les Maldives, je l'aurais eu tout de suite, mon billet. Si c'était pas le paradis, la fille m'aurait dit... – C'est pas le paradis. – Vous connaissez ? – Oui. – Ça ne vous a pas plu ? – Non. – Et vous, alors, vous partez où ? – En Islande. – Mais il fait très froid, là-bas ! – Je sais. – Et alors ? – Je veux revoir le soleil de minuit. – Revoir ? Vous y êtes déjà allé ? – Oui.* »

Il continuait de la tenir captive de son regard de miel, il lui serrait toujours les mains. Plus les paumes ; mais, à présent, l'extrémité des phalanges, là où les nerfs, plus fragiles, sont les plus subtils. C'était un geste rare et qui l'obligeait, à l'instant où elle commençait à faire de son odeur la sienne, à sentir de quoi serait faite l'emprise de cet homme quand il pèserait sur elle de tout son corps. Et elle l'acceptait déjà, le recevait.

Comme elle recevait, acceptait tous ces « oui », ces « non » qui tombaient sans commentaire et commençaient à dessiner de l'ombre autour de ses traits de prince oriental. Mais, en même temps, tout ce mystère créait un appel d'air. Il dit oui, il dit non, songeait Judith, il n'explique rien, pourquoi ?

Mais elle le gardait pour elle, son pourquoi. C'était aussi ça, l'emprise, déjà : elle n'osait pas.

Et puis, de temps en temps, subitement, l'homme ouvrait une brèche dans son rempart d'énigmes. Sans préavis il donnait des précisions, des bribes d'explication. Alors elle se délectait de ce mystère qui se dévoilait de lui-même : « *L'Islande, j'y suis passé il y a deux ans, le jour du solstice. Du soleil de minuit. Par hasard, c'est tombé comme ça. Le pays m'a plu, je voudrais le revoir.* »

Là, elle n'a pas pu résister, elle l'a lâché, son « pourquoi ? » Mais l'inconnu, aussitôt, a recouvert sa voix :

– Vous savez que c'est dans douze jours, le solstice ?

Solstice. Qui le lui avait dit, ce mot-là, pour la dernière fois ? L'Astronome, peut-être. Oui, voilà : l'Astronome. Comme c'était loin déjà...

Comme c'était loin et comme le temps pressait soudain, dans douze jours, à l'injonction d'une heure exacte, irrémédiable, d'une loi qui broie – ce zénith fixe et pur, ce rai d'éternité solaire qui ne repasserait pas –, l'homme qui venait de dire *solstice* ne serait plus là.

Alors aller plus vite que la lumière. Être plus forte que sa marée, l'endiguer, l'étrangler. Vite, une chambre, un lit, le noir ! Le temps arrêté.

C'est donc Judith qui saute le pas. Elle se redresse devant le formica de la table et jette aussi froidement qu'elle peut :

— Tu ne m'as pas dit ton nom.

C'est lui qui, cette fois, ne répond pas. Ou plutôt il répond à côté, il avance la main vers son visage et lâche :

— Il y a une trace de rouge à lèvres, là...

Il s'est bien gardé, lui, d'avoir à choisir entre le *tu* et le *vous* ; et il ne lui a pas non plus retourné sa question. Mais il fait mieux : il mouille son index d'un peu de salive et entreprend, sur le menton de Judith, d'effacer la trace de rouge à lèvres.

C'est le même mouvement que celui de Ruhl, quand il avait rentré sous son tee-shirt l'étiquette qui dépassait – quelle est lointaine, aussi, cette scène !... Mais encore assez nette pour qu'on note que la main de l'inconnu est plus grasse que celle de Ruhl. Et le geste bien moins délicat. Trop brusque.

Du même coup, l'œil qui fixe le menton de Judith en perd sa couleur de miel. Judith se dit que c'est un œil jaune, tout bonnement. Elle rougit. Puis s'entend mentalement soupirer : « Encore un Pas-Ça ! »

Estimation fugace : juste le temps de former en esprit une demi-phrase pour le Petit Carnet Rouge, quelque chose comme : «*mains brutales*», «*se croit tout de suite tous les droits*». Mais elle ne va pas plus loin : l'homme l'abandonne déjà, repousse sa chaise, se lève en jetant quelques pièces sur la table.

Alors la peur. Subite, panique. Terreur enfantine. Et puis, tout de suite, aussi vite, le bonheur : non, il reste. Il vient à elle, l'enferme dans ses bras. Et lâche :
— Moi, c'est Vassili.

C'est là qu'elle aurait dû faire attention, juste à la fin du bout de programme, à cet instant si bref où il a jeté «*C'est Vassili*» avec une dégaine de vieux routier. Et en soupirant par-dessus le marché.

L'air de lui dire : «Eh oui, c'est Vassili, ma fille ; Vassili, c'est le numéro que tu as sorti ; il va falloir faire avec, maintenant. Mais tu l'as voulu, tu l'as eu. À prendre ou à laisser, pas moyen de faire de détail, dans le paquet-cadeau il y a de tout. Et pas forcément le meilleur. Mais tant pis pour toi, il fallait d'abord regarder à l'intérieur. Alors, à tes risques et périls. Et puis trop tard, tu n'as plus le choix. Tu es déjà à moi.»

Et c'était vrai, elle le suivait déjà, l'homme du solstice, en aveugle, elle traversait le café du même pas, puis la terrasse ; et maintenant la rue offerte, comme elle, à la frappe du soleil.

Nuit en plein jour, parcours d'automate. Il ne lui demandait pas son nom mais elle s'en fichait, elle avançait. Elle le suivait comme on dit *suivre* pour la danse, quand le cavalier chuchote à sa partenaire malhabile : «Suivez-moi, laissez-vous faire, voyons ! ne soyez pas si crispée…» Judith le suivait donc.

Rien que pour cette main qui recommençait à

effleurer sa taille, rien que pour ce bras qui pesait sur son bras. Et plus encore pour le souvenir de cet index humide et rude sur le morceau de peau, le bord de sa lèvre qu'il avait frotté, l'instant d'avant. Oui, surtout, rien que pour ça.

Abasourdie d'été, la langue plombée, allant de rue en rue, de trottoir en passage clouté. Mais cette nuit en plein jour, si c'était ça, l'amour ?

Et puis basta, Judith ! Ne te pose plus de questions, avance. Et puis, trop tard : voici une porte cochère, une entrée d'immeuble, un couloir, un ascenseur. L'homme ouvre la porte, s'efface. Pendant que tu entres, tu sens son regard sur tes fesses ; et pendant la montée – impossible d'y couper – il t'attire à lui. Là encore, tu suis. Tu es plus petite que lui. Sur son torse, dans l'entrebâillement de la chemise, des touffes de poils gris. Et de la sueur. Tu renifles à nouveau son odeur. Où tu te noies.

Secousse – on est arrivés. Il se détache de toi. Palier. Minuterie. De sa poche il sort une clé. Se dirige vers une porte, la déverrouille. Et se retourne avant de la pousser :

– Au fait, ton nom à toi... ?

Même voix de vieux routier. Tu réponds pourtant dans la seconde :

– Judith...

Ta voix tremble.

Ça se comprend : tu ne sais plus où tu vas. Ça ne t'empêche pas de sauter le pas. Tu franchis le seuil, tu entres.

Fin du programme. Ici commence l'histoire.

5

Lui, le lit, les conséquences

Vassili, donc. Il va falloir s'y faire.

Ça vient vite. L'homme en forme de Présence l'a introduite chez lui sur le coup de seize heures. Quand elle en ressort, aux environs de vingt heures, il est déjà Vassili.

Bien entendu, comme d'habitude, Judith se croit très forte. Elle se dit : « J'ai joué au crocodile, et maintenant qu'est-ce que ça va mieux, ouf! quel soulagement! Et pour la suite on va bien voir – d'ailleurs, qui parle de suite? Je suis libre, qu'est-ce que ça peut faire? Personne ne m'a forcée à monter ici, c'est moi qui décide. Moi et moi seule. je suis maîtresse du jeu. »

Elle ne s'aperçoit même pas qu'elle répète déjà : *Vassili.*

Ça se fait tout seul, elle parle toute seule, *Vassili*, *Vassili*, elle le boit, ce nom, s'y abreuve, se délecte rien qu'à le prononcer, *Vassili*, elle aspire à nouveau sa salive et sa langue, baiser d'absence, baiser de misère, baiser qui ne trouve plus que lui-même à baiser.

Vassili, *Vassili*, il ne quitte plus sa bouche, elle continue à l'avaler, *Vassili*, c'est irrésistible, jusque dans l'ascenseur, quand la machine l'arrache – creux subit dans le ventre – à ce palier où, quelques heures plus tôt, tout n'était encore que fièvre, suée, muqueuses enflées. Alors *Vassili*! en un cri étouffé. Exactement comme tout à l'heure, à l'instant où, sur le lit, soudain, son bas-ventre s'est décongestionné.

Puis, comme elle repasse le porche, attendrissement : « Ce Vassili, mine de rien... » Petit murmure de contentement. Et, dans la rue, un peu plus tard, au souvenir de son corps nu : « Tout de même, ce Vassili... Beaucoup mieux que j'avais cru... »

Évidemment, pour l'instant, Judith ne fait que marmonner. Elle chuchote ses *Vassili* en croyant s'extasier devant une bonne petite machine aussi interchangeable que ces appareils photo qu'elle s'achète lorsqu'elle part en vacances et qu'on jette au laboratoire dès que les clichés sont développés. Donc, à la minute où elle sort de l'immeuble en tâchant de se remémorer où elle a bien pu garer sa voiture, elle pense encore à Vassili comme si demain, après-demain, dans une semaine, à son gré, elle pourra s'en offrir le clone exact, dans une autre agence de voyages, un autre café. Avant de le précipiter comme celui-ci (croit-elle!) dans la première poubelle : « C'est ce qu'il me fallait, ce Vassili. De l'histoire sans conséquences. Je le voulais, je l'ai eu. On s'est donné nos téléphones, mais on ne se reverra plus. »

Seulement, cinq minutes après, quand elle s'installe dans sa voiture et qu'elle commence à se recoiffer dans la glace du rétroviseur, la voici secouée d'un petit rire : « Ce Vassili, tout de même, quel drôle d'oiseau ! » Et au volant un peu plus tard, tout au long des boulevards, elle reprend sa petite cantilène sans même s'en apercevoir, *Vassili-Vassili-Vassili* jusqu'au parking, sans discontinuer, *Vassili-Vassili* devant chaque mur, porte, écran, clavier, schkllonggg de télécommande, serrure, passage – *bup-bip-bup* – de badge, *Vassili* jusqu'au square, *Vassili* quand elle rebranche, *tein-lein-lein*, la connexion de son téléphone portable, ou qu'elle tourne, tout aussi automatique, le bouton de sa radio qui, pour autant, n'a pas cessé une seconde, envers et contre tous ses Vassili, de tingg-tinnguer et de re-tigui-dinnnguer.

Car merveille : il suffit quelle dise *Vassili* pour que s'éteigne le vieux contre-chant de sa vie, tous ses tzzz-zipppp, schkllonggg, stroÜoÜoÜoÜüng, clic et bup-bip-bup. Miracle : le son est coupé.

Pourtant le monde, c'est hautement vraisemblable,

continue de battre son tempo déglingué. Mais, pour Judith, fin subite du concerto. Silence tout neuf.

Rien que les cadrans, maintenant, les voyants et les clignotants pour lui rappeler la sempiternelle palpitation des choses – et encore, c'est de très loin, pauvres et frêles loupiotes au fond du crépuscule qui, par vagues sournoises, l'engloutit peu à peu.

Non sans que son corps lui adresse tout de même, avant le naufrage, d'ultimes signaux de détresse. Au franchissement de la grille, cœur soudain tourmenté d'extrasystoles. Ou chevilles qui recommencent, sur les pavés du square, à schlllakker, schlaaëëënngg-guer, pressée qu'elle est de s'en aller couver son nouveau rêve au fond de sa chambre.

Mais c'est la fin. Judith ne sent, n'entend déjà plus rien. Sa vie devient sourde et muette sous les yeux agrandis des fenêtres qui s'allument une à une.

Éberluées, on dirait, elles aussi, dans la nuit, du silence subit qui retombe autour des syllabes qui continuent d'aspirer sa salive et sa langue. Tout éblouies, comme elle, du nom de Vassili.

Pour le patronyme, évidemment, Caussard, Vassili Caussard, sitôt rentrée dans sa chambre et qu'elle voit retomber sur son lit, avec la chaleur, la chape de sa vie solitaire, ça passe beaucoup moins bien.

Car oui, Caussard, voilà son nom de famille, elle l'a lu sur un relevé de banque qui traînait sur sa table de nuit. Tant de romanesque, d'un côté, et de l'autre tant de trivialité ! Ça vous coupe tout de suite la magie. Plus de Vassili.

Et aussitôt le Petit Carnet Rouge en profite, depuis le tiroir de la commode où elle l'a laissé dormir depuis l'histoire de l'Astronome : « *Caussard, un surnom tout cuit ! Et comme ça lui va bien ! Parce qu'il a l'air d'avoir tout son temps, ton Vassili. De disposer de ses heures aussi bien que de son lit. L'air de ne pas en ramer lourd, pour parler clair. Qu'est-ce qu'il fiche ? Qu'est-ce qu'il attend de toi ? Tu n'as plus quinze ans, tout de même... Et puis, souviens-toi... Rappelle-toi ce qu'il t'a sorti quand vous en avez eu fini de jouer au crocodile...* »

Oui, elle se souvient. Même film, autre bande-son. Caussard par-dessus Vassili, l'homme incertain qui parle en lieu et place de la Présence ; l'œil jaune qui recouvre soudain le regard de miel.

Pour commencer, ce que Judith réentend, c'est la phrase qu'il lui a lancée quand il s'est dégagé d'elle :

– Allez, on s'offre une petite pause !

Il a abandonné le lit d'un mouvement sportif, il est allé s'asseoir à l'angle de la cheminée, dans un fauteuil de plastique gonflable et transparent où il s'est calé pour se rouler un joint.

Il ne lui en a pas proposé ; et, comme il manipulait ses feuilles de cannabis d'un doigt exact (en vieux routier, là encore, comme au café lorsqu'il a essuyé le rouge qui avait débordé de ses lèvres, ou comme au lit quand il s'est mis à l'explorer) il a eu un sourire aussi fin que son papier à cigarettes et il a laissé tomber :

– Je suis sûr que tu n'aimes pas la fumette.

Jusque-là, Judith a gardé son sang-froid. Elle a rétorqué du tac au tac, optant sans une seconde d'hésitation pour les fraîches intonations de la Cruche Poétique :

– Ah bon ? À quoi tu vois ça ?

Vassili a alors souri plus finement. Puis il a repris, après avoir repassé son petit rouleau sous ses narines pour en apprécier le parfum :

– L'avantage d'avoir couché, c'est qu'on sait vraiment à qui on a affaire.

Et il s'est mis à l'observer depuis le fauteuil, nue comme elle était.

Elle n'a pas cherché à se couvrir. Elle est restée dans la posture où il l'avait laissée, aux trois quarts renversée sur le ventre ; et elle en a fait autant à son endroit, aussi crue dans l'examen.

Mais ça ne l'a pas démonté, il a enchaîné :

– Depuis tout à l'heure, toi, par exemple, je sais que tu n'es pas du tout du genre à aimer les joints.

Il aurait fallu s'obstiner. Insister, répéter : « À quoi tu vois ça ? Explique-moi. » Mais non, il avait dit : « *par exemple* ». Alors elle n'a entendu que ça. Et elle est restée sans voix.

Épinglée au lit. Aussi inerte et muette qu'un papillon sur le liège d'un tableau de collection. Ou comme ces pièces de gibier qu'on aligne côte à côte sur une grande table, à l'issue d'une partie de chasse.

Et lui, l'animal Vassili, a tout saisi, sûr de lui-même, de sa manière d'habiter son corps, dans le fauteuil où il allumait son joint : la jambe gauche haut croisée par-dessus l'autre, comme aurait fait une femme. Une posture qui, du torse au genou, faisait saillir tous ses muscles – fermes, renflés et beaux.

Et ce qu'il savourait, beaucoup plus que son joint qu'il aspirait maintenant les yeux mi-clos, c'était sa puissance d'attraction, la laisse du *par exemple* au bout de laquelle il venait de l'encorder. À l'évidence, il jubilait de la voir commencer à s'égarer dans cette chaîne étroite – un collier de questions où elle allait finir par s'étrangler toute seule.

Mieux encore, il devait pressentir ce qu'étaient ces questions : quels fantômes de bouches, jambes, seins, fesses, ventres, poils s'étaient, *par exemple*, superposés aux siens, *tout à l'heure*, pour parler encore comme lui, au moment où il l'avait déshabillée, explorée, manipulée, envahie... À chaque étape de son voyage autour de son corps, lui avait-il décerné des étoiles comme on fait pour les hôtels ou les grands restaurants ? Et cette déferlante, *tout à l'heure*, tantôt au-dessus, tantôt au-dessous d'elle, de muscles perforants et fouaillants, dont elle n'était toujours pas revenue (et qu'elle attendait encore, puisque, nouvelle laisse au bout de laquelle il la baladait il venait de parler de *petite pause*), qu'est-ce que c'était au juste ? Un échantillon, *par exemple*, d'étude comparative ? Et la *petite pause* elle-même, le joint de cannabis dans le fauteuil en plastique, une escale technique ? Étape nécessaire dans le protocole d'évaluation, comme celle que pratiquent les amateurs de vin – *par exemple* – lorsqu'ils se rincent les papilles, entre deux gorgées, pour mieux apprécier la qualité d'un cru ? Et après, il passait au rapport ? Il rédigeait des commentaires sur un Petit Carnet ?

Mais il y avait encore plus insupportable : son sourire, dans le fauteuil, sa façon de fumer, la silencieuse jouissance qu'il trouvait à s'exhiber, avec ses jambes haut croisées, dans toute sa belle et factice assurance de Présence.

Et cette façon de tout deviner. De voir qu'elle voyait. De sentir qu'elle voyait qu'il devinait.

Ça la broyait plus que le reste. Alors Judith s'est levée et a dit :

– Je m'en vais.

Colère. Colère contre cet homme, contre ce qu'il disait, faisait, était. Colère contre l'endroit où il se tenait, contre ce fauteuil gonflable, colère contre ce joint qu'il fumait seul. Colère contre son lit. Contre cette chambre où tous les objets empestaient la liberté, à commencer par le plastique de son fauteuil. Colère contre le tissu jauni de la couette où ils venaient de se rouler. Colère contre ses oreillers du même textile synthétique. Colère contre ses meubles en kit.

Colère contre les taches de café sur le plancher vitrifié – qui l'a renversé là, quel *par exemple*? Colère contre l'appareil polaroïd posé sur la cheminée – à l'heure du numérique, se garder un rossignol pareil, à quoi ça sert? Colère contre cet homme à qui elle ne peut pas, à cause du *par exemple*, donner le nom d'amant. Colère aussi contre la façon dont il s'est calé dans son fauteuil à la noix, comme si c'était le trône d'un roi, toujours aussi fermement installé dans son personnage solaire, appuyé au dossier de plastique de toutes ses épaules de Présence.

Colère contre son briquet jetable, devant lui, sur la table basse; colère contre son cendrier publicitaire

– il vient sûrement de l'agence, il est frappé du même slogan que sa vitrine et l'enveloppe du billet d'avion :

VOUS POUVEZ TOUT RATER
SAUF
VOS VACANCES

Colère contre les murs nus de la chambre : pas un poster, pas un tableau. Seul trait de raffinement, à la fenêtre, un rideau de soie, ça ne va pas avec le reste, qui a bien pu le poser là : une *par exemple* ?

Alors colère contre ses casiers à vêtements rangés au cordeau – on dirait une valise qu'on s'apprête à boucler. Colère contre ses livres et ses dossiers entreposés dans des cartons comme entre deux déménagements ; colère, surtout, contre le dossier de l'agence déposé sur la table de nuit (en plastique, elle aussi, et en kit) avec l'enveloppe d'où dépasse le billet pour l'Islande, laquelle serine – colère, colère ! – la même rengaine que le cendrier :

VOUS POUVEZ TOUT RATER SAUF ...

Et puis, d'un coup, juste en dessous, cette petite pile de relevés bancaires d'où surgit l'intitulé du nom de famille : CAUSSARD.

Alors, dans sa colère qui monte et s'empâte et forcit et n'arrive pas à éclater alors même qu'elle noircit, Judith répète, dents serrées :

– Je m'en vais. Je rentre.

Il n'a pas bougé du fauteuil, il a continué à fumer, l'a regardée se rhabiller.

Elle a commencé par ses bracelets – quand il l'avait dénudée, il les avait posés sur la table de nuit, à côté du dossier de l'agence.

C'est pourtant par eux qu'il aurait fallu finir : au moment où elle allait le renfiler, leurs petites griffes de métal allaient agripper les mailles de son tee-shirt.

Mais Judith ne faisait rien dans l'ordre – plus moyen. Et puis il fallait qu'elle y retourne, à cette table de nuit. Pour se donner de nouvelles raisons de détaler, pour se recharger en colère toute neuve. Et bien froide. Détachée, sèche.

Seulement, encore une fois, il l'a vue venir, l'animal Vassili, il a tout saisi : au moment où elle enfilait son slip, il a posément expiré sa fumée et précisé dans un long soupir :

— Caussard, c'est le nom de ma mère. Je n'ai jamais connu mon père. Il l'a plaquée quand j'avais six mois. Il s'appelait aussi Vassili.

Puis il a marqué un silence avant d'ajouter :

— Un Russe. Enfin, c'est ce qu'elle m'a dit.

Il avait soudain changé d'intonations ; leurs vibrations, maintenant, s'en allaient vers les basses. Une voix noire, a pensé Judith sans savoir pourquoi. Elle s'est figée : il avait eu le même ton, juste avant d'enfoncer son corps dans le sien, deux heures plus tôt ; et l'idée l'a soudain traversée qu'il avait eu raison, dans le fond, de dire qu'on sait à qui on a affaire seulement une fois qu'on a couché avec.

Mais pensée fugitive : dès qu'il a pressenti l'influx nerveux qui lui parcourait l'échine et engourdissait tous ses mouvements au point d'interrompre net l'enfilage des bracelets, il s'est levé et est revenu s'abattre sur elle.

Il n'y a pas eu de mots, cette fois. Il s'est contenté de l'écraser de tout son secret.

Et elle, tandis que ses bracelets valdinguaient sur le plancher, s'est laissée happer une seconde fois, engloutir par le siphon de sa bouche : « *Vassili, Vassili...* »

Oui, mais Caussard : c'est ce qu'elle se dit maintenant qu'elle est rentrée chez elle et qu'elle revoit en fermant les yeux (mais comme si elle y était) l'autre chambre.

Avec les cartons, les fauteuils en plastique, la couette en synthétique. Et le reste, le relevé de banque, le cendrier publicitaire, les taches de café sur le plancher – heureusement qu'il était vitrifié.

Par conséquent, bien obligée de rouvrir les yeux et de passer au Ménage dans la Tête, Miss Niels. Petite séance, d'urgence. Même si dehors il fait trop nuit. Même si le store est désormais baissé, aveugle au ciel d'été et à la cuisine où la fausse blonde copule. Plus d'écran, maintenant, entre le monde et ton lit mort. Donc, autant le dire franchement et tout de suite : Vassili, c'est de la folie.

Non-sens. Passer très vite à la prochaine séquence. Et pas question de recommencer. Alors établir sur-le-champ une Liste de Conséquences. Très claire, facile à retenir. Qui débroussaille tout. Et ensuite, zapping immédiat. Sinon, ce n'est plus tenable. Zou !

Donc, Liste.

On commence par le commencement, l'indiscutable, ce qui saute aux yeux :

CONSÉQUENCE n° 1 (parce qu'il faut bien voir les choses en face, une fois pour toutes, ne jamais en démordre) : Vassili, c'est de la folie.

Aussi certain qu'il y avait des taches de café sur son plancher. Ou un vieux Polaroïd sur la tablette de sa cheminée – vraiment, conserver des nanards pareils, a-t-on idée ?

Par conséquent, CONSÉQUENCE n° 2 : prendre immédiatement des mesures.

Oui, tout de suite, car il n'est pas question de revenir, ne serait-ce qu'une seule seconde, sur la CONSÉQUENCE n° 1 et le festival d'effets pervers qu'elle promet. Comme de rester nue et le bec dans l'eau devant ce Vassili rien que pour ses yeux de miel (qui tournent parfois au jaune, soit dit en passant) et un minuscule *par exemple*.

Dans ces conditions, impossible de couper à la CONSÉQUENCE n° 3 : ouvrir le tiroir de la commode, extraire le Petit Carnet Rouge de son linceul d'oubli et y écrire, CONSÉQUENCE n° 4, clairement et nettement, en toutes lettres et en majuscules, l'énoncé de la CONSÉQUENCE n° 1 : *Vassili, c'est de la folie.*

Bien raisonné, parfait. C'est clair, non ?

Par conséquent, maintenant, tirer un trait. Bien droit, bien épais :

───────────────────────────────

Et rien de plus. Pas un mot sur les muscles de M. Caussard, ni sur la beauté de son torse, ni sur ses fesses si fermes, si rondes, sportives, charnues... Pas de remarques acides sur la fumette non plus. Rien sur son fauteuil gonflable, rien sur son Polaroïd, pas un mot sur l'étui de cuir de son portable qu'il a la fort vulgaire manie (tiens, Judith, tu t'en souviens seulement maintenant !) de fixer à son ceinturon comme si c'était un colt.

Et encore moins de commentaires, évidemment, sur son nom de famille. D'ailleurs, ne pas l'écrire. L'oublier, lui aussi.

Enfin, bien évidemment, pas le moindre début de phrase sur l'efficacité perforante et fouaillante de son sexe. Pourtant...

Mais non ! Fini, liquidé, Caussard ! Rien de rien, surtout pas ! C'est comme pour sa voix noire, laisse tomber, Judith, *forget it* ! Contente-toi d'écrire sur le Petit Carnet, bien posément : *Vassili, c'est de la folie,* avec la date, 9 juin. Pour se souvenir, uniquement. Au besoin. De la même façon que si tu lui as donné ton adresse en plus de ton numéro de téléphone, c'était pour la forme. Comme ça.

Et tire un trait. Enfin, épaissis le premier, fais-le plus gros, très gros :

███████████████████████████████████

Voilà. Comme le fossoyeur referme une dalle mortuaire. Froidement. Pas de sentiment.

Facile, Judith, tu peux même le doubler, ton trait, tant que tu y es ! Il suffit de te dire : allons, Miss Niels, tout ça n'était pas grand-chose ! Rien que de l'aventure à quatre sous ! De l'amour à la journée, du petit désir emballé pour ton quatre-heures dans un bout de rêve. Quand on a goûté ce qu'il y a dedans, on fait comme d'habitude, on jette ce qui reste et on pense à autre chose.

On va se coucher, par exemple. En demandant au sommeil le même plaisir qu'au plaisir : de tout effacer. Pour tout oublier. Donc double trait épais :

███████████████████████████████████

███████████████████████████████████

Seulement, le sommeil est rancunier, lui, il ne tire pas de trait. Ni simple, ni double. Il se souvient de tout ; et, avant même qu'il ait commencé à œuvrer, il a tout engrangé au fond de sa sombre machinerie, là où il commence à réécrire l'histoire à sa façon. Ensuite, une fois qu'il s'est mis en marche, il n'arrête plus.

Manière de tailler la route par où s'engouffreront, avant d'aller éclater en pleine lumière, l'heure venue, les desseins les plus obscurs. Le jour venu. À la première occasion.

Qui se présente très vite, ce matin : sur le coup de huit heures, alors que Judith dort encore, voici que le téléphone sonne et questionne sans préambule :

– C'était bien ?

C'est la voix noire et ce n'est pas la voix noire : il y a de la gravité en elle, comme hier soir. Du frisson. Mais aussi quelque chose qui se brise – la fêlure, on dirait, d'une nuit inquiète.

– Ah... C'est toi ? balbutie la femme ensommeillée.

Mais elle a répondu dans la seconde. Trop docile, déjà. Et trop tendre malgré sa gorge enrouée. Le téléphone s'autorise donc à enchaîner :

– Tu as aimé ?
– Oui.
Judith réplique sans regimber. Alors nouveaux répons, comme au café.

Oui, mais problème : le lit est passé par là. Dans chaque mot, maintenant, dans chaque silence il y a de la peau. De la sueur, des sucs. Des odeurs.

Donc abrogation immédiate des Conséquences n°s 1, 2, 3. Et, bien entendu, annulation instantanée de l'impitoyable double trait infligé par la Conséquence n° 4. Vassili, ce n'est plus de la folie. C'est…

Le téléphone ne laisse pas à Judith le temps de chercher. Il a dû sentir passer, lui aussi, la radiation du trait : voici d'un seul coup qu'il enchaîne avec des mots sûrs et qui vont droit au but :

— Tu as préféré quoi ?

— Qu'est-ce que tu veux dire ?

— Allez, ne fais pas l'oie.

— Quoi, l'oie ?

— Tu sais bien de quoi je parle.

— Si tu le sais, pourquoi je le dirais ?

— Ne fais pas l'oie.

— Je ne fais pas l'oie, mais…

— Mais quoi ?

— Écoute… Je suis fatiguée. Laisse-moi.

— La première fois ? La deuxième fois ?

Judith ne répond pas. Le téléphone paraît surpris.

Un bref instant, il reste muet. Puis recouvre ses esprits :

— C'est moi qui t'ai fatiguée ?

Mots étouffés, insinuants, comme la veille, sur le lit, quand il lui chuchotait le geste qu'il attendait d'elle, ou une petite grossièreté pour l'éperonner.

Et Judith fait comme au lit : elle ne sait que dire, elle répond d'un soupir. Et lui, se tait.

Quelque chose se prépare, chacun le sait. Qui va couper court ? Qui va décider de continuer ? Elle se met à fixer le clapet de son portable comme si c'était une guillotine. Sans pouvoir trancher.

Pourtant, elle s'en doute bien : le téléphone connaît la musique ; et la voix noire, à moins qu'elle ne coupe, va passer à l'attaque. D'ailleurs, tiens, voilà, trop tard :

— Quand est-ce qu'on se revoit ?

« *Raccroche, raccroche, il faut tout arrêter* », souffle le Petit Carnet depuis l'oreiller où Judith l'a abandonné la veille au soir, juste après avoir tiré, comme il l'ordonnait, son grand double trait. « *Raccroche, ou c'est toi qui vas te faire accrocher !* »

Mais rien moyen de faire, comme la veille au moment du *par exemple*. Impossible de parler, de bouger. Et pas de colère non plus. Rien. Le vide. Un blanc se fait, dont le téléphone s'empare :

– Alors ?
– Alors je ne sais pas.
– Mais si !
– Je travaille.
– Évidemment, tu travailles. Mais ça n'empêche pas.

Encore un blanc. Le téléphone, cette fois, s'enfonce dans le silence comme si c'était son corps :

– Tu te décides ?

À nouveau la noirceur, encore les vibrations. Souvenir du double trait. Alors parler. Parler ou raccrocher.

Mais impossible de couper ; et pas moyen non plus de parler, de vraiment parler. Judith se contente de ferrailler.

Répliques en zigzag ; elle mouline des non-oui, des oui-non :
— Écoute…
— Écoute quoi ?
— Je te l'ai dit.
— Quoi ?
— Je travaille !
— Ça n'empêche rien. Ça n'empêche pas.
— Oui, mais…
— Mais quoi ?
— J'ai… Et puis tu sais… Enfin… Tu sais, hier soir…
— Sois claire au moins une fois !
— Il faut que…
— Il faut quoi ?
— Que… Que je voie…
— C'est tout vu.
— Mais…
— Je te dis que c'est tout vu.
— Qu'est-ce qui te prend ?
— J'arrive.
— Maintenant ?
— Je suis en bas de chez toi.

Romanesque du téléphone portable. Tu es loin, je t'atteins ; tu es près, je n'en sais rien. Cordon ombilical immédiat. Absence et présence à la fois. Ficelle à secrets ; longe à mensonges.

Et lasso pour attraper les rêves au vol – surtout quand on a donné, en sus de son numéro de téléphone, son adresse à un homme...

Et une fois de plus, avec lui, pas une seconde pour la gamberge, attaque-surprise, raid éclair, pas même le temps du branle-bas de combat, fond de teint, poudre, mascara. Rien que le temps d'enfiler un peignoir – *stroÜoÜoÜoÜüng!* – le parlophone déjà s'époumone puis couine : « Quel étage ? »

C'est bien lui, Vassili. Essoufflé, excédé, elle n'a pas répondu que la bouche électronique recouine : « Quelle porte : droite ? gauche ? »

Une seconde fois, Judith répond. Puis se fige dans son élan : « Qu'est-ce qui me prend ? » et tire en tremblant l'arrêt de porte.

La peur.

Elle s'éloigne, elle revient, elle se fige puis s'affole, repart à nouveau vers les tréfonds de l'appartement, revient à la porte, s'arrête encore – elle sue de tous ses pores.

Ce qui la saisit de la tête aux pieds, c'est une frayeur banale, celle qui palpite dans les badges, alarmes, clics des codes et stroÜoÜoÜoÜüng des parlophones.

Mais il y a aussi de l'enfance là-dedans, de l'effroi brut où tout se mélange en vrac. Le moment où la Présence s'est transformée en Vassili, quand son corps tout en muscles a pénétré le sien. Le souvenir du *par exemple*, du ceinturon de cuir, du joint roulé devant la cheminée. Et son téléphone accroché à sa taille à la manière d'un colt.

Figée devant la porte comme si elle allait l'ouvrir à un monstre aux crocs ensanglantés, Judith s'entend alors murmurer : « Je ne sais même pas qui c'est... »

Mais, une fois de plus, trop tard, on sonne – il est déjà sur le palier.

Elle entrouvre l'arrêt de porte. Elle se sait blême, tremblante, décoiffée. Du dessous de ses aisselles et de son sexe elle sent monter ses odeurs de nuit. Il ne va pas la rater.

Mais non : dans l'entrebâillement, ce qui se profile, c'est un homme fatigué, pas rasé. Il n'a pas l'air très rassuré, il bredouille :

– Si tu veux, je vais t'attendre au café.

Traits fripés. Présence lasse, un peu cassée. Fragilité.

Alors, d'un seul coup, tout se met à respirer. À se dilater. Pas seulement les artères de Judith, son larynx, ses poumons, son diaphragme, depuis la veille si contractés ; mais la serre des objets, tout autour d'elle, se relâche aussi, le poids de l'heure, l'étranglement de l'appartement. Les murs s'écartent devant cet homme, l'enfilade des pièces l'appelle : oui, il le lui faut, ici, tout de suite !

Et longtemps. Il est fatigué, oui. Et alors ? Il est venu. C'est qu'il veut être heureux. Elle va s'en charger : elle est forte, elle. Elle va le rendre radieux comme le soleil qui se déverse dans l'entrée.

Judith se redresse donc et débloque l'arrêt de porte :

– Qu'est-ce qui se passe ?

Mêmes yeux inquiets, même visage fissuré. Elle reprend :

– Mais entre !

Il franchit le seuil. Il a des gestes lents, presque empruntés. Ce n'est plus le vieux routier de la veille. Plus rien qu'un homme qui a mal dormi et ne s'est pas rasé.

– Entre, répète-t-elle. Je vais te faire un café.

Et elle l'entraîne vers la cuisine. Il la suit. Elle sent dans son dos son pas fatigué. Il recommence à bredouiller :

– Tu comprends... Tu étais partie comme ça... On n'avait même pas parlé.

Depuis quand l'instant n'a pas été aussi rond et l'air aussi léger ? De l'autre côté de la cour, dans la cuisine de la Vieille Dame, la bonne sœur s'éternise au-dessus de l'évier ; et, juste au-dessus, le petit Zonzon se gave de pop-corn devant sa télévision. Ce matin, ce n'est pas un dessin animé qu'il visionne, mais un film porno. Enfin, on dirait bien. Judith n'en est pas sûre.

Mais pour une fois, elle s'en fiche. Aujourd'hui, la vie est ailleurs, contractée dans la tache de lumière, sur la table, où flottent les tasses, les toasts, la plaquette de beurre, les cuillers, le pot de confiture, l'étui à sucrettes. La minute est sans âge, le matin éternel. Soleil fixe. Bulle de joie.

Vassili parle. Il demande, comme tout à l'heure au téléphone : « Alors, hier soir, c'était bien ? » et par-dessus la table, il lui prend la main.

Elle sourit. Lui aussi. Il insiste :

– Sûr ?
– Sûr.

Alors il abandonne ses doigts, passe sa paume sur ses joues hirsutes, puis se met à tournicoter sa cuiller dans sa tasse et recommence à parler.

Il vient d'être licencié, murmure-t-il, avec de grosses

indemnités. Il précise aussi qu'il a passé vingt ans de sa vie à vendre dans le monde entier des machines à pister la vie des gens à coups de puces et d'électrons, « radio-émetteurs, mouchards, boîtes noires, alarmes et compagnie. Maintenant je veux me laisser aller. Regarder la vie, prendre du champ. J'ai beaucoup voyagé, mais je n'ai pas eu le temps, seulement celui de me faire un début de cheveux blancs. Alors j'en ai assez. L'Islande, je te l'ai déjà dit, je l'ai vue une fois, une seule. Par hasard, une correspondance ratée, une grève, deux jours bloqué sur place. Le pays m'a plu, je voulais rester, mais impossible. Toujours la même chose : les contrats, les quotas de machines à placer. Donc j'y retourne. À la même date. »

Il parle avec des mots du dehors – *licenciement, indemnités, contrats, quotas* – mais, c'est inouï, avec sa voix, il parvient à les faire entrer dans la bulle, à les y douer d'une vie heureuse, aussi radieuse que le soleil.

C'est sans doute qu'il a un projet en tête, une idée qui cherche sa route. Mais il s'arrête en chemin, l'air maladroit, soudain. Il avale deux gorgées de café, se repasse la main sur les joues et se tait.

Alors Judith s'enhardit et questionne :
– Pourquoi à la même date ?
– Pour le solstice.
– Le soleil de minuit ?
– Oui.
– C'était très beau ?
– Très étrange, plutôt.

Il recouvre de l'assurance, et sa voix noire ; puis,

dans la lumière brute, son regard de miel. Le soleil le déglace aussi de sa ressemblance avec le surfeur des affiches. Sous sa chemise, bien sûr, sa carrure fait toujours aussi :

spLASH !
LA FRAICHeur sERA tiENNE !

Mais ses traits, eux, ne sont plus du tout frais : l'entour de ses yeux se boursoufle, les sillons de ses rides sont plus creux ; et, sur son menton, à l'approche des lèvres, sa peau s'irrite sous la poussée des poils.

Mais quel bonheur, justement, cet homme à nu ! Et qui donne, à mesure qu'il se dévoile, de petits coups de menton du côté de la fenêtre comme pour dire, à chaque fois : « C'est fini, tout ce monde-là. Maintenant, rien que cette bulle avec toi ! »

Du coup, tout peut arriver, dehors, la vie se mettre à tourner à l'envers, Zonzon se débraguetter devant le film porno, la Vieille Dame se lever de son lit et se mettre à danser le mambo dans les couloirs, la bonne sœur jouer à la fausse blonde et se caler, jupe relevée, jambes ouvertes, contre la table de cuisine, face à un fantasmatique Astronome, Judith, ce matin, ne les verra même pas. Ou, si elle les voit, elle éclatera de rire et reviendra dans la seconde au lac de son bonheur à elle, cette joie qui scintille dans la tache de soleil, la porcelaine des tasses, le reflet gelé de la confiture, l'emballage plastique des sucrettes, l'éclair bref et noir, enfin, du café qu'elle ressert.

Le monde est là, paradis immobile. Rien qu'elle,

rien que Vassili, rien que ses paroles qui tracent leur chemin dans cette bulle ardente.

Alors, s'en aller là où ses mots s'en vont. Où il va.

Seulement si Vassili parle, maintenant, c'est pour lui poser des questions. Il boit son second café à petites lampées, attentif et patient. Stratège, prudent.

Veut-il s'emparer de son secret à elle, savoir ce qui lui a pris, hier, à l'agence de voyages, pourquoi elle a craqué ? Lui faire cracher l'histoire de l'Astronome ? S'il le lui demandait, elle le lui raconterait.

Mais non, il reste dans le banal. Il lui demande pourquoi elle vit dans ce quartier, ce qu'elle fait de ses journées, il lui pose des questions sur son métier – en somme, il veut savoir où il met les pieds.

Judith répond. À petites phrases courtes, allusives, timides, les yeux baissés sur la cafetière qui se vide ; et quand elle relève les paupières, c'est pour suivre le chemin de la lumière, qui court doucement au fur et à mesure que Vassili parle et qu'elle répond.

Et voici que le rai de soleil abandonne sa tasse et touche le four à micro-ondes dont, brusquement,

9:14:43

il réveille le cadran.

Judith se dit que le temps presse. Et elle s'empêtre dans ses mots, elle voudrait aller vite, trouver le moyen de le retenir. Car elle ne sait toujours pas ce qu'il est venu lui dire.

Peut-être rien : impossible de savoir où il va, le voici maintenant qui se tait, se lève, se met à inspecter la cuisine, lance un regard par la fenêtre, aperçoit Zonzon, l'œil arrondi devant l'écran – tiens, il s'est débraguetté pour de bon.

Vassili le désigne du menton :

— T'as vu le gamin ?
— C'est la vie.
— Comme tu dis.

Il soupire, il sourit. Puis, d'un pas ralenti, s'en revient jusqu'à la table où il se rassied, aspire le fond de son café et finit par lâcher :

— Tu es bien installée. C'est un joli quartier.

Il va partir.

Mais non, il n'est pas pressé, il a toujours l'air de poursuivre son idée. Sans la formuler, jamais ; son œil continue de fouiner dans la cuisine, il voit tout : le pot de basilic, sur le rebord de la fenêtre, qu'elle a oublié d'arroser ces derniers jours ; l'évier qui n'est pas nettoyé ; la cuvette en plastique où, dans un bain de lessive, marinent deux ou trois slips ; enfin, sur le réfrigérateur, une constellation d'autocollants publicitaires pour des livraisons à domicile. Alors il sourit :

— Sushis, pizzas, couscous... Tu manges de tout, je vois !
— Je suis bien élevée.
— Ça fait longtemps que tu vis seule ?
— Un petit moment.
— Jamais tentée par le mariage ?
— Puisque je te l'ai dit.

— Et les enfants ?
— Et toi, ta vie privée ?
— Moi, j'ai toujours vécu seul.
— Ne me fais pas croire ça !

Touché, enfin ! La main de Vassili se fait vague, il l'élève dans le soleil où elle se met à trembler comme, tout à l'heure, la confiture dans sa cuiller, lorsqu'il l'étalait sur son toast. Puis il reprend froidement :

— Si. J'ai toujours été seul. La plupart du temps.

Puis son œil se vrille méchamment sur le cadran du micro-ondes,

9:18:04

Il jette alors : « Tu vas être en retard », et sort du lac de lumière.

L'ombre retombe sur lui, il s'engage dans le couloir. Il s'en va, le dos tout épaissi par sa liberté recouvrée.

Où Judith n'est pas.

Pourtant elle le suit, elle l'imite, elle bafouille : « Neuf heures vingt, il faut que je parte, oh là là ! »

Tout en elle est empêtré, maladroit : les mots, le pas. Alors que lui, il est à son aise, n'a aucune peine à retrouver son chemin, la porte qui donne sur le palier. Il l'ouvre lui-même ; et, toujours aussi sûr de lui, actionne dans la foulée le bouton de la minuterie.

Et c'est seulement à ce moment-là, quand se déverse sur lui la marée de l'éclairage électrique, qu'il laisse tomber, aussi hardi, tendre et complice que

spLASH, le surfeur :

— Dans le fond... Si tu venais voir le solstice avec moi ?

Dans le fond. Annulation immédiate du *par exemple*.

Il lui offre le solstice, là-bas ! Et la liberté partagée : il a dit *avec moi* ! *Dans le fond* et *avec moi* ! Sûr et certain, c'est un Ça. *Le* Ça.

Et s'il est venu ce matin à l'improviste, c'est qu'il n'y tenait plus. Il fallait qu'il parle. Mais pas pour ne rien dire : c'est un homme, lui, un vrai, qui ne s'embarrasse pas de parlote. Il regarde, il voit, il sonde, il réfléchit. Et quand il a bien vu, bien sondé, bien regardé, il passe à l'action.

L'action pure, claire, solaire. Comme lui. *Dans le fond* et *avec moi*, pourquoi se poser des questions ?

Va donc pour le solstice, va pour le zénith, trouve-toi tout de suite un billet d'avion !

Fusée pour le huitième ciel, celui qui vient après le septième.

Et après ? Pas d'après. Aller simple. Puisqu'il a dit *avec moi*, puisqu'il a dit *dans le fond*. Vol sans retour. C'est parti pour l'amour.

« Je vais réfléchir », répond Judith dans un souffle. L'ascenseur est là, Vassili s'y engouffre. Il sourit : « Tu me rappelles, alors ? » et il rabat la porte sur lui. Il a compris que c'était tout réfléchi.

Mais on ne va pas le lui dire tout de suite : stratégie. On a le cœur battant, Miss Niels, ce qui ne tue pas forcément le raisonnement cohérent. On va donc se montrer judicieuse, sérieuse, organisée, méticuleuse, comme pour une vente d'appartement. Parce qu'on n'a pas le droit de la rater, cette affaire. Par conséquent, on va commencer par refaire la Liste des Conséquences. De fond en comble, évidemment. Et vite. Ce qui n'empêche pas d'être méthodique, Miss Judith.

Pour commencer, dispositions pratiques :

Urgent, mais facile <u>Conséquence n° 1</u> : appeler Vassili.

<u>Conséquence n° 2</u> : mais pas ce matin, pas même à midi, attendre ce soir. Pas un mot avant vingt heures, vingt et une heures. <u>N° 3</u>, ça va de soi, traiter avec l'agence de voyages. Mais <u>n° 4</u> : attendre demain matin, être bien sûre de son coup, c'est logique. Mais là, <u>n° 5</u> : se pointer dès l'ouverture : il ne faudrait pas

se retrouver stupidement coincée comme dans l'affaire des Maldives. N° 6 : éviter la blonde chimique. Et, si possible, se faire accompagner de Vassili. Pour obtenir, c'est capital, des places sur les mêmes vols que lui. À l'aller comme au retour.

À ce point de son raisonnement pendant quelques instants, Judith cale. Sa belle logique s'enraye, quelque chose coince, comme l'imprimante de la fille chimique lorsque l'ordinateur refusait de lui faire cracher ses *tzrrreuhh-euh-euh-streutch*.

Mais elle ne voit pas quoi. Alors, de dépit elle se met à tournicoter le long du vestibule où flotte encore dans le soleil – du moins le croit-elle – l'odeur de Vassili : café, peau pas lavée. Ses narines palpitent ; et d'un seul coup, en lieu et place de l'été naissant qui se déverse dans l'appartement, elle revoit le double

▬▬▬▬▬▬▬▬▬▬▬▬▬▬▬▬▬

en forme de dalle mortuaire tiré la veille au soir sur le Petit Carnet. Et, curieusement, à l'instant même, s'enfuit l'odeur de Vassili.

Mais non, ce n'est pas possible. Il a bien dit *le solstice avec moi*, oui ou non ? Il a bien dit *dans le fond* ? Bon ! Alors ce double trait, c'était l'effet de l'émotion ! Oublions.

Et, de toute façon, ça suffit, cette puérile béquille du Carnet, les surnoms, les appréciations, tout le toutim. Ce qu'il faut faire, avec ce Vassili, c'est être clair, comme lui. Solaire. Se fixer une bonne fois pour toutes une stratégie.

Et voilà que, prodige ! exactement comme l'ordinateur de la blonde, les neurones de Judith se débloquent soudain et recommencent à dévider, dociles, leur petite pelote déductive, ils stritchchent et streutttchent eux aussi, et à toute allure, comme pour rattraper le temps perdu. Conséquence n° 7 : définir la ligne de conduite à tenir jusqu'au départ et ne plus en bouger. Du 11 au 20, de toute façon, ça ne fera pas long : neuf jours.

Et, au fait, Conséquence n° 8 : se dépêcher d'acheter au premier kiosque le dernier numéro de *Glamour*, le

SPECIAL CUISSES

Et faire d'une pierre deux coups, Conséquence n° 9 : étudier de près son dossier pratique à détacher pour l'été,

LES SECRETS DU PÉNIS
TOUS LES TRUCS
LE POINT « G » DU MÂLE

il y a même un jeu-concours. Mais ne pas perdre de vue la Conséquence n° 10 capitale : réviser tout de suite, précisément, urgemment, la Conséquence n° 7 en redéfinissant la ligne de conduite à tenir pour les neuf jours qui restent, en y intégrant les précieuses informations inédites qu'on vient d'engranger sur l'animal Vassili...

Mais vite, Judith !

9:31:37

tu n'es toujours pas douchée, pas habillée, pas maquillée ! Sans compter que tu viens de déroger à tes petites habitudes et pris, rien que pour lui, Vassili, du café en lieu et place de ton thé familier – arrête de gamberger, tu vas mal digérer.

Donc, pas d'affolement. De toute façon, tu as jusqu'à ce soir.

Et, <u>Conséquence n° 10</u> : pour la stratégie, laisse courir. Tu verras plus tard.

Car les choses sont si faciles, Judith, ce matin. Les pensées si simples.

D'ailleurs, il n'y en a plus qu'une : « *Je vais partir loin, avec un homme.* » Rien qu'à s'en sentir habitée, tout obéit tambour battant sans accroc, sans incident. La douche, la Grande Triche Cosmétique, le reflet dans le miroir, la fouille fébrile, pourtant, dans le fatras des vêtements et le chaos des chaussures.

Et même le temps méchant qui n'arrête pas de la dépasser en courant

9:50:22

aïe-aïe-aïe ! clefs-badges-portable-sac-alarme-zip-zoup-clac, vite l'ascenseur, vite l'entrée de l'immeuble…

Où, catastrophe ! voici Ruhl, une fois de plus, Ruhl qu'elle bouscule, évidemment – « Pardon, je suis en retard ! » –, mais pas de rougeur, aujourd'hui, souple et agile, Judith Niels, rien ne vacille, la vie est lisse, bingo ! elle monte à son assaut, elle marche au turbo-moteur du rêve, elle se fout bien de ce qui se passe dans son dos : forcément son tour est venu, elle a toutes les forces, tous les droits, comme la blondasse et l'Astronome : « *Je vais partir loin avec un homme...* »

Une phrase dont Ruhl, avec le regard réprobateur qu'il croit malin de lui visser dessus quand elle passe, est tout bonnement incapable d'imaginer la merveille. Tout comme il doit être parfaitement impuissant, ce Ruhl, à saisir l'exaltante, éblouissante, prodigieuse, subtile, exquise singularité du phénomène qui se produit en elle depuis le départ de Vassili : au lieu que la phrase lui revienne en bouche ou qu'elle aille communément et platement s'étaler sur une page du Petit Carnet Rouge, voici qu'elle s'écrit à présent dans sa tête. Et, par surcroît, en belle et tendre anglaise :

Je vais partir loin avec un homme...

Écriture intérieure : c'est la première fois, comme c'est étrange ! Mais mille fois plus délectable, à l'évidence, que les sèches notations du Petit Carnet. La phrase intérieure, elle, traîne après soi toute une imagerie, de merveilleux plans fixes qu'à tous les coups – pouffons ! – ce constipé de Ruhl ne goûtera jamais dans leur fabuleuse intensité, en dépit de tout le lin froissé dont il drape – pouffons encore ! – ses fesses pourtant si rondement moulées par ledit lin froissé ; et aussi malgré sa manie de se récurer, en ultrasnob qu'il est, l'épiderme au savon épicé.

Mais laissons-le là où il est, ce Ruhl, dans l'entrée de l'immeuble où il doit être resté comme deux ronds de flan à continuer d'aiguiser son œil méchant. Et revenons à la belle, la douce phrase intérieure, avec les délicates et délicieuses images qui s'accrochent à ses boucles et cursives :

Je vais partir loin avec un homme...

Baisers sous, sur, dans les glaciers. Amour sous, sur, dans les volcans. Amour à minuit, amour à midi, amour au chaud, amour au froid. Amour dans les igloos, amours dans les isbas – au fait, y en a-t-il vraiment, là-bas, en Islande, des igloos, des isbas ?

Mais on s'en fout, c'est comme de Ruhl, basta ! Assez vu, de toute façon, celui-là. La vie est large, maintenant. Les murs de la ville font comme ceux de l'appartement quand Vassili y est entré, ils s'écartent, tout respire, les rêves comme les façades, les avenues, les poumons – aération ! Embarquement sur le tapis volant de l'imagination, celui qui n'a pas besoin d'agence ni de ticket qui fonce à la seule propulsion de la petite écriture au fond de la tête :

Je vais partir loin avec un homme.

Avec, de temps en temps, tout de même, des variations de caractères, histoire d'introduire de menus changements dans le ronron de la musique de fond :

Je vais partir loin avec un homme Je vais partir loin avec un homme *Je vais partir loin avec un homme* Je vais partir loin avec un homme *Je vais partir loin avec un homme* Je vais partir loin avec un homme Je vais partir loin avec un homme *Je vais partir loin avec un homme* **JE VAIS PARTIR LOIN AVEC UN HOMME** *Je vais partir* *loin avec un homme* Je vais partir loin avec un homme...

Mais, au bout du compte, ce qui revient le plus souvent, c'est la belle ritournelle en anglaise :

Je vais partir loin avec un homme.

Elle glisse si bien, celle-là, elle sait si habilement s'insinuer dans le secret des nerfs et couler, couler, couler jusqu'au bout de leurs plus infimes ramures et nervures. Et là :

SPLASH !

explosion, nouvelle décharge de rêve, ruissellement d'images fraîches, et

SPLASH ! encore,

et

re- *SPLASH !*

extase.

Donc soyons logique, Judith, concluons, allons jusqu'au bout du bout du bout des déductions : <u>Conséquence n° 11</u> : ranger définitivement le Petit Carnet. Ou, tant qu'on y est, le jeter.

Impeccable, maintenant, la Liste des Conséquences. Parfaitement raisonnée, articulée, déduite et enchaînée, la preuve : le planigramme, à peine appliqué, se met à fonctionner avec une remarquable efficacité.

Il est vrai que Judith s'en tient à la première – mais la plus brave – de ses résolutions : ne pas téléphoner à Vassili avant le début de la soirée. Et ce, malgré des embouteillages monstres qui la coincent dans sa voiture la moitié de la journée ; sans compter l'exaspérante moiteur d'un orage qui ne se décide pas à crever.

Mais, à vingt heures trente, enfin, le délai expire. Elle se jette alors sur son téléphone, appelle Vassili et lui souffle :

– Pour le solstice... c'est oui !

Elle a forcé un peu sur la Cruche Poétique. On lui répond sobrement : « Très bien. » Puis rien.

Elle se dit qu'elle en a trop fait, le silence s'éternise... quand le téléphone ajoute – ivresse, c'est la voix noire,

SPLASH ! et re-*SPLASH !*

– Si tu passais ce soir ?
– À quelle heure ?
– Maintenant.
– J'arrive, s'entend répliquer Judith.

Plus du tout Cruche Poétique, pour le coup, mais Cervelle Pragmatique, subitement, redevenue vendeuse d'appartements, déterminée, pressée. Elle raccroche d'ailleurs sans discuter.

Car qu'est-ce qu'il y a à discuter : bien sûr qu'elle veut passer ! *Passer*, ça veut dire parler ; et parler, à un moment ou à un autre, plus ou moins vite, ça se transforme en coucher.

On dînera aussi, sans doute, mais accessoirement, ça permettra uniquement de reparler, et éventuellement de recoucher ensuite, et de re-reparler, ce qui va en faire, du temps de passé – et gagné ! Tellement de temps qu'en jouant bien, et avec un peu de chance, *passer* finira par signifier *rester* – oh oui ! pourvu que ça marche ! Rester dormir chez Vassili... Une nuit, au moins, rien qu'une...

Dans ces conditions, action. Ressortir immédiatement des oubliettes, des tubulures cérébrales où elle s'empoussière, depuis le temps qu'elle n'a pas servi, la vieille mais parfaitement testée, rodée depuis des années

> *GRANDE PROCÉDURE D'URGENCE*

qui n'a rien à voir avec une Liste de Conséquences, mais se contente d'énumérer, dans l'ordre, une série standard de mouvements, comme pour les pilotes d'avion, à enchaîner mécaniquement quand on se retrouve, d'une minute à l'autre, confrontée sans préavis à ce type de situation.

Pas une seconde à perdre mais, pour autant, pas question de s'abandonner à l'improvisation, donc zou ! Miss Niels, on y va, hip-hop ! comme à la gym, ne traînons pas, même si on est rouillée, même si ça fait un sacré moment qu'on n'est pas passée par là, donc :

A/ changement de slip ; **B/** au fond du sac : trousse à maquillage, contraceptifs, brosse à dents, déodorant ; **C/ TRÈS IMPORTANT :** tout bien cacher au fond du sac et l'en extraire en douce, demain matin, sans se faire prendre, car de toute façon **D/** avant de rester dormir, il faudra jouer celle qui veut partir, la femme qui dort seule ; par conséquent **E/** pas de nuisette, évidemment, et **F/** (*variante de saison et de circonstance*) ni porte-jarretelles, il fait trop chaud, on ne porte pas de bas par un temps pareil et Vassili n'y croirait pas, tout ça doit **ABSOLUMENT** avoir l'air d'arriver de but en blanc ; **G/** se parfumer, tout de même, laisser paraître un minimum de raffinement sous-jacent ; **H/** couper le portable et par là même toute occasion de revirement ; et **I/** maintenant, ne plus raisonner. Plus le temps.

Rien que celui – *clic-clic, tzi-tzi-zap-zip, zoup-clac-schlllang-schlllakk !* – de quitter l'appartement, puis courir

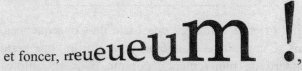

et foncer, rreueueum !,

à travers la ville engorgée de bitume, Diesels, décibels, béton, connexions. Pleins gaz jusqu'aux portes du paradis. Ouf ! une nuit chez lui… *Vassili-Vassili…*

Si, dernier point, qui ne figure pas sur la Liste, mais qu'il faut impérativement rajouter, dans le cas d'espèce, à cause de la voix noire et du souvenir du *par exemple* : à l'arrivée, s'obliger à faire le tour du pâté de maisons, posément et respirer

RÉGULIÈREMENT,

        LONGUEMENT,

                PROFONDÉMENT...

Parfaite, vraiment, la Procédure, elle continue à dérouler sans anicroche ses maximes si judicieusement détaillées, elle s'adapte à tous les caprices et rebuffades de la réalité.

À la pluie, pour commencer, qui s'abat sur la rue à l'instant même où Judith gare sa voiture puis passe le porche de l'immeuble.

Tout aussi flexible, la Procédure encaisse en souplesse le rictus qui durcit les traits de Vassili au moment où il ouvre la porte :

— Regarde-moi ça ! lâche-t-il à Judith, en se retournant vers une fenêtre.

Pas un regard, pas un baiser, il ne l'a même pas effleurée.

La pluie, c'est vrai, vient d'engloutir la ville. L'averse flagelle les façades et les toits de longues lanières drues, parfois brièvement luminescentes lorsqu'elles fendent les faisceaux de lampadaires ou de phares d'automobiles. Mais ce qui fige Vassili devant les rebonds acharnés de l'averse n'est pas la fascination du déluge. C'est la hargne de l'homme affamé. Nez froncé, lèvres retroussées sur des canines exaspérées, il finit par cracher :

— J'ai faim, moi, je voulais sortir !

Se taire, estime Judith. Même s'il n'a pas un mot, un geste pour elle. Un homme avec cette lippe excédée ne se calmera qu'après avoir mangé. Du reste, il commence déjà à grommeler sa propre Liste de Conséquences :

— On va rester ici, quoi !

Si claquemuré dans sa faim qu'il ne s'étonne pas du mutisme de Judith et continue à bougonner son petit planigramme à lui :

— Heureusement qu'il me reste des trucs de ce midi.

Et elle joue bien, en restant muette : peu à peu il s'adoucit. Voici même qu'il poursuit :

— On va se faire une dînette sur un coin de lit.

Le mot – enfin ! – est dit.

Assorti des gestes qui vont avec.

Sans invention, toutefois : comme la veille, rapide mouvement d'approche. Les épaules barrent de leur horizon puissant toute l'étendue du champ de vision. Ensuite, étreinte précise de la taille. Une main éparpille les cheveux ; l'autre, en propriétaire tranquille, se referme sur un sein.

Moment d'immobilité. Confiance, nonchalance, chaleur. Intense sensation de Présence.

Laquelle Présence le sait. Ajustage instantané de ses effets. Yeux qui cherchent les yeux d'en face et les trouvent. Les jambes aussi cherchent les jambes. Pas de tango. Puis voix savamment calée sur les octaves les plus noires :

– La dînette amoureuse... Tu connais ?

Judith ne répond pas, impossible, elle est toute à cette jambe glissée entre ses cuisses, à ce pas savant qui la rapproche du lit. Alors, que faire sinon sourire à cette bouche qui sourit à la sienne et d'un seul coup l'aspire de toute sa salive, toute sa langue – *Vassili, Vassili*.

Mais on la lâche d'un seul coup et on l'assied d'autorité sur le bord du lit ; avant de lui laisser tomber dessus :

— On mange d'abord.

Prise de court, elle lève la tête vers les épaules, la pulpe de la bouche. Lèvres rétractées, canines exaspérées : plus de Présence, rien que le Vassili qui lui a ouvert la porte.

Et qui lui jette maintenant, avant de s'éloigner vers un couloir étroit, une cuisine qu'elle aperçoit, où tout doit empester, comme ici, l'homme sans attaches :

— Il me reste des bulots.

Alors à son tour elle lance, sans peur, cette fois, des conséquences :

— Des bulots ? Mais j'ai horreur de ça !

Elle a craché *bulots* du plus profond de ses tripes, c'est le chaos, elle le vomit, ce mot, autant que le coquillage : rien qu'à l'entendre, *bulots*, elle se sent prise au piège d'un océan putride, d'une marée vert-de-gris. Même s'ils ne sont pas comme ça, les bulots, c'est comme ça qu'elle les voit. Elle les exècre. Ça remonte à quand ? Elle ne sait pas. Et ne veut pas savoir, ça ne s'explique pas. Mais des bulots sur ce lit, non, tout mais pas ça !

Seulement elle ne bouge pas. Plus personne aux manettes. Les commandes tournent à vide, la Liste de Conséquences comme la Grande Procédure d'Urgence. Cervelle molle, muscles flasques – comme hier, quand Vassili fumait son joint.

Pourtant, il faudrait faire quelque chose, vite ! Courir à la cuisine, tiens ! Et hurler quelque chose comme : Non, tout sauf des bulots ! Il pleut mais on s'en fout, on prend un parapluie, on sort, on va manger dehors ! Ou on appelle, comme chez moi, le livreur de pizzas, de couscous, de sushis, je sais pas, moi ! J'aime pas les bulots, Vassili ! Me fais pas ce coup-là, surtout pas !

Mais voilà : Judith ne bouge pas. Épinglée dans l'attente. Déchirée par ce cri qui ne sort pas.

Jusqu'au moment où il revient.

Alors, soulagement. Nonobstant les bulots. Toutes les raisons de rester.

Sa manière d'entrer dans la chambre, d'abord, comme s'il maîtrisait les plus intimes et infimes rouages de l'univers, avec son lourd plateau qu'il porte d'une seule main comme si c'était une feuille de papier de soie ; et, dans l'autre, l'inéluctable assiette de bulots qu'il pose quand même loin du lit, sur la table de nuit – il a compris.

Le puissant dessin de ses épaules, ensuite, au moment où il se penche pour déposer le plateau devant elle en feignant un mouvement d'esclave. Et, quand il se retourne, son indiscutable râble de Présence.

Le geste qu'il a, quelques secondes plus tard, contrefaisant toujours le valet enamouré, lorsqu'il lui glisse un oreiller sous les lombaires en lui soufflant : « Ménage ton dos, installe-toi bien », la voix toujours calée sur ses octaves les plus noires.

Puis chaque raison de rester se met à accoucher d'une autre, à chaque instant.

À présent, c'est parce qu'en dépit de sa faim de fauve Vassili commence par ôter sa montre, sort son portable de son étui et, *teing-leinn-leinggg*, douce mélodie de la déconnexion, met d'un seul coup le monde en sommeil, rien que pour elle.

Puis, raison entre toutes, parce qu'il a apporté, sur le plateau, tout de même, autre chose que des bulots : trois pommes, un pack de flans gélifiés, une bouteille de vin rouge, du Coca (la bouteille n'a pas de bouchon, il doit être éventé), du pain, un énorme saucisson, et surtout des cornichons – or elle adore le saucisson, le Coca même éventé, et plus encore les cornichons.

Parce qu'il s'en aperçoit tout de suite. Parce qu'il la devance, qu'il va le premier à la pêche, dans le vinaigre, pour lui enfourner le condiment dans la bouche, de ses plus belles mains de Présence.

Parce qu'il le fait en riant. Parce qu'il se met nu à ce moment-là. Parce que c'est seulement à cet instant, une fois déshabillé, qu'il se met à manger (les bulots, évidemment, extrayant méticuleusement de leur coque vert-de-gris les tournicotis de chairs flaccides recroquevillés sur eux-mêmes comme des petits phallus formolisés), mais ce qu'il avale n'a aucune importance, c'est sa façon de faire qui compte : cet air d'être tombé du ciel en même temps que le début de l'averse, de débarquer, fatigué mais enjoué, d'une comète qui passait dans le coin. Relié à rien. Et s'appropriant ce bout de lit comme si c'était l'espace. Tout l'espace – l'infini.

Alors Judith fait comme lui : elle rit.

Elle rit à la couette jaunie où, à son tour, elle se dénude face à lui. Elle rit aux cornichons qu'elle décide de débiter en petits tronçons avant de les disposer en rangs réguliers sur une tartine de mayonnaise, ce qui le fait s'esclaffer, lui aussi. Du coup, elle rit de plus belle ; elle rit maintenant à son gobelet de plastique où elle boit sans plus savoir ce qu'elle boit, du vin rouge ou du Coca. À sa manière de boire à lui, féroce et précise, gaillarde, tranquille, à son cou qui rougit, à sa cicatrice qui enfle à mesure qu'il déglutit. À la mayonnaise qu'elle fait gicler du tube sur le bout de ses seins, et qu'il lui suce tout de suite, c'était couru. Elle rit à la rondelle de cornichon qu'elle pose maintenant dessus et qu'il avale aussi – en même temps qu'un bulot répugnant ! Elle va jusqu'à rire de la gelée flageolante des flans à la vanille chimique et de leur date de péremption dépassée – elle rit même de la stupidité qui la pousse à en manger.

Car toutes les faims du monde ont fait irruption dans la chambre, tous les désirs aussi. Partir ou rester, ici ou ailleurs, vivre ou mourir, peu importe. Pourvu que ce soit avec lui. Elle rit qu'ils soient ensemble. Repus ou affamés, nus ou habillés. Mais ainsi liés. Noués.

Car il rit, lui aussi. Mais elle rit plus fort que lui. Parce qu'elle n'en finit pas, elle, de se trouver des raisons de rire. Elle rit pour ses yeux de Ça tout étoilés de romance. À cause du billet pour l'Islande, sous l'assiette de bulots, qui dépasse toujours du dossier de l'agence. Pour les fauteuils gonflables, dans la chambre, qui n'ont pas bougé, eux non plus, depuis la veille, tout comme les cartons bourrés de livres et de dossiers, comme l'appareil polaroïd et le paquet de cannabis, à la même place sur le manteau de la cheminée. Et pour leurs vêtements, qui se sont entremêlés par terre, pour son soutien-gorge à elle affalé sur son pantalon à lui, pour son string accolé au cuir de son ceinturon – oh oui ! c'est surtout à cause du ceinturon que Judith rit, il lui ressemble tant, à Vassili : même souplesse, même puissance dans l'usure, les rides, les craquelures, les petites bouffissures ; et sur la couette comme sur les lattes du plancher, même bonheur tranquille dans l'art de s'étaler.

Mais soudain, plus de rire : Vassili enlève le plateau du lit. Alors plus rien que le bonheur en noyau. Le silence, les corps nus face à face, la joie dense. Et le décompte des minutes et des heures, à l'arrière de la fenêtre, stoppé net.

Resté avec la pluie et les autres fenêtres. Là où continue de s'étioler, devant les petits lacs mouvants des écrans, la vie des autres. Averse qui bat, claque et rebat, téléviseurs, ordinateurs, on allume, on éteint, moteurs qui calent, sirènes qui meurent, appels de phares au désespoir – tout s'en va, tout se noie.

Même sur le lit, les bouches, les trous, les jambes, les bras – on ne sait plus où on va.

Il lui a fait l'amour dans la lenteur, ce soir-là, ce fut étrange. Mais, après tout, ce n'était que la deuxième fois. Donc, pas moyen de savoir au juste pourquoi.

À cause de la pluie, elle s'est dit. Ou des bulots – on peut s'attendre à tout, avec ces bêtes-là. Ou alors parce qu'elle avait trop ri, avec Vassili ; la violence, le plus gros de son désir avaient dû passer dans son rire – oui, c'était sûrement ça.

Le plus troublant, ce fut la fin (*après*, comme se disent les femmes entre elles quand elles se racontent leurs coucheries ; même les plus dessalées parlent comme des petites filles, à ces moments-là, même les plus délurées baissent la voix) – *après*, donc, au lieu de s'endormir tout de suite, comme la plupart des hommes, il s'est levé avec un regard lavé, très frais, presque gamin, puis il s'est dirigé vers la fenêtre où il est resté longtemps, les yeux grands ouverts, avant de lui lancer :

– Viens voir, regarde.

Il lui désignait le ciel. Il ne pleuvait plus, l'orage avait chassé la chape de gaz.

Judith est venue tout de suite, bien sûr, et comme lui sans peur, sans pudeur, nue à la fenêtre. Et si elle s'est enveloppée dans le rideau, c'est seulement qu'elle avait froid.

Mais il a vu qu'elle ne comprenait pas ce qui, dans le ciel, pouvait bien le fasciner. Alors il a enchaîné :

— La lune est pleine. En plus, on voit les étoiles. C'est rare.

Du coup, ça lui a rappelé l'Astronome. Ou plus exactement la conversation qu'elle avait eue avec l'Astronome. Elle a donc répondu, très ferme et très droite dans son rideau :

— Oui, je sais.
— Comment tu sais ça ?
— J'ai connu un astronome.
— Ah bon ?

Au fond de la voix noire s'était insinué quelque chose de goguenard. Elle a bafouillé :

— Enfin, quelqu'un qui m'a expliqué ça dans une soirée.
— Et alors ?
— On voit rarement les étoiles, dans les villes, à cause de la puissance de l'éclairage électrique. On appelle ça la pollution lumineuse.
— Tiens donc.

Il a bâillé. Puis a lâché, la voix soudain ensommeillée :

— Jolie nuit.

Il avait l'air froid, d'un seul coup. Elle ne savait que répondre ni que faire d'elle-même, dans les plis de ce rideau, perdue dans les méandres de cette conversation qui ne savait plus où elle allait.

Mais voilà qu'il ajoutait, à nouveau charmeur :

— Tu sais comment on dit ça en anglais ?

Elle ne savait pas. «*Starry night*», poursuivit-il alors, les yeux toujours fixés sur le ciel étoilé. Elle répéta bêtement «*Starry night*», puis, comme il fallait bien trouver quelque chose à dire, elle ajouta :

– Ça fait titre de chanson.

Il ne répondit pas. Elle s'enveloppa alors plus étroitement dans les plis du rideau et enchaîna :

– Tu parles anglais ?
– Pas mal. Et toi ?
– Moi, moyen.

Et, tentant de retrouver le rire qu'elle avait eu quand ils avaient mangé sur le lit, elle crut bon de lancer, mutine, enjouée :

– En Islande, alors, il faudra que ce soit toi qui...

Mais elle s'arrêta, bafouilla «quand on ira... ensemble... là-bas», car il ne l'écoutait plus, quittait la fenêtre, retournait vers le lit.

Un quart de seconde elle espéra encore et se dit : ça y est. Il va, comme hier, prendre sur la cheminée son petit paquet de cannabis, s'asseoir dans son fauteuil de plastique, s'allumer un joint, moi je vais m'allonger sur le lit, nue comme je suis. Et on va parler. Parler enfin, de l'Islande, du billet, de l'agence, de tout, de rien...

Mais non, il s'est étalé sur la couette, souple et tranquille comme son ceinturon, de tout son long. Et s'est endormi.

Starry night, dans la chambre la nuit s'arrête, les étoiles aussi sur la chair étale. Sommeil d'homme. Corps d'homme.

L'un dort, l'autre pas. Mais la plus forte, c'est l'insomniaque. C'est elle qui s'empare, elle qui possède. Capture, dans la prison de l'œil, aussi sec que le rayon de lune.

Autopsie du vivant. Et soulagement : plus de sentiment. Alors, le temps que ça dure, on prend.

Donc, torse très beau, vraiment. Mamelons haut placés – fait du tennis, de la natation, de l'aviron ? Et velu juste ce qu'il faut. Poils cependant blanchissants – un beau brun bien latin, sans doute, quand il avait vingt ans.

Sexe un peu court, gras. Pubis fourni, comme les aisselles. Petite ceinture de graisse infiltrée sous l'estomac – abus de mayonnaise, de Coca ?

Ou de bulots.

Il faudrait qu'il fasse attention, il risque de vite noyer son ventre dans une invasion de gras.

Léger ronflement sifflant – pourtant il ne fume pas, et le cannabis n'a pas cet effet-là. Minuscule marque de vaccin antivariolique en haut du bras gauche. Une autre au bas-ventre, d'ablation de l'appendice. Large, celle-là, ancienne. Grain de beauté dans le repli de l'aine. Charnu, très long, très noir.

À part ça ? Rien de neuf. Le visage, air connu : barbe à fleur d'épiderme, nez parfait d'acteur de cinéma. Et cette belle bouche renflée – nouvelle envie qu'elle aspire et qu'elle suce ; nouveau désir de se faire engloutir.

Le long de l'artère du cou, à chaque pulsion du cœur, la balafre rouge bat. Comment il s'est fait ça ? Sous la paupière, le globe oculaire vient et va. Les lèvres s'entrouvrent – vers une faim de quoi ? Puis flexion subite, comme réflexe, de l'avant-bras ; et tout le corps, sous la poussée du rêve, retrouve soudain son chaud repli d'enfance, bien serré, bien étroit.

Besoin de le prendre sur son ventre, cet homme, comme un bébé. Rêve de le bercer dans le creux de ses bras.

Mais non, trop tôt, Judith, pas le droit ! Pas avant d'avoir parlé de l'Islande, des dates de départ, de retour. Pas avant de savoir une bonne fois pour toutes où tu vas avec cet homme-là.

Alors le sommeil qui ne vient pas. La peur du lendemain qui rôde sur le drap.

Puis les étoiles lasses, la lune qui passe. Tu ferais mieux de dormir, Judith, laisse tomber, tu bâilles, et ton histoire aussi, comme les fenêtres d'en face, bleuies par le silence et la nuit qui s'avance. Allez, raisonne-toi !

Et dors ! Plie-toi à la loi, à la petite veine du désir qui bat : un coup en haut un coup en bas. Chaud et froid, angoisse et joie.

Eh oui ! tu voudrais bien que ça marche autrement

mais tu feras comme tout le monde, ma fille, avec cet homme-là comme avec ceux que tu as trouvés avant : enchantement, désenchantement, réenchantement.

Et redésenchantement. Toi d'un côté, lui de l'autre. Avec le *nous* qui reste en carafe. L'amour qui fait le planton.

Increvable, pourtant, celui-là. Alors fais-lui confiance.

Et dors, en attendant.

Réveil. Grand jour. Soleil. Yeux ouverts. Très dure, la lumière.

Sur le parquet vitrifié, passe encore. Mais quand les rayons butent sur les fauteuils en plastique, on voit tout, d'un seul coup : la poussière, les marques de doigts ; et sur la cheminée, à côté du Polaroïd, surgit le cadran d'une petite horloge digitale. Tiens, la même que la sienne. Mais pas le temps de s'attarder,

8:04:43

vite, la question à poser.

Mais Judith recule. Elle attend l'occasion, la première venue, comme lorsqu'elle cherchait le Ça ; et l'occasion ne vient pas. Ou plutôt aucun moment ne va.

Ni l'instant où, enveloppée dans une serviette éponge, elle sort de la salle de bains, s'étant brossé les dents à la sauvette – comme prévu, sans se faire surprendre –, remaquillée si léger qu'elle semble toute naturelle, fraîche de la veille, recoiffée juste assez pour paraître décoiffée.

Fausse des pieds à la tête, en somme. Et tellement

fabriquée qu'au moment où elle voit l'œil de Vassili se vriller sur elle, depuis le lit où il est resté, elle n'arrive pas à se jeter à l'eau et à lui dire la phrase qu'elle a pourtant répétée et testée cent fois, tout le temps qu'elle est restée à se pomponner devant le lavabo : « Au fait, pour l'Islande, on rentrera quand ? »

Ne convient pas non plus, évidemment, le moment où, la reluquant depuis son oreiller, Vassili lui lance :

– Ça te va bien, le court, en fin de compte. Pourquoi tu portes des jupes qui te cachent les jambes ?

Comment répliquer, comment enchaîner ?

Ne parlons pas de la seconde suivante où il se lève en grinçant d'une canine aussi exaspérée qu'hier soir : « J'ai faim » – voici qu'il file à la cuisine où, décidément il n'a pas la moindre envie qu'elle pénètre : « Reste là. »

Et comment ouvrir la bouche quand il revient, toujours aussi affamé, mais encore plus embarrassé :

– J'ai pas mieux, je prends toujours mon petit-dèj au cyber-café d'en bas.

Et ce qu'il rapporte se révèle en effet plutôt misérable : biscottes, fond de miel durci, tube de beurre de cacahuètes, café instantané.

Enfin pas moyen, évidemment, d'articuler un mot quand elle l'entend, *teing-leinn-leinggg*, puis le voit, *tip-tip-tip-toup*, rebrancher la connexion de son téléphone portable, l'air de dire : assez ri, business, maintenant, ma fille, les affaires reprennent – mais quel business, au fait, puisqu'il n'a pas d'autre projet en tête que ce voyage en Islande, le départ dans dix jours maintenant ?

Et, du coup, comme elle ne parle toujours pas,

comme elle se contente d'enfiler son slip, face au désordre du lit qui dénonce à la lumière sèche leurs traces et leurs odeurs, ça se passe précisément comme dans le business quand on attend trop : le coup lui tombe dessus par surprise. Une demi-biscotte en bouche et le tube de beurre de cacahuètes en main, Vassili choisit de sauter le pas :

— Je vais repasser à l'agence, tout à l'heure. *Ta* date de retour, tu l'as ?

Elle a répliqué, comme la veille, dans le rideau, en tentant de faire l'enjouée, en se forçant à rire :

– Ma date... Mais... Vassili... comme toi...

Alors ce fut comme au café, le premier jour : elle a vu s'étrécir le sourire de la Présence. Devant elle, l'homme qui la fixait n'était plus le Vassili qui avait si bien su l'aspirer dans ses baisers, mais Caussard. Œil jaune et sec. Et comme au café encore, la petite boule dure s'est reformée à l'angle de ses mâchoires quand il a enfin choisi le parti de répondre :

– Moi, je t'ai déjà dit : je sais pas.

Elle a protesté :

– Mais l'autre jour... à l'agence... tu avais l'air d'avoir tout réglé...

Il a secoué la tête tout en continuant à mâchouiller sa biscotte, les yeux baissés sur sa tasse de café. Puis il a lâché :

– Écoute... hier matin, on en a parlé...

Et il s'est assis en tailleur sur le lit.

C'était très exactement la posture d'un guerrier africain qui fait une pause sur le bas-côté d'une sente avant de repartir pour la chasse ou la guerre ; et qui, en même temps qu'il reprend des forces, pense à sa traque, réfléchit à la suite de son combat. En cet instant, sa nudité n'était plus du tout la même qu'au moment où elle se l'était appropriée, tandis qu'il dormait – cette chair attendrie par le sommeil qu'elle avait détaillée comme sortie de la sienne. Non, dans toute sa personne, il n'y avait plus le moindre abandon, rien que du contrôle. De la tension, de la concentration. Et du secret. Qu'elle voulait posséder, à présent. Comme son corps endormi.

Alors elle ne put s'empêcher de lui jeter :

– Mais qu'est-ce que tu vas faire au juste, là-bas ?

Il a posé sa tasse et son reste de biscotte sur le plateau, il s'est déplié à gestes élastiques mais comme millimétrés, les mouvements d'un fauve prudent.

Puis dans la table de nuit il a ouvert un tiroir, d'où il a sorti un coupe-ongles, et il s'est mis à se faire les orteils – il n'était plus qu'un dos et une nuque.

Alors seulement il s'est mis à parler. Entre chaque claquement du coupe-ongles, il a lâché des phrases aussi souplement articulées que ses vertèbres, de petites chaînes de mots froids :

– Je te l'ai déjà dit, le jour où j'ai touché mes indem', une idée comme ça. Un peu n'importe quoi, l'envie de faire le vide, de prendre l'air. De voir des déserts. Et puis, d'autres gens. Autre chose. Vivre autrement. Me retrouver. Envie de me balader. De me laisser aller.

Il ne proclamait rien, ne démontrait rien, ne se racontait pas non plus. Il se contentait de résumer sa vie comme il taillait ses ongles de pied, animé d'une volonté aussi sèche que le pouce méchant qu'il refermait sur les mâchoires de la pince. À croire qu'il voulait cisailler du même claquement fatal les mots ingénus qu'il prononçait : *champ, air, désert, gens, balader* – tout désarmés, eux, tout naïfs, avaient-ils mérité un sort pareil ?

Puis il s'est remis à bâiller, comme épuisé par l'exercice ; et il a rangé posément le coupe-ongles dans le tiroir de la table de nuit avant de conclure, sans se retourner :

– Tu vois ? Tu comprends ?

Oui, elle voyait. Oui, elle comprenait.

Ce qu'il y avait à comprendre : ce qui s'était dit sans être dit entre chaque entaille du coupe-ongles. Vois les choses en face, ma fille, la date de péremption est inscrite sur ton histoire aussi clairement que sur le flan gélifié que je t'ai servi hier soir. Aussi froidement que son code-barre.

Et il était facile à deviner, le moment où il ne serait plus consommable, le petit roman de Judith et la rengaine qui lui tenait lieu d'arrière-fond, cette ritournelle qui, depuis vingt-quatre heures, n'avait plus cessé de s'écrire sur tous les modes possibles au creux des lobes cérébraux où elle avait trouvé sa matrice – *Je vais partir loin avec un homme* **JE VAIS PARTIR LOIN AVEC UN HOMME** *Je vais partir loin avec un homme*—,

contrepoint de ses gestes les plus fervents, comme cet instant où elle avait pincé les mamelons de Vassili pour ranimer son désir

avec un homme je vais partir loin

ou cet autre étrange moment où elle s'était enveloppée dans le rideau

Je vais partir loin avec un homme

pour chercher avec lui le sillage des étoiles. Mais aussi en continuum superposé aux plus ténus, aux plus insignifiants de ses gestes, comme trancher le saucisson

loin, loin avec un homme

s'en aller à la pêche aux cornichons

Loin avec, loin avec

ôter l'opercule métallique du flan gélifié

Homme, loin

ou, ce matin, dans la salle de bains quand elle avait camouflé sous ses paupières, à grands coups de pinceau à blush

homme
avec un homme, avec un homme, avec un homme, avec un homme

la lunule grisâtre creusée par l'insomnie. Mais voilà, il fallait prévoir dès maintenant la fin du disque. Et le plus beau de l'affaire, le plus pervers, c'était qu'elle devrait le fixer elle-même, le moment où finirait la chanson. Pas plus tard qu'aujourd'hui, quand elle irait à l'agence acheter son billet d'avion et répondrait à l'inéluctable question de la blonde chimique : « Et je le place quel jour, votre retour ? »

Elle donnerait une date. La blonde chimique lèverait vers elle son regard acide et s'étonnerait : « Le billet de monsieur est *open*, c'est pas grave ? » Judith répondrait bravement : « Non, aucune importance.

– Ah ! minauderait alors la blonde. Oui, oui, je comprends. »

Peut-être auras-tu alors des larmes au fond de la tête, Judith, dans ce petit coin obscur où, vaillante,

avec un homme, avec un homme

continuera à coup sûr de s'égosiller la petite rengaine.

Mais tu ne craqueras pas, cette fois. Tu feras la blonde. Lisse, fade, acidulée, souriante. Tu rejoindras le grand chœur du monde :

OUI, JE COMPRENDS. JE COMPRENDS. JE COMPRENDS.
JE COMPRENDS.
JE COMPRENDS, JE COMPRENDS.
JE COMPRENDS.

Elle ne les lui a tout de même pas dits, ces deux mots. Ç'aurait été trop beau, comme cadeau.

Elle s'est donc contentée de lui lancer, froide et bravache, tout en continuant à se rhabiller :

– Je peux me libérer un petit mois. Je rentrerai vers le 20 juillet, quelque chose comme ça.

Et, à son tour, elle lui a opposé son dos – qu'est-ce qu'elle pouvait faire d'autre ? –, il s'était rassis en tailleur sur le lit où il continuait d'examiner, satisfait, la taille de ses orteils, sans plus un regard pour elle. L'air de penser : « Parfait, la vie continue. »

Et c'était vrai, elle continuait. Comme avant. Exactement. Chacun de son bord. Chacun pour soi. Qu'on ait couché ou pas.

Puis l'instant d'après, comme par miracle, tout est redevenu facile, la vie a recommencé à glisser, grâce et souplesse, aucune aspérité, ça marche, ça roule, ça coule, plus de souci, Caussard redevient Vassili, il cesse de contempler ses ongles de pied et se lève, se dirige vers la salle de bains en faufilant au passage ses doigts dans ses cheveux puis en murmurant dans un souffle : « Ça te va bien, d'être décoiffée » – il n'a pas même pas remarqué que c'était du fait-exprès.

Et quand il ressort de sa douche, une demi-heure plus tard, dans toute sa splendeur de Présence, somptueusement nu et frais – plus de millimétrage dans ses gestes, ni économie ni prudence –, quand il surprend sur l'horloge son regard inquiet

9:18:22

il plisse ses petites rides en étoile et lance en souriant :

— L'agence ouvre dans un quart d'heure. Ton billet... si on allait l'acheter ensemble ?

Avec lui, là-bas ? Sur les lieux mêmes où il lui est tombé du ciel ? Et comment donc ! La Présence et elle ensemble... Parce qu'il l'a bien dit, ce mot, c'est comme *dans le fond*, hier. Oui, il la dit : *ensemble...*

Je vais partir loin avec un homme...

Dix minutes plus tard, les voilà donc qui repassent coude à coude, la porte coulissante de l'agence.

Elle, crispée et tendue – c'est là qu'avant-hier, tout de même, elle s'est laissé éponger les joues en public par un parfait inconnu. Et lui, qui à l'évidence n'est plus du tout pour elle un inconnu, se dirige vers le guichet toute Présence dehors, se redorant et se rééitoilant l'œil – cette fois pour la blonde chimique.

Et là, brusquement, nouveau prodige : la fille peroxydée sourit, l'ordinateur, joie sans mélange, *tipeu-tipeu toup-toup*, s'y met lui aussi. *Stritch, streutch* : sur son lagon d'azur il affiche tout de suite écran gagnant : « Vous cherchez une autre place sur le vol du 20 juin, vous prenez le vol du matin ? Je comprends, je comprends, *tipeu-tipeu-streutch, streutch*. Mais oui, mais oui, bien sûr. Et le retour ? Un mois pile plus tard ? Mais attendez, vous, monsieur, votre date... Ah bon, vous rentrez séparément ? Je comprends, je comprends... Mais vous tenez à un mois pile plus tard ? Non ? Si ? Vous êtes sûre ? »

Là, la fille peroxydée croise le regard de Vassili. Et ajoute aussitôt : « Pas trop ? Alors disons open sur la durée d'un mois. Comme ça, si au bout de trois jours le pays ne vous plaît pas... Donc, *tipeu-tipeu toup-toup*, on va voir, OK. Ça devrait pouvoir se faire, même en juillet, là-bas, on n'est pas sur les grosses destinations-soleil, *stritch, stritch, streutch*, oui, OK ! qu'est-ce que je vous disais ? »

Et là, d'un coup, c'est Vassili qui se met à parler. Puis, de plus en plus docile, comme complice, c'est à lui que, désormais, s'adresse la blonde chimique : « Ah ! vous voulez un van à la place de la petite voiture que vous aviez réservée ? On peut vous la changer, mais moyennant supplément. Notez, ça se comprend. Vous êtes OK ? Alors OK. *Tipeu-tipeu toup-toup, stritch-streutch*, voilà, c'est fait. La chambre aussi, à l'arrivée, non ? Il vous faut une double, je suppose, maintenant ? OK ? OK. OK, je comprends. Mais je ne change pas les documents, j'envoie simplement un fax, c'est plus simple, vous paierez sur place. Ça roule, ça marche. C'est mieux, de toute façon, de payer sur place. Vous comprenez ? OK ? »

OK, OK, OK, on comprend. Puisque c'est le seul moyen de la forcer, la vie, à demeurer légère. À glisser.

Donc pas d'écueil, ce matin, pas de récif sur le lagon informatique, rien qu'une belle déferlante de pixels verts sur fond bleu. Et puis cette arrivée en douceur, maintenant, sur la plage du bonheur, dans une immense gerbe d'écume électronique : *streutch-stritch-streutch, stritch-streutch-streutch*, tenez, madame, voici votre billet !

Dès lors, autant vivre la grâce de ce qui passe. Autant vivre dans l'instant.

C'était bien sûr du plaisir plutôt que le bonheur, mais qu'est-ce que ça fichait ? Judith le rejoignait au moins un soir sur deux, et ils passèrent aussi tout un week-end au lit, couchés la plupart du temps, sauf pour manger – ils sortaient, maintenant.

Une fois c'était un tex-mex, un autre un chinois, le suivant un bar à vins, puis encore un chinois. Il y eut même un tibétain, un soir, Vassili aimait varier, c'était comme le sexe : il y avait des moments où leur corps à corps était long, suave, presque fade ; et d'autres où, sans préavis, comme le premier soir, il redevenait violent, presque méchant.

Cela dit, il était temps qu'ils quittent la ville, où le ciel s'épaississait comme un énorme abcès : un orage hésitant qui se contentait de pisser sur la ville des averses maigrelettes, ou de crachoter des longues séries d'éclairs muets. Ça donnait soif, ça énervait. Alors ils buvaient, ils baisaient.

Il y avait peut-être quantité de gens dans la ville qui faisaient de même, c'était même probable. Mais ils s'en foutaient, ils se croyaient les seuls, les plus malins. Et les plus jouisseurs dans le lit où ils se disaient maintenant, l'œil droit et à voix haute, des mots bien crus.

Au fil des jours et l'habitude venant, la chambre empestait de plus en plus le provisoire. Le rideau avait oublié qu'il était de soie, il se contentait de pendouiller dans ses plis un peu sales – loin, loin, la nuit où Judith s'y était entortillée pour regarder les étoiles. Sur les fauteuils de plastique, elle voyait maintenant des traces de doigts, l'index et le médius habiles de Vassili, elle en était sûre. Mais ça lui plaisait : quand il disparaissait à la cuisine ou aux toilettes, elle allait recouvrir des siennes leur empreinte un peu grasse. Le plastique était tiède, il se laissait enfoncer – ça faisait du bien.

Rien ne bougeait de jour en jour, dans la chambre, Vassili ne paraissait pas pressé de préparer ses valises. Sauf un soir, peut-être : l'appareil Polaroïd avait disparu de la cheminée. Cependant, le surlendemain, quand Judith est revenue, elle l'a revu, posé sur le plancher.

Elle a hasardé, cet après-midi-là – c'était un dimanche, elle venait d'arriver, un peu essoufflée, elle avait dû clôturer, chez elle, en prévision du départ, une bonne dizaine de dossiers : « À quoi il te sert, ce nanard ? »

Il a eu un mince sourire, qui a aiguisé son œil moghol : « Ça t'intrigue, hein... ? » puis il l'a largement écartée sur le lit, comme il faisait toujours quand il était en grande humeur de lit, et il a murmuré : « Tu verras bien. »

Et ensuite, entre eux, tout se passa beaucoup mieux

que d'habitude, d'autant mieux que, forte de ce qu'elle avait lu dans le dossier à détacher de *Glamour*,

SPÉCIAL ÉTÉ
LES SECRETS DU PÉNIS
TOUS LES TRUCS

Judith s'y mit elle aussi.

Docile, il la laissa convoquer tout ce qu'elle avait de lèvres, bouches et langues, avec la même expression qu'au moment où elle avait parlé du Polaroïd : un fin sourire de satrape, certain de continuer à tirer les ficelles. Jusque dans la posture du vaincu.

Mais quelle importance : tout se conclut comme la veille, l'avant-veille, le surlendemain : engloutissement, trou noir, trémulation, comme dans l'air, au-dehors, sous la chape de l'orage.

Puis, comme dans l'air aussi, la flagelle de l'éclair. Et, instantanément, le retour de ce côté-ci des choses.

Alors Judith ouvrait l'œil sur l'autre corps et découvrait dans ses plus mesquins détails, comme sous une loupe, l'attirail des forces qui, la seconde d'avant (mais alors, dans un flou délectable), s'étaient conjurées pour la pousser dans le monde d'à côté : la sueur, le cou rouge, l'artère engorgée, la cicatrice, les muscles des bras, des épaules, du dos, des cuisses qui continuaient à s'échiner avant de s'effondrer soudain sur ses fesses ou son ventre. Et elle se demandait soudain : « Qu'est-ce que je fous là ? »

Jamais de réponse. Simplement cette stupeur, ce brutal écrasement. L'amour soudain couché dans le lit du Temps.

Et pourtant, à l'aube du 20 juin, départ. Aéroport. Fièvre. Guichet d'enregistrement, porte d'embarquement. Attente à l'orée des routes invisibles. De l'aérien où rien ne tient.

Face au gros aspirateur de Plexiglas qui conduit à l'apesanteur, inventaire des ultimes amarres :

A/ Longe du téléphone portable : coupée. Qui appeler d'autre que Vassili ? Et comme il est là, si près d'elle, avec son meilleur sourire et ses yeux de miel... Judith a donc bravement abandonné l'appareil chez elle.

B/ Agenda électronique : embarqué. Mais pour la forme, il faudrait une urgence. Et comme la seule urgence c'est Vassili, l'agenda, une fois de plus c'est uniquement pour lui.

C/ Triche Cosmétique : réduite au minimum. Plus rien à camoufler, il la connaît désormais dans sa parfaite nudité. Et puis la flemme, maintenant, de calculer et préméditer. Donc encombrement limité à la crème protectrice, pour le cas où ça chaufferait trop fort, là-haut, sur les volcans, les glaciers – Vassili prétend qu'il n'y a plus de couche d'ozone du côté du pôle. Dès que le soleil se montre, dit-il, on se retrouve bombardé d'une douche perfide d'ultraviolets.

D/ Un roman. Mais c'est comme l'agenda : pour la forme. Pas le temps de lire. Ni l'envie. Le vrai roman, c'est eux. Même s'il n'a pas redit : *ensemble.* Même s'il ne dit toujours pas *nous*. Mais patience, c'est ça aussi, le roman. L'inattendu, la surprise. Alors lire, dans ces conditions...

E/ Pas de pilules à dormir, contrairement à toutes les règles d'hygiène élémentaire. La nuit, on fera l'amour. D'ailleurs le jour aussi. En se réveillant, en se couchant, c'est ça les vacances ! Et ça fatigue. De bonne fatigue. Par conséquent, pas de cachets.

F/ Enfin, ça tombe sous le sens, pas de Petit Carnet. On a vraiment tiré un trait.

Car fini, le Ménage dans la Tête, loin, la Cité Pornic, encore plus loin, la Chasse au Ça, les Listes de Conséquences, la Procédure d'Urgence, le harcèlement du crocodile *via* les parties de jambes en l'air de la fausse blonde et de l'Astronome dans la cuisine d'en face, basta ! On s'en va. On part, on s'en va vivre. Vivre vraiment, sans réfléchir, mieux, fort. Au guichet, un billet, un passeport, trois zioup suivis d'un scrêêêtch, et c'en est fait : Judith, à toi la liberté, la liberté à deux !

Pourvu que ça marche...

Mais ça marchera, voyons, puisqu'on s'en va !

Et de toute façon, ici, comme à l'agence, les électrons sont au beau fixe : *tip-toup*, *fuitt*, *fuitt* : « Voici votre carte, embarquement 9 h 30, porte 23. » Et ça n'arrête plus de rouler, de glisser, *slatch*, *slatch*, *slatch*, *slatch*, étiquettes sur les valises et les sacs, *grooooooooooooooo-eunngg*, le tapis les emporte, *fuitt*, *fuitt*, ils se volatilisent les premiers, bestiaux bien dressés, dûment code-barrés. On les retrouvera à l'arrivée ; c'est ça aussi, la liberté : ici les rayons, les écrans, les voyants, tout ça ne sert qu'à rendre plus léger ; dans l'aéroport transparent, d'ailleurs, on se sent aussi évaporé que les voix surgelées qui poussent leurs gentilles petites bouffées d'annonces dans l'air climatisé.

Aussi, plus question de ruminer : on est entré dans la pureté. Bloqués, les compteurs à erreurs, à remords, à regrets. Restés de l'autre côté. Comme l'orage, derrière les grandes vitres limpides, bien lavées, bien rincées. On repart à zéro, tout neuf, tout beau. La preuve : en même temps que le billet, a dit la fille de l'agence, on a une assurance gratuite. Pas moyen d'être inquiet, c'est écrit partout : sur les autocollants des valises, sur l'enveloppe des billets, au-dessus des guichets, sur les panneaux de pub qui pivotent – quand ça n'est pas d'un côté, c'est de l'autre :

VOUS POUVEZ TOUT RATER SAUF VOS VACANCES

Donc, confiance. Là-bas, sûr et certain, par-derrière les nuages, on va trouver la vie sans attaches. Tranquille, besoin de rien.

Sauf, tout de même, d'une carte de crédit à traire de l'argent frais ; car Vassili l'a dit aussi : au fond des vallées de lave et des grands déserts froids, la vie tourne – ouf ! – à coups de machines à bip-bip-bup. Gîte, couvert, essence, location de vélos, de chevaux, d'hélicos, partout elles cliquent et strittcchent sans accroc. Et elles donnent tout à toute heure. Même si le compte est vide, pas de souci, c'est comme ici, ça marche encore. On voit après.

Mais, de toute façon, pas d'après. Maintenant, rien que l'instant. Livrer ses jambes, ultime glisse, au déroulé placide du tapis roulant, se laisser happer par le tentacule à sucer les chercheurs de bonheur ; s'installer bien docilement, comme les bagages tout à l'heure, là où le commande l'ordinateur. Puis, une fois bien ingéré par le long tube volant, obéir une dernière fois aux instructions des voyants. Tein-lein-lein généralisé, tous les portables déconnectés. Entrée – *fuuuuuu-uuuuuuuuuuuuuuuuuuuuuuuuuuuuuuuuuuuuuuuuuuuut* – en toute suavité dans l'euphorie pressurisée.

Et là, yeux fermés, corps perdu, moteur. On va sûrement trouver ce qu'on cherche, puisqu'on s'en va ailleurs.

6

Ailleurs

C'est comme un film, maintenant. À un détail près : plus d'écran. On est dedans.

En plein. Face au van qui enfonce l'horizon, une ligne de bitume sans fin, De loin en loin, des bornes proclament : *Route n° 1*.

Nord bleu. Volcans et neiges, glaciers et fumerolles. Cascades, torrents, champs de lave. Çà et là, côté mer, icebergs. Geysers, parfois, côté terres. Et, bien entendu, déserts.

Comme sur le prospectus, vraiment. Tout comme promis. Même la lumière en pluie.

Elle vire chaque soir au gris puis, têtue, infiltre ses sourds rayons dans les petites heures de la nuit. On dirait l'hiver nucléaire ou la mortelle irradiation des catastrophes industrielles. Vassili a dit vrai : c'est très bizarre. Très sinistre, aussi. Voilà pour le soleil de minuit.

Heureusement, à cette seconde exacte, il est midi. Et il fait bon.

La vitre du van est baissée. L'épiderme de Vassili (peau du visage, mais aussi du torse, du cou, des bras, il porte un débardeur) commence à s'imprégner des odeurs du pays : mousse, tourbe, neige fondue, sable, poisson sec, bière – il faut dire que ce monsieur la trouve excellente et en écluse une pinte dès le petit déjeuner.

Devant le glacier qui rampe vers la mer et dégueule de pleins poussiers de cendre entre ses mâchoires de séracs, son profil. Le meilleur, le plus acteur de cinéma : nez bien droit, étoile de rides.

Il est beau, rien à dire.

Mieux, il habite cette beauté avec une splendide assurance, son regard fore le désert de l'œil de qui sait parfaitement où il va. Une vraie publicité. D'autant qu'il commence à bronzer. Du concentré d'été – là encore, rien à dire.

Tellement rien, d'ailleurs, que depuis une heure, dans le van, bande-son vierge. Silence, hors le bourdon du moteur. Pas plus de bruit qu'au-dessus des falaises, des marais, des névés, des laves froides à l'étale. Oh ! vivement qu'on arrive !

Vivement qu'on trouve le bout de cette route qui n'en finit jamais, vite, qu'on voie apparaître au loin, par-delà ces moraines, landes, cendres qui n'arrêtent plus de s'enchaîner aux cendres, landes, moraines, marais qui les ont précédés, l'aéroport où Vassili a décidé, pour changer, qu'on allait se louer un petit coucou et survoler le glacier.

Ou le volcan. Ou les deux à la fois, on ne sait.

De toute façon, ici, ça marche comme avec lui : si on trouve le chaud, on tombe tout de suite sur le froid. Et dès qu'on se croit congelé sous une banquise d'indifférence, voilà, sans plus crier gare, le grand retour de flamme.

Sauf que la braise, le corps qui part en torche, ça

n'est pas arrivé depuis trois jours. Alors oui, vivement qu'on vole !

Qu'on retrouve le ciel, qu'on s'en aille suivre le vent. Et là-haut, ensuite, tournoyer, s'accrocher à la traîne des nuages, se noyer dans le bleu, courser l'éther. Flotter encore, encore, encore...

Ce n'est pas qu'on manque d'air, en bas, bien au contraire. Non, simplement, vite qu'on replane ! Et qu'on se reparle.

On ne boude pas, non. Mais on ne se dit plus rien. Enfin, plus rien qui vaille. Depuis le premier soir. Celui du solstice.

Il y avait eu beaucoup de vacarme cette nuit-là, beaucoup de gens dans les rues, ils titubaient, ils avaient bu.

Et ils ont continué tard dans la nuit. Ce qui se comprend, puisqu'il ne fit jamais nuit.

Ça s'était aussi passé comme ça la dernière fois, dit Vassili. Au long des rues dont la pente allait mourir au port, des gens, un peu partout, s'étaient écroulés sur les trottoirs. Des filles, souvent. Comme ce soir, tout pareil, elles avaient vomi en pleurant et riant entre leurs dégueulis. Le plus surprenant, c'était qu'elles étaient toutes jeunes, ces filles. Souvent belles. Beaucoup de blondes – blond naturel.

Et même quand elles tenaient l'alcool, elles étaient bien comme les filles saoules, elles n'arrêtaient pas de crier, se trémousser, chanter, s'accrocher aux hommes en exhibant leurs tatouages. Puis elles les poussaient dans une boîte ou un autre café.

Et là, elles recommençaient à siffler de l'aquavit ou de la bière, à danser sur des petites pistes improvisées entre les tables, en fixant des écrans aussi plats que leurs hanches. D'autres filles s'y dandinaient, beaucoup plus sexy, elles. Normal, c'étaient des images de synthèse, dans des clips.

Elles n'étaient pas toutes blondes, quand même, les filles qui faisaient la fête dans les rues et les boîtes. De temps en temps on voyait apparaître des rousses, quelques brunes. Et, comme partout, des ternes, des moches, des très maigres, des vulgaires, des trop vieilles, trop grosses. Mais elles jouaient toutes le même jeu, la défonce : rouge, vert, bleu fluo sur les lèvres, le pourtour des yeux – certaines s'étaient même peinturluré les cheveux.

Et quand elles avaient bien bu, une fois de plus, quand elles en avaient assez de frétiller sur la musique au tempo de marteau, elles ressortaient dans la rue, suivies ou non d'un homme. Comme aspirées au-dehors par la lumière qui ne voulait pas céder. Comme aimantées, happées. Puis elles recommençaient à danser, parfois tout en répondant aux appels qu'elles recevaient sur leur portable.

Ou bien elles s'asseyaient à même le trottoir en écartant les cuisses, une canette de bière dans une main, leur téléphone dans l'autre, et elles numérotaient et renumérotaient, appelant qui, pour une nouvelle défonce ? Souvent, de toute façon, sans attendre la réponse, elles posaient le téléphone sur le bitume, soulevaient leur tee-shirt et découvraient leurs seins – qu'est-ce qu'elles lui voulaient, au soleil gris : qu'il insiste ? qu'il les rallume ? qu'il se redore la pilule ?

Peut-être. Il faisait froid. Seul indice que la nuit fût tombée.

Un froid insinuant, comme la lumière. Il était arrivé de la mer, sur le coup de dix heures du soir, sans crier gare, Judith avait dû retourner à l'hôtel, pour enfiler un pull, dare-dare ; et c'est en revenant, tandis qu'elle descendait la rue jusqu'au café où Vassili s'était installé pour l'attendre, qu'elle a surpris, par-derrière la vitre, son regard sur les filles.

Œil sec. Pénétrant comme le froid. Extérieur, surtout.

Comme s'il visionnait la scène plus qu'il ne la regardait. Comme si, en même temps qu'il la détaillait, il lui superposait une autre séquence.

De la soirée, d'ailleurs, il est resté en retrait, il n'est pas entré dans la fête. Pourtant il aurait pu.

Elle aussi, Judith ; d'autant que, dans la dernière des trois boîtes où ils sont allés, il y avait beaucoup d'étrangers. Des couples, comme eux. Ou des groupes de jobards qui, sitôt abrutis d'aquavit et de cadences de synthétiseurs, se disloquaient, allaient se fondre parmi les grappes de filles.

Cependant, lui, Vassili, ne bougeait pas. Il ne battait même pas sur le bras de son fauteuil, comme tous ceux qui restaient assis, Judith comprise, le tempo de la musique. Il se contentait de s'époumoner de temps à autre par-dessus la table : « La dernière fois, c'était exactement comme ça ! » Mais toujours extérieur, hors d'atteinte, imperméable. Puis il poussait vers Judith son verre d'aquavit en lui disant : « Allez, bois, éclate-toi ! Explose-toi ! »

Elle ne bougeait pas. Ni pour boire ni pour aller danser. Pas le cœur à ça.

De toute façon, ça faisait longtemps que son verre était vide, longtemps aussi qu'elle y avait épuisé l'espoir de chaleur qu'elle ne trouvait plus dans le regard de Vassili. De plus en plus sec à mesure que s'égrenaient les minutes.

Et c'était bien ce qui la faisait frissonner sous son pull. Plus du tout le froid.

Ça a duré quoi ? Deux ou trois heures, cette virée dans les boîtes et les bars. Ils ont dû en faire quatre ou cinq. La moitié de la soirée, sans doute.

Mais difficile à dire : l'alcool, le dépaysement... Et puis, tous les repères s'embrouillaient, avec ce jour qui n'en finissait pas.

Ce qui reste limpide, en revanche, dans le souvenir de Judith, c'est la manière dont Vassili a mis fin à leur petite expédition avec cette phrase qu'il a lâchée sans préavis :

– Si on allait marcher du côté du port ?

Comme d'habitude, il s'est levé sans attendre la réponse – soudain il avait l'air de se demander ce qu'il fichait là.

Sur ce port qu'il connaissait déjà, pourtant, ils n'ont pas trouvé grand-chose de mieux à voir en dehors de gens qui faisaient du roller ou du vélo entre trois grands manèges aux pâtisseries rosâtres, envahis de gamins survoltés ; et des brise-glace au rancart, des cargos corrodés par le sel des mers froides. Ou, renversées à même le quai, des quilles à l'air dont l'acier renvoyait vers le ciel des reflets de rasoir.

Vassili marchait vite, il se taisait, l'œil toujours

aussi sec, comme aiguisé par un but qu'il était seul à connaître. Il n'est sorti qu'une fois de son silence, après avoir donné un grand coup de pied dans une bitte d'amarrage. Il a laissé tomber, sans préavis comme tout à l'heure :

— Si on rentrait ?

Ils sont donc rentrés. L'hôtel réservé pour la première nuit par la blonde chimique de l'agence était situé à l'autre bout des quais, en surplomb du port, derrière les entrepôts et une rangée de maisons anciennes aux façades d'un vert ou d'un rouge uniforme. Derrière les vitres, c'était comme ailleurs : on voyait des gens qui buvaient de l'aquavit et de la bière. Seule différence, ils étaient plus âgés. Et avachis dans de grands sièges mous, devant des téléviseurs.

— Il y a un an, c'était déjà comme ça, a répété Vassili, puis il s'est mis à soupirer.

Judith a risqué un trait d'ironie :

— Ça te déçoit ?

— J'espère qu'à l'hôtel ils ont des stores opaques, a enchaîné Vassili comme s'il ne l'avait pas entendue. Sinon c'est cuit, on ne dort pas.

Il parle maintenant entre ses dents, mâchoires cadenassées, de plus en plus verrouillé sur l'idée qu'il semble poursuivre depuis le début de la soirée. Puis, subitement, comme sur le port, dix minutes plus tôt, il part d'un grand coup de pied. Dans une poubelle, cette fois ; et, aussitôt, son visage se détend, il claironne en désignant l'hôtel :

— De toute façon, on a mieux à faire !

Et il sourit, il a soudain l'air gai, l'œil mutin. Il est redevenu l'homme qui donne envie de partir loin.

La chambre est située au dixième étage, à l'aplomb des rues où se poursuit la fête. Les fenêtres sont équipées de stores opaques. En entrant, Vassili ne les baisse pas.

Il faut dire qu'il a commencé à la déshabiller dans l'ascenseur et que Judith s'est laissé faire, toute à la joie de se retrouver dans l'état des autres filles, dans les rues et les boîtes. Sans préambules ; sans avoir eu à faire de la retape, elle. Sans avoir dû s'exhiber, se trémousser ni battre le rappel sur son portable.

Oui, c'est franco de port qu'elle entre dans la Grande Fête Universelle. La preuve : voici qu'il l'allonge sur le lit, lui baisse le jean, puis le slip, simplement jusqu'aux genoux, tellement il est pressé, d'ailleurs il est lui-même déjà nu et la pénètre presque aussitôt – bingo !

Puis il marque une petite pause dans le tempo, désigne la fenêtre au store toujours levé et murmure : « C'est quand même une lumière unique, non ? » Et dans la foulée, l'animal (quel autre nom lui donner désormais, il est extraordinaire d'habileté musclée et d'avidité ; d'ailleurs, de lui Judith ne voit plus que l'œil exorbité, les dents, le sexe en majesté, l'humaine incarnation du crocodile, vraiment, les écailles en moins), l'animal donc l'abandonne, s'empare d'un oreiller, le cale sous son bassin, dépouille ses mollets du jean qui s'y est effondré en plis d'accordéon, lui écarte largement les jambes, les plie et recommence à la prendre, agenouillé à présent. Puis, d'un geste acrobatique, il avance la main gauche du côté du sac à dos et y farfouille quelques instants.

La suite est confuse, sans que Judith puisse s'expliquer si c'est un brouillage de sa mémoire ou l'effet de la lumière. Elle a l'impression que l'animal a actionné l'électricité, mais elle n'en jurerait pas. Tout ce qui lui revient, sur ces premiers instants, c'est la sensation d'être redevenue un puits d'inertie, comme le premier soir, à l'instant où il a dit : «*par exemple*».

La seule différence entre les deux moments vient de ce qui déclenche cette étrange paralysie. Ce soir, ce n'est pas ce qui est dit, mais l'appareil oblong et gris, à l'œil trouble, qui, à la suite d'un autre œil (humain celui-là, mais dissimulé derrière l'objet), erre sur son corps béant à la recherche de son meilleur cadre.

Le Polaroïd ne ressemble plus à ce qu'il était quand Judith l'a aperçu le premier jour chez Vassili, épave que seul le désordre semblait avoir jeté sur la cheminée, comme tant d'autres objets dans son appartement, à commencer par les fauteuils en plastique – rebuts d'une vie fracturée, sans doute, d'un monde industriel depuis longtemps obsolète.

Maintenant, au contraire, la présence de l'appareil (en vacances, pourtant, sans préavis, et si loin de l'endroit où elle l'a découvert) lui paraît d'une évidence extrême.

Elle a été surprise, bien sûr, quand il l'a brandi. Mais pas vraiment, pas profondément, puisqu'elle ne s'est pas détournée de l'œil de l'objectif, mais s'y est livrée sans poser de questions. Comme si l'appareil avait été un organisme vivant.

Ce qui l'aide à s'y livrer, c'est la scénographie, toujours la même, tout le temps que dure cette petite séance : dans l'attente du déclic, Judith se fait pierre. Autour d'elle, à l'unisson, tout devient minéral : le drap, son jean sur la moquette, son slip abandonné. Tout immobile, comme elle, tout inerte. De vivant, sur ce lit, derrière l'appareil, il n'y a plus que le corps nu de l'animal et les sept majuscules alignées au-dessus de l'objectif,

BIG SHOT

De la même façon, ensuite, après la douche du flash, elle attend sans bouger, en gisante, la dégurgitation par l'appareil de son carré de pellicule. Si l'animal la pénétrée au moment de la photo (c'est arrivé deux fois), il se dégage rituellement d'elle. Elle ne proteste pas, elle suit en silence, comme lui, dans la plus parfaite immobilité, la lente progression des opérations chimiques et mécaniques à l'intérieur de la machine.

La fente finit par accoucher du cliché. Là, pour un petit moment, l'animal redevient Vassili. Il s'empare du petit carré opaque et mou, avec un soin extrême, entre pouce et index. Puis il commence à le secouer pour en hâter le séchage. De temps à autre, il s'interrompt pour surveiller la lente émergence des couleurs et des formes ; ou consulter, à l'arrière de l'appareil, une sorte de minuteur. Alors sa pupille s'étrécit et il lâche : « Plus qu'une minute. »

Il a l'air absent, à ce moment-là. C'est à lui-même qu'il parle, on dirait. En tout cas, il a perdu sa voix noire et ne regarde pas Judith ; son sexe, pourtant est plus roide que jamais. En cet instant, tout en lui est technique : la pose, les gestes, jusqu'à sa manière de poser l'appareil à côté de son genou droit, scrupuleusement, au millimètre près, quand il se met à examiner le cliché. Car voici enfin la photo dans sa forme définitive, contours et couleurs à jamais fixés.

Il la détaille avec précision, lenteur. C'est le moment où Judith peut entrer dans la cérémonie. Elle s'ébroue, se redresse : « Montre ! » Il lui tend le cliché, mais comme à regret, en le manipulant comme un objet de prix. Elle l'examine à son tour.

Et là, nouvelle paralysie, comme au moment où l'œil de l'objectif s'est promené sur elle en quête de son meilleur cadre. Nouvelle aspiration au fond d'un gouffre où rien ne bouge.

Jusqu'à ce que Vassili, sans un mot, lui prenne le cliché des mains et aille le déposer, toujours aussi minutieux, sur la commode de bois blanc, avant de revenir au lit où il se remet à triturer l'oreiller, à lui caler le bassin, à lui ouvrir les cuisses. Et recommence à la photographier.

On ne peut pas dire *les* photographier puisque, sur la série de clichés (cinq), quels que soient l'angle et la posture qu'il l'a conduite à prendre – sur le flanc, étalée de face, comme la première fois, de dos, ou encore assise et calée contre l'oreiller –, tout ce qu'on voit, c'est son corps à elle, la plupart du temps sans tête.

Ou alors, si l'animal est présent, c'est uniquement, comme sur les premier et quatrième clichés, par la racine de son sexe introduit dans le sien.

Ce qu'il y a eu aussi, comme variante, c'est qu'à la troisième prise, comme le soir des bulots, Judith s'est mise à rire. À l'instant où elle a revu l'œil du boîtier chercher le meilleur cadre, elle s'est esclaffée ; et elle ne s'est arrêtée qu'au moment où, avec les mêmes gestes cérémoniels qu'après le premier cliché, Vassili s'est mis à surveiller le développement de la photo, puis à l'examiner dès qu'elle a été sèche.

Et quand il la lui a tendue, encore une fois, tout s'est arrêté en elle. Suspendus, le souffle, le pouls ; jusqu'à la conscience de l'endroit où elle se trouvait, ce lit en désordre dans cette chambre standard dont la fenêtre suait opiniâtrement le même jour ras et gris au plus fort de la nuit.

Et surtout, plus d'écriture dans la tête, plus de *partir loin avec un homme*, ni de **loin, loin**, ni même de **sPLASH !** Rien que cette froide aspiration par le siphon de l'objectif et, juste avant le flash, ce matraquage du lettrage,

BIG SHOT

Enfin, comme toutes les autres fois, à la seconde où elle avait le cliché en main, l'engloutissement dans l'image captée par l'ouverture de l'obturateur, cet être inconnu que la gelée chimique de la pellicule Polaroïd venait de fixer, un double d'elle-même, jamais rencontré : son corps sous la charge du sexe ou du regard de l'animal.

Corps sans visage, sauf sur le dernier cliché (quand il avait rectifié la place de son dos contre l'oreiller pour recommencer à la pénétrer en même temps qu'il la photographiait).

Celui-là, il a fallu qu'il le lui arrache avant de reprendre le rituel, elle n'arrivait pas à s'en détacher ; et, pour une fois, ce n'était pas la figuration de son corps qui la figeait face au cliché. Mais sa propre expression, son visage.

Face d'accouchée. De prisonnière. Captive d'un monde énigmatique, intermédiaire, amphibie, stagnant entre mort et vie. Tête de bétail à merci.

C'est à cet instant qu'elle lui demande :
– Qu'est-ce que tu vas en faire ?
Il répond sans ciller :
– On va les garder. Pour notre album.
Elle n'en revient pas :
– Notre album ?
Il enchaîne, toujours aussi sûr de lui, en reprenant le cliché :
– Oui, notre album de voyage.
Elle s'étonne encore :
– Un album de voyage ?
– Oui. Pourquoi ?
Impossible de savoir s'il est sincère ou s'il feint l'innocence. Il insiste :
– Mais pourquoi tu dis ça ?
Elle se rabat alors sur un évasif :
– Non, rien. Simplement, je te voyais pas comme ça.
– Comment tu me voyais, alors ?
– Non, rien.
Il soupire :
– Je te trouve bien compliquée.
Mais la voilà rassurée, d'autant plus qu'il reprend le cours de la cérémonie, va déposer la photo à côté des

trois précédentes, sur la commode de bois blanc, et tout en alignant côte-côte la série de clichés, il poursuit le cours de leur échange :

– Tu vois, on écrira en dessous : *Judith et Vassili*.

Voix tranquille, ton posé. Judith se méfie tout de même et lui lance :

– Tu te fous de moi ?

Il se retourne et sourit. Elle se livre alors tout entière à sa joie et recommence à badiner :

– À l'intérieur d'un cœur ?

– Si tu veux ! réplique-t-il, toujours aussi placide, avant de revenir au lit.

Il s'y étale. Mais caresse l'appareil, cette fois, le contemple. Il y a quelque chose d'amoureux dans ce regard et ces gestes ; et, tout de même, quelque chose d'hésitant. Alors, à nouveau, le rire de Judith fracture le silence.

Il faudrait qu'elle se taise, pourtant, ça ne fait pas partie du rituel, d'un instant à l'autre l'animal va soulever l'appareil et braquer l'objectif sur elle, il redevient tendu, cérémoniel. Mais c'est plus fort qu'elle, maintenant, il faut que Judith rie, qu'elle fasse l'insolente :

– Actuellement les gens font ça avec un appareil numérique. Pourquoi tu t'emmerdes à traîner un vieux nanard comme ça ?

Dans la seconde, Vassili se ferme :

– Rien à voir.

Mais elle n'a toujours pas compris, elle poursuit :

– En tout cas, après cette photo-ci, c'est mon tour ! Maintenant, c'est moi qui te prends, j'ai vu comment ça marche !

Il ne répond pas. Elle choisit donc de se faire chatte et chuchote :
— On recommence comme avant, alors ?
Il ne répond toujours pas. D'une main pointilleuse, il se contente de rectifier l'ouverture de ses cuisses et reprend l'appareil.

Voici à nouveau sur Judith l'œil louche de l'objectif. Il flotte, hésite. Il se cherche, on dirait, un nouveau cadrage.

Elle, s'est remise en posture d'attente, elle n'est plus qu'étalage, béance, à l'affût du déclic et du flash.

BIG SHOT

                        continue de claironner, juste au-dessus de l'objectif, le lettrage de la marque.

Mais l'animal n'appuie pas sur le déclencheur et son visage réapparaît derrière l'objectif. Il est redevenu Vassili, il repose sèchement l'appareil sur le drap avant de laisser tomber, dans un sourire étréci, et d'une voix aussi pincée que son geste :

– Pas sur commande.

Exprès, elle est sûre qu'il l'a fait exprès.

Pourtant elle accepte la suite, elle se laisse faire l'amour comme il le lui impose à la seconde suivante : sèchement. De la manière, en somme, dont il a reposé l'appareil sur le drap.

Il a d'ailleurs décidé d'en finir au plus vite, il ne se préoccupe même pas de son plaisir – ce dont elle se fiche, cela dit : elle ne prend pas la peine de répondre à ses mécaniques coups de boutoir ni de feindre qu'elle y trouve son compte.

La jouissance, de toute façon, elle l'a déjà eue, tout à l'heure, quand le flash a ruisselé sur son sexe en lieu et place du sien ; et surtout après, quand elle a ri.

Et ce qui lui fait définitivement avaler la couleuvre, c'est qu'ensuite ça n'a pas été comme le soir des bulots, il ne s'est pas endormi. Il s'est mis à parler. Dans ces cas-là, les hommes, Judith, elle leur passe tout.

– Il y a cinq ans…, dit Vassili qui n'est plus du tout l'animal, pour le coup, mais quelque chose qui pourrait bien s'appeler un enfant.

Et c'est bien ce qui suspend Judith à sa bouche : la volupté de voir enfin, sous le *SPLASH !*, toute cette fragilité qui affleure. Elle pourrait presque la toucher, cette candeur de bébé désarmé.

Il le sait, d'ailleurs, il se tait un petit moment avant de reprendre :

– … Il y a cinq ans, l'Islande, on aurait fait le tour à moto. Mais depuis mon accident – à ce moment-là, il désigne sa cicatrice au cou –, cinq mois d'hosto, fracture des cervicales, sans compter le reste. Alors rideau, pour la moto ! Et quand j'ai repris le travail…

Il ressemble vraiment à un enfant. Volupté de sentir son beau ressort cassé. Pour un peu, elle le prendrait dans ses bras pour le bercer.

Pour jouir, aussi, de la vérité qui passe. De la faiblesse qu'il lui remet.

– … Donc, facile à imaginer : plus la pêche. Alors, dans la boîte, quand ils ont voulu dégraisser… Déjà que j'avais fait une déprime, six mois avant, quand ma femme m'avait quitté…

Sa voix s'est assourdie. Judith risque :

– Ta femme ?

– Enfin, la mère de mon fils, je n'étais pas marié.

– Tu ne m'avais jamais dit que…

Elle ne termine pas sa phrase. Elle joue la douce, l'attendrie, l'attentive, elle endure patiemment le silence qui suit, elle connaît la musique : quand un homme se livre, économie de salive.

Et ça marche tout de suite ; il précise :

– Le gamin a quatre ans, maintenant. Elle l'a emmené, évidemment. J'ai pu le revoir cinq ou six fois. Mais comme ça, pas longtemps. De toute façon, avec la vie que je mène…

Là, nouvelle pause. Il doit penser à l'enfant. Rêver, souffrir. Il va peut-être se taire. La Cruche Poétique reprend donc du service sur-le-champ et murmure ingénument :

– C'est elle qui est partie ?

Il s'assied sur le lit, frotte sa barbe qui commence à bleuir, se passe et se repasse la main sur la bouche. Veut-il l'empêcher de proférer des mots aussi malheureux que lui ? Car il est misérable, en cette minute. Larmes, colère, rancœur, tout peut arriver. Rester sur ses gardes, par conséquent. Attendre un peu.

Il ne parle toujours pas. Alors entamer l'inquisition – mais discrètement :

– Tu l'aimais ?

– Évidemment !

– Pourquoi *évidemment* ?

– Tu parles ! Six ans passés ensemble…

– Six ans !
– Et elle est partie du jour au lendemain…
– Vous viviez dans le même appartement ?
– Oui, et alors ?
– Vous vous disputiez ?
– Plus compliqué que ça.
– C'est vrai qu'on ne sait jamais où sont les torts dans ces cas-là…
– Mais elle… Infernale.
– À ce point-là ?
– Tu n'imagines pas.
– Et alors ? Elle a…

Pas moyen de finir la phrase, il grince déjà :
– Enfin !

Puis s'interrompt, cesse de se frotter la barbe, serre les dents. Il a l'œil jaune.

Ne rien dire, surtout ! Laisser venir. D'ailleurs ça vient :
– … Un soir, en rentrant, plus personne dans l'appartement. Et plus rien.
– Comment ça, plus rien ?

Il se tait à nouveau, puis se lève, puis se rassied :
– Rien, rien de rien, plus une petite cuiller, plus une casserole, plus une chaise. Déménagement ! Et je lui avais fait cet enfant…

Nouveau silence. C'est le passé qui déferle. Pas seulement sur lui ; aussi sur elle.

Alors moment difficile, pour Judith, sous le masque attentif et doux de la Cruche Poétique. Tout ce qu'elle arrive à balbutier, c'est : « Je comprends. »

Il recommence à soupirer. Son torse s'enfonce dans

son abdomen; un début de bedon pointe; l'épaule s'effondre. Brèche ouverte.

Se dépêcher de s'y engouffrer, questionner et requestionner, maintenant! Mais en tapinois, en gardant bien à l'étroit sa personne dans la peau de la Cruche, tout en douceur, tout dans la voix :

— C'est elle qui est partie?
— Oui.
— Avec un autre?
— Même pas.
— Elle n'aimait que toi?
— Je crois.
— Alors pourquoi...

Et dans ce *pourquoi*, attention, pas d'interrogations! Simplement la tendre intonation du rêve, la preuve de l'intérêt puissant que suscite chez la Cruche Poétique cette monstrueuse aberration : l'abandon, dans sa mâle version.

Seulement, cette fois, rempart de béton. Il se crispe, se redresse, puis se rallonge sur le lit en grommelant :

— Elle était incapable de supporter la vie quotidienne.

Mots vissés l'un à l'autre depuis longtemps. Boulonnés et reboulonnés pour tenir des années. On n'en saura pas plus – inutile d'insister.

D'ailleurs sa fureur éclate, il se relève, repousse le Polaroïd sur la table de nuit, martèle :

— Une folle. Le quotidien, infernal. Tu n'imagines pas.

Non, elle n'imagine pas.

Enfin, si.

Et puis non. C'était certainement une femme qui ne savait pas y faire.

Sauf que, pour en être sûre, il faudrait poser d'autres questions : elle s'appelait comment ? Elle avait quel âge ? La couleur de ses yeux, de ses cheveux ? Métier, origines, qualités ? Est-ce qu'elle était grande, mince, ronde ? Est-ce qu'elle était belle, surtout, qu'est-ce qu'il aimait en elle ? Car il a dû l'aimer : quand il parle d'elle, cette fureur extrême...

Seulement voilà : comme prévenu instinctivement de l'arrivée des questions, il change de sujet ; et voici qu'il enchaîne :

– ... Enfin pour en revenir à mon licenciement, je me suis négocié un gros paquet comme je t'ai dit. Je peux tenir deux ou trois ans. Mais retravailler, maintenant... Et pour qui, en fin de compte ? Les impôts ! Sans compter la paperasse et, pendant ce temps-là, la vie qui file. Parce qu'en définitive, si on y réfléchit, si on prend le temps...

Il parle du monde, à présent. Des gens, des choses qui ne tournent pas rond. Il généralise, il systématise ; et, tout en discourant, il lui presse la main. Ça fait du bien.

– ... Alors je vais voir. Si je me trouve une occase, un coin peinard... J'aime bien voyager, ça me rappelle mon job : tout le temps dans les hôtels, les avions, pour me suivre il fallait une mappemonde... Une semaine ici, l'autre là. L'oiseau sur la branche : la Chine, l'Amérique du Sud, les Émirats, l'Afrique un peu moins, l'Asie beaucoup, Singapour, Brunei, l'Inde... Tiens, c'est là-bas, à Madras, que je l'ai trouvé, celui-là...

Il abandonne alors sa main pour revenir au Polaroïd

posé sur la table de nuit ; il le caresse. Et il ne lâche plus, c'est à nouveau lui qui happe et boit sa tendresse tandis qu'il murmure :

– ... Incroyable, près du port chez un vendeur des rues, au milieu d'un stock de transistors...

Il a définitivement bifurqué, il ne parle plus du tout de sa vie, uniquement du Polaroïd ; et en l'inspectant sous toutes les coutures, comme son corps tout à l'heure. Mais avec tendresse, l'appareil. En amoureux.

En expliquant à Judith, pendant qu'il le caresse, qu'il a eu une sacrée chance quand il l'a découvert sur un trottoir de Madras, au beau milieu d'un fatras étalé à même le sol. Pur hasard.

Et veine des veines, ajoute-t-il, il a pu l'acheter avec une grosse réserve d'ampoules de flash et tout un stock de pellicules – il dit *péloches*, comme les professionnels.

– Regarde ! s'exclame-t-il.

Il a enfin lâché le Polaroïd. Mais c'est pour s'emparer de son sac à dos et en extraire à preuve, un sachet de supermarché.

C'est un de ces emballages de plastique qui filent entre les doigts. Il est frappé, en italiques vertes et rouges, de la marque **SUPERECO**. Et bourré, en effet, de pellicules et de paquets d'ampoules.

Vassili les exhibe comme l'appareil, avec tendresse. Il est radieux au point qu'il en a l'index précieux et le regard étoilé comme avant le départ, lorsqu'il parlait du solstice.

Puis il reprend l'appareil en main (décidément, il y tient, il n'arrive pas à le lâcher plus d'une demi-minute). Et il commente avec gourmandise :

— Big Shot. C'est un très vieux modèle, introuvable. Dès que je l'ai vu, j'ai sauté dessus.

— Dis donc, tu as l'air de sacrément t'y connaître, en Polaroïd…, hasarde Judith.

A-t-elle forcé sur la Cruche Poétique ? Il ne répond pas. Elle s'obstine pourtant :

— Tu l'as acheté quand ?

Il repose l'appareil sur la table de nuit, agite le poignet d'un mouvement flou :

— Plus idée. Un an ou deux.

Et il entreprend aussitôt de replacer le sachet **SUPERECO** au fond du sac à dos. Avec un soin extrême, comme lorsqu'il manipulait les clichés. Enfin il ajoute ces mots qui ne ressemblent plus à des paroles, mais à des syllabes emballées dans une impalpable étoupe :

— C'cst juste pour le *fun*. Pour mettre du piment. De temps en temps.

Alors elle a eu envie de revoir les photos. Elle s'est dirigée vers la commode. Il les avait déjà ramassées. Quand ? Elle ne l'avait pas vu faire. Pour les ranger où ? Rien vu non plus.

Elle s'est retournée vers lui. Il était toujours assis sur le bord du lit, il enfilait un pyjama et poursuivait sur le même ton neutre :

– C'est pervers, cette lumière. Ça tape sur le système, c'est comme le décalage horaire. Mais faut qu'on dorme, maintenant. Demain, on réceptionne le van à neuf heures. On va commencer par le circuit le plus facile. Route nº 1, celle qui passe par le sud. À vingt kilomètres d'ici. N'empêche, j'ai vu dans le guide : on pourra quand même s'offrir une petite bifur sur…

La petite boule dure qu'elle avait déjà observée à l'angle de ses mâchoires s'était reformée. Venait-il de là, le feutrage qui étouffait les phrases qu'il continuait à aligner ?

– … les champs de lave. Parce que les volcans, c'est ça qui m'intéresse en premier. Je voudrais voir comment ça se passe. Je veux dire, pas seulement les cratères, les éruptions, mais le mélange entre les glaciers et les laves. Les geysers, d'un côté, les icebergs de l'autre. Le contraste, tu vois ce que je veux dire...

Maintenant qu'il était bien apprêté pour la nuit dans son pyjama, qu'il en avait scrupuleusement tiré les manches et défripé les jambes, il se réattaquait à l'appareil, faisait disparaître son œil et son BIG SHOT dans le cuir usé du sac à dos, en l'enfouissant de la même façon que le sachet à ampoules et pellicules, à gestes doucement enchaînés, méticuleux.

Puis il a refermé le sac en tirant sèchement sur ses lacets – c'était comme une manière silencieuse de répéter : *Pas sur commande*.

Alors Judith a été saisie d'une sorte de haut-le-cœur. Plus envie de l'approcher, plus même envie de continuer à l'observer.

Et, comme il s'entêtait à parler, comme il s'obstinait à lui représenter le détail de ses curiosités et des plaisirs qu'il attendait du pays – « les sources chaudes, ça, c'est une expérience que je ne veux pas rater. Et les geysers non plus, évidemment. Ni les grandes chutes d'eau sur les remparts de basalte, j'ai vu ça aussi dans le guide. Et le survol en petit avion des volcans, ils en parlent aussi. Et puisqu'on annonce du beau temps... » –, comme elle n'avait pas non plus envie de l'écouter, mais ne savait pour autant que faire d'elle-même, elle s'est levée, faute de mieux. Puis est allée à la fenêtre pour baisser le store.

Ça lui a rappelé le sien, Cité Pornic. Donc, machinalement, avant de l'actionner, elle a jeté un coup d'œil au-dehors.

Toujours la même nuit qui ne décidait pas à ressembler à la nuit. Grise et atone, elle aussi. Et, en contrebas, toujours les mêmes groupes indéfinis qui déambulaient, gesticulaient.

Sans un bruit : la chambre était insonorisée. Elle a alors pensé que c'était ça, l'étoupe qui asphyxiait la chambre ; et les mots, les gestes, les moindres sensations. Cette impression de feutrage.

Seulement le lendemain, entre glaciers et champs de lave, le dépaysement fit son œuvre. La curiosité, la surprise, le voyage : on ne décompte pas les heures, on se dit que c'est le bonheur. Tout à la découverte, on n'entend pas les mots qu'on lâche : « Tu as vu, ces fumées, là, au bout du lac ? », on ne s'aperçoit même pas que ce sont des phrases plates. Et maintenant c'est l'autre, encore plus banalement, qui répond : « Oui, j'ai vu, ça refume, on ne peut pas faire trois bornes sans tomber sur un volcan. »

Et puis le temps était si clair, si beau, ça aida, ça rendit les choses faciles ; il faut dire aussi que ça faisait son petit effet quand, pour la première fois, le van s'engouffrait entre de longues murailles de basalte froid, et qu'au moment de s'ouvrir les falaises découvraient des icebergs à la dérive dans un estuaire bleu fluo – on aurait dit du curaçao.

Évidemment, à la longue, au bout de trois cents kilomètres, on se lassait. Mais on pouvait toujours recommencer à y aller de sa petite platitude : « Tout de même, ce vide, on ne croise jamais personne, comment ils font pour supporter l'hiver, dans ce pays ? » Ou : « Le feu sous la glace, ça continue, c'est incroyable ! »

Et si ça n'était pas l'un qui s'y mettait, c'était l'autre. Ça meublait.

Judith parlait davantage, forcément elle avait un bon prétexte : les deux guides touristiques qu'elle avait emportés et ouverts sur ses genoux, par-dessus la carte routière. Elle jouait les navigatrices, indiquait les sites pittoresques et brodait avec méthode, le nez dans ses documents, de petits commentaires synthétiques : « *Donc dans six kilomètres, si j'ai bien compris, on tombe sur le massif de l'Hekla, les portes de l'Enfer, selon saint Brendan, le premier colonisateur du pays. Ils disent aussi que c'est le plus redoutable des volcans islandais ; et d'après la carte – ils le disent aussi dans le guide – si on veut s'approcher de la grande faille qui s'ouvre au pied du premier glacier, il faut prendre la petite route à gauche, vers...* »

Puis elle ânonnait des toponymes si râpeux que les prononcer était en soi une aventure, Hafnarfjördur, Kristnitökuhraun, Kleifatvatn, Hvevragerdhi, Eyjaflallajökull. Le temps qu'elle s'en sorte, elle en oubliait la ligne de bitume qui continuait d'allonger devant le pare-brise son ruban désert, et le spectacle qu'imperturbable la route continuait à leur servir : cratères morts, collines de mousses rases, glaciers en déconfiture, fumerolles, névés, sans jamais rien changer.

Au bout de trois ou quatre heures, tout de même, comme ses commentaires perdaient de leur ardeur première, Vassili tourna le bouton de l'autoradio. L'appareil se bornant à éructer des chuintements exténués – et encore, par saccades –, il renonça. Et le silence se remit à emmitoufler le van.

Judith choisit alors de se replonger dans le guide.

Après une dizaine de minutes aussi insonorisées que l'hôtel de la veille, comme ils venaient d'atteindre le sommet d'une faille où s'étirait un embryon de ville, elle put réciter un nouveau paragraphe : «... *À deux pas de ce village qui utilise les sources chaudes pour alimenter d'immenses serres de fleurs tropicales et de bananiers, vous tomberez sur le célèbre geyser de Gryla. Il tient son nom d'une femme tröll et s'active si on l'alimente en y jetant un peu de lessive...* »

Mais ils ne parvinrent pas à trouver le chemin qui menait à la curiosité aquatique. Un peu dépités, ils allèrent coller leur nez au vitrage des serres où ils aperçurent, comme promis, des plants de bananiers et des centaines de pots d'orchidées. Puis ils reprirent leur petit manège sur la route n° 1, entre plaines de cendres, basaltes et tourbières mornes, à perte de vue, comme les commentaires que Judith continuait de débiter : «... *On traverse actuellement Eyravegur, petite bourgade qui vit essentiellement de l'agriculture en raison des terrains environnants, fertilisés par les cendres émises par une série d'éruptions entre le haut et le bas Moyen Âge. Les rapides de la rivière Olfüssa sont très riches en saumons, et en gravissant le mont Ingolfsfall (550 m d'altitude) on peut faire un pèlerinage sur les lieux supposés de la tombe d'Ingolfur Anarson, premier colon de l'île...* Tiens ! regarde ! ça doit être par là, il y a même un panneau, à droite du pont. Heureusement qu'il fait beau, dis donc ! Ils disent dans le guide qu'il peut se passer des semaines entières où c'est noyé dans la tempête ou le brouillard. Ça doit être sinistre, ces montagnes, sous la pluie... »

Vassili hochait la tête. Il ne disait plus rien, maintenant, sauf quand, au prix de quelques petites contorsions, sans jamais lâcher le volant, il entreprenait de s'enduire la peau de crème protectrice. Il marmonnait alors rituellement. « Les trous dans la couche d'ozone, faut faire gaffe ! » Sa crème était efficace : dès les premières heures, malgré les vitres baissées, il prit couleur sans rougir.

Sauf le cou. Mais c'était peut-être la bière, car dès qu'on traversait un village, soit environ toutes les deux ou trois heures, il fallait qu'il trouve un bar où il allait s'en siffler une. Accoudé au comptoir, il l'engloutissait à grandes goulées, en fermant les yeux. Judith, elle, préférait le thé. Puis elle allait aux toilettes pendant qu'il finissait sa bière – il disait toujours : « Vas-y, vas-y, moi je préfère la nature ! » ; et dès qu'elle revenait, on repartait.

Un peu plus tard, bien sûr, il fallait qu'il stoppe le van pour aller se soulager, toujours sans préavis. Il sautait sur le bord de la route et se mettait à pisser aussi sec, joyeusement, bien dru. Puis il se retournait vers Judith avec son plus beau sourire étoilé. Souvent, il n'était même pas rebraguetté.

Et il remontait à bord pour recommencer à foncer entre landes, enfilades de basalte, cascades, champs de lave, sous le ciel qui, à travers sa peau trouée, laissait obstinément passer un soleil méchant.

Il refusait toujours de lui passer le volant. Judith, le guide et la carte ouverts sur les genoux, reprenait donc le cours de ses petits commentaires : « ... *Stokkseri, musée maritime. Eyrarbakki, encore un musée maritime, mais à la sortie de la ville,* tiens, c'est par là, je la vois, *une statue de la sterne arctique. Puis dans vingt kilomètres, Thorlakshöfn, le seul grand port de la côte Sud, bateaux deux fois par jour en direction des îles Vestmann... En prenant la route n° 261 sur Hvolsvölur, vous jouirez par beau temps d'une vue imprenable sur les neiges du glacier Eyjaflallajökull, et si on bifurque sur le petit chemin à droite – 5,700 kilomètres, impraticable s'il pleut – on devrait apercevoir...* »

Et ce matin, ça recommence.

Comme hier, comme avant-hier, ça continue. Route n° 1, encore et toujours, moteur plein pot, pied au plancher, le van se remet à foncer sur son ruban de bitume vide et libre, fluide, dans le jour béant dont le grand bleu ne change pas.

Seule différence : les glaciers enflent, les laves gonflent, elles sont maintenant très noires, épaisses, boursouflées, boudinées. Très jeunes aussi, le guide en tout cas l'écrit : «... *à peine deux siècles et demi, date de la dernière éruption du Laki. Quand il se réveille, il détruit tout sur son passage et cumule toutes les variétés de cataclysmes : inondations, pluies de cendre, nuées de gaz...* »

Curieux, on ne dirait pas. Le susnommé Laki s'étale dans les lointains en gros chat mou et las de digérer ses proies.

Mais il faut se fier au guide. Il y a quinze kilomètres, dernier signal humain au cœur du désert noir, un panneau a proclamé :

> **EN CAS D'ÉRUPTION**
>
> **PRIÈRE DE NE PAS QUITTER LA ROUTE**

OK. On y restera.

De toute façon, ce serait pour voir quoi ? Des deux côtés, rien que ces étrons noirs jusqu'à la mer, elle-même couleur de suie ; et très loin sur la gauche, les formes languissantes du monstre dont le guide narre avec une précision fascinée les magnifiques états de service : « *Lors de la dernière catastrophe, sur les flancs de cette montagne qui porte la plus grande calotte glaciaire d'Europe, vingt-sept bouches de feu projetèrent des nuées brûlantes. Elles asphyxièrent les habitants et tuèrent des dizaines de milliers d'oiseaux, tandis que quatre coulées de lave (douze mètres d'épaisseur sur six cents kilomètres carrés) envahissaient implacablement la vallée. Enfin, le réchauffement du sol déclencha des crues soudaines. Des tonnes de glace et de roche roulèrent jusqu'à la mer. Dans ce haut lieu des noces de la glace et du feu, ce furent alors des jours d'apocalypse. Les séismes succédaient aux séismes, fumées et nuées ardentes se mélangeaient dans un décor d'enfer...* »

Le regard recommence à aller de gauche et de droite. La bouche de l'imagination s'ouvre, puis se referme, inopérante. À l'horizon, pas un nuage, pas une fumerolle. Le ciel reste limpide, les laves arides sous le vent qui les bat. Aucun signe de réveil imminent.

Mais admettons. Nouveau panneau sur la droite, de toute façon :

> **EN CAS D'ÉRUPTION**
>
> **PRIÈRE**...

Vassili accélère. Qu'est-ce qu'il fuit ? Pas le volcan, tout de même.

Alors le vent. Ou les mots creux du guide, la plaine noire et vide.

Qui ne donne sur rien. Sinon, une fois de plus, sur le vide. Et le vent.

Alors celui-là, le courser, remonter à sa naissance. Et dans son tourbillon natif trouver autre chose, d'urgence.

Un nouvel ailleurs, allez, vite, Vassili ! Grouille-toi ! Du vent, du neuf, pour étrangler le silence ! Autre chose, maintenant, n'importe quoi pour qu'on s'en sorte, allez ! Fonce, on zappe, on se casse, faut que ça passe, on efface, pied au plancher, faut oublier.

Oublier qu'on n'a pas refait l'amour depuis la nuit du solstice. Pas refait de photos non plus. Oublier surtout que chaque soir, quand on se retrouve dans la chambre d'hôtel, sans carte, sans guide, sans les paysages pour faire la petite converse à notre place, on bâille.

Et tout ce qu'on trouve à se dire, c'est chaque fois la même chose, comme à chaque repas, d'ailleurs, matin, midi et soir, et même comme au café quand on s'arrête pour souffler, toi Judith devant ton éternel sachet de thé macéré, et lui, ton Vassili, devant sa non moins sempiternelle bière : « Mais qu'est-ce que c'est crevant, ces déserts ! Et puis ce vent, tout le temps, cet air ! Très chaud, mais tellement pur en même temps, polaire... Bizarre ! Sûr, c'est ça qui nous fatigue...

Allez, faut qu'on récupère, on roupille... Demain, au fait, combien de bornes à se taper ? »

Et le lendemain on se les tape, les bornes, on continue, on les enfile, on les empile, on les enchaîne en s'y enchaînant en même temps, en se mettant à attendre au bout de la route on ne sait même plus quoi, en se raccrochant à n'importe quoi.

À un petit lièvre qui court entre les boudins de jeune lave, côté droit. Ou à ce bosquet de conifères, sur l'autre rive, à cette table de pique-nique, avec, tiens ! enfin de l'humain : devant un gros sandwich, un autre couple. Des vieux. Eux non plus ne se disent rien.

Puis un autobus, dans l'autre sens, bourré de Japonais ou de Chinois – il va trop vite, on ne distingue pas. Un nouveau panneau

EN CAS D'ÉRUPTION...

Et la plaine, encore, et le vent, toujours. Qui ne donnent sur rien.

Si, sur un pont. Enfin du neuf !

Il est en bois. Sur ses planches, le van tressaute. Les sacs sur le siège arrière aussi – y compris celui où niche le Polaroïd. Vassili ralentit. Crispation sur le volant petit geste à l'aveugle, comme avec un enfant, pour le caler contre le dossier. Puis soupir rassuré.

Le van finit d'avaler le pont. Retour au bitume, nouvelle accélération.

Un nouveau glacier vient dégueuler à l'horizon. Coude subit de la route, freinage.

Et entrée en beauté dans un immense champ de suie frappé en son cœur d'un quadrilatère blanc, au petit fanion dansant. Vassili exulte subitement :

– L'aéroport ! Pas trop tôt ! On va voler. Ça va nous changer !

Le grand échalas roux affecté à la garde de l'aéroport parlait un anglais rudimentaire mais parfaitement explicite, ce qui donna un tour encore plus sec au refus qu'il opposa à Vassili dès qu'il se fut présenté au guichet :

– *No flight today, wind.*

Des mots qui soulevèrent en lui une colère foudroyante :

– Comment, pas possible aujourd'hui ! se mit-il à éructer, le vent, mais quel vent, qu'est-ce qui leur prend ? – sous le regard morne de l'employé.

Aussi vide que le bâtiment : en dehors de ce garçon placide qui avait docilement lâché l'écran et les boutons de sa PlayStation dès qu'il les avait vus entrer, le seul être vivant dans les lieux était un chien berger allemand.

Et comme le jeune employé pressentait que Vassili n'était pas près de se rendre à ses raisons, il recula, d'une brusque poussée des chevilles et des mollets, la chaise à roulettes sur laquelle il était installé ; puis, comme si c'était un fauteuil d'infirme, il le déplaça sans le quitter jusqu'à la baie vitrée donnant sur la piste.

Et là, de dos, tout en fixant avec une intensité extrême les crêtes des névés, il leur débita un petit discours qu'il semblait avoir appris par cœur, aux termes duquel aujourd'hui, OK, le vent, en plaine, n'était pas excessivement fort, on pouvait voler, OK. Mais là-haut, le cratère était gigantesque, l'air s'y engouffrait en formant d'énormes tourbillons. OK ? Il y avait eu plusieurs accidents, des morts. Du coup, depuis trois ans, dès que le vent, comme ce jour, OK ? atteignait force 4, on interdisait les survols du volcan.

— Mais demain, OK ! a-t-il soudain conclu en ramenant avec la même brusquerie sa chaise à roulettes vers le guichet, tout en s'emparant au passage, avec la même dextérité, d'un bulletin météo posé sur un bureau, qu'il brandit, dès qu'il eut glissé jusqu'au guichet, sous les yeux de Vassili.

— OK, fit celui-ci dès qu'il l'eut parcouru.

— OK, enchaîna l'autre tout aussi mécaniquement.

Puis Vassili réfléchit un instant en fixant à son tour, à travers la baie vitrée, la plaine de suie et les dégurgitations du glacier, et il grommela, dents serrées – il ne parlait plus anglais :

— Ce trou à rats ! C'est gai !

Mais l'échalas était vraisemblablement rompu à lire sur les lèvres les récriminations de la clientèle, dans quelque langue qu'elles fussent proférées, car avec la même rapidité réflexe que la première fois, et d'une voix aussi terne que son regard, il se lança illico dans un argumentaire qui ne laissait pas place à la discussion : oui, ils pourraient voler demain, oui, c'était sûr et certain, OK, OK, OK. Mais ils devaient s'engager à se présenter à six heures du matin, parce que le vent, malgré tout, pouvait se lever. OK ? Cela dit, en tout état de cause, l'éventuelle mini-tempête ne se lèverait pas avant dix ou onze heures. En décollant très tôt – OK ? – on était sûr de son affaire. D'autant qu'avec ce ciel-là (il désigna à nouveau la baie vitrée), limpide, bien dégagé, OK, ils en auraient pour leurs dollars. Cent cinquante par personne, OK ?

Et comme l'échalas roux voyait Vassili hésiter, et qu'à ce point de son boniment et de ses OK-OK il était sans doute habitué à voir s'enfuir vers le désert le regard de ses clients et à y lire à nu, comme au fond de celui-ci, la terreur de devoir, une journée de plus, affronter l'œil du vide, le jeune employé, pour la troisième fois, prit les devants. Avec la même dextérité de prestidigitateur, il déplia sur le guichet un prospectus coloré et, d'un trait de stylo, y encercla deux clichés.

Le premier représentait un hôtel, une haute façade rouge vif dressée à la lisière des glaces et du champ de cendres. Puis il entoura l'image azuréenne et fumante d'un lac peuplé d'une nuée de baigneurs euphoriques et qui s'étirait au fond d'une ravine de scories. Et il commenta sobrement :

– *Fun*.

– *Fun*, reprit aussitôt Vassili, comme s'il répétait un mot de passe.

– OK ? insista le garçon roux, en continuant d'encercler de traits de crayon le lagon égaré au cœur des déjections volcaniques.

– OK, OK, concéda alors Vassili sans plus de difficulté – il avait retrouvé son regard étoilé, sa dégaine de surfeur.

Et, comme c'était si souvent arrivé avec lui, la vie,

subitement, a changé de masque. Retourné sa veste. Elle s'est refaite légère, d'un seul coup, douce et mollette, même ici, au cœur des suies. Liante et souple, brusquement radieuse. Pareille à Judith, à ce moment-là – depuis quand, pourtant, n'avait-elle pas souri ?

Si heureuse, d'ailleurs, que le prospectus, c'est elle qui l'a saisi, d'autorité. Elle qui l'a replié, empoché. Elle encore qui a rempli le bulletin de réservation de l'avion pour le lendemain. Et avancé l'argent. Elle continuait de répéter par-dessus le guichet, face au garçon redevenu muet qui reprenait déjà, écran et boutons, son face-à-face avec sa PlayStation :

– *Fun*, OK, cent dollars, ça marche. Ça roule. OK, OK. *Fun*.

Oui, fabuleux, je rêve, génial, ouh-ouh-oups !

Plus rien à sortir que des cris ou des mots qui n'en sont plus depuis longtemps, mais ressemblent au seul plaisir et font comme lui, suent, sifflent et gémissent, ouh-ouh-oups ! Extra, méga, dingo, super-dingo, hyper, c'est trop, oh-oh ! de toute façon, rien à dire que génial, oups, oh-oh ! c'est trop-oh-oh……

Hmmmm, la langue renonce, c'est même mieux que ça, c'est le monde qui se laisse faire, il ne réussit lui non plus qu'à piailler et qu'à geindre *hmmmm-oups !* de tous côtés, *oh-oh !* il est si chaud, lui aussi, depuis dix minutes, si bon ! Oui c'est ça, chaud et bon, rien que ça, bon et chaud, *oh-oh !* si chaud…

C'est bon-onh-onh ! Frisson. Puis abandon, douce reptation d'enfant dans les eaux du volcan, pompées jusqu'à ce ravin de scories par l'industrielle machinerie qui pousse et noue ses tubulures tout au bout du lagon.

On n'en distingue pas les berges – trop de buée. Du filtre mouvant des fumées émerge seule une ligne de monticules noirs, comme tracés au fusain ; et, tout au bout du lac artificiel, les tubes d'acier enchevêtrés de la machine à générer les « *hmmmm…* » qui fusent de tous côtés.

Jamais connu – oh non ! – sables plus tendres aux pieds. Et dans des eaux plus douces, plus bleues, *hmmmm...*, jamais non plus nagé. Les muscles, les nerfs, les tendons, tout se détend, on en oublie de penser – comme c'est bon-onh-onh !

Partout les corps jubilent, ventres qui pendent, seins démoulés de la veille, fruits verts, vieilles carnes, mâles comme femelles, cuirs tannés, peaux de pêche, tout le monde dans le même sac. Bain de volupté généralisé, plaisir indifférencié.

Et même refrain en chœur au fond des nuées de vapeur : *hmmmm...* Inspirons le *fun*.

Avec des petites variantes, tout de même : *ouh-ouh ! fûh-fûh !* quand ça devient trop chaud. Expirons, sautillons. Et changeons de coin, histoire de retrouver le refrain – *hmmmm, que c'est bon-onh-onh, oh le fun, hmmmmm...*

– Fun, génial, ouh ! répète Vassili, sautillant lui aussi, avant de se volatiliser dans le cœur des vapeurs.

– Attends-moi ! crie Judith. Reviens !

Il n'attend pas. Ne revient pas.

Pas grave : le *fun*, c'est aussi ça.

Corps qui s'évanouissent disparaissent, reparaissent se frôlent, s'éloignent et soudain, au gré d'une fumée dissipée, *hummm*, se rejoignent, se dévoilent *oups !* corps d'hommes mais surtout corps de femmes, aujourd'hui c'est ça qui l'intéresse, Judith, normal, surtout depuis que tout à l'heure, dans le vestiaire, elles se sont montrées nues.

Toutes crues.

Et ce n'était pas du tout comme sur les photos de *Glamour* ou du magazine de La-Grande-Fête-Qui-

N'Existe-Pas, oh là là, surtout pas ! Il y en avait des tas de laides, flasques, lourdes, amochées, effondrées, couturées, découturées, recouturées. Mais aussi – c'était ça l'ennui – des très jeunes, des très belles. Et beaucoup plus belles et jeunes que dans *Glamour*. Parce qu'en plus du nu, c'était du cru.

Du vrai, qui disait : attention, Judith, fais gaffe, tu n'es pas seule au monde ! Souviens-toi d'il y a un mois, dans la cuisine de la Vieille Dame, la fausse blonde. Tiens, regarde, là, la grande mince, là, avec son nombril qui dégorge de piercings, elle lui ressemble.

Et même la petite brune à cheveux longs, là dans son coin, malgré son cul trop bas, quel chien ! Comme l'autre, là, la rousse, sous la douche. Un peu large, le bassin, un peu trop méditerranéen ; seulement ses cuisses, comme sur les magazines, si longues et si musclées. Comme celles de la gazelle qui s'étrille sous le pommeau d'à côté.

Mais elle, une planche à pain. Vulgaire, par-dessus le marché : pour faire oublier qu'elle n'a pas de seins, elle a tatoué son petit pubis rasé d'un gros dragon rouge à langue verte qui lui rentre dans la fente – fermons les yeux.

Seulement voilà, Judith : maintenant que tu te retrouves dans le lagon, tu les rouvres, tes yeux, sur ces corps fringants et menaçants. Tu recherches – c'est pourtant agaçant ! – par-derrière les fumées et sous les maillots de bain les cuisses plus fermes que les tiennes, les fesses plus rondes, les jambes plus longues, les plus beaux seins.

Et tiens ! La revoilà, la rousse. Et la petite brune – toujours autant de chien. Puis, devant une matroneotarie qui offre au jacuzzi ses tas de graisse en détresse, la gazelle tatouée en maillot minimal. En guise de slip, deux lanières perpendiculaires. Elle n'a même pas remarqué que les griffes de son intime dragon dépassaient de chaque côté.

Tout de même, joli minois. Regard perdu. On dirait qu'elle cherche quelqu'un.

Comme toi, Judith. Où est passé Vassili ?

Le retrouver tout de suite. Écarter les fumées, lui mettre le grappin dessus. Et ne plus le lâcher. Nage plus vite, Judith !

Ouf ! Lui, enfin. Debout dans les vapeurs, près de la berge noire. Le torse mou, l'épaule basse. L'air indécis, songeur. Et plus du tout surfeur. L'air de chercher, lui aussi. L'air d'attendre. Surprends-le.

Aussitôt, plongeon au fond de la laitance bleue. Longues brasses sous l'eau. Puis résurrection sous son nez.

Vieille ficelle : la naïade ; ça remonte aux premiers flirts, aux quinze ans à la plage. Tout l'art, c'est la sortie de l'eau : bondir, jaillir plutôt, ruisselante et surtout souriante. Éclaboussante, éblouissante.

La dernière fois que tu l'as fait, ce coup, Judith ? Tu ne te souviens plus. Mais tu nages toujours aussi bien. Ta sortie, cabriole, bond de sirène, reste parfaitement au point. Et le voilà en face de toi, ton Vassili, bouche bée.

Si ça n'était pas toi la nageuse, on pourrait même dire : le bec dans l'eau. Parce que tout ce qu'il trouve à sortir devant ton numéro, c'est « Ho ».

Pas « Oh ! » Seulement « Ho ». Toute la différence est là.

Pas grave : il se reprend dans la seconde. Il devait rêvasser. À son Polaroïd ?

Mais non, ne cherche pas, Judith, vis dans l'instant. Il fait si chaud, *hmmmm*, et c'est si bon. N'y pense pas.

D'ailleurs, tu te trompes, écoute : il répète après toi : *Hmmmm...*, et vient nager à tes côtés en ajoutant comme tout à l'heure, au moment où vous avez plongé ensemble dans le lagon : « Heureusement qu'on a trouvé ce truc extra au fond de ce trou à rats... »

Puis il reprend ses brasses, crawle, sans souci des chairs molles qu'il frôle. Et il sourit, Judith, il frissonne tout comme toi – *hmmmm* !

Accord parfait. Unisson. Consonance, ressemblance. Sûr, ce soir, dans la chambre, sans Polaroïd cette fois...

Ou même avant, dès qu'on sera rentrés au petit hôtel rouge où on vient de prendre une chambre.

Oui, c'est ça, en rentrant, car il s'étire maintenant, il se détend, il redevient l'animal, il se laisse aller, flotter, Dieu qu'il est beau, comme ça, quand il lâche tout et qu'il – *chaud, chaud, chaud, oh-oh ! oups ! c'est trop !* – jouit au même moment que toi.

Avec l'artère de son cou, regarde, près de la cicatrice rouge, qui palpite sur le même tempo que ton pouls, identique pulsation, exactement, même battement, *fun, fun, fun, fun*...

Mais le sang cogne trop fort. Trop ardente, la chaleur, ça percute.

Et surtout trop légers, le tee-shirt et le bermuda que Judith réenfile au sortir des vapeurs. Elle n'est pas rentrée à l'hôtel qu'elle se met à éternuer. Puis frissons, mal de tête. Les jambes flageolent, le cerveau se décolle. Marteau sous les sinus, fièvre.

Aspirine. Aucun effet. Vite, un médecin.

Heureusement il n'habite pas loin, il déboule dans les dix minutes, vieux, sec, vif, il la palpe avec sévérité en grinçant des mots excédés sur les touristes qui prennent les sources chaudes pour des atolls du Pacifique.

Puis il s'en va en laissant sur la table de nuit une boîte de comprimés à prendre jusqu'au dernier. Maintenant rien d'autre à faire, grince-t-il sur le pas de la porte, que les avaler ponctuellement, rester au lit et boire toute la journée.

Et, pour ce qui se passe ensuite, brouillard. Entre Vassili et elle, l'étoupe a désormais tout envahi.

Sa bouche, le lit, le soleil derrière la vitre qui s'obstine à repousser la nuit, les champs de scories. Tout ce qu'elle distingue de précis, c'est, penché au-dessus d'elle, le visage de l'animal qui perce la brume et lui souffle :

– Dors tranquille. J'ai pris une autre chambre. Si ça ne va pas, appelle-moi.

Il lui soulève la nuque, lui tend des cachets et un verre. Elle boit. Sa tête retrouve l'oreiller.

Ensuite, excursion dans le néant. Combien de temps ? Impossible de se souvenir – assommée par les comprimés. Mais, quand elle se réveille, même séquence : l'animal face au lit.

Toujours perdu dans la même ouate opaque. En pied, cette fois : le cadrage est plus large.

Regard dûment étoilé, sourire tendre, petit bonnet de laine, blouson de cuir. Il laisse tomber :

– Repose-toi. Je vais voler.

– Voler ? marmonne Judith, la gorge toujours nouée.

– Tu te souviens, l'aéroport... On avait réservé.

C'est la voix noire, en étouffé. Puis, comme la veille, les yeux s'étoilent au-dessus du doux sourire, la main s'approche pour soulever la nuque, tendre les cachets, le verre, tandis que la bouche se remet à chuchoter :

– Faut te reposer.

Judith boit à grandes goulées. Au cœur de la brouillasse, derrière la main qui tient le verre, le cuir du ceinturon où pend, comme d'habitude, l'étui du téléphone.

Le verre se vide. Vassili le repose, s'éloigne à reculons, sans bruit, tout en lâchant des mots de plus en plus asphyxiés :

– Quelqu'un passera toutes les quatre heures. La fille d'étage.

Puis, au moment précis où il se noie dans le coton d'où il était sorti, retentit une sonnerie.

Franche, allègre, suraiguë. Son portable.

Mais non. Pas maintenant. Pas si loin. Pas ici.

Le clairon s'obstine pourtant derrière le mur de coton. Non, s'entête Judith, pas ici ! Je ferais mieux de penser à lui demander le numéro de sa chambre et le prénom de la fille d'étage.

Elle ferme les yeux. Mais pas la force. Trop compliqué, trop éreintant. Et elle se love au fond de la fièvre comme si c'était le lagon – que c'est *bon-onh-onh*...

La fille d'étage est passée comme promis, elle est ponctuellement venue lui donner ses cachets toutes les quatre heures. Elle s'appelait Gudrun et ressemblait à son prénom : hanches larges, peau râpeuse et mains qui sentaient le savon.

Elle se trouvait encore dans la chambre quand Vassili est rentré. À quelle heure ? Judith n'a pas idée. Tout ce qui lui revient c'est qu'au-dehors le jour était gris. Ça a dû se passer en fin de la journée.

En tout cas, la brouillasse qui avait si longtemps empâté la chambre s'était complètement dissipée. Judith distinguait parfaitement Vassili, posté à son chevet, plus solaire que jamais. Il avait encore bronzé ; et il a trouvé astucieux de lui lancer, bien campé sur ses deux pieds :

– Ah, ça va mieux, on dirait !
– C'était bien ? a murmuré Judith.

Il a sobrement répliqué : « C'était bien. » Puis il a posé sa main sur son front :

– Tu as encore de la fièvre, je crois bien.

Judith a acquiescé. Il a enchaîné :

– Rien d'autre à faire qu'attendre et la cuver. Comme une bonne cuite !

Il semblait vraiment très en forme. Il lui a caressé la joue en poursuivant, un peu moins flambant tout de même :

— Je vais encore passer une nuit dans la chambre d'à côté. On verra demain si tu es d'attaque.

Puis il a demandé à Gudrun :

— Elle prend bien ses cachets ?

L'autre a acquiescé en silence, sans lui accorder un regard ; et elle est sortie.

Le matin suivant, quand il a réapparu, le hasard a voulu que ce soit encore en présence de la fille d'étage. Judith, cette fois, était calée sur l'oreiller, face à son plateau de petit déjeuner.

— Ça va mieux, a-t-elle soupiré, mais je suis naze.

— Pas grave ! a aussitôt rétorqué Vassili. Puis il a marqué une petite pause avant d'ajouter : Ça t'embête si je vais faire un tour avec le van ?

Comment refuser ? Il l'embrassait déjà sur le front, quittait son chevet, cherchait la porte. Devant laquelle se trouvait, comme pour lui barrer le passage, les mains encombrées de linge sale, la fille d'étage.

Leurs regards se sont rencontrés. Ou plutôt opposés. D'un côté, le regard clair de la fille, limpide, en vrille. De l'autre, les yeux de miel qui se troublaient d'une eau bourbeuse jusqu'à finir par virer au jaune. Et qui, pour une fois, fuyaient devant une femme.

Ce double regard, au long des heures suivantes, voilà ce qui a poursuivi Judith lorsqu'elle a replongé dans le sommeil.

Un demi-sommeil, plutôt, parcouru d'images lentes, ondulantes, en arrière-fond d'une série de séquences puisées de façon désordonnée à la mémoire des jours précédents : les fumées du lagon, les icebergs bleu curaçao, le cratère béant d'un volcan, les filles à rollers, le premier soir, qui écartaient les cuisses, assises sur les trottoirs. Et puis, toujours, bien sûr, les laves du désert noir.

Enfin, comme il fallait s'y attendre, l'objectif du Polaroïd et son

BIG SHOT

lettrage. C'étaient à présent les caractères qui la mitraillaient en lieu et place du flash.

Mais toujours il y eut ce bout de songe immobile à l'arrière-plan : le double regard. Il émergeait puis se noyait, et brutalement resurgissait à la surface du rêve. On aurait dit un bateau qui lutte de toutes ses forces contre la perdition. Et s'acharne, malgré la fureur des éléments. Et encaisse toutes les vagues, les pires vents. Et sombre, et ressuscite. Obstinément.

Avec, par moments, un début de bande-son, deux petites phrases pressantes en forme de revenantes, insistantes : les clichés du Polaroïd, bon sang, qu'est-ce qu'il en fait, l'animal ? où il les met ?

Une amorce de pensée, en somme. Mais si têtue qu'elle finit par triompher de la tourmente du rêve.

Judith se réveille.

Plus du tout assommée, la preuve : cette fois, elle veut savoir l'heure.

Coup d'œil à la ronde. Réponse à la seconde, pas besoin de montre,

12:46:16

assène comme partout au monde une horloge numérique sous l'œil éteint du téléviseur.

Alors, inspection de la chambre. Face à la salle de bains, sur la banquette de bois, rien que sa valise à elle. Défaite. Et son sac à dos frappé du Mickey. Mais pas trace du sac de cuir de l'animal. Ni de son gros boudin noir.

Ils sont dans l'autre chambre, évidemment. Quel numéro, déjà ?

Aucune idée. Pourtant, décision immédiate : y aller. Et fouiller.

Passage à l'acte.

Sans états d'âme. Sans Ménage dans la Tête. Sans calcul, sans stratégie.

Pas besoin : ça se fait tout seul. Enfance de l'art. On sait d'emblée comment faire, à la perfection. Sans effort et sans avoir appris – on dirait qu'on a toujours su.

Descente à la réception. Pâle, défaite. Décoiffée, en pyjama, comme on est.

Voix fragile. Pas besoin de se forcer, facile : le reste d'angine.

On balbutie (anglais vacillant, mais justement, ça ne peut mieux tomber) :

– Je commence à aller mieux, mais j'ai des affaires dans la chambre de mon ami, celle qu'il a prise à côté…

Là encore, ça marche tout seul : on lui tend illico la clef, sans discuter.

Remerciement – dans un souffle. Puis on quitte le comptoir sans se presser. Bien absente, bien évanescente, fatiguée. Ascenseur, dos à la glace, éviter à tout prix le coup d'œil au miroir. Puis couloir jusqu'à la chambre… quel numéro déjà ? 23.

Pas du tout celle d'à côté, mais la plus éloignée, tout au bout, dans un recoin, face à l'escalier.

Devant la porte, seconde d'hésitation : et s'il rentrait ? Et s'il me trouvait ? Et si la fille d'étage…

Mais non, impossible, regarde au-dehors, il continue à faire si beau… L'animal ne reviendra pas de sitôt.

Quant à la fille, souviens-toi : son regard bleu, comme il s'était fiché dans l'autre, le jaune. Au point de s'incruster ensuite dans ta propre rétine. Au point d'aller hanter l'œil béant de tes rêves…

Donc, si elle te surprend, celle-là, qui est déjà au courant du reste, elle ne caftera pas. Allez, on y va.

Clef doucement tournée. On entre – stupidement – sur la pointe des pieds. Comme pour ne pas déranger.

Alors qu'il n'y a personne, bien entendu. Silence absolu.

Chambre en ordre, salle de bains vide, rien qui traîne, pas même un cheveu de femme. Le sac à dos n'est pas là, évidemment. Au pied du lit, bien fermé, seul bagage présent : le gros boudin noir.

On se rabat sur lui, tant pis.

On l'ouvre d'un doigt menu, en jouant à l'invisible, à l'impalpable, la fée. Enfin, pas très longtemps : sitôt écartées les mâchoires de la fermeture éclair, on se prend le Polaroïd en pleine poire.

Mais enfin, Judith, du calme, qu'est-ce qui te prend, tu trembles ? Tu sais pourtant ce que tu fais !

Non ? C'est simplement l'instinct ? Cet aiguillon, au creux des mains, qui les pousse, à chaque seconde, à explorer plus loin ?

À s'insinuer, à trifouiller, à se glisser de poche en

pli, de repli en manche de veste, en jambes de pantalon, et tiens ! ça y est ! à dégager de ce recoin ce
qui, tu le savais bien, t'y attendait : ces trois sachets
SUPERECO.

Oui, trois. Allez, ne grelotte pas comme ça. Tu t'en
doutais bien.

Le premier sachet est celui qui contient les pellicules et les ampoules de flash. Air connu.

Oui, mais le deuxième, et le troisième…

Ouverture. Le plastique trop fin colle aux mains. Mais ça y est, ça vient.

Cahier d'écolier, tube de colle, stylo-feutre, grosse boîte d'élastiques.

Non, tout remettre en place, tout de suite ! Et ne pas s'asseoir sur le lit ne pas ouvrir ce cahier. S'enfuir !

Ah ! mais trop tard ! Maintenant que tu sais, plus moyen de reculer ! Allez !

Non. Impossible. C'est trop vil. Trop bas.

Mais alors, pourquoi tu te mets à frissonner ? La fièvre ? Sûrement pas !

Donc lève-toi, calme-toi, respire, ouvre la fenêtre, prends le soleil ! Depuis que tu t'es mise à farfouiller, tu es aussi froide que le glacier ! D'ailleurs, regarde-toi : sur tes jambes, tes joues, tes bras, ta peau frisotte comme les feuilles du rang de bouleaux, là-bas, quand le vent les traverse avant d'aller s'éborgner sur le mur de séracs.

Bon, basta ! On se rassoit. On y va.

Cahier d'écolier, oui. Enfin, album, plutôt, serait le mot. Ou collection d'images.

Oui, on pourrait dire collection, comme pour les enfants, si on ignorait ce qu'il y a dedans : cette façon si puérile de disposer les photos... Toujours identique, au millimètre près : un cliché par page, juste au milieu.

Par exemple. Il avait bien dit : *par exemple.*

Première page, pas de cliché. Rien qu'un chiffre. Écriture penchée, menue, régulière. C'est le numéro du cahier : *4*.

Puis le premier feuillet.

Unnur, 22, 21/6.

Le plus lourd de l'instant n'est pas l'obscénité. C'est la légende : prénom de femme. Et les chiffres.

Le premier : l'âge, ça saute aux yeux. Les seconds, la date. L'année dernière, le jour du solstice.

Vérification, maintenant, page après page.
```
Chiara, 27, 14/7
Claire, 36, 2/8
Bridget, 32, 1/9
Sandrine, 19, 17/9
Chantal, 51, 25/9
```
Catalogue des *par exemple*. Généralement on ne voit que le corps. Quelquefois, tout de même, un bout de cou, de menton ; une tête complète de temps en temps.

Il y a aussi des clichés ratés, trop flous. Mais l'écriture de Vassili, en dessous, reste nette, elle, parfaitement régulière. Calligraphie de sage comptable.
```
Nina, 18, 10/10
Valérie, 41, 6/11
Viviane, 47, 12/12
```
Inventaire des bestiaux femelles, tous âges, toutes corpulences, toutes races, qui se sont laissé conduire

BIG SHOT

à l'abattoir.

Chloé, 25, 15/12
Sandrine, 31, 27/12

Il ne garde chaque fois qu'un cliché. C'est toujours à peu près la même pose. Qu'est-ce qu'il fait des autres ? Il doit les jeter.

Non, tiens, ils sont dans le troisième sachet **SUPERECO**, le plus grand, le plus incroyablement lourd, où il entrepose chaque série – toujours quatre clichés – retenue en petit paquet serré par un élastique.

À ne pas croire, vraiment... Quel enfant !

Refermer tout de suite ce sachet. Et le deuxième, comme le cahier. Puis tout ranger et se lever. Sortir.

Mais pas moyen : paralysie. Ce n'est même pas le corps qui refuse d'obéir, c'est l'œil. Fiché sur les clichés. Il va en crever. Finir par exploser.

Alors se lever quand même. Mais pour boire. Mini-bar.

Gin à même le goulot.

L'alcool par-dessus les cachets, mauvais. Mais, au point où on en est.

Et puis cette bouteille, ce n'est rien qu'un petit modèle, de quoi tenir jusqu'au bout du cahier.

Bonne idée, l'alcool : les pages maintenant se tournent toutes seules, les évidences s'imposent plus doucement. Le premier chiffre est bien l'âge. L'animal Vassili chasse plutôt la jeunette, évidemment, mais il ne crache pas non plus sur la chair mûre.
Revenons en arrière, vérifions : en effet *Valérie, 41, 6/11, Viviane, 47, 12/12* puis *Chantal, 51, 25/9,* belle femme, celle-là, rien à dire, pas comme l'homasse *Claudine, 52, 22/12*.

Le Polaroïd fonctionne d'ailleurs beaucoup pendant la période des fêtes – en moins de trois semaines, entre le 15 décembre et le 7 janvier, Vassili ne se dégote pas moins de quatre godiches pour se prêter au jeu du BIG SHOT. Pas étonnant, cela dit : dans ces eaux-là de l'année, les femmes, par peur de se retrouver seules, ne sont jamais plus idiotes.

Ensuite, deux mois sans rien. Des filles qui n'ont pas voulu, peut-être. Ou lui ne cherchait plus. Dégoûté,

lassé ? Rembarré plusieurs fois de suite ? En tout cas,
d'un seul coup, à l'approche du printemps (5/3, 8/3,
12/3), en moins d'une semaine, il abat un superbe
triplé, trois Japonaises, d'après les prénoms :
Makiko, 21 ; Haïko, 21 ; Yukiko, 22. Des
amies ? En tout cas des clones. Les séances se sont
toutes déroulées chez lui, c'est bien son dessus de lit.
Et toujours la même pose à compter d'*Unnur, 22,
21/6* : depuis le début tout le monde au même menu.
Fatigant.

Sauf que, tiens, la deuxième Japonaise, *Haïko, 21*,
a droit à une mention particulière : #. Déjà vu, ce
signe-là. Pour qui, déjà ?

Retour en arrière. Yeux qui s'aiguisent, mains
fébriles. Oui, ça y est : c'est pour une black, Doris.

Doris, 12/12, #. Elle a de très gros seins.
Refaits. Mais...

Un trave ! Cette fois-là, il a dû payer.

Payer...

Referme, Judith. Referme, replanque tout et va-t'en

Non ! Tout savoir. Tout absolument tout.

Alors, continuer à boire.

Petites lampées courtes : bientôt la fin du flacon. Mais il se vide tout seul, tu parles, voici `Clotilde, 38, 22/4,` éboulée de partout, mais honorée de deux ##.

Ça laisse de l'espoir. Quand même, il faut tenir. Et pour tenir, boire. Donc goulot, à nouveau.

Goulot parce que maintenant, fin avril-début mai, l'animal entame une saison très faste : le surlendemain d'une copieuse quadragénaire au nom hispanique, `Asuncion, 42, #,` et une semaine après un petit corps frais et brun, `Farida, 18` (prudent, le Vassili, jamais rien au-dessous de ce chiffre-là, il ne se risque pas à chasser la mineure), voici une autre proie assortie d'un ##, `Nadia, 33, 16/06.` Comme la plupart des autres, il la passe au BIG SHOT dans sa chambre : même dessus de lit.

Cliché très net. Pubis bien large, bien brun. Seins, comme ceux de Doris-le-trave, fraîchement rafistolés et regonflés à la prothèse siliconée : cicatrices très visibles. Seulement, la date... et le visage !

Nouvelle lampée de gin, très longue, celle-là : c'est la blonde chimique. La fille des *tip-tip-toup* et des *streuttch*, à l'agence...

Et la date, c'est le bouquet : *16/06* ! Soit quatre jours avant le départ pour l'Islande... Soit six jours après le soir des bulots. Et une semaine à peine après l'après-midi des larmes dans ladite agence.

Non, Judith, on ne pleure pas, on ne tremble pas. On regarde de plus près. Oui, c'est bien elle, la fille de l'agence.

Allez, ma pauvre. Plus que deux pages, prends ton mal en patience. Et, tant qu'à faire, finis la bouteille.

Judith, 38, 21/6

Où a-t-il trouvé mon âge ? On n'en a jamais parlé ! Sur mon passeport, je suis sûre. Il a dû m'espionner à la douane.

Judith, 38, 21/6

Sec. Brut de décoffrage. Pas de #.

Non, mais ce doit être que les #, il ne les met pas tout de suite. Tel que je le connais, il doit réfléchir avant. Longtemps.

D'ailleurs, ça se voit rien qu'à son écriture : jamais de rature. Donc, il attend de voir, c'est sûr. Il pèse le pour et le contre, il s'y reprend à deux, à trois, peut-être à quatre fois. Il teste, il attend, il se souvient, il compare...

Oui, justement, il compare. Suffit de voir.

Page suivante.

Elle se tourne toute seule, celle-ci, encore plus vite que les autres. Plus de gin pourtant, mais c'est la toute dernière et elle date d'avant-hier.
Vigdis, 21, 24/06
Couvre-lit ? Celui-ci.
Oui, celui-ci ! Celui où tu viens de poser tes fesses, Judith, pour parler clair ! Et pas la peine de chercher à te lever. L'album, de toute façon, tu n'arrives pas à le lâcher !

D'autant que les #, ma jolie, tu viens de t'apercevoir qu'il les lui a attribués tout de suite, l'Ostrogoth ! Expert, il connaît son affaire ! En moins de vingt-quatre heures, il a disposé et collé, au millimètre près, comme tous les précédents, le cliché *Vigdis, 21, 24/06*; puis rédigé la légende avec l'appréciation, on pourrait même dire la distinction : ##.

Et c'est vrai, comment la lui refuser, à l'ondine, sa médaille du feu, avec son sexe imberbe que vient titiller, face à 𝔹𝕀𝔾 𝕊ℍ𝕆𝕋, une longue et rouge et bien goulue langue de dragon.

La planche à pain du lagon.

Vigdis, quel nom, a-t-on idée !

En plus, une fille qui n'a pas de seins. Pas de hanches non plus. Des cheveux filasse. Il prend vraiment tout ce qu'il ramasse. Radasse, va ! Et ce tatouage ! En plus, là ! Non, mais ! Alors que moi…

Moi Moi Moi Moi Moi MOI MOI…

Début de l'anti-programme.

Ça prend dans le ventre, pour commencer ; ça se sent à peine.

Mais c'est sournois. Ça monte avant qu'on ait compris, en tapinois, et brutalement ça se porte à la tête.

Dans les muscles des mâchoires, les gencives, pour commencer. Puis ça prend dans les dents, ça les effile, les aiguise. Surtout les canines, les incisives.

Et de fil en aiguille, ça gagne tout ce qu'on a de plus pointu, les ongles, qui se souviennent d'un coup qu'ils ont été griffes, la narine, qu'elle a servi à renifler l'ennemi. Le nez se plisse, se pince ; les yeux s'acèrent. Puis retour au ventre.

Où, à nouveau, ça se concentre, ça gonfle, ça bombe, ça enfle.

Puis ça revient en éclair dans les ongles et les dents : bouillon de sang.

Car il y a maintenant de l'explosion là-dedans, du tonnerre, du volcan, ça vomit, ça crache, ça éructe, ça rote, ça pète et puis ça crève :

Je vais me vvvvv-en-en-GER !

Il va me le pppppp-ay-**ER-ER !**
Il faut bien l'admettre : retour en force du crocodile.

Sous sa forme femelle, cette fois. Crocodilesse.

Mais sa verte splendeur, la saurienne offensée la garde pour la suite ; avant de pointer le museau, elle rassemble ses forces. Une fois de plus on se concentre : tout dans le ventre.

Les tripes.

Seulement celles-là, Judith, avant de se mettre à cracher, il faut au préalable qu'elles se débondent de tout ce qui, au fond du fond de leurs plus intimes recreux de boyaux, d'entrailles et de viscères, continue à vouloir la tendresse, à quémander du rêve.

À attendre les caresses, la bouche douce, les chuchotements, l'espoir. Tout ce qui t'a rendue si légère un mois durant.

Si songeuse, oublieuse. Si ignorante, pour un temps, et des griffes et des dents.

Le lest d'amour. Tout ce qui, dans ta tête et ton corps, s'était mis à dire oui au monde à chaque instant.

Et ne voulait plus voir de lui que la mousseline de bonheur, la brève minute où l'œil, au sortir du plaisir, croyait enfin s'arrondir sur la merveille.

La grâce. La vie comme une aurore, le retour aux

commencements. Au plus clair, au plus pur : l'enfant confiant, la pupille ronde, les paumes offertes.

Enfant blessé, maintenant. Berné, bafoué, souillé. Alors, qu'il meure !

Mais, juste avant il faut que tu pleures. Que tu hurles. Que tu chiales. Comme lui.

Oh oui ! Pleurer comme un bébé !

Mais attention, Judith : pas comme à l'agence. Pas moyen, aujourd'hui, de te raccrocher aux branches. Personne ne viendra te sauver. Pas de Présence.

Seule issue : courir à ta chambre te jeter dans le seul giron des larmes, haleter, seule-seule-seule, dans le noir tout mouillé de l'oreiller, alors qu'il fait si grand soleil, au-dehors. Et que le monde, c'est sûr, s'amuse et jubile et exulte et copule à tire-larigot.

Mais tu ne le vois pas, Judith, tu ne l'entends pas. Tu ne sais plus où tu es.

Pourtant entre tes sanglots, tu parles tout haut. À qui ? Ça non plus, tu ne le sais pas. Et tu ne veux pas le savoir. Tu te sens de plus en plus seule-seule-seule, tu vas jusqu'à cacher, maintenant, tes larmes sous l'oreiller.

Car ce qui te fait pleurer, ce n'est pas ce que tu viens de trouver : les sachets, les cahiers. C'est pire. C'est ce que tu voudrais dire. Et que tu n'arrives pas à sortir – langue gelée, larynx bloqué.

Alors seule-seule-seule tu pleures et repleures, Judith, sous l'oreiller mouillé, tu halètes dans le noir. Jusqu'à ce que ça s'arrête net, et que tu arrives à le dire...

Dire que je l'ai aimé !

Il faudrait l'écrire, maintenant, coucher toute cette histoire sur le papier, très vite, tout de suite, sans traîner. Vite, un stylo, du papier !

Oui, mais seulement…

Ô Petit Carnet ! Toi que j'ai laissé... Toi que j'ai jeté !

Déchiré, lacéré, piétiné, foutu en l'air. Carnet, Carnet chéri, je n'avais que toi et je t'ai balancé, détruit jusqu'au dernier feuillet...

Le plus vide, le plus court, celui qui parlait de l'Astronome.

Mais pourquoi j'ai fait ça ? Pourquoi, ce soir-là, je l'ai déchiqueté comme ça ? Et piétiné, et lacéré ? Pourquoi la belle couverture rouge dont le cuir résistait aux ciseaux, pourquoi cette rage à la brûler, oui, brûler, avec une bougie au fond d'un cendrier – dans l'appartement, ensuite, qu'est-ce que ça cocotait ! Et pourquoi je ne t'ai pas remplacé ? J'aurais pu en glisser un autre dans la valise. Ô Carnet, toi que j'aimais...

Je pourrais prendre une feuille toute simple, évidemment, il y en a sûrement ici, même dans cette chambre du bout du monde, c'est bien le diable si dans un tiroir... Seulement, un Carnet, c'est un Carnet : il y a tous les hommes qui sont venus avant, et avec les pages blanches, l'espoir de ceux qu'on va trouver après...

Mais non, ce n'est pas comme un cahier ! Je n'ai

jamais collé de photos dans mes Carnets, moi ! Et surtout pas de…

Oh non ! Oublier…

Seulement je les revois : Farida, Makiko, Clotilde. Et Unnur, le jour du solstice, comme moi. Et la fille de l'agence – son prénom, déjà ?…

Et le trave. Quand je pense qu'il est capable de payer. Et l'autre, là, Vigdis – dire qu'il a dû partir avec elle dans le van…

Non, ne plus penser.

Mais impossible. On ne s'en sort pas. On tourne en rond. Cauchemar.

Et comment faire, sans Carnet ? Si je l'avais…

Si je l'avais, je reprendrais la page *Vassili*, tout de suite, et je cracherais l'encre dans la seconde, *schchch-schchch*, comme du venin, j'écrirais sans rature : «*Vassili, Ordure-des-ordures.*» Et après, j'alignerais quarante lignes d'injures : Enflure, Crevure, Sale-Mec ! Pervers-Des-Pervers, Salaud-Salope, Pourriture-Entre-Les Pourritures, Roi-Des-Bouffons, Étron…

Mais non, je ne trouve rien de bon comme surnom en dehors de Sale-Mec ! Sec, sobre. Quoique un peu court – eh oui ! sans Carnet, pas d'inspiration…

Pourtant, faudrait que j'écrive. Pour me sentir plus pure de ligne en ligne. Plus calme de page en page. Au plus noir du Mal.

Oui, du Mal. Parce que je vais me vvvvvv-eng…

Par exemple, si…

Mais aussitôt, l'idée avorte. Invention mort-née.

Ou, dès qu'elle éclôt, l'imagination refuse de suivre et se met en marche arrière. Reprise de la rumination. Fixation.

Avec une prédilection pour la blonde chimique : à l'agence, quand je suis tombée sur lui, est-ce que ç'avait déjà commencé, avec elle ?

Les dates, il faudrait vérifier les dates.

Et dire que cette blondasse et lui se vouvoyaient, le jour où on a réservé les billets… Est-ce qu'elle savait ? Est-ce qu'il lui avait dit ? Est-ce qu'elle s'en foutait ?

Et la fille du lagon, si j'avais pas chopé cette angine, comment il aurait fait ?

C'est l'amour qui d'un seul coup sort de ses rails : tout se coupe et se recoupe, mensonges et évidences, mirages. Puis se décroise et se recroise, et se coupe et se recoupe encore, fourberies, illusions, trucages, double sens…

Et toujours pas d'issue : comment faire pour oublier ? Comment faire, tout bêtement, pour l'embrasser encore, cet homme ? Le caresser ou même le regarder ? Ou seulement l'effleurer tout en lisant le guide, comme il y a deux jours, sur le siège avant du van…

Là où la fille du lagon, à cette seconde précise, a posé ses fesses, où la langue de dragon...
Non !
Il va revenir, pourtant, l'animal. Et tu l'espères, Judith, ce moment. Tu l'attends.

Si ce n'est qu'à cet instant précis – ouf ! – entrée en scène de la crocodilesse.

Du fond des tripes où, pendant toute cette trémulante et humide séance sur le lit, elle est restée repliée à attendre son heure, voici qu'elle s'étire, la belle saurienne, lente et patiente.

Puis elle déploie en son entier son écailleuse et amère efficience, pousse doucement son museau effilé et denté vers la vésicule et le foie où elle se gorge, avide, de verte et bonne bile. Et là, d'un souple élan griffu, elle gagne le cerveau, directo.

Rampante mais pimpante, la crocodilesse. Et avec ça, ultrarapide : dès le premier assaut Judith sort la tête de sous son oreiller et s'assied sur son lit.

Elle ne pense plus au Carnet. Elle se dit simplement : de toute façon, depuis le début, ce Vassili, je le haïssais.

Oui, c'est vrai. À la première minute, j'ai su qui il était. J'ai flairé en lui le Sale-Mec !

Pire que le Pas-Ça, cette espèce-là. Tout de suite, en lui, j'ai reniflé l'arnaque. Facile : il en portait tous les stigmates.

D'abord cette façon paresseuse qu'il avait quand il

marchait, de jouer les vieux de la vieille, le grand routard du sexe. J'ai tout compris tout de suite. Et puis, symptôme indiscutable : son portable. L'indispensable accessoire du tombeur ; ce n'est pas à moi qu'on peut la faire, surtout quand il est suspendu en permanence à la ceinture – pourquoi pas à la braguette, tant qu'on y est ? Sans compter sa sonnerie en trompette…

Et son œil jaune. C'est lui qui l'a trahi. Et autour des yeux, ses petites rides qui sentaient le vice. Comme son ceinturon de cuir, son sourire de cafard. Et son nom de famille – tu te vois t'appeler madame Caussard ?

Enfin ses muscles – je l'ai toujours su, que c'était de la gonflette. Si ça se trouve, en plus, il ingurgite des hormones en cachette. C'est comme son bronzage : de la cosmétique. Gonzesse !

Et ses fauteuils en plastique, tu aimais ça, toi ? Et ses meubles en kit ? Et sa cicatrice sur le cou, qui faisait tellement voyou ? Et cette façon qu'il a de se montrer toujours très propre sur lui, alors qu'il n'y a pas plus crade que son appartement – enfin ! souviens-toi, Judith, des biscottes moisies, du rideau de soie mollasse, du café dégueulasse…

C'est vrai, je l'ai toujours haï. Et encore, on n'a pas soulevé le point des bulots, détail sur lequel je ne transigerai jamais, jamais ! Et puis maintenant, le coup des photos…

Alors, à nouveau, sanglots. C'est reparti pour le grand lamento.

Non, intervient alors sèchement la crocodilesse, redressez-vous, Miss Niels. Je vous prie, courage et dignité. Fierté !

Et la verte saurienne de coller plus étroitement à son cerveau. Puis, d'un seul jet, de cracher tout ce qu'elle a pu, durant les larmes, accumuler de bile. Effet instantané : Judith à nouveau parle tout haut.

Et elle s'offre à l'injure, parfaite caricature. Ses réserves de salive débordent, tout fonctionne en même temps, coordination impeccable, mâchoires, langue et dents, c'est assez ridicule, puéril et même plutôt nul, mais pas de recul, maintenant, pas de calcul, c'est la crocodilesse qui commande, elle qui siffle et grince et peste et abomine et jure : ah ! Ordure ! ah ! Sale-Mec ! Seulement je vais... me...

vvvvven GER !

et tu ne me verras pas venir, et puis ça va faire mal, ça va faire

SCHLLLAKK !

comme ça, comme une mule qui claque sur le pavé, un coup de fouet, ou même pire :

SCHLLLAKK !

de toute façon, c'est **décidé**,

ça ne va pas se passer comme ça. Je vais-te-**tû**-**û-ER !** oui, te tu-**h**er-tu-**h**er, tuer-tuer, schlllakk ! à coups de poignard.

Petit, le premier coup, mais bien visé : la lame en plein dans les couilles ! Là, comme sur l'oreiller ! Et pas qu'un, de coup, tiens prends déjà ça : schlllakk-schlllakk-schlllakk-schlllakk ! Et je te coupe le reste après, et je te le fous dans la gueule, et tu boufferas, tu vas voir ça, ah ! et je te tue, et je te tu **h**e, et je te re-tu**h**e, et je te re-re-tu**h**e, et re-schlllakk ! tiens. Mais tu n'as pas encore tout vu, je te

TU-HEU

parce que je te

HAIS !

pour ce que tu as

OSÉ !

me faire à

MM-OI !

Oh-oh ! Et même si tu n'es pas là, tu ne perds rien pour attendre, mon cochon, grille d'égout, minable étron, je vais te mitonner, déjà dit, mais ça fait un foutu bien de le répéter, une belle vengeance aux petits oignons !

Petits-petits-petits, les oignons, mais salés ! oh ça oui ! mais poivrés, oh là là ! tu peux compter sur moi, j'ai de l'imagination, beaucoup d'imagination, on me le disait déjà à l'école quand j'écrivais mes rédactions, je vais pour commencer faire ma petite enquête à la réception, et ensuite…

Et ensuite, Sale-Mec ? Le moment venu, ah toi, le Roi-des-Tout-Mais-Pas-Ça, Face de Pet, ah-ah ! tu vas voir ce que tu vas voir, Maniaque-Bon-À-Enfermer-Et-Malade-Mental-Minable-Petit-Nœud-Et-Sale-Nul-De-Nul-Étron-Petite-Merde-De-Minable, Paillasse, Cobra, Tête-de-Bite, Glu-Infecte, Comprimé-de-Poubelle, Affeux-Gros-Et-Pauvre-Sale-Nul-Cafard-Dégueulasse-Feignasseux-Tordu-de-Sale-Mec – mais c'est effrayant, je n'arrive pas à trouver le mot juste pour une fois, j'ai pas le vocabulaire pour ces orduries-là, je trouve plus qu'à dire Sale-Mec-De-Sale-Mec-De-Sale-Mec et schlllakk-de-schlllakk ! je vais te casser les bonbons, ripou, tu vas voir ça !

Mais uniquement quand je l'aurai décidé ! Quand je l'aurai bien cuite, ma vengeance ! Et recuite et bien re-recuite dans sa sauce à la manigance, quand j'aurai tout calculé, et surtout quand je t'aurai bien arnaqué, Englandé, Empaffé, espèce de Crado-Porno-Lamentable, Raclure, Sous-Merde et Sous-Raclure ! quand je t'aurai bien embrouillé et carambouillé et entortillé comme tu m'as fait…

Ah-ah ! je t'écrabouille sous mon talon en beauté :

SCHLLLAKK !
comme ça !

Et ensuite, de la pointe du pied, *stritcccch-stritcccch*, sur le pavé, comme pour les araignées – mais léger, juste pour parachever.

Et puis suffit, maintenant ! Fini de faire la petite fille ! Assez pleuré, assez joué ! À l'action.

Judith est sortie de sa chambre en criminelle. Pour commencer, elle est passée par la chambre 23 où elle s'est assurée – mains de fée, à nouveau, pointe des pieds – qu'elle a parfaitement tout remis en place.

Impeccable, à l'exception d'un détail qui signe son forfait : la bouteille de gin vide.

La remplir d'eau, la recapsuler à la va-comme-je-te-pousse, la replacer dans le mini-bar. Si le coup est découvert, c'est Sale-Mec qui se fera coincer : hé ! pas de petits profits en matière de vengeance.

Et maintenant, descendre à la réception, rendre la clef.

Ascenseur. Le hall.

Personne à l'horizon, même à la réception. Ordre et silence. Soleil qui tombe des deux côtés par les grandes baies vitrées.

Sauf du côté du bar englué dans la pénombre. Semble vide, lui aussi.

Mais surtout impression de ne l'avoir jamais vue, cette pièce : comme elle est vaste, comme elle est confortable à se calfeutrer comme ça dans son bois roux, son tissu doux.

Et comme ils sont tranquilles, dans l'ombre, les

grands fauteuils du bar, éparpillés au petit bonheur la chance au milieu de quelques si gentilles incongruités : sur l'étagère où s'alignent les bouteilles d'alcool, un vieux bouddha doré ; près d'une fenêtre qui donne sur les champs de cendres, une serre bourrée d'orchidées. Enfin, à l'opposé, contre la porte qui ouvre sur le parking, un vieux vélo.

Et tout à l'heure, rien vu... Ni même en arrivant – il y a combien de temps ? deux jours ? un mois ? l'année dernière ?

Forcément ! Présent, absent, Vassili dévorait tout l'espace. Et toi, Judith. Et le Temps. Entre le monde et toi, depuis le jour de l'agence, il y avait toujours son regard en écran, le mur de ses épaules. Tu ne voulais vivre que ce qu'il vivait, voir que ce qu'il voyait.

Ou presque. Et tu trouvais ça bon.

Et maintenant c'est le *presque* qui te saute aux yeux. La vie des autres. Dans ton regard à toi.

L'ennui, c'est que les autres ne sont pas là. Qu'ils n'ont laissé que l'inertie, le vide, comme trace de leur vie. On a beau appuyer et réappuyer tant qu'on veut sur le bouton de la réception, la femme à cheveux blancs qui, tout à l'heure, a livré la clef de la fatale chambre 23 ne répond pas.

Du côté du bar, pas davantage d'espoir :

CLOSED

annonce une pancarte déposée sur le comptoir.

C'est le soleil, une fois de plus. Il a encore aspiré les gens dans son grand bain de bonheur. Au lagon, sans doute, là où les fumerolles se poussent du col devant les cheminées de la machine à pomper l'eau de l'enfer. Là où, l'autre jour, Vassili et la fille, hier, avant-hier...

Non, Judith, on l'a dit : on ne regarde plus en arrière. On ne dit plus Vassili, pour commencer, mais Sale-Mec. Et on ne pense plus qu'à la vengeance.

Se venger ? Mais quand ? comment ? Tous aplatis, ici, sans pitié, les idées et les gestes, les mots soufflés par la crocodilesse. Comprimés dans le néant. Ne reste à vivre que le cœur de l'ombre, au fond du bar **CLOSED**. Et son alignement de bouteilles, hélas sévèrement bouchées et capsulées – de ce côté-là non plus, pas d'espoir d'échappée. Rien qui s'ouvre, tout qui se ferme. Sauf les bras des fauteuils.

Alors en choisir un et s'y jeter comme entre ceux d'un homme.

La fille au vélo, celle qu'un jour, sur la route, un type avait surnommée *Slash*, tant elle était penchée, et surtout si roidement, Slash comme le / des claviers informatiques – « Fatal, expliqua-t-elle, avec les heures que je passe le nez dans mon guidon. Trois ans maintenant que je cours le monde sur ma bécane. N'importe où et par tous les temps. Mais ce n'est pas seulement ça qui m'a rendue penchée. J'avais de la prédisposition. Et la prédisposition, c'est toute la casse que j'ai subie avant… » –, la fille au vieux vélo, Slash donc, c'est dans le bar qu'elle apparut. Et de cette façon-là : sortie de rien.

Oui, vraiment de rien.

Comme quoi, dans la vie, quand on est sur le flanc, au creux du creux, à la ramasse, au fond du fin fond du fond, on gagne toujours à s'en remettre aux proverbes, maximes, adages et vieux principes, notamment à celui qui veut que la nature ait horreur du vide, même dans les halls d'hôtel, en Islande y compris, lors de cette courte période de l'an où il fait grand beau temps dix jours durant et où, par conséquent, le premier pékin venu peut s'offrir le luxe pharamineux de s'en aller bronzer au fond du désert volcano-arctique de

Hvanadalsnafellbordûrjökull, au kilomètre 411 de la Route n° 1.

Mais, pour que Judith ait vu ainsi surgir Slash au beau milieu de son champ visuel, comme projetée dans le fauteuil qui lui faisait face par une brusque poussée du glacier, ou tombée de la dernière averse de cendres, il a préalablement fallu qu'au fond du fauteuil où elle-même s'était affalée elle se soit laissée aller à somnoler – effet prévisible du choc qu'elle venait de subir, additionné à la frappe antibiotique administrée pendant deux jours, à raison de trois cachets toutes les quatre heures, par la métronomique fille d'étage ; et encore, c'était faire peu de cas de la bouteille de gin volée dans le mini-bar de la chambre 23.

Quoi qu'il en soit, lorsque Judith rouvre l'œil, elle découvre en face d'elle une longiligne silhouette fondue dans le tissu du fauteuil comme, dans la végétation des savanes, certaines espèces de sauterelles ou libellules ; et infléchie vers elle de la façon qui avait valu à cette femme hypermince, encore assez jeune, d'être identifiée à la barre que le lexique anglo-informatique nomme précisément *slash* : quand elle s'inclinait sur quelqu'un, ou vers le sol, ou un objet quelconque, cette fille ne se courbait pas, elle fléchissait d'un seul tenant.

Toute en avancée et tension ; si intense et si droite, dans cette obliquité, qu'on ne remarquait ses traits que bien après. Les yeux d'abord, tant ils étaient brillants et effilés. Et grands : de ceux dont on dit qu'ils « mangent le visage ». Pour le reste, rien de bien notable. Cheveux bruns très courts, presque rasés. Un piercing à la commissure de la narine – perle noire, effet assez élégant –, un saphir à l'annulaire gauche, et à gauche aussi, une grosse et très masculine montre-chronomètre. Réseau de rides autour de la bouche et des yeux, signature d'une petite quarantaine. Enfin le teint ultramat d'une Sud-Américaine.

Mais elle ne doit pas l'être, elle parle sans accent, elle s'adresse à Judith avec des paroles qui lui ressemblent, penchées.

Et qui se déversent ensuite sans interruption, car elle a le souffle aussi long que ses jambes, la libellule, elle enchaîne les phrases comme elles lui viennent, sans précaution ni préambule :

– … il n'y a personne. Ils sont tous partis au lagon. J'ai pas pu y aller. Trop fatiguée. De toute façon, tous les deux cents kilomètres, je m'oblige à un arrêt de trois jours. Mais, cette fois-ci, je suis plus crevée que d'habitude. J'sais pas ce qui m'arrive, en tout cas, je bouge pas. Dis donc, t'es pas bien non plus ? T'as l'air sonnée. J'ai vu le médecin passer, il y a deux jours. J'étais déjà ici, dans le bar. Alors, dis-moi, qu'est-ce qui t'arrive ?

– Angine, répond Judith sans réfléchir.

– Je sais, ajoute alors la fille.

– Ah, réplique Judith, toujours aussi mécanique.

De la fille penchée elle ne voit plus que les yeux. Lac très noir. Elle s'y perd. S'y trouble.

C'est donc histoire de le dissiper qu'elle lâche les premiers mots qui lui passent par la tête :

– J'ai faim.

– Moi aussi, rétorque aussitôt l'autre, en se levant d'un coup et en désignant dans la foulée, au fond du hall, une porte battante dont la partie supérieure, vitrée, dévoile les cuisines.

Puis elle reprend :

– Viens. Quand ils sont partis au lagon, le cuistot et la patronne m'ont dit que, si j'avais envie...

– J'ai faim, répète Judith.

Et c'est si vrai que c'est elle qui franchit la première la porte dont les battants découvrent, au-dessus de la ligne des fourneaux, une armada de plats, fouets, tranchoirs, mixeurs, batteurs, broyeurs, marmites, casseroles...

— Ici, ce qu'il y a de bien, poursuivait Slash en courant après elle, toujours aussi penchée et montrant placards et réchauds à grands gestes des bras (tout comme ses jambes, ils évoquaient la libellule, on aurait dit des élytres), c'est qu'on ne ferme rien. Une île, tu penses. Et tellement loin de tout. Ce désert ! En plus, tous cousins, là-dedans. Tout le monde connaît tout le monde. Donc, pas de voleurs. Les clefs, c'est pour la forme. Ça nous change ! Trois semaines que je suis ici. Ça me plaît bien. En plus, ils ont un réseau vélos, un genre de petite mafia. Même si tu n'es pas d'ici, du moment que tu pédales... La patronne en est. C'est pour ça qu'elle m'a laissé l'hôtel à garder. Allez, toi, on va te requinquer. Tu veux manger quoi ?

Elle n'attendait pas la réponse mais continuait d'enchaîner les phrases, on aurait dit qu'elle parlait toute seule ; et son corps penché avait instantanément pris possession de la cuisine, y promenait sa dégaine d'insecte comme si elle connaissait les lieux depuis toujours.

Sans jamais cesser de se pencher, pencher, pencher sur les choses comme sur les idées, simultanément sur les bienfaits de la mafia du vélo et sur le réfrigérateur dont elle venait d'ouvrir la gueule illuminée et froide pour l'inspecter comme le visage de Judith, tout à l'heure, quand elle s'était affalée dans les bras du fauteuil : avec une intense sollicitude.

Et maintenant qu'elle venait d'extraire du frigo des tranches de saumon et une pleine boîte d'œufs, c'était sur les placards qu'elle s'inclinait tout en continuant à enfiler mots et gestes comme des perles. Mais elle avait déjà autre chose en main, une poêle en fonte, à présent, et encore autre chose, un filet de pommes de terre, puis une plaquette de beurre, une cuiller en bois. Et toujours pas moyen d'en placer une.

– ... Faut que tu manges. Je vais te préparer une petite recette à moi. Des œufs frits et des patates à côté. Pas frites, les patates. Bouillies. Mais je vais les cuire juste croquantes. Avec du beurre dessus. Ou de la crème, si j'en trouve. On pourrait aussi ajouter un filet de citron. Je vais regarder s'il y a de quoi. On va s'en mettre jusque-là. Et on aura le saumon en plus. Moi aussi, j'ai la dalle. De toute façon, la faim, c'est une bonne maladie. On va te remettre d'aplomb. Après, tu verras...

Et elle revenait au réfrigérateur, y dénichait des demi-citrons, de la crème, du beurre ; et elle continuait, enchaînait obstinément, en même temps qu'elle vérifiait sur les emballages les dates de péremption.

– ... dis donc, t'as bu, non, toi ? T'as une drôle d'haleine. Mais bon, t'inquiète ! Les patates, comme je vais te les cuire, ça va te l'éteindre, le pue-de-la-gueule. À condition, c'est clair, de boire de la flotte. Uniquement de la flotte. Du thé, à la rigueur. Note bien que je m'en fous, que t'aies picolé ! Je connais la vie.

Moi aussi, j'ai morflé. Mais, un jour, j'en ai eu ma claque. J'ai tout plaqué pour faire le tour du monde. À vélo ; j'aime ça, la bécane. Trois ans que ça dure. Plus personne dans ma vie. Enfin, je veux dire : plus d'homme… Depuis dix-huit mois. Désintoxiquée. Un an et demi que je tiens. Déjà ! Tu te rends compte ! Alors qu'il n'y avait que le TGV qui ne m'était pas passé dessus. Ou plutôt le Shinkansen : j'ai aussi fait le Japon à vélo. Cinq mois. Mais, depuis, plus d'homme ! La preuve qu'on y arrive ! Seulement, avant, évidemment…

Pourquoi je l'écoute ? se demande Judith. Parce que je crève de faim ? Parce que je crève d'être seule ? Parce que le monde reprend des couleurs, le temps qu'elle parle ? Ce qu'elle dit, pourtant, cette fille, c'est du pur jus de moulin à paroles…

Car toujours pas moyen de l'interrompre, la libellule, elle continue à débiter ses phrases d'un seul souffle, et ses gestes suivent, pas de pause, pas l'ombre d'un flottement, d'un tâtonnement : en un rien de temps elle se dégote dans un tiroir deux couteaux à éplucher les pommes de terre, puis, sous l'évier, un morceau de papier journal.

Et la voici relevée, déjà. Puis déjà assise, toujours aussi penchée, devant la table qui allonge ses planches de bois clair au centre de la cuisine, d'où elle enjoint à Judith, d'un coup de menton, de s'installer en face, et lui tend un couteau tout en continuant à déverser sur elle le flux méandreux de ses paroles.

En émerge de temps à autre, à l'occasion d'un souffle plus court, ouf, comme sur un torrent en crue, une phrase qui fait qu'on se retrouve, sans trop savoir comme, retenue à l'instant même où on recommençait à se demander : « Mais où elle m'embarque, celle-là ? Qu'est-ce que je fous là ? »

Ainsi, au moment précis où Judith répond à son injonction et se retrouve devant la table à devoir peler les tubercules (depuis quand n'a-t-elle pas épluché des légumes ? elle ne sait même plus comment on s'y prend ; les pommes de terre, quand elle veut en manger, elle les achète toujours toutes prêtes, sous vide, sinon elle va au snack), l'autre revient sur son nom de Slash.

Elle le tient d'un autre routard, dit-elle, très beau mec, d'après elle, rencontré dans la poussière d'une sierra espagnole où ils peinaient conjointement, lui à pied, elle sur son vélo,

– ... il faisait chaud à crever. C'était il y a un an pile. On a fait un bout de route ensemble. Et puis on s'est séparés. Ça n'a pas duré. Obligé : je ne voulais pas de sexe. Ah ça, non ! Il s'est cassé, forcé. J'ai l'impression que c'est loin, loin, loin. La nuit des temps. Mais ça se comprend. Tout le chemin que j'ai fait depuis ! Des milliers de kilomètres sur les routes. Et surtout dans ma tête. Tu n'imagines pas. Je te raconterai.

Mais elle n'a pas raconté, Slash, elle n'a pas dit non plus quel est son vrai nom. Elle s'est contentée d'ajouter, debout à présent, et de dos, allumant le réchaud à gaz comme si de sa vie entière elle n'avait jamais utilisé que ce modèle-là – c'était pourtant **KITCHEN AID** une robuste et monumentale marque américaine – et y déposant aussitôt, avec l'autorité d'une vieille tenancière de gargote, une marmite d'eau préalablement assaisonnée d'une grosse et exacte poignée de gros sel (elle avait bien entendu repéré en un tournemain, comme tout à l'heure pour la boîte d'allumettes, le bocal de terre où on l'entreposait) :

— ... Slash, ce nom, je l'ai adopté tout de suite. Il m'a fait l'effet d'un jean qui colle aux fesses au petit poil. Alors, j'ai effacé l'autre. À jamais. Après tout, j'avais tout plaqué pour repartir de zéro. Je me suis dit : autant faire les choses à fond ! Tant qu'on y est, changeons de nom...

Et elle s'est retournée sur-le-champ vers la table où elle s'est rassise, en longue et douce inclinaison, pour achever d'y éplucher les pommes de terre.

Là se trouvait maintenant le nouveau cœur du monde, son monde, les tubercules recommençaient à vampiriser toute sa belle souveraineté penchée, elle se remettait à les peler et à dévider les épluchures sur le papier journal exactement comme ses phrases : avec continuité, précision, persévérance. Et toujours pas moyen d'en placer une : voici qu'au beau milieu de cette cataracte de mots surgissent brusquement une dizaine de pommes de terre pelées, rincées et dûment essuyées, qui se retrouvent plongées une à une, avec un soin extrême, *fou-dou-glou-dou-glou*, dans l'eau qui s'est mise à bouillir.

Mais Slash est déjà passée à autre chose, à la boîte d'œufs, à la poêle qui chauffe à côté de la marmite ; et la seconde est venue où elle doit briser les œufs au-dessus de la fonte fumante, et leur cuisson, *fru-iiiiiit-*

sttttttttttttritch, mobilise subitement tout ce qu'il y a en elle de zèle et d'empressement ; et elle se tait. Ou plutôt elle conclut :

– À toi, maintenant... Qu'est-ce qui t'arrive ?

La libellule était de dos, à nouveau. Cependant, sa manière de se pencher au-dessus des œufs n'était plus si abrupte, il y avait de la tendresse, d'un coup, dans son inclinaison. Et comme Judith ne répondait pas, elle répéta, toujours de dos, mais hésitante, cette fois, comme soudain égarée dans l'océan des mots :

— Alors... Tu me dis ? Qu'est-ce que... Enfin... Tu me dis ?... Toi !

Ce n'était pas qu'elle était douce, la voix. Ni tendre, non. C'était la manière de dire *toi*. *Toi*, sur ce ton-là. Ça disait vraiment *toi*. Il y avait quelque chose de chaud là-dedans. De vraiment là.

Du coup, Judith parle. Entrée immédiate au pays des mots. Vieux pays. Pays de femmes.

Slash le sait, le sent, qui se retourne, la poêle en main, et va se rasseoir en face d'elle. Puis la dévisage.

Toujours aussi penchée, la libellule, mais maintenant elle ne se mêlera plus de l'interrompre; et lorsqu'elle va se lever pour faire fondre le beurre, débiter les tranches de saumon, égoutter les pommes de terre qu'elle servira croquantes, comme promis, ce sera à mouvements très lents. Sans cesser d'écouter. On dirait une Présence.

Mais pas en forme d'épaules, comme l'autre, là, celui que Judith, dans son récit, n'appelle plus que *Sale-Mec*! ou l'animal. Non, Slash est une Présence en forme d'oreilles.

Et d'yeux. Car plus elle l'écoute, plus les siens s'ouvrent, on dirait. De plus en plus brillants, de plus en plus effilés. Présence aussi en forme de dos penché, forcément – pas moyen que ce soit autrement.

Pourtant elle ne pèse rien, la libellule, seulement le poids de ses muscles. Et encore : ils sont si fins, si longs. Ce n'est pas comme Sale-Mec, lorsqu'il est apparu dans l'agence avec ses biceps à la gonflette et ses épaules qui s'étaient contentées de faire

spLASH ! comme sur les pubs des abribus. Slash, elle, est toujours là, vraiment là. Donc, pas besoin de lui mettre une majuscule, à sa présence. C'est simplement une fille toute mince, très grande, pas maquillée, en bermuda de toile râpée, qui porte aux pieds de vieilles Nike et, ajusté à son buste grêle, un body de danseuse ; avec des mains gercées par des mois à vivre dehors. Enfin des mollets très durs, encore noués par l'effort.

Mais si Judith la trouve belle, en cet instant, ce n'est pas pour son corps. Uniquement pour ses yeux où elle se noie. À l'affût, comme ceux de Ruhl, tiens. Mais pas troubles, pas flous, ceux-là. Droits. Cette fille ne ment pas.

Alors la confiance. C'est Judith qui parle, à présent. Parle et ne s'arrête pas.

Pourtant c'est difficile : comment raconter sans s'embrouiller ce qui fait qu'elle se retrouve là, voix qui flanche, yeux bouffis, haleine qui pue le gin, assise dans cette cuisine en lisière d'un désert où, à chaque seconde, se mélangent, comme dans sa vie avec Sale-Mec, le chaud et le froid ?

Aussi Judith hésite, s'emberlificote. Effets de la fatigue, de la honte, de la pudeur, d'un reste de peur. Et puis, elle reste sous le choc.

Entre le monde du dehors et la table de cuisine, cependant, de mot en mot, de phrase en phrase, une fragile coquille commence à se former. Aussi frêle que celles des œufs restés sur le rebord de l'évier et que Slash, à présent captive de l'histoire qui se dévide, oublie de jeter.

C'est comme l'amour, en somme, comme la chambre des amants : une bulle. Avec des mots à la place des draps. Chaque épisode s'entremêle à l'autre comme leurs plis chiffonnés : l'affaire des bulots, la fausse blonde dans la cuisine de la Vieille Dame (tiens, encore une cuisine), l'agence, les Pas-Ça, la blonde chimique (au fait, une blonde de plus dans cette histoire), la nuit du solstice, l'Astronome. Il n'y a que le Petit Carnet dont Judith ne parle pas.

Et dès qu'elle sent qu'elle va mollir, dans son récit, elle pose les mains sur la marmite aux pommes de terre. Sous l'effet de la chaleur, ça repart tout de suite. Alors elle parle, indifférente au lieu, à l'heure, aveugle à tout, elle voit à peine rentrer le cuistot et la patronne de l'hôtel.

Ils reviennent pourtant du lagon, comme avait dit Slash : ils ont encore les cheveux mouillés, le teint éclairci par le bain de vapeur.

Et ces deux-là, d'ailleurs, quand ils aperçoivent les deux filles en train de se dévisager par-dessus leurs assiettes vides, d'un côté la parleuse avec ses yeux gonflés et son teint de momie, de l'autre l'écouteuse toute penchée, ils ne disent rien, n'avancent pas. Pas un mot, pas un geste. Comme s'ils devaient eux aussi protéger l'invisible coquille. Et ils s'en vont vaquer à leurs occupations.

Jusqu'au moment où, comme les deux filles se lèvent enfin pour procéder à leur petite vaisselle, et tandis que Slash déploie tout ce qu'elle a d'énergie penchée pour mener le récurage de la poêle à son point de perfection, Judith, tout en essuyant les assiettes, commence à raconter, à petites phrases hachées, l'histoire des polaroïds ; et à relater, balbutiante comme une communiante à confesse, ce qui l'a conduite à la chambre 23.

— Stop ! s'exclame alors Slash, abandonnant aussitôt la poêle au fond de l'évier sans même l'avoir rincée. T'as toujours la clef, non ? Tu l'as pas encore rendue ? Allons voir ça !

Et retour à la chambre 23.

C'est Slash qui tourne la clef et entre la première dans la chambre, plus que jamais penchée. Elle repère immédiatement le boudin noir.

Mouvements de criminelle, elle aussi. Mais dans la manière froide : déplacements simplement ralentis. Judith, elle, continue à trembler, à marcher sur la pointe des pieds.

Ouverture du boudin. Fouille prudente, main cependant habile. Extraction quasi immédiate du cahier.

Judith se détourne, elle tremble toujours, lâche une phrase gamine :

— Je vais à la fenêtre pour faire le guet.

— Mais non ! se récrie Slash en ouvrant le cahier. Je sais où ils sont ! J'ai tout vu, ce matin : je me buvais un café au bar, ils ont demandé à la patronne la route des sources chaudes, Landmannalaugar. Je connais, j'en reviens. J'aurais pu leur montrer la route et leur expliquer qu'au moment où on a dépassé le ravin où…

Tout en parlant, Slash feuillette posément le cahier. Elle en tourne les pages comme si c'étaient celles de *Glamour* ou du magazine de La-Grande-Fête-Qui-N'Existe-Pas ; et elle poursuit de la même voix tranquille :

— Mais j'ai rien dit. Lui, ton Sale-Mec, ce qui l'intéressait, c'était la durée du parcours, aller-retour. La patronne lui a dit que les pistes étaient mauvaises. Qu'il fallait pas compter rentrer avant dix heures du soir. En tout cas, s'ils voulaient profiter du soleil et de la neige. Et passer un bon moment dans les sources et dans les prés. C'est vrai, il y a de la neige, là-haut, c'est génial. Et aussi des prés. Très verts, très frais. Je connais...

Judith ne l'écoute plus. Elle fixe, en face d'elle, le champ de cendres, la barrière de séracs, les courbes avachies du volcan, une piste qui serpente.

Vers les neiges et les sources. Vers les prés. Très verts, très frais. Qui, à cette minute même, accueillent un autre corps de femme. Tout vert, lui aussi. Tout frais. Ouvert sur un dragon. Une langue. Une fente. Et...

Imagination. Poison.

Mais Slash est allée si vite en tournant les pages quelle vient précisément de tomber sur la photo de la fille du lagon.

— Oui, murmure-t-elle. À vue de nez, c'est bien elle...

— À vue de nez ! se récrie Judith. T'as de ces mots !

Puis elle se retourne, s'empare du boudin noir, en sort le gros des trois sachets marqués **SUPERECO**. Puis le brandit devant Slash :

— C'est là qu'il conserve le reste des photos ! Parce que, tu te rends compte, il garde tout ! Et il les trimballe n'importe où... Et en plus il...

Mais Slash hausse les épaules. Et lui arrache le sac :

— Laisse tomber ! Blanquette à l'ancienne.

Judith n'en peut plus d'arrondir l'œil.

— Oui, *good old sex*, comme disent les Anglais, explique alors Slash. Distraction pépère, quoi !

Et, inclinée cette fois au-dessus du boudin noir pour vérifier la place de chaque sachet, elle enfonce le clou :

— Polygame banal ! Petit vice de beau mec qui se prend le premier coup de barre et se sent mal dans sa peau...

— Je t'interdis !

Judith a hurlé, elle se précipite sur le boudin, l'écarte, entreprend, comme en propriétaire, d'y ranger un à un, dans les plis des vêtements, les sachets aux photos.

Slash n'insiste pas. Elle lâche prise, s'efface ; et se met à musarder.

Elle va de ci, de là, parfaite libellule. L'air de penser, l'air de ne pas penser. L'air de peut-être oui, l'air de peut-être pas. Et, d'un seul coup, vacarme.

Sa main, comme sur un revolver, s'est resserrée sur la télécommande, elle vise, *schlick*, le téléviseur comme si elle voulait le tuer. Et re-*schlick*, elle se met à faire défiler sur l'écran, *schlick-schlick-schlick-*

schlick, les chaînes l'une après l'autre, les jeux, les documentaires, les guerres, les commentateurs, les présentateurs, les podiums à mannequins, à chanteurs, des films noir et blanc, d'autres dégouttant de couleurs, symphonies et séries, pubs, raps et retapes, clips tombés de la lune, roues de la fortune...

Dans toutes les langues et chacun de leurs états, jusqu'à ce qu'enfin elle tombe sur ce qu'elle cherchait, et, fixant sèchement l'image : « Ah, enfin, je la tiens ! », elle coupe le son.

Alors silence dans la chambre. Comme le soir des photos.

Parce que sur l'écran c'est maintenant la même chose qu'avec BIG SHOT : poils et muqueuses, sexes, trous, bouches, fesses, jambes, ventres.

Puis, brusquement, Slash en bande-son qui hurle :

– Mais jusqu'ici, qu'est-ce que t'as vu ?

Et derechef *schlick-schlick*, elle passe sur les deux chaînes voisines : encore des trous, des poils, des bouches, des sexes mâles et femelles ; et elle ponctue chaque *schlick* du même cri :

– Et ça ? Et ça ? Et ça ?

Puis elle aveugle l'écran, baisse les bras, s'assied sur le sol près du gros boudin noir et se met à marmonner :

– ... Encore, je t'ai pas compté les journaux, la Toile, les clubs à partouzes, les vidéos où on les voit le faire avec des bébés ou bien des animaux...

Elle s'est repliée entre ses genoux. Ses jambes frottent ses oreilles, on dirait maintenant une sauterelle. Et elle poursuit de la même voix lasse :

– Voilà, on n'en sort pas.

Judith ne répond pas. Pour autant, la sauterelle ne bouge plus. Elle se contente de continuer à grommeler en resserrant sur sa tête l'étau de ses genoux :

— Pourquoi tu crois qu'un jour j'ai tout plaqué pour le vélo ?

— Ça te sert à quoi ? Tu le dis toi-même : on n'en sort pas !

— Eh non, répond la sauterelle.

Mais le ton n'est pas accablé, on dirait seulement qu'elle se concentre – elle aussi, tout dans le ventre.

Serait-elle la proie d'une autre crocodilesse ? Sans doute, puisque au bout de quelques secondes, elle gronde :

— Enfin, n'empêche ! On va se venger.

7

Gestion de crise

Le Temps se contracte alors sur le complot de la même façon qu'un mois plus tôt il s'était resserré tout autour de l'amour. Il se comprime, aspire le soleil du solstice qui continue à déverser sa cataracte par le vitrage de la fenêtre. Puis il se rétracte encore, s'étrangle jusqu'à former une bulle, ou plutôt un trou noir, ainsi qu'aurait dit l'Astronome.

Et comme entre les draps de Sale-Mec à l'époque où il s'appelait Vassili, rien ne pèse plus dans la chambre où les deux filles s'agitent – celle de Judith.

Elles s'y sont enfuies, elles ont quitté en courant la 23. Elles se sont d'abord assises sur son lit, puis allongées côte à côte, et maintenant elles se relèvent, vont et viennent du lit à la fenêtre puis de la fenêtre au lit, en s'adossant parfois à l'écran mort du téléviseur. Elles se rendent aussi de temps à autre dans la salle de bains où elles caquettent alors plus fort. Et rient.

Mais elles finissent toujours par recouvrer leur sérieux et par conséquent le lit. Ou la fenêtre. Et quelquefois encore la salle de bains, mais toujours ensemble, alors. En brandissant des vêtements qu'elles étendent devant leur torse pour juger de leur effet ; et, comme elles n'arrêtent plus de boire (elles ont commandé par téléphone deux thermos de thé), elles courent aussi parfois aux toilettes en se tortillant – décidément, l'idée de la vengeance les réjouit.

Et ça se termine toujours sur le lit. Où elles se remettent à compulser et comparer leurs guides.

Vraiment, elles sont légères, en cet instant, les deux filles. Même Judith.

Ce n'est pas une pose, ni du cran, car au moment où Slash s'absente quelques minutes pour aller dans sa chambre, elle ne s'écroule pas. Non, elle reste très calme, bien calée sur son oreiller, à potasser son guide. Toute refermée sur sa réflexion. Presque désincarnée à force de concentration.

Enfin, lorsque Slash revient, porteuse d'une trousse de maquillage, d'un caleçon en latex, d'un jean, d'un corselet très étroit et d'un petit prospectus orné de photos radieuses, comme tous les prospectus, la petite agitation recommence. À ceci près que le passage dans la salle de bains se prolonge. Mais ça se termine une fois de plus sur le bord du lit où les deux filles déplient le prospectus et, côte à côte, se mettent à le potasser. Il semble les passionner au point de tout suspendre : respiration, rires, mouvements.

Belle illusion : le Temps n'a pas cessé de palpiter dans la bulle – une heure et demie qu'elle dure, cette petite affaire, la preuve,

17:23:47

indiquent les rubescents cristaux liquides qui sous-titrent l'œil opaque du téléviseur.

Et Slash elle-même, du reste, aux tournants les plus

cruciaux de la discussion (cela s'est produit à deux reprises, la première dans la salle de bains, face à la glace ; la seconde près de la fenêtre, quand la libellule, d'un grand moulinet de bras, a dessiné un cercle imaginaire au-dessus de la moquette ; Judith, manifestement dubitative et très tourmentée, s'est mise alors à fixer le glacier et ses chicots de séracs tout entartrés de suie), Slash, donc, a consulté sa montre-chronomètre puis l'a détachée de son poignet pour en actionner les petits boutons d'acier, et elle a répété avec gravité :

– Question de timing, je te dis, question de timing !

Très convaincue, à ce moment-là, la libellule. La bouche mince, subitement ; et l'œil aussi aigu que celui de Judith quand elle potassait son guide.

Alors celle-ci a quitté la fenêtre et s'est retournée vers Slash en marchant à nouveau d'un pas sûr. Et le Temps, une seconde fois, s'est rétracté sur la chambre pour former une bulle, violente et noire.

Comme par les jours d'amour, vraiment, dans l'autre chambre, là-bas au loin. Très loin ; là où le soleil, hélas, était tellement heureux, tellement plus dru quand il tombait sur le lit et les fauteuils de plastique, entre les rideaux de soie mollasse.

N'empêche ! comme aurait dit Slash ; il suffisait de penser à la vengeance et c'était aussi efficace pour tout arrêter : la peur, les espoirs, la mémoire. Pareil, tout pareil à l'amour.

Et dans la bulle d'ici comme dans celle de là-bas, c'était bien ce qui rendait les choses si légères : on ne savait plus où on était, qui on était. On n'était qu'à ce qu'on disait. Qu'à ce qu'on tramait.

Il y a quand même eu un moment étrange, sur la fin, quand l'idée a commencé à prendre forme et que Slash a sorti de dessous son bermuda une petite poche en tissu cousue derrière sa braguette – symbolique braguette, mais braguette quand même : boutons et tout le tintouin – et qu'elle en a extrait de l'herbe. Tout en la roulant (le papier était aussi dissimulé dans la poche), elle a soufflé à Judith :

— Tu comprends, sans ça, pas moyen de me concentrer.

— OK, OK, a répliqué Judith en jouant la fiérote comme avec Sale-Mec, le premier soir. Et au moment où Slash a aspiré sa première bouffée, elle a tendu la main pour réclamer sa part de fumette.

Ça s'est passé sur le lit au moment où l'on entrait dans le détail du plan. Slash s'était allongée sur le ventre. Le regard fiché sur le prospectus, elle tirait sur le joint d'une bouche toute en exactitude gourmande.

Et quand Judith le lui a réclamé et qu'à son tour elle s'est mise à tirer sur le joint, elle s'est sentie la copier.

Elle le voyait bien, qu'elle la décalquait, qu'elle entrait dans un personnage qui n'était pas le sien. Mais c'était plus fort qu'elle ; et, après deux ou trois bouffées, quand elle lui a rendu le joint, il a aussi fallu qu'elle s'allonge au côté de Slash. Sur le ventre, tout comme elle, pour examiner une fois de plus le détail du prospectus.

C'était difficile, pourtant. La libellule n'était plus du tout libellule, mais sauterelle à nouveau. Elle s'était brusquement contractée à l'intérieur de ses bras, raidis et repliés comme des élytres ; et elle sondait, l'œil écarquillé, presque halluciné, la fumée qu'à intervalles réguliers elle continuait d'expirer, comme près de s'y élancer.

Puis d'un seul coup (car il était peu probable, bien sûr, qu'elle bondît dans la fumée : elle se serait écrasée contre les montants du lit ou, au mieux, fracassée contre le tableau qui le surmontait, une baveuse gouache plagiée de Renoir qui s'échinait à figurer, à grands renforts d'anatomies féminines, les brûlantes voluptés du lagon-que-c'est-bon-onh-onh), Slash a rendu le joint à Judith. Elle l'a regardée fumer un petit moment avant de se retourner sur le dos et de grincer en fixant le plafond :

— Rends-moi ça. C'est comme l'autre, là, Sale-Mec. Pas ton rayon.

Alors aussi sec, enclenchement chez Judith, irréfléchi, automatique, de l'inusable programme de la Cruche Poétique. Tout en continuant à tirer sur le joint, naïve à souhait, elle réplique :

— Ah bon ?

— Arrête ! grince encore Slash, et elle lui arrache le joint.

Puis elle se lève, pensive, le mégot pendant de la lèvre, et se dirige une fois de plus vers la fenêtre.

Mais, au passage, pas moyen d'y couper, d'un jet de cristaux rouges le téléviseur lui assène

17:47:17

Alors elle se retourne et grommelle, toujours aussi sèche :

— Faut qu'on se grouille. On n'est pas au point.

Et, tout en contemplant le glacier, à nouveau pensive, presque paresseuse, elle ajoute :

— N'empêche... Vu l'état des routes, l'autre, là, Sale-Mec...

Elle tire une dernière bouffée, soupire, puis revient vers le lit où elle achève enfin sa phrase :

— ... sera pas là avant le dîner. On a deux heures devant nous... Au moins !

Et elle écrase le joint dans le cendrier, se rallonge.

Mais elle se fait pierre, cette fois, se confond avec le drap. On dirait qu'elle se met en posture d'attaque ; et elle ne cille même pas quand Judith tente de renouer la conversation — cette fois-ci, gorge qui s'étrangle, glotte qui tremble :

— Je voudrais comprendre, à la fin, pour Sale-Mec...
— Qu'est-ce qu'il y a à comprendre ?
— Ce que tu as dit, là... pour le joint. Tu dis que c'est la même chose que... que pour l'autre, là...
— Sale-Mec ?
— Oui.
— Sûr et certain. Tout pareil.
— Pourquoi ?
— Pourquoi quoi ?
— Je voudrais savoir...
— Qu'est-ce qu'il y a à savoir ?
— À quoi ça se voit... ?

La sauterelle ne répond pas.

Où est passée la fille penchée du bar, la cuisinière qui faisait virevolter les pommes de terre et les œufs frits comme une jongleuse de cirque ? À l'appui de ses coudes bien serrés, elle se recroqueville encore plus à l'étroit, elle se fait tas d'os, paquet de muscles noués ; et il s'écoule une bonne minute avant qu'elle ne lâche en fixant le plafond de son œil dilaté :

— Ça se voit sans se voir.
— Comment ça ?
— Ça se sent.
— À quoi ?

— Comme ça.
— Quoi, *comme ça* ?
— Moi, par exemple, au lit j'ai tout fait.
— Et alors ?
— Un mec, un vrai, quand il te regarde, il sait. Il voit.
— Comment ça, *il voit* ?
— Laisse tomber ! Ça sert à quoi, que je t'explique ?
— À la vengeance.

Au mot vengeance, Slash se fait encore plus sauterelle. Puis elle sourit :

— C'est vrai. Mais je t'ai déjà dit : pas ton rayon, ce Sale-Mec, de toute façon !

Elle n'a pas fini sa phrase que Judith se met à vomir. Dégobillage dans les règles de l'art.

Car ce n'est pas l'estomac seulement qui dit *non*, ni le foie, c'est toute la machinerie qui se révulse, les tuyaux, les sphincters, les glandes, les canaux, les siphons, ils poussent et poussent et ils expulsent, puis ils recommencent.

Rébellion généralisée.

Tous, ils n'arrêtent plus de chercher à se vider et à pousser et à chasser ; et ça fait mal partout, dans le larynx, la glotte, les mâchoires, les narines, les bronches et les sinus, la vésicule, le cuir chevelu, les doigts de pieds, la révolution remonte de quantités de coins ignorés, le dessous des côtes, par exemple, ou le diaphragme, qu'est-ce qu'il vient faire là-dedans, lui ? Inconnu au bataillon, depuis si longtemps... Ça fait même comme des stries jusqu'au fond de la vessie.

Et ça sort et ça sort forcément. Parce que ce qui pousse par en dessous, en plus du relent du joint et du frichti mitonné à la cuisine, c'est en vrac, toute une belle pièce montée : la fille d'étage, le cahier, l'angine, les cachets, l'apparition de Slash dans le bar en libellule penchée, la crise de nerfs seule-seule-seule, l'envie de se venger.

L'émotion, quoi.

Et puis tout le reste, le plus sournois, tout vieilli et racorni comme dégueulis. Les silences dans le van, l'autre jour, pendant la traversée du désert noir. Dans les vestiaires du lagon, les corps des autres filles. Leurs cuisses grandes ouvertes, le premier soir, cinglante évidence sur le bord du trottoir.

Et tout ce qui s'est passé avant, bien avant – en vrac aussi. Les fesses boutonneuses de l'Astronome, le grand peuple des Pas-Ça qui s'agitait dans la ville asphyxiée ; l'envie de fuir. Et, par-dessus tout le matin

lointain où la si merveilleuse et si *SPLASH* ante

Présence s'était décomposée en Caussard Vassili au-dessus du café instantané et de la margarine rance.

Au point où l'on en est, d'ailleurs, ce pourrait bien être aussi le souvenir des bulots. Parce que ça vient de tellement loin. De tellement du fin fond.

À présent, d'ailleurs, que la révolution vomitoire se termine, que tous les replis d'entrailles sont vidés, que tout est craché, définitivement expulsé, que la tête se relève – *Ouf!* – vers – *Ouf!* encore – la belle et douce et longue Slash brusquement désauterellisée et totalement relibellulisée de la tête aux pieds, et tendre, et penchée, et chuchotante : « *Bravo, t'as quand même réussi à courir aux chiottes avant que ça sorte, chapeau ! Avec tout ce que t'as gerbé, c'est pas du luxe ! Parce que, s'il avait fallu nettoyer...* » Judith souffle. Et souffle encore. À fond.

Aussi profond qu'elle a vomi. Et respire plusieurs fois, longtemps, tout ce qu'elle a de poumons.

Ensuite, au lieu de s'excuser, de bredouiller ce qu'aurait bredouillé n'importe quelle banale personne après un dégobillage si exhaustif (mais depuis qu'elle a découvert le terrifiant cahier et qu'elle veut se venger, Judith, dur comme fer, se croit délivrée de la banalité), au lieu de soupirer, par exemple, en demandant un verre d'eau et en murmurant, vaguement Cruche Poétique : « *Qu'est-ce qui m'a pris ? Oh, ça va mieux ! C'est sûrement les œufs frits...* », au lieu même de reconnaître une bonne fois pour toutes qu'elle n'est décidément pas faite pour les joints et qu'elle n'en fumera plus, non-non-non, jamais, au grand jamais, elle se contente d'une réponse minimale :

– OK, OK.

Et c'est Slash, à sa place, qui dit *Ouf!*, c'est encore elle qui l'aide à se relever d'au-dessus de la cuvette des WC, elle qui la soutient jusqu'au lit, l'aide à se rallonger ; puis qui s'étend à ses côtés et susurre :

– Pardon, pardon, j'ai été nulle. C'est la route. Le vélo, trop de vélo. Je suis une tendre, tu sais. Mais, quelquefois, la route, à force... Ça me rend dure.

Oui, stupéfiant, elle lui a dit : « Ça me rend dure » en lui caressant les cheveux.

Donc impossible d'y croire, à sa dureté, puisqu'on ne sentait d'elle que la douceur. Douceur d'une main de femme.

Et d'une peau de femme, d'une odeur de femme. Légèreté aussi, sous l'épiderme, d'un muscle de femme. D'une ossature de femme.

Et puis la voix de femme – oh oui ! si tendre, si enveloppante. Ça vous détend les neurones aussi bien que les doigts qui massent et massent et remassent le cuir chevelu, *hmmmm*, que c'est bon-onh-onh…

Enfin suavité des lèvres, au-dessus de toute cette belle chair rosâtre d'où l'on voit tomber, comme un bébé avec sa mère, les mots qui recommencent à s'enfiler en toute fluidité : « … *C'est toutes ces photos, aussi, tu comprends, ces films porno, je me croyais vaccinée, mais ça m'a tout remis en tête. Je pensais pourtant que ça s'était évacué avec mes mollets qui poussaient sur les pédales de vélo. Mais non, ça me revient. Tout me revient. J'ai tout fait, tu sais, je vais te raconter…* »

Et c'est à partir de là que Slash s'est lancée dans le récit emberlificoté de sa non moins entortillée existence tout en fixant de son œil étiré l'horizon de l'oreiller, «... *rien qu'en me limitant à ma dernière histoire, celle que j'avais eue juste avant de partir sur les routes, il y a deux ans...*» – c'était celle qu'elle avait eue avec un homme qu'elle appelait Rat-Doré – «*j'sais pas pourquoi je l'appelais comme ça. Mais, tu sais, ça m'est venu sans trop réfléchir, c'est vrai qu'il était moche, un pou. Petit-gros, même pas de muscles. Laid-laid-laid. Du fric, évidemment, beaucoup de fric. Et un sourire faux, faux! Fourbe à un point! Et le drame, c'est que le sourire, c'est tout ce qu'il avait de généreux. Parce que pour le reste, radin, radin! Eh oui, un grigou... C'est peut-être pour ça que je l'ai appelé* Rat. Doré *parce qu'il était blond, blond comme les blés. Pas un poil de blanc, à son âge. Ça aussi, ça me plaisait. Et c'était gentil, son surnom, note bien. Parce qu'au début, quand je savais pas qu'il était si rapiat – forcément, tu parles! au début, pour m'avoir, il sortait à tout-va sa carte de crédit, et je savais pas encore que c'était celle de sa boîte – donc, je reprends, au début je l'appelais* Cœur-Adoré. *Seulement quand je me suis aperçue – trop tard! – que c'était rien qu'un rapace près de ses sous, moi aussi j'ai changé de braquet. J'ai économisé. C'est comme ça qu'il s'est retrouvé à s'appeler* Rat-Doré. *Il ne s'en est même pas rendu compte. Cela dit, je faisais gaffe, c'était mon boss. Et moi, je crevais de trouille de rester seule, tu parles! bientôt quarante balais. Alors, un jour, je suis tombée raide dingue de lui. J'ai toujours pas compris comment ça a pu se faire. Son sourire, peut-être. Parce que pour le reste, trop enveloppé. Et tellement mou. Le biceps, le ventre, la fesse qui dégouline. Et puis en plus, il se déplumait...* »

Pourquoi je l'écoute ? se demande Judith.

Pour qu'elle me rassure ? Parce que je veux qu'elle m'aide à me venger ? Parce que j'ai peur de me retrouver toute seule en face de ce cafard de Sale-Mec ? Parce que je veux qu'elle soit là quand il va se pointer ? Parce que je l'ai mise dans le coup ? Parce que tout est ficelé, maintenant ? Parce qu'impossible de reculer ? Ou par simple curiosité ?

Mais non, sûrement pas : la curiosité n'est jamais simple, Miss Niels, toujours effroyablement compliquée. Vous en savez quelque chose, vous qui avez passé ces derniers mois à épier ce qui se passait dans la cuisine de la Vieille Dame, quand ça n'était pas Zonzon qui se faisait une branlette devant la télé, ou les va-et-vient de Ruhl – ah non ! pas celui-là maintenant, c'est vraiment pas le moment !

En tout cas, convenons-en, Slash, la longue Slash, la libellule est vraiment très mystérieuse. Surtout quand elle fait la sauterelle. Un peu opaque, comme Sale-Mec ?

Mais non, voyons !

Du reste, Judith, par moments, tu ne l'écoutes pas, la libellule. Tu te contentes de la regarder. Pourquoi ?

Parce que c'est toi que tu écoutes, pendant ce temps-là.

Tu t'écoutes penser. Penser sur elle.

Trouver, par exemple, qu'elle est belle.

Et que tout ce qu'elle dit est vrai. Qu'elle a sûrement tout fait. Et que, pourtant, c'est incroyable, ce qu'elle raconte. Même si, en même temps, c'est banal à pleurer.

Tellement vrai et banal et incroyable que, même en ne l'écoutant pas, tu l'écoutes.

D'une façon très particulière : tu transformes ton oreille, ta cervelle en éponge, et tu laisses tout rentrer.

Et là, ça se transforme tout de suite en autre chose. Ça se métamorphose en lettres. Comme pour *Je vais partir loin avec un homme* ou **Avec un homme je vais partir loin**. Ou encore comme pour *SPLASH*.

Sauf que là, avec les histoires de Slash, ça s'écrit sec. Pas de fioritures. Froid, net.

Et le plus beau, c'est que ça se fait tout seul, comme en dehors de toi. Exactement comme quand tu épiais les gens depuis ta fenêtre. Oh, oui ! sans effort, beaucoup mieux que sur le Petit Carnet. Et, en plus, ça reste. Suffit que tu aies écouté. Cherché à percer, à deviner. Pas besoin de papier.

– ... Oui, Rat-Doré, c'était son surnom. Il lui allait, au poil du poil. Il se déplumait mais il lui restait encore quelques beaux cheveux blonds. Mais pingre, tu n'imagines pas ! Avare de tout. Des mots d'amour comme de ses sous. Oui, oui, tellement près de ses sous ! Mais qu'est-ce que tu veux, moi, à l'époque... Et puis, incroyable mais vrai, c'était mon premier blond – pourtant avant lui, j'avais tout fait...

« Enfin, maintenant, à force de faire du vélo, je sais que si j'ai flashé sur ce Rat-Doré c'était la peur de l'âge : je t'ai dit, j'allais sur mes quarante balais. Tu m'as regardée, pourtant, t'as vu ma peau, mes jambes, ma bouche, mes seins ? J'ai pas l'air vieille, hein ? Mais j'avais la trouille, et lui le sentait. Donc, fastoche ; il en profitait.

« ... À l'époque, c'est marrant, d'ailleurs, mon truc c'était pas la fumette mais le tabac. Deux paquets par jour, et trois quand j'ai décidé de le bazarder, le Rat-Doré, et de prendre la route, comme ça, du jour au lendemain. Mais le tabac ou le vélo, fallait choisir. C'est comme ça que j'ai opté pour la fumette. Parce que le vent, tu sais, certains jours, et les côtes... Alors, un petit joint par-ci, un autre par-là... Évidemment, faut pourvoir au ravitaillement. Cela dit, fastoche, en dix jours de route, t'en sais plus qu'en dix ans. Mais revenons à Rat-Doré...

Et elle racontait, racontait. Et Judith écoutait.

C'était pourtant du gros banal, la ballade des filles prises à la nasse du temps qui passe ; elle avait perdu deux ans à attendre un homme toujours en retard, un infidèle, un type marié qui ne l'aimait pas.

– … Mais il me tenait, le salaud. Au plumard, le roi de la chignole. Et je sais de quoi je parle, si je te disais ma vie : j'en ai vu ! J'ai été mariée à vingt ans. Ensuite j'ai divorcé, je suis devenue la Trophy Woman d'un Italien, tu sais, un mec qui te sort comme une Ferrari pour ta belle carrosserie. D'ailleurs, à l'époque, on m'appelait le Châssis, j'ai craqué parce qu'avec l'Italien on avait fini par passer un jour sur trois dans les partouzes – tu sais, j'ai tout fait.

« Donc, je me suis vengée comme il faut faire dans ces cas-là, je me suis cassée avec son meilleur pote. C'est comme ça que je suis entrée dans le cinéma.

« Pas comme actrice, j'aurais pu mais j'aimais pas. Non, mais tu vas comprendre, maintenant, pour ma montre-chronomètre. Je suis devenue scripte. Mais pour en revenir à Rat-Doré…

Et on y revenait, on finissait toujours par y revenir, à ce foutu Rat-Doré à qui la libellule avait l'air d'en vouloir, cela dit, sacrément, parce qu'elle l'appelait aussi de temps en temps, et crûment l'Enfoiré.

Et parfois aussi Sale-Mec!, comme l'autre, en faisant claquer le -*ec!* – on entendait dans sa voix le point d'exclamation.

Mais, avant d'y arriver, on passait toujours par des détours insensés. On en avait le cerveau engorgé. Comme au bar ou à la cuisine, c'étaient des phrases de longue haleine. Sous cette marée de mots, pas moyen de souffler.

Et s'il n'y avait eu sa façon de tout mélanger, les formules élégantes, parfois précieuses, à des images à elle, rien qu'à elle, et comme elle, Slash, complètement louftingues, allumées, déjantées, sûr, on aurait décroché.

Impossible cependant de savoir de quelle strate de sa vie ils arrivaient, ces mots-là, si c'était de maintenant, du monde de la route, avant qu'elle ne s'appelle Slash, ou de la période précédente, le règne de Rat-Doré, celle qu'elle appelait toujours «*la casse*», et qui avait l'air en effet fichtrement fracassée. Mais on distinguait aussi dans l'entrelacs de ses phrases des couches beaucoup plus lointaines où tout s'enchevêtrait : joies, blessures, plaisirs, ruptures, les noms des amants et les *n'empêche !* Et toujours, bien sûr, «*J'ai tout fait, tu sais, moi*», en rengaine, régulièrement.

À ce moment-là, d'ailleurs, Slash en profitait pour reprendre son souffle. Comme elle devait le faire sur la route, à vélo, après les côtes, dans les descentes, les déserts où elle devait continuer à se la raconter toute seule, son histoire. Penchée cette fois vers l'air vain et vide. Avec sa vie qui fuyait dedans.

— Pas beau, Rat-Doré, n'empêche ! Mais le pouvoir, ça marche à tous les coups, c'était mon boss.

« J'étais pas dans la com', à l'époque. Pas dans la pub non plus, crois pas ça, j'en ai fait, bien sûr, comme tout le monde. Et j'étais plus à la télé – oui, ça aussi, j'en ai fait. Mais, cette fois-là, la gloire : j'étais revenue au ciné.

« Très bien payé, scripte, ça peut douiller, n'empêche ! En plus, j'étais une bonne. Et comme j'approchais de mes quarante balais…

« Donc, le boss. Un producteur. Une grosse boîte. Le pouvoir. Le fric.

« Au début, je le méprisais, pas sexy pour deux thunes et l'argent, c'est pas ça qui peut m'impressionner, toute jeune, tu sais, on m'a tellement gâtée…

« Seulement il m'a fait le coup du timide : "Je vous ai appelée plusieurs fois, mais au dernier moment j'ai raccroché, je n'ai pas osé…" Alors, comme la veille c'était mon anniversaire…

« J'ai craqué. Comme les autres filles : marché-couru, envie de croire. Croire que c'était la fin du voyage. Oui, c'est ça, j'ai cru que c'était un tendre, un doux, un mal-aimé, comme moi. Et qu'on allait se repeindre la vie ensemble.

« Pourtant, pas grand-chose, ce Sale-Mec. Seulement voilà : le roi de la chignole au plum'.

« Il pouvait tenir trois heures, tu te rends compte, à cinquante ans tapés. Me décliner la totale en m'envoyant douze mille fois au plafond. Mais voilà : fallait payer l'addition.

« Et l'addition, c'était de l'attendre.

« L'attendre pendant des heures, des jours, parce que, tu parles ! il était marié. Et n'empêche ! comme je l'ai appris en route, il gardait en permanence au frigo deux ou trois autres pépées qui attendaient leur tour. Qui se rongeaient les ongles, comme moi. En se croyant la seule. En attendant qu'il plaque sa femme, en comptant les jours. Sauf que moi, c'étaient aussi les heures et les minutes et les secondes que je comptais : moi, forcément, une scripte, la reine du chrono...

« Et il était toujours en retard.

« Et quand il était enfin là, c'était lui qui regardait sa montre... Et quand il filait, je savais jamais pour qui, pour quoi... Le temps qu'il revienne, il me collait au frigo. J'appelais ça "stratégie congélo".

« Mais il me tenait, le salaud. Et en plus du plum', la corde qu'il m'avait passée au cou, c'était le téléphone.

« Au bout de six mois, pourtant, j'ai changé de boîte. Plus moyen de le supporter. N'empêche ! Pas non plus moyen de casser. À cause du téléphone... J'ai changé de numéro, il l'a retrouvé. Et comme il suffisait que j'entende sa voix pour recommencer à marcher...

« Carmen à chaque coup de fil : si tu ne m'appelles

pas, je t'appelle, si tu m'appelles, prends garde à toi. Si je montais au filet, il laissait sonner. Ou il attendait deux, trois, quatre sonneries, c'était selon. Avant de me couper le sifflet. Il maniait le silence comme personne.

« Alors dans ces cas-là, tu sais bien, tu carafonnes à mort. Par exemple, quand il me disait en me quittant : "Je te rappelle demain matin", je savais que je l'entendrais pas avant une semaine. Et ensuite, quand je me plaignais, c'était toujours la même excuse : "Tu sais, ma femme…"

« Le coup classique. À moi ! Je t'ai dit pourtant ! J'avais tout vu, avant lui ! Tout fait !

« En plus il avait des enfants, une tripotée, cinq ou six, qu'il avait eus en trois mariages, j'ai vérifié, tu penses ! avec des jumeaux comme petits derniers. Un jour, il avait son aîné qui passait le bac. Le lendemain, c'était la rougeole des bébés. Une autre fois, la voiture de madame n'avait pas démarré…

« Alors on s'étripait, je hurlais : "Putain, quand est-ce qu'on va vivre ? Partager quelque chose ! Moi aussi, un enfant, j'en veux un !… T'en as bien fait à trois autres !"

« Et il jubilait, à ce moment-là, il avait l'air du gamin qui vient de trouver sous son sapin de Noël la plus belle PlayStation de toute l'école. Je croyais que je l'avais eu à la fierté virile, tu parles ! faire un lardon, en pleine cinquantaine ! Alors je commençais en douce, maligne, à poser des jalons. Je poussais mes pions, je disais : "C'est une fille, raton-chéri, que tu aimerais, ou un garçon ?"

« Et à chaque fois même scénario, à la ligne près :

il rallumait son portable, consultait ses messages. Deux minutes plus tard, volatilisé, le Rat-Doré...

« Sans m'avoir passée, t'imagines, à sa magique chignole ! Il se contentait de me caresser le coin de la joue sur le palier en me murmurant des choses comme : "Comme tu es belle... Toi et moi, nous vivons un grand roman opaque et grave..." Et le lendemain, rebelote pour le téléphone : ça sonnait dans le vide, personne.

« N'empêche ! Il finissait toujours par me rappeler, miel et roses, comme si de rien n'était : "Ça te plairait qu'on parte ensemble en croisière ? Je vais peut-être m'acheter un voilier." Je sautais de joie : "Oh oui !" Je me disais : ça y est, on va le faire, mon enfant... Et je repartais aussi sec pour la gamberge. Je me disais : on le fera à bord. Ce sera un marin. Un aventurier. Blond, comme son père. Avec mes yeux noirs.

« Mais deux week-ends plus tard, il m'appelait, le Rat-Doré, en s'arrangeant, sale mec qu'il était pour que j'entende le vent, les mouettes. Je lui demandais : "T'es où ? – Mais en voilier, avec ma femme, j'ai pas pu y couper. Elle est partie faire des courses à terre, j'en profite pour t'appeler !" Et c'était vrai, il était avec sa femme. Sur un voilier qu'il venait d'acheter. Qu'il était en train d'essayer.

« Parce que je vérifiais, n'empêche ! Je le suivais, je l'espionnais. Il me rendait crasse et basse, c'était son grand plaisir. Il adorait me voir devenir vile à cause de lui.

« Et là aussi, j'ai tout fait, tu sais. J'ai même réussi, un jour, grâce à la combine d'une copine, à piquer les messages qu'il recevait sur son portable... Et j'ai trouvé ce que je cherchais : un petit harem téléphonique.

« Et pas seulement téléphonique, tu parles ! rien qu'à leur prénom et leur voix, j'ai deviné leur âge, à ses houris : de la jeunette, évidemment.

« Et moi, j'ai trouvé malin, ce jour-là, de tout lui balancer. Les noms, les Karine, les Sandrine, les Loulou, les Lola, avec tous les détails. Je lui ai même expliqué la combine qui m'avait permis de déverrouiller sa messagerie. Et que j'avais compris son système : pour trouver du piment à la baise, il fallait qu'il me trompe avec une autre. Ou avec une troisième. Et nous toutes avec sa femme. Et, pour les jours de flagada, avec une quatrième, à prendre puis à jeter pour une petite nouvelle.

« Et quand je lui ai tout balancé, tu parles. Il a adoré ça ! Il m'a laissé finir, il me regardait sans rien dire avec son beau sourire ; et à la fin il s'est contenté de me jeter deux ou trois phrases bien polies, bien jolies : "Et alors ? Je suis un homme curieux... J'aime explorer. Et j'adore le danger. Rien ne compte davantage à mes yeux que la liberté. Ma femme le sait, d'ailleurs. Elle me comprend. C'est ce qui nous unit de ce lien si fort."

« Et il est parti. Très détendu. Je le revois encore, sur mon palier. Moi, t'imagines, complètement paralysée, pas moyen de parler. Et lui qui me caressait la joue, qui me chuchotait : "Ah, toi, au moins, tu prends ça en grande dame. En vraie femme..."

« *Toi au moins*... Je suis devenue folle.

« N'empêche, je lui retéléphonais. Et je le revoyais.

Et j'essayais tout. La goule-au-goulot, le polis-moi-le-paulo. Cela dit, de ce côté-là, rien à dire, ça marchait très fort, tu parles ! J'avais toujours la main. Moi, j'ai commencé à treize ans, tu sais. Et ensuite, j'ai tout fait.

« Je lui ai même servi le coup de la cuisine, à Rat-Doré. Ça marchait fort, ça aussi. Il adorait mon cassoulet, ma blanquette, mon homard, mes œufs au saumon-patates, ceux que je t'ai faits. C'était même ce qu'il préférait. Mais la cuisine, c'est comme le plum' : même si on remet le couvert il y a toujours un moment où on se lève de table. Et lui, quand il se levait, c'était à chaque fois pour retourner chez sa femme.

« Alors je pleurais. Et je faisais d'autres scènes. Et il partait et j'attendais, et je réattendais. Il rappelait, on se rabibochait. Et rebelote : compteurs à zéro, chignole, plafond, téléphone, je te coupe, je te prends, je te prends plus, je te prends quand même. Re-rabibochage, recompteurs à zéro, saumon-patates, et ouf ! enfin, la chignole. À la première occasion, je remettais sur le tapis l'histoire de l'enfant, je lui disais : "Je l'élèverai seule, mais c'est le moment, bientôt quarante ans." Il me répondait : "Ah bon ? Déjà quarante ans ?"

« Et si je me vexais, si je repartais pour la Guerre des Étoiles et les effets spéciaux, il me resservait, comme pour la drague, ses jolies phrases toutes prêtes, toujours les mêmes – comme ses lettres d'amour, soit dit en passant, jamais une rature, il avait des formules disponibles pour n'importe quel type de situation – donc, quand je faisais une scène, il me balançait : "Tu fais toi-même ton propre malheur. Maintenant, pour qu'une femme me plaise, il faut qu'elle soit gaie."

« Il me caressait la joue, me souriait. Et aussi sec, palier, porte claquée, téléphone bouclé.

« Et bien entendu, pendant quinze jours, privée de chignole…

Et on la vit, à ce moment-là, la scène du départ sur le palier, parce que Slash, d'un seul coup, baissa la tête, se voûta, puis se replia de partout, de bout en bout, fit disparaître ses longues jambes, recommença à ployer, à trembler devant la porte claquée qui la privait de la magique chignole.

À croire que c'était lui, Rat-Doré, l'homme de l'histoire, qui l'avait rendue comme elle était, toute penchée ; et pas le vélo. On se disait aussi, tellement sa voix se brisait : non, là, il faut qu'elle s'arrête. Elle va s'effondrer, sangloter, désespérée, se mettre à hurler.

Mais, au dernier moment, elle arrivait toujours à se raccrocher à un bout de phrase, à retrouver vaille que vaille la berge des mots, à échapper, après un bref silence, au fleuve du chagrin. Alors ça repartait, elle se remettait à parler et à se repencher, mais sur son histoire, cette fois :

— *... n'empêche, tous les deux mois, je décidais de tout foutre en l'air. Je me disais : allez ! secoue-toi. T'es encore Miss Belles-Fesses-Ronds-Nénés. Donc ton petit salaud, ta grosse ordure de Rat-Doré...*

Et elle recommençait à raconter, raconter...

En refaisant, bien sûr, un détour par le début : par exemple comment, à treize ans, elle avait fait l'amour avec l'amant de sa mère – «*pas mal, non, pour une première fois ?* » – ou bien elle se souvenait du jour où, trois ans plus tard, elle s'était éprise d'un gay et l'avait, comme elle disait, «*converti en quarante-huit heures, c'est pour ça que, même avec ceux-là, je sais y faire, j'en ai eu quelques-uns, par la suite, surtout quand j'avais rien à me mettre sous la dent entre deux grandes histoires* ».

Qu'elle racontait, évidemment.

Mais, tout aussi inéluctablement, elle en revenait à Rat-Doré, «*qu'est-ce qu'il m'en a fait voir, celui-là ! Mais c'est aussi pour ça que moi, côté vengeance, j'ai autant la main que pour le reste. Donc, Rat-Doré, où j'en étais, déjà ? Ah oui, un jour, j'en ai eu tellement assez, de lui et de sa chignole...* »

Et à nouveau revenaient au fond de sa voix des intonations fracassées, de bizarres tressauts qui enrouaient ses mots et en brisaient subitement le flot. Ses mains, à ce moment-là, se mettaient aussi à trembler, à croire quelles étaient agitées de l'intérieur par tout un peuple de fantômes.

C'était peut-être ça qui envoûtait, dans le fond. Car, à ce moment-là, Slash était vraiment une Présence. Elle pouvait alors dire tout ce qu'elle voulait, la libellule ; ses histoires, on avait beau faire, sans savoir ni pourquoi ni comment, ni surtout à quel moment, on tombait dedans.

– ... Donc, je reprends.

« Je me disais quand même certains jours : suffit, ma fille, regarde-toi dans la glace, t'es encore Miss Belles-Fesses. Sans compter tes nénés. Par conséquent, va te changer un bon coup les idées ! Va voir ailleurs, gère ta destinée !

« Et commence donc par te passer la psyché à l'Ajax-vitres, allez, sortie de secours, emergency exit ! Tu as toujours su y faire, avec les hommes. Donc, vite fait, trouve-t'en un nouveau. Rien qu'histoire de tuer l'émotion.

« Et puis non. Largue-le, l'autre ! Mérite pas de précautions.

« Et avant même de m'être remise sur le marché, je me prenais Rat-Doré entre quat'zyeux et je lui sortais, comme ça, bien hautaine et bien chic : "Fini-fini-fini ! Dehors, zou ! La place est prise."

« Tu parles ! Il me croyait pas. Alors, pour lui prouver, je lui écrivais, je lui griffonnais des belles phrases toutes farcies à l'esbroufe, des choses comme : "Cœur chéri-rat musqué (là, j'avais changé, pour le surnom, forcé, j'en avais marre), tu t'es trompé dans le programme de la machine à laver, notre histoire a rétréci au lavage, ne reste plus qu'un confetti de notre grand roman opaque et grave..." Ou encore : "Bye-Bye, *schlick-schlick*, je zappe. Dans la vie, n'y a pas qu'une seule chaîne, on peut s'offrir tout le bouquet numérique" – j'écrivais ça, parce qu'en dehors du ciné et de la chignole, la télé, Rat-Doré, c'était la seule chose qui l'intéressait, tu parles ! chaque fois qu'un de ses films y passait, le blé que je le voyais palper ! Et il ne lisait jamais. Alors pourquoi je me serais cassée à lui écrire des lettres bien tournées ?

« Mais je le faisais quand même. Et quand j'écrivais mes "schlick-schlick-je-te-vire-je-zappe", je frimais, tu parles ! j'osais pas le lui balancer en face. Alors je m'y prenais par téléphone, fax, texto, e-mail – je suis capable de tout, tu sais, j'ai tout fait, pour arriver à le jeter, sauf peut-être le papier bleu d'huissier.

« Même qu'une fois, parce qu'il refusait de me répondre, dans un restau où il déjeunait avec sa femme et sa smalah, je lui ai signifié son congé par sarbacane et boulette de papier.

« J'ai cru toucher le Loto, la nuit suivante : il a débarqué chez moi et m'a servi, avec une bague en or et un petit saphir (tiens, je l'ai là, regarde mon doigt), une chignole de première.

« Et au final, tu parles ! le grand coup des choses opaques et graves. Il m'a même dit, cette fois-là, *"grand film opaque et grave"*. Progrès ! On n'était plus dans le roman, mais au ciné ! À croire qu'il allait l'écrire lui-même, le scénar'. Et qu'on allait le tourner. Pour de vrai...

« Grave, je ne sais pas. Mais opaque, ah ça ! Une semaine plus tard, j'ai appris qu'il se tapait parallèlement deux jeunettes. Une, vingt-cinq ; l'autre, vingt-huit. Et la première, il l'entretenait. Elle foutait rien, il payait tout, les fringues, le club de sport, le loyer. Fut-fut, celle-là. Pourtant côté frichti-fricotis-falbalas-plum'plum'-radada, elle pouvait pas être plus virtuose que moi — tu sais, moi, j'ai tout fait. Alors comment elle le pompait ?

« D'ailleurs ce qui m'intriguait le plus, dans cette affaire, c'est comment, à cinquante ans et des rognures, le Rat-Doré arrivait à se le tenir raide non-stop, son rouleau de printemps, dans ses trois plum', sans compter celui de sa femme.

« Et comme je voulais savoir, j'ai su.

Là, tout de même, c'est étrange, très étrange, pendant quelques minutes, Slash s'est concentrée, rétractée.

Plus du tout penchée, pour le coup, la libellule. Mais droite, presque sèche. À nouveau sauterelle. Pas sur le point de bondir, cette fois, bien au contraire. Non, rien qu'une pauvre bestiole qui se prépare à affronter un ennemi invisible, plus fort, beaucoup plus fort qu'elle. Et se crispe avant d'encaisser le choc.

Et, comme d'habitude, les intonations de Slash ont suivi les ordres venus du plus profond de son corps. Rigidifiées, elles aussi, engoncées, empesées ; sa douleur n'arrivait à se frayer un chemin que dans la cassure de la voix, à la fin de chaque mot – **« Et même si j'avais tout fait, avant, il m'en a fallu, cette fois-là, du cran, et pourtant, je te jure, avant... »** – tantôt un ton trop haut, tantôt un ton trop bas.

Mais là, brusquement, l'histoire de Rat-Doré cessa d'avancer. Car juste après son sempiternel couplet, *j'ai-tout-fait-tu-sais-moi*, Slash se lança sans préavis dans une longue digression sur les hommes, «tu parles! je peux disserter dessus pendant trois nuits, je te servirais toujours les mêmes plats : lasagnes à l'arnaque, tranches de baratin entrelardées de rondelles de craques, salades, je te dis, presque tous. Tu n'en as pas largué un que tu tombes sur son clone, du pareil au même : millefeuille au bobard, tarte au bidon...

«Et puis ils s'y prennent tellement mal, tandis que nous... J'étais la reine, tu sais, au jeu du mensonge. Je peux en parler, à certaines époques j'ai marché en triple commande, je suis même montée une fois jusqu'à quatre mecs en même temps, c'était d'un drôle!

«Et puis, de toute façon, on leur ment toutes, non? C'est pas toi qui vas me contredire, t'as bien menti toi aussi...

«Mais n'empêche! nous, on la joue subtil. Et la plupart du temps, c'est à cause du cœur qui brindezingue, tu vois ce que je veux dire? Nous, on marche au sentiment. Donc quand on les trompe, c'est simplement histoire d'éteindre une douloureuse émotion.

« Alors tu sais, moi, les mecs... Et le grand zinzin qui va avec ! Leur macédoine amoureuse, tu sais, celle qu'ils nous servent toujours en musique en commençant tout doux, tout bas, tu connais ça, pianissimo, jusqu'à la grande culbute...

« Et tu t'y crois, toi ! Tu te la joues nunuche-plum'plum', tu chantes après eux *zioum-zioum*, ah-ah-ah-ah ! Et puis *boum* ! après le plum', neuf fois sur dix – qu'est-ce que je dis ? quatre-vingt-dix-neuf fois sur cent, plus de violon ni d'opéra. Tu te la joues en solo, l'aria.

« Comme toi, tout à l'heure, je suis sûre. Tu vas mieux, mais quand je suis rentrée dans ta chambre, j'ai bien vu ton oreiller mouillé...

Et là, au moment même où Slash s'apprêtait à rentrer de nouveau dans le gras de son histoire – « *... j'en étais où, déjà, de Rat-Doré ? Ah oui, je sais, le jour où j'ai voulu savoir et où je suis tombée sur...* » –, elle s'avisa soudain que les yeux de Judith étaient bouffis.

Puis que **19:17:02** – « *Ouh là ! T'as vu l'heure ? La cata ! Et la vengeance, dans tout ça ? Faut qu'on se prépare, qu'on se douche, qu'on s'habille !* » – puis elle se mit à pousser Judith vers la salle de bains en grommelant : « *Allez, n'aie pas peur, mon mimi, on va t'arranger ça...* »

Cela dit, en fait d'arrangement, la libellule commença d'abord par s'occuper de sa longiligne personne. Elle se déshabilla aussitôt et prit sa douche dans la foulée, sans pudeur.

Elle était vraiment magnifique, malgré sa maigreur. Des seins pleins, très ronds. Une taille à prendre entre dix doigts. Et puis ces cuisses fluides qui oubliaient de finir.

Et ensuite, cet art pour se maquiller ! Tout en prestesse, virtuosité. Et quand elle eut fini de se farder, Slash n'eut pas du tout l'air chaulée, elle. Pas du tout glaisée ni pommadée. Non, elle était, comment dire…

Mais justement : rien à dire.

Ou tout au plus : subtilement vernissée. Et puis, moulée comme elle était dans son body de danseuse et dans le jean minimal qu'elle avait rapporté de sa chambre, c'était couru : le piège allait marcher.

Après quoi, quand elle eut bien dégonflé les yeux de sa docile écouteuse en les tamponnant à l'aide d'une serviette bourrée de glaçons – « *… un vieux truc, j'ai appris ça sur les plateaux, même comme scripte, j'ai tout fait. C'est comme le maquillage, tiens, je suis la reine : lève le menton…* » –, donc, lorsqu'elle l'eut dûment passée au Grand Rebadigeon, puis mascarisée, blushée, eye-linerée, lipstickée, enfin poudrée et repoudrée, et que les deux filles voulurent évaluer le résultat de leurs tartinages respectifs sous le néon de la salle de bains, ça n'alla pas sans un léger pincement au cœur, côté Judith, lorsqu'elle se mit à inspecter dans le détail le reflet de la libellule. « Mais je la hais, celle-là, schlllakk, schlllakk-schlllakk, schlllakk et re-schlllakk-je-la-hais ! » feula en sourdine la crocodilesse.

Ce fut bref, toutefois, vite oublié. La vengeance pressait. La vraie.

Mais c'était compter sans la libellule, qui n'était toujours pas satisfaite du rebadigeon de son cobaye. Elle força donc Judith à se rasseoir et s'inclina derechef au-dessus d'elle pour lui infliger de nouvelles finitions.

– Tu me bluffes, finit tout de même par marmonner Judith sous le visage de Slash plus que jamais penchée. Tu te balades à vélo avec une trousse complète de maquillage... T'as pourtant pas beaucoup de place!... Regarde, moi, j'ai pourtant une valise, et j'ai rien emporté. Et puisque les hommes et toi... Je comprends pas.

– N'empêche! la coupa sobrement Slash, et elle lui asséna aussitôt une bonne dizaine de coups de pinceau à poudre sur les ailes du nez – ça chatouillait horriblement.

– Sur la route, quand même..., reprit pesamment Judith (c'était sans doute encore la sournoise pression de la crocodilesse), des occasions de te maquiller, t'en as pas tant que ça. Donc, je voudrais savoir : quand tu le fais, c'est pour quoi?

– Pour moi. Pour moi toute seule. Comme ça...

– Tu vas pas me dire...

— Mais si ! Pour me voir belle dans la glace.
— Mais puisque maintenant les hommes et toi…
— Comme ça…, éluda encore Slash, en s'appliquant à présent à elle-même les coups de pinceau à poudre.

Mais à gestes si lents, et en se contemplant dans le miroir avec un regard si mélancolique qu'à cette seconde l'idée effleura Judith de lui donner un surnom.

Plus fort que la libellule. Quelque chose de plus précis. De plus synthétique, aussi.

« Libellule Nostalgique », ce serait. Ou mieux : « Languide Élytre ». Pour le côté sauterelle.

Mais sauterelle désarmée : elle avait l'air si faible, d'un seul coup, si désemparée, la pauvre Slash, avec son regard de buée. Surtout lorsqu'elle ajouta, les bras soudain pendants contre ses flancs étroits :

– ... Et puis, tu sais, dans le fond, faut prévoir, n'empêche. Parce qu'avec les rencontres de la route, on ne sait jamais.

– Donc, pour les hommes..., hasarda Judith.

– Quoi, les hommes ?

– T'as pas tiré de trait !

Mais la réplique se perdit dans le vide : Slash était déjà sortie, elle s'en allait vers la fenêtre en pointant au passage,

20:03:15

les rouges cristaux liquides qui continuaient de sous-titrer le téléviseur.

– Dis donc, t'as vu l'heure ?

Puis elle virevolta, allongea la jambe dans son jean

comme une danseuse qui s'apprête à se lancer dans un premier entrechat – elle avait recouvré tout son allant de libellule. Et lança à Judith :
— Allez, assez jacté. On répète !

On a donc répété. Méthodiquement – ce peut être méthodique, quand ça se reprend, une sauterelle désarmée. Et même une fille pas très sûre d'elle qui vient de se faire cocufier par un sale mec de la plus polygame façon.

Du bout du pied, par conséquent, on a retracé sur la moquette le cercle imaginaire. Et on a recommencé à sauter, à s'agiter autour de lui en consultant régulièrement la montre-chronomètre ; parfois aussi le prospectus. Comme si elle n'était pas très certaine de sa partenaire, Slash disait souvent : « On fait ce qu'on dit, hein, on dit ce qu'on fait. » D'un petit coup de menton, Judith acquiesçait ; puis reprenait la répétition.

C'était un vrai spectacle, vraiment, avec des mimiques, quelques répliques, des déplacements. Seule différence avec le théâtre : les actrices s'interrompaient de temps en temps pour s'esclaffer, et n'arrêtaient pas de consulter la montre-chronomètre ou l'horloge du téléviseur. À un moment donné, elles se sont aussi arrêtées pour tracer un schéma sur la page de garde du guide. Puis elles ont repris leur manège.

Qu'elles ont planté là brusquement, comme d'un accord tacite, mais toujours pleines d'allant. Elles ont reniflé l'air d'une moue identique, puis sont allées ouvrir la fenêtre pour chasser la fumée. Du même pas, avec la même excitation. Ce qui, une première fois, leur a donné un fou rire tandis qu'elles battaient l'air pour ventiler la chambre.

Dehors, le temps devenait brumeux. Le soleil se décidait enfin à baisser, la lumière se diluait doucement en une mélasse grisâtre où commençaient à se noyer les moraines, les suies, les névés. Et la piste, par-derrière, ramenait des pentes du volcan les premiers vans.

– Bon, maintenant, on descend ! ont alors claironné Judith et Slash dans la même exclamation, exactement.

Et là, bien sûr, ç'a été plus fort qu'elles : elles se sont remises à rire.

Secouées, pliées. Cette fois, plus moyen de s'arrêter.

C'était le rire des filles, celui qui donne envie de pisser et sent la culotte toute mouillée ; elles ont d'ailleurs fini aux WC, toutes frétillantes, hoquetantes, l'une après l'autre, tout en tortillements. Mais il ne cessa pas pour autant, ce fou rire, ce fut même pire : à peine en eurent-elles fini qu'il reprit.

Oubliés, dans tous ces accidents de parcours, le Sale Mec, le Rat-Doré. Calcinés, foudroyés. Il était si sanguinaire, ce rire, si carnassier. Forcé : ce n'était ni celui de Judith, ni celui de la libellule, mais celui de la tribu, le cri de guerre de l'utérus avant l'assaut contre l'adverse tribu : *ha-ha-hi-hi-ûh!* Caussard Vassili, alias Sale-Mec, ah là là ! tu vas voir ce que tu vas voir, Trouduc, Fesse-de-Rat, Sale-Roi-Des-Nuls, numérote tes testicules, parce que maintenant le grand couplet des *schlllakk* et des *schlllakk*, c'est à deux, Pue-du-Cul, qu'on le ulule.

Et là du coup on te trouve les vrais noms qui te vont, parce qu'on te tient, *ûh-ûh!* Fausse-Branlure, Petite-Queue, oui on te tient, à deux ! Et par là où il faut : par les roustons ! *Uh-ûh-ûh-ûh!* tu vas vraiment voir ce que tu vas voir ! Et t'es cuit, et re-re-cuit ! Frotteur-À-La-Ramasse, Rognon-De-Cul, t'es foutu, *hîîîî-ûh-ûh !* Connard et Narco, Boyau-de-Nouilles et Derche-de-Crabe, va ! on va te gauler, *hi-hi-hi !* Et te pigeonner, et te couillonner de première, et t'empapaouter en beauté !

Et tu verras rien venir, *hîîîîî-ûh !* Et de toute façon, t'es déjà mort, et tu sais pourquoi, *ha-ha-ha-ha ?* Parce ce n'est pas une crocodilesse, maintenant, qui va te marquer aux fesses. Mais deux, *ha-ha !* et *schlllakk-hi-ûh-ûh !*

Et d'ailleurs beaucoup plus, Nœud-Pourri-Par-Ta-Sale-Mouille-De-Bite ! Un escadron, une armée, le contingent entier de l'engeance des crocodiles femelles, tout un harem de sauriennes déboulées de la vieille, très vieille, plus que vieille caverne universelle... *Ahah ! Hîîîîî-ûh ! Schlllakk !*

Pauvre mec, va ! Accroche-toi...

Et les deux filles descendent au bar. Toujours aussi joyeuses. Un peu tendues quand même.

Car « Tout dans le timing, n'oublie pas ! » s'était mise à seriner Slash dans l'ascenseur. « J'espère qu'il va pas tarder, ce Sale-Mec à la con, parce que ça commence à faire ! »

Puis elle s'est regardée dans le miroir et a ajouté : « Le rire, c'est pas bon pour le maquillage. N'empêche ! c'est excellent pour l'éclat : regarde-moi, j'aurais pu faire du cinéma. »

C'était assez vrai. D'ailleurs je la hais, celle-là, schlllakk, schlllakk-schlllakk, schlllakk, a recommencé à feuler en douce la crocodilesse.

Mais, à ce moment précis, les portes de l'ascenseur se sont écartées ; la saurienne a donc aussitôt mis un bémol et les deux filles sont allées du même pas, parfaitement comme dans la chambre, s'installer dans les fauteuils du bar.

Slash a commandé du mescal. Le barman en avait – il avait de tout. Judith, elle – dégobillage oblige, mais aussi à cause de Slash, qui, bien entendu, avait un avis sur la question, et en plus, apparemment une solide expérience en matière de cocktails, alcoolisés ou non –, a opté pour un céleri-soja. Au fond de ce désert, le type du bar en avait autant à disposition que de bouteilles de mescal.

Et comme à l'horizon des baies vitrées du bar, derrière la serre à orchidées, ou de l'autre côté, par-delà les rangées de bouteilles et la statue du Bouddha doré, les bouquets de fleurs sèches, les rideaux à petits carreaux et, dans le fauteuil d'à côté, l'épaisse silhouette d'une cliente à cheveux ras et gris qui tapotait sur un ordinateur portable tout en buvant elle aussi du mescal, l'animal Vassili, alias Sale-Mec, ne se pointait toujours pas (dans le hall, rien que des touristes qui rentraient du lagon, hilares mais fatigués, la peau échauffée par l'eau du volcan et, plus sûrement encore, par le cruel soleil qui, vu l'état de leur épiderme, profitait bel et bien des trous de la couche d'ozone pour y enfoncer ses dards), Slash poursuivit mélancolique (oh oui ! bien triste et bien belle, tout à fait Libellule Nostalgique et très Languide Élytre, c'est fou ce que ça qui lui allait bien, ce nom, il faudrait sûrement lui consacrer, peut-être pas une page, mais au moins une ou deux lignes dans le futur Petit Carnet) : «... *enfin qu'est-ce que je te disais, sur Rat-Doré ? Oui, c'est ça : j'ai voulu savoir. Donc, j'ai su...* »

Et la bombe à neutrons aurait pu exploser, la poche magmatique crever, le supervolcan – car, depuis qu'elle avait potassé le guide, Judith savait de façon définitive que l'Islande n'était rien d'autre qu'un gigantesque volcan près de péter d'une semaine à l'autre –, donc le fatal supervolcan, dans un feu d'artifice plus cataclysmique encore que tous les effroyables désastres décrits par les brochures touristiques, aurait eu beau précipiter les unes contre les autres les plaques tectoniques fatiguées de jouer à la dérive des continents, la libellule, après un petit mouvement d'étonnement, puis l'obligatoire digression de circonstance sur les coulées de laves, les nuées ardentes, les pluies de scories, la courte liaison qu'elle aurait sûrement eue avec un volcanologue – *tu-sais-moi-j'ai-tout-fait* –, l'aurait vraisemblablement reprise, son histoire, les mains soudain tremblantes et la voix toute cassée, exactement là où elle l'avait laissée : dans la chambre, avec les inavouables secrets de l'affreux Rat-Doré.

– Je l'ai su deux mois plus tard. Un jour qu'on était – enfin ! – partis ensemble pour ce qu'il appelait avec ses mots à la tords-moi-le-chichi *une belle et tendre destination.*

« Je t'en fous ! C'était une auberge montante, en grande banlieue. Et il ne payait même pas, il était invité par la direction. Mais moi, fine mouche, dès qu'il a eu le dos tourné, j'ai fouillé – tu parles ! trop belle, l'occase.

« Et j'ai pas trouvé grand-chose, sauf, dans sa trousse de toilette, un drôle de médicament. Du Virilactif, un gel d'hormones, à se passer tous les matins sur les avant-bras…

« Elle était chimique, sa chignole !

« Mais ça devait m'exciter, puisque j'ai continué. Pas moyen de renoncer à me raconter l'histoire. Je me disais, tout attendrie, tu sais, *guili-guili* : dans le fond, c'est un enfant, ce type. Il est horriblement malheureux, pour s'acharner comme il fait à faire souffrir les femmes. Il a dû tomber, très jeune, sur une garce qui l'a rendu chèvre. Depuis, il a peur. Peur à crever de se faire larguer. Seulement moi, j'ai tout compris. Et maintenant que j'ai pigé, j'ai les moyens de le guérir. Je vais le soigner. Je vais le sauver.

« Maman, quoi !

« Cela dit, n'empêche ! ils crèvent tous de trouille !

« Trouille de se faire plumer et trouille de se déplumer. Celui-là, d'ailleurs, Rat-Doré, le jour de l'auberge montante, je l'ai surpris à se regarder sous toutes les coutures dans le miroir de la salle de bains. Il se caressait... non, pas ce que tu crois ! L'endroit de son crâne où il se dégarnissait...

« Je pissais de rire, je lui ai dit : "Je m'en fous que tu deviennes chauve ! T'es beau, super-beau, je t'aime comme ça." Il m'a pas répondu. Mais j'ai appris un peu plus tard (tu parles ! quand je m'y mets, je suis la reine des recoupements et aussi de l'espionnage, parce que n'empêche ! pas folle, la guêpe, je savais aussi les faire parler, les charmantes, dès qu'elles étaient plaquées...). Donc j'ai compris trois semaines après que l'examen de déplumage s'était déroulé le lendemain, tu entends ? le lendemain exactement du jour où il avait été jeté par une de ses jeunettes ! Il l'avait invitée à l'auberge montante, histoire de raccommoder les morceaux. Mais elle n'avait plus voulu marcher, la mimine, il était resté le bec dans l'eau ; et c'était moi, faute de mieux, qu'il avait prise comme doublure. J'ai même appris ce que la poulette, pas froid aux yeux, lui avait sorti quand il avait insisté. Elle lui avait balancé devant tout le monde, à la porte de son burlingue : "T'as pas assez de fric, tu perds tes cheveux et t'es gros !"

« Le plus beau, c'est que ce plan-là, je l'avais fait moi aussi à un mec. Mais dix ans plus tôt...

« Voilà comme le temps passe…

« Et moi, en attendant, je m'étais pas casée. Sans rien voir, j'étais passée du rayon jeunette à l'étagère produit d'appoint. À garder dans un coin. Pour ressortir en cas de pépin…

Là, il y a eu un petit break, parce qu'entre les portes coulissantes et vitrées de l'hôtel on a vu se profiler une très jolie blonde.

Slash s'est redressée dans la seconde, elle s'est relibellulisée d'un seul coup, elle a retrouvé derechef sa voix normale, celle qui enfilait les mots dans la plus parfaite et suave continuité. Puis elle a consulté sa montre et murmuré :

— Putain, il arrive, ça y est ! Colle-toi dans les starting-blocks !

Mais non, ce n'était pas la fille du lagon. Ni Sale-Mec. Rien qu'une blondinette en minijupe qui avait sans doute un rendez-vous – elle ne portait rien en dessous.

Oui, bien vu. Et elle y est allée direct, à son rancart, c'était au bar, la grosse femme à cheveux gris qui tapotait sur son ordinateur en buvant du mescal et qui s'est levée dès qu'elle l'a aperçue. Elles ont pris ensuite l'ascenseur ensemble vers les chambres, bras dessus, bras dessous.

Alors Slash, tout aussi rapidement, s'est délibellulisée et instantanément re-sauterellisée, toute voûtée, pliée, rempaquetée, et elle a repris une fois de plus son histoire là où elle l'avait laissée.

Avec, bien sûr, sa voix d'histoire. Sa voix de Rat-Doré, toute cassée. La différence – la seule – c'est qu'elle n'arrêtait plus de triturer à son annulaire gauche la bague au petit saphir. Elle l'enlevait la repassait, l'enlevait encore, la réenfilait, elle n'arrêtait pas. Ce n'était pas facile, pourtant : avec le temps, son doigt avait dû gonfler, se nouer, tout comme ses mollets. En tout cas, à la deuxième articulation, il fallait toujours forcer ; et, à chaque fois, l'anneau coinçait.

C'était en somme comme ce qu'elle racontait : avant que ça sorte, il y avait toujours quelque chose qui bloquait.

Et puis, quand même, ça passait. Et ça finissait par sortir.

– Mais faut pas croire, tu sais. Avant, j'étais pas comme ça. Longtemps j'ai mené le bal, tendance cigale.

« Seulement, n'empêche ! Un jour, la quarantaine. Alors, à mon tour, j'ai casqué. Et comme toi avec Sale-Mec, j'ai tout encaissé. Même les jours où tintin, la chignole !

« Parce que, Rat-Musqué-Rat-Doré, c'était le spécialiste des rendez-vous annulés : *"On va partir, mon cœur, je nous ai trouvé une belle et tendre destination."* Et au dernier moment, quand il savait que mon portable était éteint, il me laissait un message : *"Ma secrétaire s'est trompée, je suis obligé de rester. Mais je t'invite à déjeuner, mon cœur, je saurai me faire pardonner. Tu préfères à dîner ? OK OK, dans un grand restaurant, je suis à tes pieds."*

« Tu parles ! La raison, c'était qu'il avait trouvé mieux à arnaquer ! Du tout neuf, du tout frais. Du tout naïf qu'il pouvait truander. Du qui ne le voyait pas venir, du qui ne comprenait rien. Du qui ne savait pas encore comment il jouait avec son téléphone.

« Du qu'il vouvoyait encore, très chevalier servant, moi ça avait commencé comme ça. Du qui prenait

pour argent comptant ses beaux murmures étouffés :
"Je suis au Prado, à Madrid, c'est magnifique. Un jour, je vous y emmènerai, je vous montrerai…"

« Et elle marchait, la fille. Mais à Madrid il ne l'emmènerait jamais. Ce serait comme moi pour le voilier. Et comme les autres avec je ne sais quoi d'autre.

« N'empêche, moi, pendant qu'il faisait joujou avec son téléphone, je regardais mon chrono, au fond de mon congélo.

« Qui me disait : numérote tes ovocytes, vite, vite…

« Moi qui avais tout fait ! Et pourtant, j'espérais encore, je me disais : dans l'adversité, restons photogénique ! On t'aura à l'usure, Rat-Doré, je te le ferai dans le dos, mon bébé ! Et si ça tourne au vinaigre, c'est moi qui te jetterai. Et l'enfant, ce jour-là, pour le voir, tu pourras te brosser !

« Mais au dernier moment, je renonçais… Parce qu'une fois de plus, j'en avais appris de belles.

« Et j'en apprenais toujours, tu parles ! J'étais tout le temps à la pêche ; en plus du sixième sens, j'avais maintenant le septième. Dès le début, d'ailleurs, je me souviens, quand j'étais encore dans sa boîte, j'entrais dans son bureau, une fille décoiffée en sortait – les pouffes, dans le milieu du ciné, tu parles ! il n'avait qu'à se baisser pour les ramasser.

« C'est pour ça que j'avais changé de boîte, c'était devenu sportif, là-bas, de garder ma place sur son canapé : chaque fois qu'elles y étaient passées, les radasses marquaient leur territoire. Rouge à lèvres, collant, fond de teint, string, j'ai tout trouvé. Quand elles ne le griffaient pas ! Qu'est-ce qu'elles m'en ont fait voir, pourtant j'avais tout fait… Et jusque-là, toujours gagné. Mais là, tu vois, je commençais à perdre…

« N'empêche ! Les hommes : morts de trouille. C'est ça, je te dis, qui les pousse à séduire, à mentir. À se fabriquer un petit harem, à nous monter les unes contre les autres. Peur de nous perdre.

« Et surtout de la perdre, leur magique chignole ! Par voie de conséquence, comme ils ne veulent pas qu'on le sache, qu'elle est fragile, celle-là, toujours à trois poils de redevenir comme ça, riquiqui-flagada, en dépit de toutes leurs secrètes crèmes à la requinquéquette…

« La peur, je te dis ! Ils vivent dans la peur ! C'est pour ça que leur grand truc, c'est de nous la flanquer ! Mais eux, leur trouille…

« Trouille de nos seins qu'ils n'ont pas. De notre ventre et de ce qu'il y a dedans, les enfants, le sang chaque mois des yah-yah. Et je te dis pas tout ce qu'ils voient pas : le désir, le plaisir…

« Donc la Grande Pétoche : Maman-au-secours ! La dame va me manger, qu'est-ce qu'elle cache sous sa jupe ? J'veux pas tomber dans la gueule de l'amour, j'ai peur, maman, aide-moi ! Je veux bien y aller, mais en même temps j'veux pas ! Alors au secours, maman, aide-moi, aide-moi, aide-moi…

« Mais maman n'est plus là. Maman ne répond pas.

« Et puis c'est pas elle, la maman, au plum', qui le tient raide, le rouleau de printemps ! Alors tu peux me croire : la trouille ! Et comme en plus ils sont bloqués, côté bafouille…

« Et puis leur boulot, aussi, qui la leur coupe ! Leur course à la frime, au fric, qui la leur *zioup !* casse de l'intérieur, la magie de la chignole. Tous embarqués, boss ou pas, dans la Galère-Qui-Tue. La vie de l'Esclave Moderne.

« Du coup, t'as pas remarqué ? il y en a plein qui se font gays. Et moi, aussi, les gays, je sais comment ça marche, n'empêche ! Par cœur, je les connais.

« Parce que moi, les hommes, tu peux me croire, je les ai regardés. Bien regardés. De près. Et frontal, si tu vois ce que je veux dire. Et j'en ai appris de belles. J'en sais long comme les bras. Des heures, je t'en parlerais, on n'en finirait pas : les hommes, les hommes, etc.

« Et puis, n'empêche...

N'empêche ! songeait Judith, t'as beau être très belle, ma Slash, très libellule, très penchée, très longue et même extrêmement jolie quand tu te mets en sauterelle, toute pliée, toute voûtée...

Et puis très douce, très mince, parfaite, vraiment, très bonne en tout, en vélo, en massage de crâne, en maquillage, en chrono, avec en plus la grâce des mots...

Et comme tu le dis toi-même, très forte en polis-moi-le-Paulo et je-te-la-joue-la-goule-au-goulot, très expérimentée, quoi ! En cuisine excellente, en amour très savante, et plus qu'intelligente...

N'empêche, Slash...

T'es bien comme moi !

Parce que larmes, silences, mirages, fouilles, mensonges, attentes, peur et pardon, et même surnoms, longtemps que je l'ai chanté, le répertoire, gays et enfants compris ! Tout l'opéra, en grand.

Même avant que je rencontre l'autre, là, celui qu'on attend, Sale-Mec – lequel, soit dit en passant, commence à faire chier, à pas se pointer, qu'est-ce qu'il fout à la fin, pourvu que...

Mais calmons-nous, concentrons-nous sur la minute

présente. Sur ce que tu dis, Slash. Et sur ce que j'en pense. Oui, tu me ressembles. La seule chose qui diffère, dans le fond, c'est ce que j'écris dans ma tête.

Sauf qu'on est peut-être chacune en train d'écrire dans notre tête sur les mecs, nous les filles, toutes autant qu'on est. Mais on n'en parle jamais.

Pas par pudeur, non. Mais on garde toutes beaucoup de choses pour nous – hé-hé ! la concurrence...

Donc, on se méfie. Même entre filles, quand on se dit qu'on se dit tout. Verrouillées, bétonnées, les écritures secrètes. Réserves de guerre. Code inviolable. Bunker.

– ... enfin je te la fais courte, je te passe les détails, je te résume.

« Rat-Doré, est-ce que c'était sa chignole à l'hormone ? ou sa façon de me manipuler au bout de son téléphone ? Toujours est-il que je continuais à le revoir ; et, au bout de deux heures de plum'plum'-tralala-joli-cœur-homard-ou-cassoulet, c'était reparti pour la Guerre des Étoiles.

« Mais, dorénavant, je lui sortais tout, sur tout. Y compris son déplumage, son bedon, ses fesses en mayonnaise tournée, sa femme. Et pour conclure, évidemment, les mistonnes du bureau.

« Ne restait qu'un seul sujet sur lequel je la bouclais : son gel pour son chéri-zizi. Trop délicat, quand même, le coup de la requinquéquette. Et puis j'étais encore assise sur mon bout de branche, j'allais pas la scier.

« Cela dit, à cette époque-là, Rat-Doré, quand je repartais pour les effets spéciaux et les grands cris du space-opéra, il ne faisait même plus d'effort. Il me répondait à peine, il se contentait de me sortir entre ses dents : "Tu peux toujours revenir dans la boîte, si tu veux me surveiller..." Ou il recommençait à se plaindre du stress à coup de petites phrases bien élevées qu'il devait resservir à toutes les houris du harem en cas d'orage, toujours aussi précieux, tu parles ! bien élégant : "Ma charge épouvantable de travail, mes effarantes responsabilités, mes insomnies, mes pensions alimentaires, mes sacrifices pour mes enfants... Ce que j'attends d'un jardin secret, c'est la paix. Donc, puisque tu le prends sur ce ton... Déjà qu'aucune de mes femmes légitimes n'a su m'accompagner..."

« *M'accompagner* ! Version sous-titrée : attendre, piétiner, trépigner, tout encaisser. Comme la dernière en titre de ses régulières, celle que j'arrivais pas à dégommer ! Oui, ce qu'il fallait, c'était tout avaler ! À commencer par l'usage tout-terrain qu'il faisait de son rouleau de printemps ! Une fois qu'il se l'était repassé, bien sûr, à la requinquéquette !...

« N'empêche qu'avant lui, pour me la jouer... fallait se lever de bonne heure, tu sais ! J'ai tout fait, j'ai même été mariée à vingt ans, j'ai même eu un enfant. Il est mort à deux ans. Tombé dans une piscine... Mon mari était riche et beau, un mois après on s'est quittés. Ça se comprend tout seul : on n'arrivait plus à se supporter. Même pas à se regarder.

« Ensuite j'ai eu l'Italien, comme je t'ai dit, ensuite l'ami qui m'a fait entrer dans le ciné, puis un otorhino, puis un dentiste. Un homme pour aller à un autre, c'était ma méthode à l'époque. Donc ensuite un gynéco, puis un cardiologue – c'était ma période hosto. Ensuite un grand cuisinier, mais je grossissais, alors zou ! du balai. Et ensuite, ça se complique, ça se complique, j'te dis pas, quelquefois en même temps j'en avais trois ou quatre à l'attelage...

« Je te passe les détails, ce serait trop long. Il y a même une fois où je me suis fait virer toute nue par une femme légitime !

« Mais, vers mes trente-six trente-sept, j'en ai eu assez, je me suis calmée. Sur un plateau, je suis tombée un jour sur un machiniste très beau, on l'appelait Pedro le Machino. Pour se faire un peu de sous, il réalisait pour les pandas des vidéos porno. Parce que les pandas ne se reproduisent plus, tu savais ? On les excite donc avec des films cochons, Spécial oursons. Or Pedro était très doué sur ce plan-là – n'y avait pas qu'avec les pandas, d'ailleurs, ouh là, ouh là !

« Alors je l'ai aidé à les tourner, Pedro le Machino, ses vidéos cochonnes pour oursons et oursonnes. J'adorais ça. Seulement voilà, il était en plus porté sur les nymphettes. Avec la même caméra que pour les pandas. C'est pour ça que tes Polaroïds, tout à l'heure...

« Et moi, à ce moment-là, malgré tout ce que j'avais vu et fait – parce que je t'ai déjà dit, je connais toutes les races d'hommes, et pas seulement les Blacks, les Japs ou les Chinetoques, non, tous les genres, les névrosés, les simplets, les chicos, les ploucs, les doux, les secs, les violents, les jeunes, et même les adolescents, je suis descendue jusqu'à seize ans, les vieux aussi, je m'en suis fait deux, mon maximum, soixante-treize balais – pas facile, l'arthrose, tu penses. Mais ils ont la main, les vieux, la patience. Et puis l'argent, ça met de l'huile dans les rouages.

« Sans compter cinq-six gays, en cours de route. Mais je t'ai déjà dit, forcée, des jours de pleine lune, des périodes entre-deux. Fallait se lever de bonne heure, tu penses ! Mais quand tu sais y faire, ça roule.

Et moi, rien me fait peur, même pas les accessoires électriques – j'ai tout fait, tu sais, même avec un Airbus ou un TGV qui demande à me passer dessus, je crois que je saurais assurer ! Je me souviens d'ailleurs qu'avec Rat-Doré, la première fois, n'empêche…

Oui, justement, n'empêche ! Ça commençait à faire.

Parce que ça n'était pas de ce Sale-Mec-là qu'on avait décidé de s'occuper, soyons claires.

Mais de l'autre.

De celui qui était assez important pour avoir mobilisé la crocodilesse et tout l'arsenal y afférent : mascara, eye-liner, fipstick, poudre, fond de teint, blush nacré, brown, transparent, sans compter la ruse, bien évidemment, le piège, le chausse-trape aux petits oignons, le traquenard adapté et peaufiné et répété et ajusté au dix-millième de micron de petit poil près contre cette enflure de Sale-Mec !

Marqué et timbré et poinçonné et estampillé et garanti pur jus de Sale-Mec ! Dûment authentifié comme tel, pas d'additifs, pas d'édulcorants, Unique et Inimitable dans la catégorie Sale-Mec, le Pire-De-Tous, l'Essence, l'Absolue de Quintessence de Moelle de Saloperie de Sale-Mec-ité et de Sale-Mec-itude.

Par conséquent, réveil soudain de la crocodilesse qui se met à feuler et éructer, discrètement, certes, mais avec de brutaux accès de colère et vindictes bien sauriennes, de subtiles mais néanmoins fort décelables modulations dans le trépignement et la rage et la rogne et la fulmination mal contenus, par exemple : ton Sale-Mec à toi, la libellule, il peut se rhabiller et aller se faire voir ailleurs en Rat-Doré qu'il est, de la bibine à côté du mien, de la pisse de chat, y a pas photo, en comparaison de ce qu'il m'a fait à **MOI**, mon Super-Sale-Mec à **MOI**, le Centre du Monde Mauvais où il n'y a de toute façon que des sales Mecs-Mauvais, tous pour **MOI**, hélas ! – mais je vais me remettre à chialer, pas le moment avec mon maquillage. Et puis, c'est pas le tout, **MOI**, maintenant ça urge, faut que je me venge !

Mais nom de Dieu-putain-fait chier, la libellule ! Quelle heure il est, à la fin, voyons voir sa montre-chrono. Ouh ! la vache, **20.12.52**, nom de Dieu, j'aurais pas cru !

C'est ce foutu pôle, aussi, tellement proche. Et ce solstice à la con, ça me tape sur le système...

Et puis elle aussi, la Slash, elle commence à me gonfler, avec ses histoires dont on ne voit pas le bout.

Et l'autre sale Roi-des-Nuls qui n'arrive pas non plus, et l'autre libellule à la con qui n'arrête pas de dégoiser, non mais ! quand est-ce qu'elle va s'arrêter, fait-chier-fait-chier-fait-chier.

Parce que, non mais ! c'est pas le tout,

MOI

MOI

faut que je me venge rapido – alors, la libellule et l'autre con qu'arrive pas font-chier-font-chier-font-chier...

Car, eh oui ! l'animal continuait à se faire désirer.

Et la belle libellule à déblatérer et à soliloquer sur sa destinée fracassée, tandis que le hall, pendant tout ce temps-là, se peuplait de touristes toujours plus nombreux ; toujours plus brûlés de soufre et de soleil.

Et assoiffés, par-dessus le marché, les voyageurs, ils commandaient au bar, plus du tout **CLOSED**, pour le coup, mais **OPEN** aux plus extravagantes demandes, pas seulement la bière préférée de Sale-Mec ni le mescal de Slash et de la lesbienne de tout à l'heure, mais n'importe quoi : du thé déthéiné, du tilleul détilleulisé, de la verveine déverveinisée, du jus de betterave, de cactus, d'épinard, de rutabaga, de soja, bien sûr du Coca, du Pepsi en veux-tu en voilà, mais surtout de l'alcool, oh là là ! ils s'arsouillaient tous, les touristes, et ils mélangeaient les bouteilles, le tout avec le n'importe quoi et vice versa.

Ce qui ne les empêchait pas – comme la foldingue en tunique safran, dans le fauteuil d'à côté, qui, après s'être envoyé une demi-pinte de liqueur aussi turquoise que le lagon – d'aller se coller en position du lotus derrière la baie vitrée et la serre d'orchidées en contemplant le glacier les yeux mi-clos, «je comprends ça, note bien», commenta Slash en abandonnant sur-le-champ le récit de ses tristes amours qu'elle était désormais seule à écouter, et en s'hyper-libellulisant dans l'instant, avec la voix à l'avenant, tout ce qu'il y a de plus suave, maintenant :

– ... tu sais qu'ici ils ont eu un tremblement de terre, la semaine dernière ? Cinq sur l'échelle de Richter ! Il y a une grande fissure, dehors, entre l'hôtel et le glacier, c'est bourré de forces telluriques. Donc, si tu te places, comme celle-là, la raie des fesses au-dessus de la faille et que tu fais remonter dedans les influx bourrés d'énergie grâce à un bon petit coup de méditation, tu vois, regarde ! en faisant bien remonter et se dresser le serpent sexuel qu'on a tous en dessous des lombaires, tout en bas, là, ça peut brusquement te métamorphoser le karma...

Et, après s'être dûment tortillée pour mimer le serpent sexuel, Slash se mit à philosopher, aussi imperturbable que la yogînî, dehors, tandis que les touristes, autour d'elles, se recommandaient du tilleul sans tilleul, du Pepsi au Coca, de l'hydromel dans le mescal avec une lichée de curaçao dedans, et par là-dessus une lichette de cactus, le tout systématiquement arrosé, au final, de la même bière dont raffolait Sale-Mec.

Lequel n'arrivait toujours pas.

Alors, pendant que la fille en position du lotus sur le bord de la fissure tellurique, face au glacier, se laissait noyer dans la lumière grise qui tenait lieu de nuit et que la vieille patronne, aussi calme, blanche, droite et lente qu'elle n'avait pas cessé d'être depuis le début de la journée, allumait de grands pâtés de tourbe au fond de la cheminée, la libellule reprit :

— ... Et qu'est-ce qu'on en a à foutre, dans le fond, que les hommes mentent ! Puisque nous aussi, on ment ! Moi, par exemple, quand j'en ai eu quatre en même temps... C'est à ce moment-là, d'ailleurs, que je me suis dit que, pour nous, pauvre et souffrante humanité, il n'y a qu'une seule chose de vraie ici-bas : le monde d'à côté. Oui, le monde d'à côté : tu sais, quand on ne sait plus où on est, quand on jouit et que tout s'arrête.

« Donc, une fois qu'on connaît le secret, quand on a compris que le plus beau de l'amour, c'est cette éternité de dix à trente secondes, et que le reste, c'est rien qu'une vaste loufoquerie très, très vaguement organisée, autant aller voir les autres mondes du monde.

« Voyager...

« Oui, tout ce qu'il y a à voir dans le monde.

« Et dans les instants des autres. Par exemple, cet hôtel... Le Lupanar Général ! La gousse, tout à l'heure, avec la blondinette... Et maintenant, t'as vu, là dans l'entrée, le vieux libidineux, le type au tee-shirt bleu... Là, juste devant le jeunot. Le petit gamin brun, près de la porte... si mignon, si doux...

« Mais ouh là ! Starting-blocks ! Sale-Mec ! Le voilà...

Hé oui, le voilà.

Lui, lui, c'est bien lui.

Il entre. Il vient. Il porte une chemise noire – jamais vu ça. Mais il s'avance comme à son habitude, en chaloupant légèrement dans son jean moulant.

Avec, comme toujours dans son regard, un éclat d'étoile en marche ; et toujours autant de *SPLASH* au moment où il franchit la porte.

Beau à faire mal.

Encore plus beau dans le mensonge, hélas.

Car ça se voit, qu'il ment. D'ailleurs, il ne ment pas ; il est *le* mensonge. Et c'est ça qui le rend si beau.

Parce que non, Slash, tu t'es trompée : Sale-Mec, c'est pas de la lasagne d'arnaque. Pas du millefeuille au bidon, non, pas des bobards en salami. Non, un beau bloc de mensonge. Bien blindé, bien compact. Bien refermé sur lui-même. Homogène, uniforme. Du silence en noyau. Du mystère à chaque pas. Ce qui s'est passé là-haut.

Là-haut où tu n'iras jamais, Judith.

Et même si un jour tu y allais, même si tu savais où ça s'est passé et avec qui c'était tu ne sauras pas comment c'était, entre eux. Jamais, jamais, bisque-bisque-rage ! Même si tu l'as vue en face, dans les vestiaires du lagon, la fente de la fille avec la langue dedans.

Et le plus affreux c'est que dans son œil à lui, Sale-Mec, qui s'est mis à mentir dès qu'il t'a aperçue dans le hall (tu peux lui faire confiance, il t'a repérée tout de suite, parmi les grappes de touristes en goguette entre le hall et le bar et puis regarde : il est tellement sur le qui-vive qu'il fait déjà le gentil-l'esseulé-le-fatigué-celui-qui-s'est-emmerdé-toute-la-sainte-journée), toi, Judith, tu dénoyautes en un dixième de seconde la toute nue vérité : son corps, là-haut, en train de copuler.

Et tu prends l'aune de son plaisir.

Il s'en est mis, pour parler clair, jusque-là. Et même au-delà.

Et dans son œil tu lis aussi que c'était tellement bien, là-haut, qu'au moment où il te voit il ne regrette rien.

Oui, bien sûr, terminé, fini de jouer. Chaque astéroïde, après la collision – *bing ! bang-bang ! whaaaw !* – s'en retourne gambader dans l'infinité des autres mondes où il va se cogner à d'autres astéroïdes. Et là, pareil : *bing ! bang-bang ! whaaaw !* Et ensuite, pareil encore : *Bye-bye !* n'en parlons plus.

Mais pas pour toi, Judith. Toi, tu veux en parler. Toi, tu ne vois que ça.

Parce que toi, pendant tout ce temps-là, le temps du bing ! bang-bang ! whaaaw ! tu attendais, toute seule, dans ton petit monde à toi, si pauvre, si étroit. Tu dormais bien tranquille. Ou tu pleurais rien que de ne pas y être, dans le bing ! bang-bang ! whaaaw ! Tu trépignais, tu te pintais, tu dégueulais, tu chialais. Et le reste.

Pendant qu'ils s'envoyaient en l'air, les deux autres. La belle vie, pour eux. La rigolade, les soupirs, la grande saccade. Et toi : privée de dessert. Ou, pour parler comme Slash : tintin, la chignole !

Alors comment faire en cet instant où il s'approche et que, rien qu'à un mètre de lui, tu devines sa chaleur, tu reconnais – oh non ! mais si ! – ses bras, son torse, sa bouche, oh non ! plus du tout Sale-Mec, mais oh oui ! Vassili-Vassili, ses yeux qui pleuvent d'étoiles, ses lèvres douces, oh ! si douces, oui-oui-oui, Vassili-oui ! oh ! son odeur...

Il t'embrasse. Enfin, il t'effleure. Te caresse la joue. On dirait le Rat-Doré de Slash quand il la quittait en lui adressant son beau sourire fourbe. Qu'est-ce qu'il va dire ?

Rien. Il fuit, simplement.

Alors c'est toi qui parles, Judith. Tu montes au créneau :

— C'était bien, là-haut ?

Il marmonne :

— Si on veut...

Puis tu reviens à la charge, c'est dans le plan, Slash l'a bien dit : il faut insister, le déstabiliser. Et, de toute façon, si tu avais suivi ta pente, c'est ce que tu lui aurais balancé : « Pas trop pénible, la solitude ? »

Il grommelle encore :

— Pfffou... oui. La route, très fatigante. T'as rien raté. Parce que là-haut...

Et il commence à se plaindre.

Alors c'en est assez, tu ne peux pas t'empêcher (réveil de la crocodilesse) de lui servir ton œil en vrille, bien glacé, celui qui dit : « Allez, te foule pas, je connais la vérité. »

Mais le plan, mince ! manque aussi sec de déraper :

Sale-Mec se durcit lui aussi, il se minéralise, fait un pas de côté, lorgne du côté de l'ascenseur – torse qui s'effondre, soudain, épaules cassées, très cow-boy de spot publicitaire harassé par sa chevauchée. Puis il se met à grincer :

— Bon, je vais chercher ma clef. Je suis crevé.

C'est là que Slash, tout aussi soudainement, et plus tôt que prévu dans le plan, se lève du fauteuil ; et, d'un simple «Bonsoir…», sans qu'il voie rien venir, Sale-Mec, tout en douceur, mais aussi tout en longueur, en minceur, lui balance un bon petit coup de – oh-oh ! mais jamais vu ça, c'est indescriptible, pas de mots pour ça, parce que, le regard, et puis les seins, les jambes – donc, un bon coup de ❦❦❦ libellule.

Alors il part d'un long soupir, Sale-Mec. Puis il bâille, avise successivement un fauteuil libre, puis à nouveau l'ascenseur, puis encore le fauteuil, qu'il approche de la table avant de s'y affaler – enfin ! las comme jamais.

Et, en douceur lui aussi, méthodiquement, calmement, l'air de rien, il se re-*SPLASH*e, avant de recommencer à parler en calant posément sa voix noire.

Pendant qu'elle, Slash, en face – ouh là là, il va souffrir ! – jambes étirées, corps penché, yeux écarquillés et parfaitement émerveillés, n'arrête plus de lui offrir de la ❦❦❦, ❦❦❦-libellule.

Il embraye aussitôt. Remise en marche du programme.

Mauvais, le programme. Mais c'est fou ce qu'un programme paraît nul quand on sait que c'est un programme.

Pourtant Sale-Mec y met le paquet, il lui sert une pleine charretée de sourires, à la libellule. Et des OK à tire-larigot, avec le ruban tout autour : « OKééééé ! » Plus le regard tendre, sa meilleure tempe burinée, façon virile beauté. Et, bien entendu – tout dans la ride –, la pluie d'étoiles.

Assortie d'une jolie petite nouveauté : des *Ah bon ?* à la sauce Sale-Mec, appelons ça pour faire simple Le Cruchon Poétique.

– Vous vous connaissez, ah bon ? Ah ! OK, c'est vous qui l'avez soignée… OKééééé… Mais alors, la fille d'étage n'est pas venue ? Je lui avais pourtant dit que… Ah bon ? OK, vous me soulagez… OK, OK, je comprends… C'était sympa, de la part de la patronne, de vous laisser les cuisines. Et très sympa aussi de votre part de faire la tambouille. En fait, j'aurais dû rester, c'était nul là-haut. Ah bon, vous y êtes allée ? Vous avez trouvé ça bien ? OK, y a un certain *fun*, si on veut, OK, OK. Mais ça dépend des conditions. Ah bon, vous l'avez fait à vélo ? OKééééé ! Mais pourquoi à vélo ? Ah bon, le tour du monde ? *Whaaaw !* Sacrément original. Mais pourquoi vous souriez ? Dites donc, vous avez l'air supercopines, toutes les deux…

Et là, le programme s'est enrayé, Sale-Mec a eu l'air désorienté. Ou bien, futé, il sentait quand même certains petits quelque chose lui échapper. En tout cas, ses narines palpitaient. Il a alors marqué une pause, brièvement dévisagé Judith et Slash, puis jeté un regard circulaire au bar, comme s'il était épié.

Mais rien à l'horizon. Pas de blondinette, chimique ou non, nulle créature de lagon. Pas l'ombre non plus d'une crocodilesse. Il a donc soufflé, et le programme est reparti.

En douceur, mine de rien, pattes de velours.

– Au fait, qu'est-ce qu'on boit ? Je meurs de soif, moi, je suis crevé. En plus, là-haut, les pistes, je vous dis pas. La poussière, des pierres tout le temps, ça m'a bousillé les lombaires. Tout ça, au bout du compte, pour trois fumerolles ! Je peux vous dire, ce soir, je vais écraser ! Et puis, tout seul, ces déserts, dans le fond, aucun intérêt. Oui, évidemment, c'est beau, OK, OK. Mais aucun équipement, là-haut, à peine un petit bistrot. Et, à part ça, rien que des prés. Ah, vous n'êtes pas d'accord ? Ho ? Et vous y étiez quand ? Ah bon. Et vous y êtes allée en vélo ? *Whaaaw !* Si, si, sincèrement, ça m'épate… Bon, je meurs de soif, moi. Qu'est-ce que c'est, votre truc, là ? Mescal ? *Whaaaw !* Et toi, céleri-soja ? Mais t'es naze, de boire ça ! OK, oui, les cachets, OK, OK. Vous n'êtes pas d'accord ?

Ah bon. Tout de même, vous au moins, vous ne voulez pas une bière ? OK ? OK. Ça passera les doigts dans le nez, je vous jure. Et puis, de ce côté-là, vous… Je veux dire : vous, l'alcool, vous avez l'air de tenir la route… Si-si, sincèrement. Comme votre vélo ! Ah, j'ai réussi à vous faire rire ! Ça a été dur, hein ! Et si on se tutoyait ? OK ? OK. Moi, c'est Vassili. Dis donc, Juju, t'as vraiment l'air revenue dans tes pompes, toi ! T'es toute gaie ! Ton angine… bien finie, on dirait…

Judith ne répond pas, elle boit la dernière gorgée de son verre. Avec un petit haut-le-cœur – réminiscence du dégobillage. Et effet de la voix noire, évidemment, par-dessus le jus de céleri-soja.

À cet instant, nouveau petit hoquet dans le programme. Quelque chose recommence à bloquer dans le boniment de Sale-Mec. Quelque chose se remet à flairer et se poser des questions – pas seulement les narines. Parce que, du côté de Slash, il faut reconnaître, ça ɴᴏᴛᴇᴏɴe vraiment beaucoup. Peut-être même trop.

Mais voici les bières. Sale-Mec, grand seigneur, très roidement **SPLASH**é et concomitamment divinement ré-étoilé, règle l'addition sur-le-champ. Puis il commence à boire à petites lampées. Il n'a pas vraiment soif, pour un homme qui a soif. Et il poursuit, l'air contrarié, à la seule adresse de Judith, cette fois sans un regard sur la libellule – elle est pourtant toujours aussi libellulisante :

– J'espère que je l'ai pas attrapée, ton angine ; j'ai un petit mal de crâne qui traîne. Là-haut, le soleil, faut dire... Et tout ça pour une source finalement très banale. T'aurais pas, mon mimi, de l'aspirine, là-haut, dans ta chambre ? Dis-moi où ? Tu y vas ? OK, c'est sympa, t'es un amour. OKéééééé... Mais non, cours pas comme ça, prends ton temps, te fatigue pas...

OK, OK, mon cœur, réplique alors en silence, bien sournoise, la crocodilesse. OK, OK, j'y vais. OKéééééé...

Mais c'est pas ce que tu crois, ha-ha ! c'est pour te piéger...

Et, de toute façon, je préfère partir, surtout pas entendre ça.

Pas entendre, et surtout pas voir sortir de toi un homme dont je savais bien qu'il était là, mais à qui je n'ai jamais eu droit, moi : le beau prince de dessin animé qui jette en même temps que ses étoiles un *whaaaw !* à la fin de chaque phrase.

Alors ta pavane, maintenant, Sale-Mec, je l'ai assez vue et écoutée pour faire le dialogue à ta place pendant que je cherche le cachet censé pulvériser ta migraine de gonzesse, ce blanc comprimé que je te vois déjà, soit dit en passant, glisser sous le cendrier dès que tu croiras que j'ai l'œil ailleurs. Donc, plutôt prendre l'ascenseur que t'écouter plus longtemps...

Mais c'est bizarre, j'ai beau m'éloigner, je t'entends quand même. Faut dire que je me casse pas très vite, c'est sans doute ce qui fait que ça me poursuit – j'entends même les mots en verlan dont tu trouves malin de saupoudrer ta drague en kit, comme les meubles cradingues de ton appart :

— ... Qu'est-ce que je suis crevé, laminé, ouh là ! ça me serre les tempes... Au fait toi, alors, ton nom ? Slash ? Oh non, trop beau, ça, Slash, *whaaaw !* Slash comme sur un écran informatique ? Oh non, me la fais pas ! Si ? Si-si-si ? Tu me jures ? OKééééé ! Alors Slash, OK. *Whaaaw !* Quel nom ! Et tu veux pas me dire pourquoi ? Parce qu'on te l'a pas mis sur ta médaille de baptême, tu vas pas me faire croire ça ! Alors, pourquoi ? Tu veux pas me dire ? Libertine, hein ? Non-non-non, le prends pas mal, OK, OK, c'est pas ce que je voulais dire. Et puis, tu sais, je suis au courant de ce que c'est, un slash, j'ai fait un max d'informatique... Si, je te jure, j'ai même programmé, dans le temps, avant les micros ; c'est pas parce que j'ai l'allure sportive que j'ai pas mon côté intello. Note bien que je fais du sport, beaucoup de sport. Divers sports. Un peu de tout ; c'est capital, le corps. Dis donc, tu trouves pas que le mec du bar a mis la musique trop fort ? C'est la mode, la musique à donf. À donf ! À fond, quoi, c'est du verlan, tu connais pas le verlan ? C'est comme teuf pour fête, ou feuk pour flic, ah oui ! tu connais, tu me rassures. OKêêêêê. Mais parle-moi plutôt de toi. Tu fais quoi ? Ah oui, du vélo, tu m'as dit, déjà. J'y étais plus. OK, le tour du monde à vélo. Oh le *fun* ! Je t'envie. OKééééé ! J'ai toujours rêvé de ça. C'est sûrement ce qui donne la silhouette que t'as, *whaaaw !* Et ton petit côté penché... Non-non, je critique pas, c'est hyperjoli. Si-si ! Mais dis-moi, alors, le vélo, tu fais ça toute seule ? T'as pas peur ? OK, je sais, vous les filles, maintenant... Ouais, toute seule, vraiment ? Avec les yeux que t'as ? Mais non, je te jure, c'est la simple vérité, je cherche rien, tu sais, moi, là, je voyage en couple, alors là ! Complètement objectif. Et puis, de toute façon, tes yeux, on doit te le dire tout le temps, t'es habituée. Et tu t'en fous des mecs, ça se sent. Si-si, je suis sûr. T'as tout ce que tu veux, quand tu veux, et c'est pas de toute façon un type comme moi... Pourquoi ? Mais c'est tout bête ! Parce que les filles comme toi aiment les petits jeunes ! Je suis lucide, tu sais. OK, je sais, je fais jeune. Mais on me la fait pas, j'en connais un rayon, côté nanas, j'en ai tellement bavé. À crever, surtout une fois. Si-si, faut pas croire ! Y a de la fragilité, chez les mecs, même si on a l'air comme ça. Si-si, moi aussi... Plus que les autres, même. Si je te racontais ma vie... Mais non. Non-non, laisse tomber, insiste pas, c'est derrière, on n'en parle plus. Chaussure à mon pied, maintenant, avec Juju. Super-OK. Fixé, rangé, plus de vagues. D'autant que Juju, c'est une solide, une sûre. Elle est belle, non ? Évidemment un peu plan-plan, par moments. Très réglo, comme fille, tu vois ce que je veux dire ? Pas tordue. Claire, très claire. Droite, quoi. J'aime beaucoup. Évidemment, ça peut avoir certains petits inconvénients. Mais on peut pas tout avoir, non ? Et puis bon ! laissons, je reviens au sujet : le vélo. Tu fais ça seule, alors. OKéééééé ! Oh le courage ! La classe, *whaaaw* ! Quand même, je serais pas capable. C'est dur, le vélo : le vent, les côtes... Et depuis quand t'es partie ? Raconte...

Ça roulait. Au dixième de seconde près.

Par conséquent, entre l'instant où Judith quitte le bar pour aller dans sa chambre chercher de l'aspirine aux fins de soigner la factice migraine, et celui – 21:23:46 à la montre de Slash – où le trio passe à table au restaurant de l'hôtel, il est harponné, Sale-Mec. Vampirisé, libellulisé de la tête aux pieds, tellement ça ⦃⦅⦆⦄e, en face ; et il ne voit rien venir.

La seule chose agaçante, c'est que Slash commence à le mener par le bout du nez. Par exemple au moment où l'on s'attable, il lui demande, comme si Judith n'était pas là :

– Qu'est-ce que tu veux prendre ? Moi c'est le menu, mais, si tu veux, prends la carte.

Et il semble alors pas qu'un peu mordu, le prince étoilé.

Quant à l'évaporée libellule, impossible de savoir si c'est du jeu ou si elle y croit un brin. Par instants, en tout cas, elle paraît aussi vaguement enamourée.

Mais non, mais non, c'est ce qui était prévu ! Là libellule se contente d'appliquer le plan, rigoureusement.

Au reste, son rouleau de printemps, le Prince Charmant, après tout ce qui vient de se passer là-haut, aux sources chaudes, et surtout à côté, dans les prés verts et frais, il ne doit pas, pour l'heure, valoir davantage qu'une pousse de soja. Évidemment, il peut toujours essayer de se le frictionner à la requinquéquette. À condition qu'il en ait sous le coude – à vérifier. Mais non, ce soir, ça a l'air de se passer ailleurs, dans la tête – c'est bien ce qui devient exaspérant, en fait.

Car il n'arrête plus de parler, Sale-Mec, de tout et de rien, de vélo, des glaciers, de cinéma, depuis qu'il sait que Slash a été scripte ; et des chronos, évidemment. Et comme il faut de la variété dans la conversation, il met sur le tapis les poches magmatiques qui bouillonnent sous les cheminées des supervolcans. Il a bien lu son guide, lui aussi. Voilà d'ailleurs qu'il nous ressert la théorie de la tectonique des plaques et de la dérive des continents ; puis qu'il se lance dans l'explication du «phénomène geyser», comme il dit savamment.

Mais normal, puisqu'on a décidé, pour demain, de se faire une journée geyser – c'est le plan, toujours, ça roule exactement. On ira donc là-bas, à trois, en van. Oui, on ira voir ensemble le plus geyser des geysers de tous les geysers de l'île, le plus beau, le plus puissant, tellement grand qu'il a donné son nom à toutes les gerbes d'eau bouillantes et jaillissantes de la planète : le geyser de Geysir ; et on prendra les bagages et le vélo, on y passera trois jours – ça aussi, c'est dans le plan.

Et elle tient bon, la libellule, tandis que Sale-Mec lui débite de sa voix la plus noire tout ce qu'il sait sur les geysers, et aussi ce qu'il ne sait pas – n'importe quoi. Elle l'écoute, ou fait semblant, elle mâchonne, les yeux baissés, d'une fourchette légère, sa petite salade aux herbes en levant de temps en temps un bref regard où elle glisse de minuscules paillettes de libellule, un peu de ☾ par-ci, un peu de ✥ par-là. Un peu de ✦ aussi, par moments. Enfin, au dessert, en guise de bouquet final, elle lui lâche, artiste, en plein dans l'œil, un très long ✤.

Puis (c'est toujours le plan), sans toucher à sa profiterole au chocolat, elle consulte sa montre-chronomètre et se lève doucement, très Mélancolique et très Languide Élytre jusqu'au bout des ongles, libellulante à la perfection, bien entendu sans payer, mais en laissant tomber, mélancolique et languide comme jamais :

– Pardon, mais j'ai quand même mes cent cinquante bornes de l'autre jour dans les mollets. Si je veux être réveillée pour huit heures, faut que je pionce.

– OK, je comprends, bredouille aussitôt Sale-Mec, et il se lève à son tour, presque aussi languide et penché qu'elle. Et il reprend, très concentré :

– Donc on a bien dit : demain matin, sur le parking, huit heures pétantes ? Parce qu'il y a de la route. Alors, si on veut profiter...

De part et d'autre, petit chapelet de OK. Puis Judith s'en mêle, elle ajoute à l'adresse de Sale-Mec :

– J'ai toujours les suites de l'angine, il vaudrait mieux que je dorme toute seule, si je veux me réveiller.

Là encore, Sale-Mec mord sur-le-champ à l'hameçon :

– OK-OK-OK, moi non plus, je suis pas frais. Allez, fais de beaux rêves !

Et, tandis qu'il signe l'addition de son plus bel air de prince noir, œil fatal, main royale, il embraye tout en souplesse sur la phase suivante du programme :

– Et toi aussi, Slash, fais de beaux rêves. Tu loges ici, non ? Ah bon ? Juju t'héberge dans notre chambre ? Ah oui, ton budget... Et puis, t'as, raison, c'est vrai, si jamais elle nous faisait une nouvelle petite poussée de fièvre... OK-OK, je comprends, t'as bien fait. Et puis, cet hôtel, c'est vrai, ça douille. Ici, de toute façon, tout douille. Aux sources chaudes, par exemple. Là-haut, rien que les deux Coca au bistrot... Mais pas d'importance, on est en vacances ! Alors, fais de beaux rêves, ma belle...

Feinté, l'animal. Oui, pigeonné. En beauté !

Mais une demi-heure plus tard, dans la chambre, nouveau dérapage.

C'est qu'il s'est coupé, Sale-Mec, il a quasiment tout avoué, pour la fille au dragon dans la fente. Il a dit : « Là-haut, les *deux* Coca… »

Donc, sitôt au lit dans le noir, rumination, soupirs. La crocodilesse mâche et remâche. Sur le ventre, sur le dos, tout y passe, tout repasse.

Jusqu'au moment où, depuis son oreiller, Slash lâche :

— Si tu continues comme ça, demain…

Elle a tout deviné, comme d'habitude, la libellule ; et elle en a sans doute sa claque, aussi, à chaque étape des régurgitations amoureuses de Judith, de se prendre un coup de coude dans les côtes, ou un pied dans les tibias.

En tout cas, elle a dû être excédée car, sans préavis, elle a allumé le plafonnier, bondi hors du lit et extrait de son sac à dos, comme ça, dans la foulée, une grosse poche contenant elle-même une petite poche elle-même bourrée d'un gros sachet à lacets, qu'elle a dénoué et déballé illico sur le lit, en vrac :

— Tiens, voilà de l'Hypnovane. Ou alors, si t'aime

pas ça, du Pixomnyl. Mais il faut en prendre deux. À moins que tu préfères de l'Anxiostat ? Seulement, si tu conduis demain, on ne sait jamais, alors là, il faut impérativement le mélanger à de la Morphostimuline. J'en ai ; je l'ai achetée aux Philippines. Une demi-cuiller au fond d'un verre. Et par là-dessus, un quart de Rock-hypnol. Moi, ça me fait rien, n'empêche ! Avec toi, ça peut marcher. Ou alors de la molécule de benzodiazépine. Seulement c'est fort. T'as l'embarras du choix, en fait, j'en ai de trois sortes. En ajoutant bien sûr deux gélules, tiens, d'Elscholtzia. Avec les plantes, pas d'overdose, t'inquiète. Cela dit, il y a encore une solution, c'est de prendre un huitième de chaque, et de mélanger. Ça fera style homéopathie. À la stricte condition, c'est capital, j'ai appris ça à l'hôpital, d'ajouter de la valériane bio en pulvérisation sur ton oreiller. C'est mon psy qui m'a refilé la combine, j'en étais à mon troisième suicide, tu parles ! C'était du temps de Rat-Doré. Je l'aimais bien, d'ailleurs, ce psy, à ce détail près qu'il était nul au lit...

Et ça s'est passé comme à la cuisine : sans attendre la réponse, Slash a commencé à fractionner les comprimés, à vider les gélules, à sectionner les cachets, elle courait déjà à la salle de bains, en rapportait un verre d'eau, touillait le mélange avec l'ouvre-bouteilles qui traînait devant le mini-bar, pulvérisait la valériane bio sur le polyester de l'oreiller, tandis que Judith continuait à ruminer, mais cette fois tout haut, sans l'écouter :

— Tu te rends compte, quel sale mec ! Il a dit, t'as bien entendu : *Deux* Coca. Et t'as vu comment il est arrivé, l'air de ne pas y toucher ? Et il s'est pas gêné, à table, avec toi. Il faisait même plus attention à moi...

— Mais attends, là! s'est récriée Slash. Avec tes histoires, je sais plus où on en est, moi, dans les cachets! Ah si! ça y est, je disais : il faut impérativement ajouter une pulvérisation, sinon on risque d'avoir des hallucinations. Ça m'est déjà arrivé. Du temps où je me suicidais à cause de Rat-Doré, mon psy m'a aussi dit qu'il y a eu des gens, à cause du Rock-hypnol pur, ou de l'Hypnovane, je sais plus, l'un ou l'autre, enfin bref, sans la valériane bio, ça, j'en suis sûre, des gens, à cause de tout ça, ont tué d'autres gens, tu te rends compte?

— Tué! a alors coupé Judith — ou plutôt c'est la crocodilesse, tous crocs et griffes dehors, qui est venue mettre son grain de sel dans la conversation. Ça tombe bien! Ce Sale-Mec... je voudrais l'étrangler.

Instantanément re-sauterellisée, Slash recule alors le verre. Puis, serrée au plus étroit de ses élytres, grimaçant à chaque fragmentation de cachet, elle grince entre ses dents :

— OK. Mais faut dormir avant.

Et elles se sont recouchées. Slash a continué à déblatérer dans le noir, histoire de faire retomber la paix sur le lit.

Mais aussi simple envie de parler. Comme après le dégobillage, quelques heures plus tôt, elle caressait les cheveux de Judith tout en soliloquant. Elle avait aussi repris sa plus belle voix charmeuse, comme pendant le dîner avec Sale-Mec.

Mais, pour le reste, pas du tout €ⓒ𝒩, Slash ; alors ça, plus du tout. Rien qu'une pauvre sauterelle dont on sentait pointer les os, en plus des seins, à travers le pyjama. Cependant, toute chaude, comme sauterelle. Ça rassurait.

D'autant que, dans l'obscurité, elle semblait plus paisible. Ses cordes vocales, en tout cas, vibraient bien nettement ; entre ses morceaux d'histoire, elle se contentait de lâcher de grands soupirs dans le noir :

— ... je t'avais pas fini l'histoire de Rat-Doré. Donc, oui, pour m'en sortir, j'ai vampé mon psy. Mais archinul au plum', celui-là. Donc ça n'a pas marché. Et ça a fini par me fatiguer, tout ce grand zinzin. Un matin, je me suis réveillée fatiguée. Mais pas fatiguée comme d'habitude. Plutôt lassée-lassée-lassée, tu vois ce que je veux dire ? Saturée. Et pas seulement de Rat-Doré. De son téléphone. De mon chrono, des plateaux. Du canapé de son bureau. Et même de sa magique chignole…

« … Alors, je sais pas pourquoi, ce matin-là, j'ai regardé ma poubelle et je me suis dit : c'est ça, ma vie ? Des cheveux, des poils, des mégots, des cellules mortes, des rognures d'ongles, et sur mes tampons, chaque mois, le sang de mes yah-yah, sans compter les préservatifs, parfois, et ce qui tombait dans ma culotte après chaque radada…

« … Et je me suis dit : basta ! Le corps de l'amour n'est pas glamour, maintenant je sais ce que c'est, j'en ai fait le tour. C'est foutu, je l'aurai jamais, mon bébé. Par conséquent, autant m'en aller voir le monde, la vie des autres. Je me suis donc acheté un vélo.

« … Et puis, je veux même plus y penser, à tout ce temps-là. N'y a plus que le voyage, maintenant. La route et ses rencontres. Des gens comme toi. Ou la louftingue de tout à l'heure, le cul posé juste au-dessus de la poche magmatique. La vie, quoi ! Je la regarde, avec les gens qu'il y a dedans.

« Les gens d'ici, de là… Les gens comme toi…

« … De toute façon, plus j'y repense, les figures de l'amour, même en y ajoutant, comme j'ai vu faire dans les films – tu sais, j'ai tout fait, moi – oui, même en y ajoutant des aspirateurs, des sèche-cheveux, des étrons, de la confiture, du beurre, du chocolat – oh oui, tu peux me croire, même le beurre, même le chocolat, j'ai tout fait, tu sais ! – au final, tu te retrouves quand même dans l'impasse.

« Et après pour revenir en arrière, ouh là ! Lève-toi de bonne heure, tu peux me croire...

« Parce que, n'empêche ! les hommes... Bien sûr, ça vaudrait mieux d'en trouver vite un qui nous aime – c'est ce que je dis toujours, un homme amoureux en vaut deux. Et crois-moi, si tu en trouves un, même très laid et pas riche, garde-le. Seulement, tu parles, avant de le dégoter, l'oiseau de Paradis...

« Et nous, pendant ce temps-là, les femmes, va savoir pourquoi, on rêve toujours...

« ... Parce que, tu veux me dire, où est-ce qu'ils sont cachés, les rêves des hommes ? Ils se racontent des histoires, eux aussi, tu crois, toi ?

« Et qu'est-ce qu'il y a dedans, tu veux me dire ? Tu crois qu'à cinquante ans, ils veulent encore devenir Grand Chef Indien, Poor Lonesome Cow-Boy ? Chanteur universel, alors ? Ou Gynéco qui sauve, qui fabrique des enfants à celles qui n'en ont pas ? Écrivain qui explique tout à tout le monde ? Acteur qui fait l'andouille, Cinéaste en relief, Cosmonaute qui va partout, Pianiste qui te fait froufrou dans le fond de l'âme, Rostro, quoi ! sauf qu'il est trompettiste, je crois bien, celui-là...

« Ou plus simple, allez : Marcel Proust. Tu crois que c'est ça qu'ils veulent être ? Et que c'est pour ça qu'ils font les malins, quand ils y arrivent pas ?

« Ou Roi du Pétrole, ou Rudolf Valentino, Gandhi, le Christ ? Ou encore, va savoir, des super-méchants, Hitler, Raspoutine, Satan... Oui, Satan. Parce que si je disais tout, pour Rat-Doré... Cruel, sadique. Machiavélique...

« Enfin n'empêche, à ce compte-là, autant la route.

Les gens, maintenant, je les croise, *zioup!* et ensuite, encore *zioup!* je les revois plus.

« Et quand je m'emmerde toute seule, je me contente de me demander comment était le monde quand il était pas notre monde... Et là, tu vois, je me dis que...

Mais, à ce tournant de phrase-là, sur l'oreiller de Judith, la touche finale de valériane bio a dû entrer en collision avec les benzodiazépines, car le souffle de Slash lui a fait l'effet d'un dernier soupir et ses mots qui jusque-là pourtant remplissaient toute la chambre ont été brusquement aspirés par le néant : « ... les rêves des hommes, si on les connaissait, on serait plus fortes, seulement voilà, on n'arrive pas, donc la vie, à ce prix-là... »

Sommeil de cachet. Quelque chose s'arrête, dans la tête. Et pourtant la vie continue.

Car réveil en fanfare, c'est la montre-chrono de la sauterelle, elle sonne : en plus de décompter le temps au centième de seconde, elle vous flingue les synapses à coups de stridences suraiguës. Eh oui ! c'est le jour J, l'heure H !

Ou plutôt la seconde S, S comme Slash qui flingue et qui claironne, elle aussi :

– Allez, **7:01:07**, bouge-toi, hé ! ho ! secoue-toi !

Mais la main engourdie, elle, dans le lit, n'a toujours rien compris. Elle cherche, molle et aveugle, mécanique, le corps de mâle sous les draps.

Hé non, Judith, t'es pas raccord ! Tout ce que tu trouves, c'est de la peau de fille, pas la chair splashante de Sale-Mec, si dure et si douce à la fois.

Par bonheur la sauterelle ne t'a pas sentie : elle est déjà toute à son élan pour bondir sur le téléphone, commander du café et revenir te secouer :

– Allez, allez, faut que ça saute. Je te l'ai assez dit, question de timing ! Allez, bouge-toi !

Et puisqu'elle a dit que ça saute, ça saute : voici la magistrale entrée, sur le plateau qu'apporte la fille d'étage, d'un thermos de café. D'autorité, la libellule t'en fait engloutir un demi-litre, plus deux tartines beurre-miel, et par-dessus le marché deux nouveaux cachets :

– C'est pour te réveiller. Et puis pour le cas où tu conduirais. Et pour que tu aies toute ta tête quand on passera à l'exécution du plan. Allez, bois ! Avale-les ! Et puis mange, par-dessus, mange donc ! La route, tu peux me croire, ce sera pas simple, pour monter au geyser...

Donc, calée sur l'oreiller (toujours pas moyen de se bouger, encore moins de se secouer), mâchon. Puis déglutition forcée, la bouche molle, la paupière bovidée, toutes muqueuses empâtées de bave qui râpe. Autrement dit, petit déjeuner naze.

Tout comme la douche qui suit. Avec dans le dos, toujours, la sauterelle et ses phrases en baguettes de tambour qui battent le rappel, averse de grêle, penchées comme elle :

– Allez, réveille-toi, bouge-toi, bon sang, regarde-moi ! Allez, zou, zou, zou ! Habille-toi, t'as pas vu l'heure ? **7:34:52** ! Plus vite que ça !

Lente et nébuleuse, Judith s'exécute. En constatant tout de même, du fond de sa brouillasse, que oui, hélas ! elle est déjà ultraprête, Slash.

Rouge à lèvres, comme hier. Et parfum. Et poudre. Et vernis à ongles. Et cils au mascara. Le tout emballé dans une jupe ras-le-bonbon et un mini-corset. En plus, elle a relevé le store.

Il fait beau, dehors. Et elle est belle. Plus très penchée, d'ailleurs. Bizarre.

Donc, réveil.

Et malgré ce matin qui patauge et barbote et s'enlise dans son marécage, on finit par arriver – comment ? on ne saura jamais – à tout paqueter, bien entasser et bien ficeler dans les sacs et la valise à roulettes : les cachets après le mascara, les soutien-gorge avec l'eye-liner et les tampons, les pulls sous la parka, et le roman qu'on n'a toujours pas lu, emballé, va savoir pourquoi, à l'intérieur des jambes du bermuda ; et lorsqu'on s'apprête à quitter la chambre où il s'est passé tellement de choses en si peu de temps, à l'instant précis – ouf ! – où, le dos à l'horloge du téléviseur,

7:56:37

Slash se retourne, impériale, et tiens ! vraiment plus du tout penchée, très étrange, et en plus – ça, c'est incroyable ! – re-❦❦❦❦❦ée à mort – mais non, idiote, calme-toi, c'est ce qu'on avait prévu pour aller affronter Sale-Mec et en tirer vengeance, on était bien d'accord – voici que c'est à elle, Judith, que la divine libellule adresse son premier ❦❦❦❦ de la journée.

Très bref et très mélancolique. Mais n'empêche ! Libellule à fond la caisse.

Et comme jamais elle n'a libellulé jusqu'ici – c'est dire, parce qu'on a vu ça hier soir, elle est sacrément forte en libellule, cette sauterelle – schlllakk et schlllakk, schlllakk-schlllakk-schlllakk, je la déteste.

Mais, fine mouche aussi, cette hyperlibellule de sauterelle : voici qu'elle se met à murmurer – alors là, c'est le bouquet ! – dans le creux de l'oreille, et d'une voix qui s'inscrit – oh là là ! – dans chaque neurone enregistreur, au soupir et à la virgule près, avec les mêmes caractères exactement que sa voix toute tremblée, toute louftingue d'un seul coup, et parfaitement cassée :

– *Dans le fond, si t'avais pas pris de cachet, on aurait pu coucher ensemble...*

Alors, forcément, sur le parking, cinq minutes plus tard : froid.

Froid, d'abord parce qu'il fait froid. Très. Malgré le soleil, il faut sortir les parkas. Résultat : on a l'air de bibendums, tous. Même la libellule.

Qui grelotte dans sa minijupe, ou plutôt sa culotte – tu parles! chaque fois qu'elle bouge d'un millimètre, on la lui voit sous la parka. En plus, comme il fallait s'y attendre, c'est un string. Rouge.

Mais elle claque tellement des dents qu'avant le départ elle rouvre son sac, à côté d'elle, sur la banquette arrière, et passe sous sa parka un petit caleçon de latex et un pull très long.

N'empêche! pour parler comme elle, elle reste terriblement sexy. Et elle est de moins en moins penchée. Maintenant, à chacun de ses mouvements, même infime, il y a du 🌙 et du 🌙€?‍ qui se déplace.

D'ailleurs, Sale-Mec, dès son dixième kilomètre au volant, baisse du sourcil, fronce la narine. Puis, sans préavis, se gare sur le bas-côté; et pour une fois, ce n'est pas pour aller pisser.

Non, il n'en peut tout simplement plus de l'épicr

dans son rétroviseur, la libellule. Il se passe donc la main sur le front et décide de faire reprendre du service à sa migraine :

– Dis donc, Juju, si tu conduisais, pour une fois ? Je sais pas ce qui me prend, j'ai de nouveau mal au crâne.

C'est à partir de là que le froid s'est compliqué.

Première variété réfrigérée, la plus terne, entre Hrollaugsstardir et Skaftafelle, quand on reprend à l'envers la Route nº 1 et qu'on retraverse, marmoréens, le pont puis le désert noir : silence absolu, froid sec.

La nuque renversée contre le dossier du siège avant, l'air souffrant, parfois vaguement mourant, Sale-Mec somnole – enfin, fait semblant.

Tandis que, sur la banquette arrière, Slash joue l'absente, la très rêveuse. Dans le rétroviseur, Judith la voit fixer les crêtes enneigées. Ou alors c'est la mer, de l'autre côté, ses compagnies de sternes, ses spectres d'icebergs.

Oui, froid très sec. Mais rien à dire, jusqu'ici : c'était dans le plan.

Sur le tronçon Skaftafelle-Hvollsvöllur, cependant, renversement de situation : Sale-Mec estime qu'il en a soupé, de sa migraine, il rouvre un œil. Puis il s'étoile bien consciencieusement le regard et se retourne vers la banquette arrière :

– Ce pays, tout de même...

Et, comme la libellule ne sort pas de sa songeuse distance (juste une ombre de sourire, un vague battement de ses cils tout raides de mascara), Sale-Mec insiste :

– Quelle étrange étrangeté...

Cette fois, elle sourit franchement. Alors il se redresse, fait tomber dans ses yeux une pluie d'étoiles plus drue, puis se retourne à nouveau (assez hautain, il faut dire) pour commencer à dresser à l'aide de son guide le catalogue circonstancié des curiosités qui jalonnent la route Skaftafelle-Hvollsvöllur, dite « La Route des Sagas ».

En fait, c'est pure invention du guide, car en dehors de quelques chaumines au toit recouvert d'herbes, et de hauteurs évidemment volcaniques où nichent les sempiternelles sternes arctiques, il n'y a sur le chemin strictement rien de particulier. Sale-Mec – n'empêche ! – mobilise pour sa déclamation touristique tout ce qu'il a de noir au fond de la voix.

Cela dure – note Judith, qui n'arrête plus de surveiller son compteur – une bonne cinquantaine de kilomètres. On écoute donc successivement (sous forme hypercompactée, tout de même, avec les sagas il ne faut pas forcer la dose) les Prédictions de la Vieille Voyante, l'Orbe du Monde, la Saga des Gens-Du-Val-Aux-Saumons, celle de Njaal le Brûlé, celle de Gaukr où l'on retrouve l'explosion du supervolcan, puis l'aventure de Siegfried-Sigurdur, vainqueur du dragon, enfin l'histoire beaucoup plus classique de Saemundr le savant, l'homme qui avait égaré son ombre.

Au début, c'est assez distrayant. Mais ça se répète. Et Sale-Mec se lasse de faire chuter ses barytonesques intonations sur les noms des héros barbares.

Aussi décide-t-il d'enchaîner sur l'inventaire des oiseaux qui nichent dans les hauteurs. Pluvier doré, assure-t-il avec l'aplomb d'un ornithologue, et même, ajoute-t-il en pointant un docte index vers les montagnes, garrot arlequin, bergeronnette à tête grise.

Mais Slash persiste à se taire. Elle ne pose aucune question, même quand Sale-Mec en remet une couche et prononce des mots aussi déroutants dans sa bouche que « courlis corlieu » ou « lagopède des saules ». Et, quand il se retourne vers la banquette arrière pour s'aventurer dans un commentaire de son cru, brodant sur les données du guide avec une large marge d'approximation :

— En fait le problème de la raréfaction des espèces, style-genre celles que j'ai citées, le mergule nain, la chouette harfang, le bruant des neiges ou les fulmars, ça tient, comme toujours, aux trous dans la couche d'ozone et au réchauffement des eaux de l'Atlantique Nord. Cela dit, ils se débrouillent bien, les Islandais, avec leurs oiseaux : tu te rends compte, Slash, ils ont réussi à préserver le flétan et le faucon gerfaut !...

Depuis le volant, Judith risque parfois une petite contestation :

— Sauf que le flétan, c'est un poisson.

— Ah bon ? rétorque alors Sale-Mec, beaucoup moins Poétique que carrément Cruchon.

Mais Judith en reste là, elle n'insiste pas. À chaque intervention de Sale-Mec, de toute façon, la libellule se borne pour toute réponse à 🙂 – son petit sourire léger.

À force, tout de même, au bout de cinquante kilomètres, les mots se caillent; les mouvements aussi. Chacun se replie dans sa parka pour couver son silence. On se fait carcasses, dans le van, ça tourne au camion frigorifique. On se contente, sur les cahots, de se laisser valdinguer, gelés.

Jusqu'à Hella, à la hauteur du carrefour Mosfell-Rykkvibaer, au moment précis où, histoire de raccourcir le trajet vers Geysir, Judith choisit de s'engager sur une route secondaire. Sale-Mec explose subitement :

— Non, pas sur la gauche !
— Si, c'est sur Mosfell !
— Puisque je te dis que…

La voix noire rancit, celle de Judith s'aigrit, l'un brandit le guide, l'autre la carte.

Là, la libellule s'en mêle – façon sauterelle. Elle arrache la carte des mains de Sale-Mec, qui se laisse faire. Époustouflant, vraiment (il y a certainement du

♌ dans l'air). Puis, dégageant souplement ses jambes

de sa parka et se relibellulisant en trois battements de cils, elle tranche :

— Allez, viens donc que je vous mette d'accord. Viens donc par ici, Vassili, à l'arrière.

Elle est très sèche, elle lui parle comme à un bébé. Pendant la nuit assommée de cachets, sûr pourtant qu'elle n'a pas quitté leur lit pour aller chambre 23 : quand elle dit *Vassili*, ça n'a pas l'air du tout de lui faire *Vassili-Vassili*, le coup de la salive et de la langue aspirées. Donc, de ce côté-là, sérénité.

Et puis si poli, si docile, Sale-Mec : une seconde fois, il s'exécute. En lui servant un petit compliment au passage :

— T'as déjà fait des rallyes, toi ? Parce que comme navigatrice... *Whaaaw !*

Un peu trop flatteur, le *whaaaw*. La libellule en perd son sang-froid et voici qu'elle se coupe :

— Tu parles ! je connais le chemin, je suis déjà passée par là. Je sais qu'on va beaucoup plus vite en prenant tout de suite sur...

Sale-Mec se redresse aussitôt, la lippe agressive, l'œil aux aguets :

— Ah bon, tu connais le chemin ? Tu connais déjà le geyser ? Je croyais que c'était la première fois : qu'est-ce que tu m'as dit, hier ?

— Non-non-non, se rattrape Slash en lui servant dans la seconde un petit ♎. Seulement à l'aller, quand je descendais sur Edda, regarde la carte, impossible de faire autrement. Tu vois bien, le carrefour Mosfell-Knappstadir : j'étais obligée de passer par là.

— OK, OK, concède aussitôt Sale-Mec sans jeter un œil à la carte. OK, OK, j'avais pas percuté.

Et, à partir de là, dans le van, froid polaire.

Car, depuis la banquette arrière, carte étalée sur leurs genoux, le couple joue les navigateurs, tandis que Judith, esseulée à l'avant, n'en fait plus qu'à sa tête.

Un peu n'importe quoi, à la vérité, tellement elle est à bout de nerfs. Si exaspérée qu'à plusieurs reprises elle est contrainte à revenir en arrière.

On se perd.

Sale-Mec écume. Mais, comme il ne tient guère, à l'évidence, à quitter la banquette arrière, il contient sa colère, comme les sombres volcans qui fumassent par-derrière les tourbières.

Une seconde fois, Slash pressent le danger :
— Bon, toi, mon petit Vassili, puisque t'as plus mal au crâne, tu pourrais pas reprendre le volant ?
Une fois encore, il s'exécute. Dans l'instant.

Pourtant, pas de 𝒬. C'est au contraire à l'adresse de Judith que la libellule a libellulisé. Cette fois, façon double clin d'œil, *via* le rétroviseur.

Et elle aussi, Judith, il suffit de ce 𝒬 pour qu'elle lui obéisse. Dans la seconde, elle stoppe le van, saute à terre et file à l'arrière.

Où, désormais blottie contre la libellule – *sa* libellule –, elle se désintéresse de l'itinéraire. Elle la laisse mener le bal, tenir Sale-Mec comme un caniche au bout des 𝒬s qu'elle lui sert, maintenant sans interruption ou presque, via le rétro. Comme à elle, tout à l'heure.

Vraiment garce, la libellule, la reine du double jeu. Le tout sur fond de suaves et fluides directives. On dirait qu'elle dicte à Sale-Mec une recette de cuisine :
— ... à droite, maintenant, sur Idufell. À droite encore, oui-oui-oui, c'est ça, Efri-bru. C'est un petit chemin mais c'est pas grave, ça marche. Donc, maintenant en douceur sur Knappstadir. Et là à gauche, ralentis, mon petit Vassili. Et surtout après le pont, sur Borgardergirsfall, il y a un grand virage, et tu vois, on rejoint en un rien de temps la route d'Asgerdstungur. Et maintenant ça file tout droit jusqu'à Arnes. Et donc, après, Geysir...

Quant à elle, Judith, elle fait comme Sale-Mec au

début du voyage : elle renverse sa nuque contre le dossier, ferme les yeux, se laisse aller, s'abandonne à tout ce qu'elle sent : l'odeur de la libellule, la tendresse de sa main sous la parka, la chaleur de ses cuisses à travers le caleçon de latex.

Évidemment, de temps en temps, quand on s'aventure sur une piste et qu'on se prend des cahots, elle perçoit aussi le tressaut, juste derrière, dans le coffre, à côté du vélo, du sac à dos de Sale-Mec. Et elle encaisse soudain le choc du souvenir qui va avec :

BIG SHOT

tiens, elle l'avait oublié, celui-là – les comprimés, sans doute, et l'excitation de la conjuration. Plus la hantise du timing.

Au fait quelle heure est-il ?

11:04:09

affiche en grands cristaux verts la péremptoire horloge du van. Et – coup d'œil à droite –

11:03:27

c'est à peu de chose près la même heure à la montre de Slash.

Donc, ça roule. On y sera avant midi, comme avait décrété la libellule.

Pourtant Judith a froid. De plus en plus froid. Elle se ratatine sous sa parka.

Sans comprendre pourquoi, cette fois : on entre dans une large vallée où les champs de cendres et les tourbières s'offrent à l'air ensoleillé, un pays bien étale et bien gai, tout en eaux vives, cascades, petits chalets. On croise même, ici et là, des embryons de forêts. On se croirait en Suisse si, sur la gauche, d'un coup, la terre ne devenait malade, mourante, jaunâtre, en pelade ; et voilà qu'elle commence à chuinter, siffler puis – *pffffffuuuuuuuuuuuuuuuuuu-chti !* – pisse un jet puissant : enfin Ceysir ! Le geyser.

Comme avait promis Slash quand on avait mis sur pied le plan, on pouvait se garer en face. En plus, il y avait de la place sur le parking, avec une buvette où l'on servait à moitié prix la bière préférée de Sale-Mec, ce qui eut pour effet de le calmer instantanément, d'autant plus que les toilettes étaient à deux pas de ladite échoppe. Dès qu'il a eu bien bu et bien pissé, il n'a plus grogné ni regimbé ni rouscaillé, non, vraiment il n'a pas moufté. Complètement amadoué et domestiqué, le Sale-Mec, pas même une petite réflexion quand, trente secondes après qu'on a eu quitté le parking, Judith lui a réclamé les clefs sous prétexte de récupérer un pull supplémentaire dans sa valise. Il les lui a tendues sans sourciller ; et il ne s'est pas aperçu qu'elle les gardait.

Le chronométrage de la libellule était lui aussi impeccable : trois minutes à pied et on y était, sur le champ thermique, à escalader le sentier menant au geyser, au milieu de toutes sortes de marmites de boue bouillottantes, des jaunes, des brunes, des bistre, des blanches. Il faut également reconnaître que le spectacle était aussi grisant que la libellule l'avait décrit, quand on avait machiné toute l'affaire, dans la chambre. Surtout lorsqu'on croisait les plaques où la frêle croûte terrestre se constellait de cristaux multicolores, pour parler comme le guide.

Lui, d'ailleurs, le savant opuscule, l'arme fatale, l'instrument de l'embrouille, c'était Slash, à présent, qui le lisait en levant le nez de temps à autre pour inspecter les lieux d'un bref coup d'œil circulaire, comme si elle n'y avait jamais mis les pieds. Excellente comédienne, rien à redire :

— *Sur la pente du Laugarfjall* (là, elle bégaya) *colline rhyo... lithique* (elle bégaya encore), enfin bref, je sais pas ce que ça veut dire, vous non plus, mais on s'en tape, donc reprenons, *sur ce minuscule espace, 500 m de long, 100 m de large, tout est jaillissement. On voit s'y manifester une infinie variété de phénomènes géothermiques, fumerolles, solfatares et autres mares de boue bouillonnantes. Mais le légendaire geyser de Geysir des vieilles sagas islandaises ne se manifeste plus qu'une ou deux fois l'an ; encore faut-il l'activer avec du détergent. Cependant, tout à côté, son petit frère le Strökkur* (la « barratte », en islandais, ils ont de ces noms...), bref encore, je passe et je reprends : le petit frère, donc, *le Strökkur s'anime toutes les cinq minutes avec une précision métronomique...* »

À ce point de sa lecture, la libellule s'interrompit, les traits soudain coulés dans la gravité :

— Métronomique ? Il va falloir vérifier.

Puis elle se détendit tout aussi subitement – quelle actrice, vraiment ! – et poursuivit en désignant le geyser :

— Allez, on y va !

Elle ne s'adressait plus qu'à Sale-Mec. Mais, là encore, rien à dire : elle appliquait le plan à la lettre ; et, entre deux lectures des paragraphes du guide, comme on avait dit, elle consultait sa montre-chronomètre.

Et elle reprit, toujours aussi doctorale :

– *Geysir signifie, selon les uns, Celui qui jaillit, selon d'autres Le déclamateur.* Entre nous, jaillir et déclamer, je vois pas le rapport, qu'est-ce que ça peut déclamer, un geyser ? Ça pisse de l'eau, point-barre. Enfin bon, peu importe, je continue. *Les eaux infiltrées dans les sols sont réchauffées par les magmas : leur contact les transforme en vapeur. Lorsque la pression devient trop forte, une colonne d'eau bouillonnante et de vapeurs* – bon, ça va, les vapeurs, on a compris, de toute façon, ici, y a que ça, alors ! –, *une colonne de vapeurs se forme et se propulse en un formidable jaillissement* – tiens, voilà ! Regarde, ça vient, ouh là ! T'as vu, Vassili ? Génial !

Et, tandis que le geyser lâchait son jet, elle détacha sa montre-chronomètre de son poignet, la brandit devant Vassili et exulta :

– Pile cinq minutes trente secondes qu'on est arrivés !

Puis elle partit d'un grand rire et lui mima – *pfffff-fuuuuuuuuuuuuuuuuuu-chti !* – le bruit du geyser.

Non sans lui décocher au passage un petit ♌. Et, dans la foulée, mais cette fois à l'adresse de Judith, elle eut un clin d'œil assorti d'un ♋, qu'elle réussit très artistement à faire échapper à la vigilance de Sale-Mec.

Puis elle replongea le nez dans son guide et se remit à déclamer, tandis qu'on avançait entre les solfatares, les coulées de cristaux soufrés et les marmites de boue :

– ... *Ensuite, la faille se remplit d'eau à nouveau et le processus recommence dans les profondeurs du sol, exactement cinq minutes après le premier jaillissement...*

– ... exactement, exactement grogna-t-elle alors en se penchant avec dévotion au-dessus de sa montre. Là, n'empêche ! Faut que je valide.

On s'arrêta donc dans le sentier pour la laisser vérifier que le temps indiqué par le guide était rigoureusement exact.

On encombrait le chemin. Mais les touristes ne protestaient pas, ils contournaient docilement le petit groupe en se contentant de lancer un regard surpris sur cette fille aux yeux écarquillés au-dessus du cadran de sa montre. Il faut dire aussi que, dans sa parka-Bibendum flottant au-dessus de ses guiboles de libellule ajustées au micron près dans son petit caleçon de latex, elle en jetait sérieusement.

Plus du tout penchée, depuis ce matin, vraiment. Elle n'était pas droite comme un piquet, tout de même, il lui restait encore un brin de voussure du côté des cervicales, et un reste d'inclinaison, si on y regardait bien, juste au-dessus des lombaires. Mais ça l'avait manifestement redressée, l'expédition au geyser. Et puis, il y avait aussi l'effet rouge à lèvres, parfum, mascara sur les cils, et manifestement l'effet caleçon de latex. Quoi qu'il en soit, et pour parler comme Sale-Mec, elle dégageait.

C'était bien simple, d'ailleurs : sur le champ thermique, en dehors du geyser, on ne voyait qu'elle ; si bien que Judith se dit — mais je la hais, celle-là, mais schlllakk, schlllakk-schlllakk, nom de nom, et re-schlllakk! — qu'elle avait dû tomber bien bas, la veille, à l'hôtel, pour que ce point capital ait pu lui échapper.

Enfin la libellule, malgré deux années passées à califourchon sur son vélo, n'avait pas perdu la main, côté chrono : elle en actionnait les boutons d'acier avec une parfaite dextérité; et sa concentration demeura extrême jusqu'à la proclamation du résultat :

— **5.03.03** !

Qui ne lui suffit pas; il fallut ensuite valider la validation. On patienta donc une deuxième fois. Le chiffre ne s'écarta guère du premier résultat :

— **5.02.12**.

— On y va ? trépigna Sale-Mec.

— Non, j'en veux une troisième, s'acharna la libellule.

On attendit donc un troisième jet. Sale-Mec ne tenait plus en place mais, comme dans le van, il se contenait. Cela dit, tout juste : façon volcan islandais.

— **5.04.43**, ça roule ! finit-elle quand même par triompher.

On reprit donc la marche dans le sentier. La libellule et Sale-Mec le gravissaient en tête. Leurs corps se frôlaient. Sale-Mec souriait, plaisantait. Sur leur passage, comme tout à l'heure, les touristes se retournaient.

> **WARNING! CAUTION!**

et à l'usage des autochtones pas encore blasés par le phénomène :

> **WARNING! CAUTION!**
>
> **HAETTUSVAEDI!**

annonçaient maintenant en grandes lettres rouges des pancartes posées à même le sol devant les marmites en ébullition.

On avait peine à imaginer où était le danger, ce n'étaient à tout prendre que de petites flaques boueuses, fumantes et glougloutantes qui ne semblaient pas plus redoutables qu'un ragoût mijotant sur un coin de fourneau. Mais il y avait eu des accidents, des grands brûlés, signalait le guide, toujours par la voix de la libellule; et il ne fallait surtout pas s'aventurer au-delà de la cordelette tendue entre des petits piquets d'acier, tout autour de l'aquatique prodige, une vingtaine de centimètres au-dessus du sol.

Limite purement théorique : un bambin, s'il le voulait, pouvait franchir cette enceinte d'une simple enjambée. Mais c'était extraordinaire : parmi tous les visiteurs qui se figeaient devant les flaques écumantes, même pendant les longues minutes où, tel le geyser, elles se rendormaient et se contentaient de frisotter comme un gentil court-bouillon, pas un ne se risquait à passer cette frêle barrière de corde.

Toujours aussi fidèle au plan, Slash poursuivait sa lecture à haute voix :

– *Ce geyser doit sa célébrité à la magnifique bulle qui se forme à la surface de sa fissure avant l'éjection des eaux. Il s'agit d'une belle cloche aquatique de couleur aigue-marine. Les vrais amateurs de geysers considèrent que cette phase du processus est infiniment plus esthétique que le jet lui-même. Son eau bleue s'élève en coupole au-dessus du trou, éclate en une colonne écumante d'eau chaude jusqu'à une hauteur de vingt mètres et se dissipe bientôt en un panache de fumée blanche qui se disperse avec le vent. NB : ne pas franchir la barrière de corde, le magma est très proche, la croûte terrestre très mince à cet endroit.* Bon, conclut la libellule avec la même méthodique concentration que lors de la première halte. Voyons donc ça.

On s'approcha donc. Une trentaine de touristes s'étaient religieusement regroupés autour du phénomène. Après un nouveau jet, le geyser venait d'entrer dans ce que le guide nommait sa «*période de latence* ». On s'agglutina au groupe ; c'était facile d'approcher avec la libellule : dès qu'on la voyait, tout le monde s'écartait. On se retrouva donc au plus près de la corde.

Derrière elle, la petite pancarte en lettres rouges posée à même le sol et frappée du **WARNING ! CAUTION ! HAET TUSVAEDI !** Pour le reste, rien qu'une fissure humide. Et plus un bruit.

Donc, le trou.

Maintenant, c'est lui, la star. Plus du tout Slash. Parce que d'un coup, *glup-glup-glup-glup*, une bulle apparaît dans la fissure, et grossit, et enfle et gonfle, gonfle, gonfle, *blourp-plouc-blourp-pôôôôô-ôk*. Oh ! qu'elle est belle, la bulle ! Aigue-marine, tout comme marqué dans le guide. Et elle devient si grosse que – *pchhhhh !* – elle crève.

Et là, même si on le sait déjà, stupeur : voilà que, *sllllllourg*, toute sa belle eau est aspirée par la fissure. Un vrai siphon, ce trou, quelle force ! *Fûûûûûûûûûit*, mais qu'est-ce qu'il y a là-dessous, où diable est-ce qu'elle s'en va, la flotte ? Parce que ça sent diablement le diable, tout ça. Le soufre, en tout cas. Et puis, ce silence…

Ah mais non, voilà le jet, *pfffffffuuuuuuuuuuuuuuuu-uuu-chti !* Oh là là ! L'apothéose, ouh ! On a beau être blasé, on n'en revient pas. Encore !

Hé non ! Il faut attendre cinq minutes, on a dit. Très exactement entre **5.02** et **5.04**, chrono.

Donc, silence religieux, à nouveau, devant la mare mouillée qui fume encore, en attendant que les forces telluriques réenclenchent leur programme souterrain, premièrement : *glup-glup-glup*, deuxièmement : gros *blourp*, maintenant trois *pchhhhh* et quatre *sllllllourg*, terrible engloutissement par le mystérieux siphon.

Puis silence, long silence. Et, d'un coup, oh là là ! à précisément **5.04.48**, chronomètre en main, réglementairement, le petit doigt sur la couture du pantalon, on pourrait dire, si on n'était pas en train de parler d'un geyser, nouvelle apothéose : *pffffffuuuuuu-uuuuuuuuuuuu-chti !*

Qu'est-ce que ça fume ! Oui, sûr, en effet, on a intérêt à se tenir à carreau, loin de la douche. Pas de la frime, ça doit brûler, **WARNING**.

Pourtant, on ne s'en lasse pas, du programme, *glup-glup-glup*, *blourp*, *pchhhhh, sllllllourg*, aspiration dans le siphon, silence puis, ouh là là ! *Pfffff-fuuuuuuuuuuuuuuuuuu-chti !* Bouquet final.

Et on a beau connaître la musique, à chaque fois on exulte.

Car même si ça ressemble un peu à une attraction de Disneyland, c'est beaucoup mieux. Parce que : aucune idée sur ce qui se passe au juste dans le trou, pendant le *sllllllourg*, au fond des chaudes entrailles de la terre. Ça reste opaque, malgré toutes les digressions du guide sur les poches magmatiques. Et c'est ça, d'ailleurs, beaucoup plus que le jet d'eau, qui fait qu'on en redemande, du geyser. Et qu'on attend l'apothéose suivante en trépignant – très excitant, vraiment.

Aussi, dans ces conditions, pas difficile, Judith, de prendre la tangente, comme on a dit dans le plan. Avec la phrase prévue :

– Je redescends, je vous laisse deux minutes ; il me donne une folle envie de faire pipi, ce truc…

Petit rire de Sale-Mec, parfaitement sarcastique. Et aussi rire de Slash. Mais tranquille, lui, radieux : il cascade clair.

Trop clair, c'est celui de la fille qui tient ferme les manettes, et tire et tire, et tient toutes les ficelles. Comme elle dirait : ça roule !

Et c'est la vérité : depuis le dernier *pfffffuuuuuuuu-uuuuuuuuu-chti !* il y a (mais, ça aussi, c'était prévu et parfaitement convenu) sur le col de Sale-Mec une légère trace de rouge à lèvres.

Et le geyser continue.

Pendant les dix minutes où Judith s'absente, il n'arrête pas, *glup-glup-glup* horloger, puis *blourp*, *pôôôôô-ôk*, *pchhhhh*, tout dans l'ordre, *slllllourg*.

Et là, tout aussi réglementairement, aspiration dans le siphon, long silence et d'un coup, *pffffffuuuuuuu-uuuuuuuuuu-chti!* Judith remonte donc le sentier en toute sérénité.

Enfin, sérénité, c'est vite dit, car, du plus loin qu'on soit dans le sentier, parmi la trentaine de touristes qui continuent de béer devant le trou et le jet, on ne voit toujours que Slash.

Elle a dû en faire un paquet, pendant ce temps-là, la libellule, car — schillakk, douze millions de schlllakk, cette fois-ci je la hais, je la hais vraiment, schlllakk! — Sale-Mec se croit maintenant tout permis : il la tient par la taille.

Mais le geyser s'en fout, lui, alors là, complètement! Il continue son petit business de geyser à la perfection, *glup-glup-glup*, *blourp*, *pôôôôô-ôk*, *pchhhhh*, *slllllourg*, aspiration dans le siphon, long silence et d'un coup, *pffffffuuuuuuuuuuuuuuuuuu-chti!*

Puis le trou redevient muet devant les touristes qui

n'en peuvent plus de bêler devant son humide mystère.

Alors toi, Judith, tu te glisses entre eux, et tu t'avances.

Sans un mot, bien sûr, fondue dans le même silence.

Et tu fais semblant de regarder, comme eux, la bulle qui blourpe, pôôôôô-ôke et – *pchhhhh !* – crève.

Et là…

Rhhhhhhhhheuh ! – feulement de la crocodilesse, puis grand saut, vaillante Judith, oh vraiment bravo, un vrai petit soldat : voilà que tu bondis par-dessus la ficelle, et youpie ! et *rhhhhhhhhheuh !* à nouveau, juste au moment du *sllllllourg...*

Comme il est long, ce *sllllllourg*, la poche d'eau n'en finit pas de crever, et son placenta bleuté de fuir et d'aller se perdre dans ce trou qui s'en va on ne sait où, *pfffû-û-û-î-sllllllou-hou-hou-hou-rrrr-ggg...*

Et à ce centième de quart de millième de seconde précis, tout comme avec Slash, dans la chambre où on avait dit et calculé et tout répété au dixième de seconde près...

Et avec le geste qu'on avait dit, aussi – vraiment, tout comme on avait dit –, large, hardi mais précis, le mouvement, *rhhhhhhhhheuh*, hourrah ! La Grande Valdingue.

Car dans l'eau qu'est en train de goulûment siphonner tout ce que la vieille, la profonde mère, la toute-puissante et ardente terre-génitrice compte de forces sulfureuses et diaboliques et méphitiques, tu précipites le corps du délit, Judith.

Et tu éclates de rire. Crocodilien : *rheuh-rheuh-rheuh-rheuh-schlllakk!*

Parce que, dernier coup de siphon, le plus puissant, *sllllllou-hourg-fuît!* – le voici aussitôt aspiré, ledit corps.

Et maintenant, après le long silence rituel qui précède immédiatement le jet, lequel cette fois semble éternel...

Mais non, reprends-toi vite, Judith, barre-toi, arrête de rire, ou plutôt de feuler, saute de l'autre côté ! Car ça y est ! *Pffffffuuuuuuuuuuuuuuuuuu-chti !* Jet du geyser.

Oh ! si grand, cette fois, si immense, il n'en finit pas, plus haut que tous les autres, je suis sûre, ça l'a ranimé, le petit monstre. Bien mieux que de la lessive : il est déchaîné, frénétique, survolté, enragé…

Oui, c'est prodigieux, il touche maintenant le ciel, il atteint le soleil.

Et même plus loin, sûrement les galaxies, les météores, les nébuleuses, les queues de comètes, les trous noirs, l'hyperespace de l'Astronome.

Si ce n'est qu'il y a une fin à tout : il – *fou-fou-fou-ît* – retombe.

Et, avec lui, le silence.

Sur toi. Et sur les gens qui te regardent, Judith.

Puis s'entre-regardent.

Parce que partout, à l'intérieur du périmètre qui s'étend entre la cordelette et le trou où se prépare déjà le prochain *glup-blourp-pchhhh-sllllllourg*, cet espace sacré, ultrasaint, que tu viens de violer, Judith, avec ton saut de cabri suivi de ta Grande Valdingue, voici, collants, gluants, complètement déchiquetés, gondolés, délavés, boudinés, recroquevillés, racornis, rabougris, ratatinés, mâchouillés comme du chewing-gum, les Polaroïd passés à l'eau bouillante – pensez : 130º !...

Enfin, il faut nuancer, car le tableau – on s'en aperçut durant les minutes suivantes – était un peu plus contrasté.

À l'intérieur du périmètre saint, on distingua certes des clichés en bouillie. C'était la majorité et ils provenaient, pour la plupart, du sac **SUPERECO**. Mais ceux qui étaient à l'intérieur du cahier avaient mieux résisté. Une partie d'entre eux n'étaient que simplement effacés ; certains, à peine décollés ou simplement délavés.

Il y avait enfin un petit lot de clichés rescapés. C'étaient eux, souvent, qui avaient fort malencontreusement atterri à quelques centimètres des chaussures des touristes, quasiment à leurs pieds, dans la boue. Ils les ramassaient à présent, les examinaient à la dérobée avant d'aller les déposer, dans une sorte de procession compassée spontanément organisée, au fond des poubelles de plastique vert qui jalonnaient le sentier principal du champ thermique, avec leurs joyeux slogans en faveur de la défense de l'environnement. Il y eut aussi – c'était bien humain – quelques furtifs enfouissements dans des poches de parkas.

Cela dit, parmi la quarantaine de personnes qui

avaient assisté à la scène, nul n'avait encore compris ce qui s'était passé quand Judith avait sauté à l'intérieur de la cordelette qui ceinturait le geyser ; et, avant d'avoir les clichés en main, de les examiner avec des expressions diverses (stupeur, fascination, dégoût, simple amusement ou encore lèvres qui se régalent, narine vicieuse), les badauds avaient encore moins saisi ce qu'étaient au juste les objets précipités dans le siphon. Ni le pourquoi de cette subite Valdingue.

En fait, ça avait ressemblé à un attentat : les assistants, tout comme Judith, avaient vécu la scène à la fois au ralenti et à toute vitesse ; si obnubilés par l'observation du geyser que l'acte n'avait fait qu'ajouter à leur état d'hypnose.

Et c'était seulement maintenant qu'ils commençaient à comprendre ce qui était arrivé. À subodorer qu'il pouvait s'agir d'une vengeance ; à en entrevoir les motifs.

Mais ils peinaient, tout de même, car une bonne partie des clichés qu'ils ramassaient avec la même stoïque expression que des secouristes bénévoles collectant les cadavres après une catastrophe naturelle étaient, pour parler précisément comme des sauveteurs, parfaitement inidentifiables. À moins qu'ils ne tombassent – ce qui commençait fatalement à se produire – sur des photos qui avaient été épargnées par la régurgitation des eaux bouillantes. Où on ne voyait plus que l'essentiel : les poils, les sexes.

Ce qui désignait le coupable – lequel d'ailleurs, tout aussi inéluctablement, se dénonçait lui-même : Sale-Mec, tétanisé derrière la cordelette. Et qui ne ressemblait plus à rien, sinon à un pauvre chien.

À deux doigts de se jeter – cela aussi, c'était l'évidence même – dans le trou où recommençaient à pulluler les *glup*.

Et n'aurait-il pas fait cette tête qu'il se serait malgré tout désigné comme l'auteur des misérables clichés à présent en capilotade, ou presque.

À cause de la libellule à ses côtés, dans son caleçon de latex.

Laquelle libellule, malgré son air épaté (elle avait quand même dû se demander jusqu'au bout si Judith aurait le cran de passer à l'acte), continuait, vraiment en forme, toujours aussi peu penchée, plutôt droite, ꙮ, quoi, à ꙮꙮꙮ, sacrément dégager.

Aussi, cela tombe sous le sens : le geyser, dans ces circonstances, pendant un petit moment, ne fit plus recette.

Et, tandis que la procession improvisée de sauveteurs continuait à collecter en silence les clichés, fussent-ils en marmelade, le monstre aquatique demeura un long moment seul à *blourp*er face à Sale-Mec.

Sa bouche était agitée de rictus convulsifs. Incapable d'un geste, il cinglait à mi-voix un petit chapelet d'injures.

Il finit tout de même par ramasser, à ses pieds, deux ou trois clichés ; mais il ne put apporter sa contribution à la restitution de la propreté du site : dès qu'il avait un cliché en main, qu'il fût en bouillie ou qu'il y eût quelque chose à en tirer, c'était tout pareil, il n'arrêtait pas de le scruter.

Il s'agissait clairement, comme après tous les désastres, d'un état de choc ; mais, au moment où le geyser se remit à slllllourguer, comme pour prévenir toute nouvelle pluie de photos (parce qu'allez savoir ce qui avait pu se passer dans les entrailles de la terre, elle avait pu en garder en réserve, cette garce de marmite siphonneuse, et on était alors reparti pour une nouvelle averse, une nouvelle humiliation), Sale-Mec s'empara, dans une flaque de boue, juste derrière la cordelette, d'un paquet de photos manifestement rescapé de la catastrophe, en tout cas pas soumis au supplice du slllllourg, car il était encore attaché, quoique de façon précaire, par son élastique d'origine.

— Tu peux garder ça en souvenir ! cracha-t-il en voulant le jeter à la tête de Judith.

Elle esquiva le coup. Le paquet alla s'écraser sur une plaque de cristaux jaunâtres.

Dans son dépit, Sale-Mec se mit à fouiller la poche de sa parka.

— C'est ça que tu cherches ? le nargua Judith en brandissant les clefs du van et en les agitant sous son nez comme un torero sa muleta. Puis toujours aussi écumante, elle ajouta : Cherche pas ! C'est moi qui les ai !

Ce n'était pas du tout dans le plan ; et elle avait sans doute franchi la ligne jaune car Sale-Mec s'est mis à trembler et elle a pensé à cet instant (comme au moment du saut près du glup-sllllourg, à la fois à toute vitesse et dans un ralenti extrême) qu'il allait lui sauter dessus, lui arracher les clefs et, à son tour, les balancer dans le geyser, lequel entrait précisément dans la phase de silence qui précédait rituellement le pffffffuuuuuuuuuuuuuuuuuu-chti.

Elle prit donc les devants et fonça une seconde fois vers le cercle de cordelette, clefs en main. Mais là, la libellule s'interposa ; elle s'approcha d'elle et lui chuchota :

— Laisse tomber. Descends tout de suite chercher tes affaires et casse-toi sur la route. Je te rejoins.

Puis elle s'approcha de Sale-Mec, le frôla, joua simultanément des yeux, des hanches et des guiboles (un bon petit coup de ✲-✲, en somme, décidément, elle ne manquait pas d'aplomb, et elle savait y faire en toutes circonstances : comment avait-elle pu se faire piéger aussi sottement qu'elle l'avait dit avec son Rat-Doré, c'était de la mythomanie, cette histoire, ou quoi?)

En tout cas, fut-ce par contagion? Sale-Mec recouvra illico son sang-froid et fit face à Judith en ricanant.

Et ce fut bien ça, le pire : ce simple grincement en lieu et place de la rage qu'elle attendait, de la grande scène, du théâtre, du space-opéra, pour parler comme Slash du temps où elle n'était pas – schlllakk-schlllakk-schlllakk – à ce point libellule.

Mais non, rien que ce petit rire méprisant, comme la phrase qui suivit :

– Maintenant, dégage.

Très sec. Pas une injure, pas un jet de salive. Pas même de point d'exclamation.

Puis Sale-Mec a ramassé à ses pieds le paquet de photos et le lui a collé en main – il était encore tiède. Et il a recommencé à grincer :

– Tu prends ça comme souvenir et tu dégages.

Et toujours pas de point d'exclamation.

Une toute dernière fois, alors, sous les relents de soufre qui montaient d'un peu partout, Judith respira l'odeur de Sale-Mec. Et pressentit, de loin, la chaleur de sa peau. Mais ce fut comme le moment de la Grande Valdingue, cinq minutes plus tôt : à la fois très long et très bref.

Cela dit, elle n'était pas très sûre, pour la chaleur de sa peau. C'était peut-être sa seule excitation à elle. Ou l'ardeur des vapeurs qui montaient de la terre. En tout cas, elle a pris les photos. Qu'elle a regardées, tout de même.

Il était sacrément gâté par le destin, Sale-Mec, ça ne pouvait pas mieux tomber : c'étaient les leurs.

Mais impossible de s'attendrir, il continuait à répéter, toujours aussi sec
— Dégage.
Alors, comme il fallait bien, au terme de toute cette belle scénographie, s'arroger le dernier mot, Judith a lancé :
— Mais j'y comptais bien, figure-toi ! Je te largue. Toi et ta sale bagnole !
Bien entendu, Sale-Mec en a rajouté :
— Tu peux laisser les clefs sur le contact.
— Et s'il y a des voleurs ?
— Y en aura pas. Y a assez de toi.
Là, bien sûr, elle n'a pas pu s'empêcher de crier (il aurait fallu tout de même trouver autre chose, mais c'en était trop, vraiment, plus d'invention, plus un pet d'imagination) :
— Sale mec, va !
Et comme c'était elle, pour le coup, qui se sentait devenir rien qu'un pauvre chien, elle a ajouté à l'adresse de Slash, toujours à faire – schlllakk-schlllakk-schlllakk – la libellule, la hanche collée à celle de Sale-Mec, quelque chose qu'elle n'avait pas prémédité.
Et qu'elle n'avait d'ailleurs jamais essayé avec

aucune fille, et aucun homme non plus. Pour la bonne raison que, jusque-là, ça n'était pas du tout, mais alors pas du tout son genre. Et par surcroît, pas non plus dans le plan : un petit clin d'œil, suivi d'un ℒ.

Et elle a tourné les talons dans le sentier tandis que derrière elle, au milieu du carnage de photos et de la fataliste procession des touristes-sauveteurs, l'indifférent geyser, toujours aussi ponctuel, rituel, horloger, continuait son métier de geyser, *glup-glup-glup, blourp, pchhhhh, sllllllourg*, aspiration dans le siphon, silence ; et d'un seul coup, *pffffffuuuuuuuuuuuuuuuuuuuu-chti !* – il allait peut-être recracher des clichés.

Ah non ! ne pas se retourner, surtout pas ! Guetter simplement, sous la musique du geyser, les pas de la libellule.

Chti ! Puis *fou-fou-fou-fou-ît*. Et maintenant, silence.

Silence-silence. Silence. Et encore silence.

Mais qu'est-ce qu'elle fout, la libellule ?

Judith se retourne.

Ah si ! la voilà. Ouf !

Mais non, elle n'avance pas ; et, malgré la boursouflure de l'enveloppe de sa Bibendum-parka, Judith la sent à nouveau toute repliée dans ses élytres.

Du reste, elle n'arrive qu'à lui jeter que des maigres ♀, ou des ♂ tout faiblards. Elle est rede-

venue sauterelle, et toute penchée maintenant du côté
de Sale-Mec, en même temps qu'elle bredouille :
— Tu sais, dans le fond... Au final... Enfin, n'empêche ! Je reste.

8

La casse

Alors Judith a repris la Route n° 1, la route du silence, celle qui ne donnait sur rien.

À l'envers. Avec une voiture qu'elle a louée sur le parking.

Le bureau de location, une simple cage de verre, était coincé entre les toilettes, un distributeur automatique de préservatifs et la buvette où Sale-Mec s'était abreuvé de sa bière chérie entre toutes. On y proposait aussi des tandems, des kayaks, des skis, des peaux de phoque pour randonnées au sommet des glaciers ; et, bizarrement, des rollers – pour tenter la redescente en glisse jusqu'au lagon-que-c'est-bon ? En tout cas, une fois de plus, on pouvait s'offrir ce qu'on voulait, dans ce pays, comme l'avait juré avant le départ la blonde chimique – oh ! celle-là aussi, schlllakk ! je la hais. Il suffisait, comme elle l'avait promis, d'une carte glissée entre les mandibules d'une machine électronique pour que, même au fin fond d'un désert et en cas de Grande Valdingue, *stritttch* et *streutttch !* ce soit reparti pour le road movie.

À un détail près. Cette fois-ci, la route se ferait en solitaire. Et à l'étroit. Parce que tout ce qui reste à louer, d'après la fille de la cage de verre, c'est un minuscule avorton automobile métallisé platine. Un insecte à moteur, un pou.

Extraterrestre véhicule dont on se demande bien ce qu'il fout là, en bordure du champ thermique, à faire reluire sa carrosserie pour Garce Urbaine sous ce qu'il reste de soleil dans le ciel. «*C'est tout ce que j'ai...*», insiste en nasillant la fille de la cage de verre, très Garce Urbaine, elle aussi, avec son anglais aussi métallique que la peinture de l'animalcule. Une vraie tête à schlllakk : voilà qu'elle croit malin d'ajouter qu'à défaut du Pou Platine, on peut toujours se rabattre sur un tandem, «*portage de vos bagages intégré dans le budget, poursuit-elle de sa voix de nez, mais évidemment il faut aimer le vélo, supporter le vent et, ça tombe sous le sens, c'est uniquement pour deux...*»

— Non-non-non, coupe aussitôt Judith. Je prends le truc, là, la petite voiture.

Et, aussitôt, comme partout, ritournelle de OK. Comme à l'hôtel, comme au lagon. Comme à l'aéroport, comme au guichet des observatoires de baleines, comme sur les quais où on loue des chriscrafts pour aller voir de plus près à quoi ressemble la binette concave des icebergs. Signez là, c'est le contrat. Standard, comme d'habitude, pas de lézard. Et maintenant votre carte, *stritttch-streutttch*, OK-OK, bien enfournée, bien encodée, paiement accepté, tenez, je vous prie, les clefs du pou métallisé.

Dont la ronde et exiguë carrosserie, sous le soleil voilé, renvoie les mêmes reflets pailletés que, dans les récits de Slash, les dernières mèches sur le crâne de Rat-Doré.

Alors, d'un coup, tout s'ankylose, rien que d'y avoir repensé. Froid, brusquement. Lenteur, paralysie. Refus.

Ça vient et monte de très profond, comme les larmes. Comme le dégobillage. Mains gelées sur le trousseau de clefs. Plus moyen de bouger.

Un seul signe de vie : dans les jambes. Plombées à se faire sucer par un sllllllourg de la terre – mais glacial.

Et maintenant le pompon, cette crétine de langue qui, depuis le «*Sale mec, va!*» de tout à l'heure, n'a su que dévider une guirlande de OK-OK à la fille métallique qui voulait à toute force lui refiler son OVNI motorisé, voilà qu'elle s'y met, cette imbécile, qu'elle ne sait plus que chevroter : «Mais pourquoi j'ai fait ça, moi. Pourquoi, pourquoi j'ai fait ça?»

Hé non ! Inutile de se poser des questions. Trop tard. On ne rembobine pas le film. Tout ce qu'on peut faire, maintenant, c'est jouer l'ultime séquence. Au petit poil.

Donc, rupture, dernière.

Et retour dans les marques. On reprend.

La scène est facile, de toute façon : déjà jouée si souvent. Rabâchée, rebattue – dans le Petit Carnet, combien de pages là-dessus... Allez, même partition. Sans fioritures. Pas de débordements, pas de sentiment. Muscles raides, dos sec. Rien dans l'expression, tout dans les accessoires. Clefs, sacs.

Et puis, bien entendu, ce qui va faire ressembler la scène à une vraie casse : les décibels qui claquent, le coffre du van qui va devoir faire retentir son *bzoum !* jusqu'en haut du champ thermique. Puis *bzoum !* encore, de la même façon, pour le coffre du Pou Platine. Et ensuite, démarrage pleins gaz.

Allez, on y va : rupture, dernière ! Clap, *bzoum !* Clefs, sacs.

Justement, les sacs. Au moment de l'ouverture du coffre, pan-pan droit dans les yeux – à croire que c'est Big Shot qui remet ça.

D'abord, sous le vélo de Slash, le sac à dos. Effondré de tout son vinyle et du pauvre Mickey rebrodé dessus avec ses pupilles écarquillées, façon Cruchon Poétique qui n'a toujours pas compris le film : on dirait qu'il s'est mis à dormir contre ce maudit sac de cuir exactement de la même façon que toi, Judith, contre le corps de Sale-Mec. Blotti, pelotonné, tout collé, comme du temps où tu croyais encore que tu avais dégoté le Super-Ça et que tu te faisais des *Vassili-Vassili* sous la langue toute la sainte journée.

Misérable et naïve créature qui continue de se lover amoureusement contre la poche de cuir où dort toujours l'arme du crime, l'appareil qu'on n'a pas condamné au slllourg, avec Slash, quand on a ourdi le complot.

Et brusquement, au moment où tu arraches au coffre ton sac à dos, voilà Mickey qui se met à te demander, la gueule plus du tout enfarinée : « Au fait, pourquoi, avec Slash, vous l'avez épargné, le Big Shot ? Tant que vous y étiez, pourquoi vous n'avez pas décidé de le balancer dans les brûlants abysses du slllllourg exterminateur ? C'était parfaitement jouable ! »

Tu parles, Mickey! Mais parce que l'idée du slllllourg, elle était d'elle, la sauterelle-libellule ! Et quand j'ai objecté, rappelle-toi : « Mais il faut aussi faire valdinguer l'appareil... », souviens-toi comme elle a résisté ! Tout était bon pour le garder : « Non-non, le geyser, ça va le boucher, si on le balance. Et si jamais le Big Shot allait atterrir sur la tête d'un touriste, c'est trop dangereux, faut voir la puissance du jet... Et puis, c'est pas écolo... Et puis, son appareil, il va tout de suite le repérer, Sale-Mec ; si tu débarques avec, comment que tu vas le cacher ? Même si tu le fourres dans ton sac, il est malin, ton Sale-Mec, il va te voir venir. Et puis, slllllourguer uniquement les photos, comme vengeance, c'est beaucoup plus raffiné... »

Raffiné, tu parles ! C'est qu'elle comptait bien y passer, elle aussi, la libellule, au Pan-Pan-Big Shot !

Mais note bien, Mickey, on peut l'embarquer, maintenant, l'appareil. La voie est libre, regarde : ils sont toujours à roucouler sur le champ thermique, les deux vicelards. Ils ne s'intéressent pas à nous, ils ne nous espionnent même pas.

Ensuite, on pourrait aller le précipiter dans la première cascade. Et ça tombe bien : paraît qu'il y en a une superbe, à côté, c'est Sale-Mec en personne qui l'a dit, sur la route, tout à l'heure, quand il s'est mis à déclamer le texte du guide avec sa voix qui n'arrêtait plus de forcer sur le noir, au fur et à mesure qu'on approchait du geyser : « *Trente-deux mètres de haut, un festival d'arcs-en-ciel, des centaines de tonnes d'eau boueuse en cataracte, et par en dessous des gorges affreuses, très étroites et très creuses, soixante-dix mètres de fond.* » Belle fin, non ?

Mais non, Mickey ! Beaucoup mieux à faire – ha-ha ! – et beaucoup plus subtil ! – entre nous, c'est impressionnant, ce que ça rend créatif, la vengeance.

Et côté raffinement, cette fois, elle va pouvoir repasser, la sauterelle-libellule. Quand elle va vouloir ouvrir ses belles jambes à Sale-Mec pour se faire passer au Big Shot, chou blanc ! Tintin, pas de pan-pan. Parce que…

Par ici, les ampoules, par ici, les pellicules… Et tout ce beau matos, on ne va pas – ha-ha-ha ! – aller bêtement le jeter à la cascade. On va se le garder.

Comme souvenir. Oui, uniquement. Puisque, de toute façon, on ne va pas les revoir, ces deux ordures.

Et allez, fini, maintenant, on revient au scénario : on récupère vite fait le sac Mickey et la valise à roulettes. Et *bzoum !* fermeture du coffre.

En leur laissant quand même gentiment les clefs dessus. Puis rideau.

Oh si, tout de même, on rouvre le coffre. Une dernière petite chose.

Pas pour Sale-Mec, non. Pour la sauterelle-libellule.

Enfin, pour le côté libellule de son abjecte nature de sauterelle. Pour si jamais il lui restait, à celle-là, par-dessous l'élytre, un petit bout d'aile léger, translucide, qui vibre encore. Pour le rêve si limpide qui s'est mis hier à vibrionner partout dans l'air quand elle est apparue dans le hall de l'hôtel.

Hier. Incroyable, ça semble déjà si loin !

Donc, pour retenir – oh, un petit poil seulement, note bien, Mickey, rien qu'un brin – ce *loin* qui n'arrête plus de filer plus loin, plus loin, plus loin, une minuscule bricole. Une chose de rien. Juste pour voir. À tout hasard.

Au fond de la trousse à maquillage de Slash, entre son boîtier de blush et sa peinturlure à cils, là où elle va fatalement farfouiller, histoire de se relibelluliser sa face de sauterelle, dès qu'elle sera – inévitable ! – passée à cette saleté de sale magique chignole de Sale-Mec, il faut que, tout aussi forcément, son œil d'insecte à l'affût de tout tombe sur

---

JUDITH NIELS

**LOCATIONS – VENTES – ÉCHANGES
TOUTES TRANSACTIONS**

---

ta carte.

Avec téléphone, adresse, etc., tout le toutim qui va avec.

Non, pas par vacherie. Non plus pour signer, façon Arsène Lupin, la disparition du trésor de guerre, ampoules et pellicules. Non, pas par perversité, vraiment pas. Juste comme ça.

Enfin, presque. Juste au cas où. Pour si jamais, quoi !

Et puis, de toute façon, le propre des *si jamais*, c'est de n'arriver jamais. Donc, c'est seulement pour gamberger, le temps de la route. Pour rêver, style Ménage dans la Tête, à ce qu'il pourrait déclencher, ce tout petit bout de bristol. Juste de quoi se fabriquer mentalement des tempêtes de rebondissements.

De sentiments. D'événements. D'aventures. De louftingueries. De collisions avec des gens comme la sauterelle-libellule, sinoques, toc-toc – pas des Sale-Mec, non, de vraies gens, des personnages. De ceux qui font qu'il se passe des choses. Qu'il arrive des trucs, de vrais trucs. Parce que, toute seule, sur la route, qu'est-ce que ça va manquer !

D'ailleurs c'est pour ça qu'au passage, dans la trousse de maquillage, on peut aussi piquer sa poudre, et son blush, à la sauterelle-libellule. Pour si jamais.

Et, tant qu'on y est, tiens, son mascara.

Si minuscule fût-il, l'habitacle de l'animalcule était équipé – grand luxe, surtout si l'on songe que le prix de la location était équivalent à celui d'un tandem, c'en était inquiétant, à la réflexion – d'une sono stéréo et d'un lecteur de CD où le précédent locataire avait oublié un disque.

Un amateur de lyrique, assurément : dès que Judith eut tourné la clef de contact, ça chanta. En latin ou en italien. Un castrat.

Elle détestait d'ordinaire cette tessiture. D'autant que, ce jour-là, les mélopées s'accompagnèrent presque aussitôt, de façon parfaitement inexplicable, d'un relent très désagréable, une sorte d'odeur d'insecticide – on aurait dit celle du produit qui sert à exterminer les fourmis.

Souvenir du cocktail de cachets, ou exhalaison du plastique qui tapissait l'habitacle du Pou Platine ? Impossible à dire. Quoi qu'il en soit, l'odeur était aussi pénible qu'extrêmement bizarre. Et pas moyen de la chasser, même en baissant les vitres. Et impossible de trouver d'où provenait ce remugle : de la boîte à gants, du lecteur de CD auquel il semblait très tenacement associé ?

Dans le doute, Judith aurait dû tourner le bouton de l'appareil. Mais elle se raccrocha, au contraire, à la voix de castrat. À croire qu'il lui fallait absolument une bande-son pour remplacer le noir continuum des intonations de Sale-Mec et le festival de variations libellulantes qui avaient accompagné ces dernières heures.

Elle alla même plus loin : dès que le lecteur eut fini de débiter les vocalises du chapon chantant, elle en réactiva le mécanisme à une dizaine de reprises, sans se lasser. Là encore, sans trop savoir pourquoi. Et ce, malgré la tenace odeur de Tue-Fourmis qui ne cessait plus de l'accompagner.

En définitive, c'était peut-être pour essayer de réanimer son manège à histoires. Car, malgré sa carte de visite laissée au fond de la trousse à maquillage, il ne tournait plus rond, celui-là, alors là, plus du tout ! Elle n'arrivait à rien imaginer. C'était même pire : plus elle fonçait dans le désert, plus le passé, par l'arrière, la sllllllourguait.

Surtout maintenant qu'on sort de la plaine de cendres, qu'on pénètre dans le grand dégueulis de mollasses de lave toujours gelées dans le même silence, immuablement scellées aux gencives du glacier.

Et qu'on retraverse le pont de bois aux planches qui claquent sous les roues et bastonnent le dos avec.

Et qu'on aperçoit, du côté de la mer et de ses envols de sternes, le fanion toujours dansant du terrain d'aviation. Avec l'hôtel par-derrière. Qu'on double, mâchoires vissées à fond, sans lui jeter un coup d'œil, malgré son toit rouge et gai.

Comme, ensuite, sur la gauche, après le monticule de scories, on dépasse la fente azuréenne et fumante du lagon-que-c'est-bon-onh-onh.

Oh non, que ça fait mal-âh-âhl. Tellement mal...

Alors, plutôt se shooter à la voix du chapon.

Et comme au bout de deux cents kilomètres on finit par connaître la chanson, on va se faire sa petite transcription perso par-dessus le lamento.

Inventer n'importe quoi du moment que ça s'accorde au tempo, quelque chose comme, tiens : adieu, icebergs à la dérive dans les eaux curaçao, mancare Dio mi sento.

À tue-tête, le plus fort possible, en imitant le vibrato, de toute façon personne pour écouter, et plutôt se péter les cordes vocales que de repenser à la sauterelle-libellule.

Oui, plutôt brailler, hurler, espressivo, rinforzando, en mettant bien les trémolos, même si on n'y comprend que couic, pallido il sole, fini, les baleines, les fjords, dall'amor piu sventurato, hé oui ! fini, le chant des cachalots, sacrificium deo, fini aussi les plaines de tourbes, de lichens, de scories, sereni affectus mei, adieu les orgues basaltiques, les vols de lagopèdes, les bancs de flétans que Sale-Mec, sur la route du geyser – cur sagittas, cur tela, cur faces ? –, s'imaginait comme des poissons volants.

Et quand on a fini, *da capo*, autrement dit rebelote,

on se repasse le disque depuis le début, **sacrificium deo**, adieu glacier, lagon, rêve du petit tour en avion au-dessus du volcan, **che puro ciel!** adieu, hôtel, angine, fille d'étage, chambre aux Polaroïd, **stabat mater dolorosa, juxta crucem lacrimosa**, bye-bye pluviers, courlis, fulmars, **vicino delirar**, adieu, mescal au bar! Et puis, adieu cachets, fumette, **amare non licet**, c'est comme le saumon-patates et les œufs frits, salut, **regina caeli**!

Enfin, salut à toi, œil louche du **BIG SHOT** – **per pieta qual dolor. ah! Cleopatra! non resite il cor. crudel genitor!** – adieu aussi la libellule, **sei cara, sei bella**, belle salope de sauterelle, **salve regina**, je te reverrai pas, mais quelle douleur, tout de même, je m'en remettrai pas, **stabat mater dolorosa**!

Parce que : qu'est-ce qu'ils foutent, à cette heure, les deux autres ? Est-ce qu'ils se sont installés à la rest-house qui alignait ses deux rangées de bungalows roses et verts à droite du champ thermique ? Ou plus bas, par-derrière la cafétéria et la cage à louer les tandems, dans le motel tout ce qu'il y a de plus standard qui fait face au *pfffffuuuuuuuuuuuuuuuuuuu-chti* ? Et, entre deux séances de whaaaaaw-oui-oui-oui-encore-encore !, est-ce qu'ils prendront un moment pour une excursion à la cascade aux arcs-en-ciel où j'aurais pu, tout de même, rageusement et vengeressement balancer le Big Shot ? Et s'ils y vont, est-ce qu'ils iront à pied ? Ou est-ce qu'ils loueront un tandem à la fille de la cage de verre, parce que Slash, sa passion du vélo…

Ça m'étonnerait : Sale-Mec, cossard comme il est et comme son nom l'indique...

Au fait, est-ce que c'est la sauterelle qui a pris les devants, pour le plum' ? Parce que, telle que je la connais quand elle se met à ℒer... Et est-ce qu'ils ont déjà découvert le vol des ampoules, du mascara, de la poudre, du blush et des pellicules, en cette seconde précise où,

au cadran de l'animalcule – vous, Miss Niels, qui, cou hautement vissé à la Nefertiti, mais néanmoins très ruminante-ressassante-marmonnante – ah, le billet d'avion ! Maintenant, je comprends pourquoi il tenait tellement à ce que je le prenne open, Sale-Mec ! Tu parles, il savait où il allait, et je pige trop tard ce qu'il voulait dire avec ses grandes phrases comme « aller voir la vie, les gens ». J't'en fous ! C'était aller voir les filles, oui, style Rat-Doré avec ses « je suis curieux, j'aime le danger » et son grand roman opaque et grave. Encore plus Sale-Mec que je croyais... Mais j'aurais dû m'en douter, aussi, le premier soir, Cruche pas du tout Poétique que j'étais. Cruche pur sucre, oui ! Et aussi ce regard qu'il a eu, quand on est allés faire une virée dans les boîtes, la nuit du solstice... J'aurais dû m'en apercevoir, Reine des Cruches que je suis, et lui, Sale-Mec, Sale-Mec, Sale-Mec... –, continuez de perforer plein pot le désert entre mer et glaciers au volant du Pou Platine, tout droit vers...

Le point où refluera la mer, où s'étrécira le ciel. Où s'affalera le vent, s'éteindront les volcans. Fondront les glaces.

Là où, dans l'envol de l'avion, se dissoudra l'ailleurs, par-delà – *fuuuuuuuuuuuuuuuuuuuuuuuuuuuuuuuuuuuuuuut* – les nuages où tu iras toi-même te perdre, Judith, avant d'être aspirée à l'aéroport par le tube à bonheur qui, d'un *pfffffuuuuuuuuuuuuuuuuuuchti !* te recrachera Cité Pornic.

Au fond de la ville asphyxiée par l'été ozoné où tu retourneras à ta toute petite vie.

En tâchant bien comme avant de surnager dans l'infini des rooooooooooooooooot, vaille que vaille, égarée au milieu des alarmes, écrans, tiguidinggg-dinggg-dinggg, sirènes et parlophones beuglants, portables, télécommandes, zip-zoup, stritttch-streutttch, schlllikk-schlllakk, partout, à chaque coin de ville, de bureau, de guichet de rue.

Et ensuite, tous les soirs, au parking, devant la grille du square, à la porte de l'immeuble et sur ton propre seuil, tu sortiras tes zip, tes zoup à toi, re-badges, re-codes, re-clefs. Pour te protéger de quoi, en fin de compte ?

D'autres alarmes. D'autres écrans. D'autres averses de schliks, de schlllakk, zip-zoup-claps. D'autres ouragans de rooooooooooooooooot strOüOüOüOünnng, tiguidinggg-dinggg-dinggg.

Et là, bien à l'abri de ton appartement, de tes propres écrans, voyage vers la fenêtre. Expédition vers le micro-ondes. Détour vers le pot de basilic. Ou bien vers la poubelle. Ou du côté de la télécommande, de la souris de l'ordinateur, du cadran du téléphone. Ou encore raid sur le frigo.

Puis retour à la case départ : le store flageolant de la chambre. Soleil en décrue sur la ligne décliptique, cuisines qui se regardent à travers la cour. Zonzon qui se branle devant son bol de céréales. Derrière les vitres de la Vieille Dame, allées et venues de la bonne sœur et de la fausse blonde, laquelle, depuis le temps que la patronne ne meurt pas, a dû se faire tringler par des galaxies entières d'Astronomes.

Peut-être qu'elle a tout de même fini par casser sa pipe, la Vieille Dame. Et qu'elle s'est fait virer, l'infirmière blonde.

À moins que la Vieille ne soit encore de ce monde. Qu'elle n'ait eu un retour de flamme et qu'elle ne l'ait gaulée, cette radasse, au moment où un nouveau premier venu recommençait à la fourrer sur la table de cuisine – tiens, ce serait une bonne idée, ça !

Et peut-être que, dans l'énergie de sa résurrection, la Vieille Dame a aussi exigé et obtenu la réparation de l'ascenseur, toujours en panne, ce qui faisait qu'on tombait trois fois sur quatre, dans la grise lumière de l'oculus du premier, sur Ruhl, son œil flou de poisson-lune et son odeur d'insecticide – parce que, tiens, lui aussi, ce qu'il sentait, c'était le Tue-Fourmis.

Oh oui ! pourvu qu'il soit réparé, l'ascenseur !

Mais non, sûrement rien de changé, là-bas. La vie qui traîne, comme toujours. Le temps qui ne passe pas.

Comme le vaillant Pou Platine sur la Route n° 1 : il a beau s'échiner, le pauvre, aller chercher tout ce qu'il peut dans ses malheureux cylindres, toujours un désert pour s'enchaîner au désert, un néant qui se réenchaîne au vide, et, de toute façon, à l'absolue solitude, tandis que le CD pousse indéfiniment son cri d'homme-femme vers le ciel qui ne l'écoute pas et n'arrête pas de se défiler comme un Sale-Mec – on n'en sortira pas.

Et ça n'a fait qu'empirer tout au long de cette interminable Route n° 1 d'où il n'y avait pas davantage à sortir, vu qu'elle faisait le tour de l'île et qu'il n'existait pas de Route n° 2 pour ramener au point de départ.

Quand bien même il s'est produit de temps en temps ce que Slash aurait appelé des *rencontres de la route*, des collisions d'astéroïdes humains : on se croise et on se décroise, on se parle et on s'en va, on se fige, le temps d'un présent violent, puis d'un coup, plus personne, *sllllllourg-pfffffuuuuuuuuuuuuuuuuuuu-chti !* chacun repart dans sa vie, fini, retour à la langue de bitume où les souvenirs s'enchaînent aux souvenirs comme les déserts aux déserts, à longueur de kilomètres, avec pour seul horizon, par-delà les tourbières, les plaines de lichens, le soleil de la mémoire qui ne veut plus se coucher.

Alors plus moyen de marchander avec l'envers du rêve. Même quand il se met à pleuvoir, pleuvoir et repleuvoir, un méchant noyau de vérité reste toujours collé dans l'entrejambe des essuie-glaces.

Et, pour le fuir, rien que les haltes, cafétérias, hôtels, stations-service où, face à un distributeur de boisson ou par-derrière un bar, voilà qu'il surgit, lui, Vassili – il ne s'appelle jamais Sale-Mec, dans ces moments-là.

Parce que : sidération.

Jusqu'à l'instant – une éternité plus loin, même si tout cela ne dure en fait qu'à peine deux, trois secondes – où Judith s'avise qu'elle s'est trompée.

Que celui qu'elle a, de loin ou de dos, cru porteur des signes irréfutables de la Présence à qui, un mois plus tôt, elle a tout remis de sa vie (sa nuque un peu plate, sa façon de commencer doucement à grisonner, sa manière de chalouper de la hanche ou du splash, une ceinture de cuir portée, comme la sienne, assez bas sur les hanches), n'est pas la Présence. L'homme s'est retourné et il a fallu se rendre à l'évidence : rien à voir avec l'écriture de son corps, sa signature secrète. Pas de profil d'acteur, pas de cicatrice au cou, pas d'yeux dorés ni d'étoiles pour en pleuvoir, ni non plus cette épaule qu'elle avait si souvent attendue pour y faire palpiter son cœur et câliner son crocodile. Rien qu'un anonyme parmi les anonymes.

Mais trop tard, il y a eu ces deux, trois secondes qui, en lui coupant le souffle, lui ont laissé le temps de penser : « Ça y est ! Enfin, je le retrouve, il l'a déjà larguée, sa sauterelle-libellule. Et maintenant il me cherche au volant du van. Il me cherche partout, il regrette, il veut s'excuser... »

Mais voilà, ce n'était pas la Présence. Alors, à nouveau, le plomb dans les jambes, le « Pourquoi, pourquoi j'ai fait ça ? » Puis la fuite sous l'averse qui n'arrête plus de repleuvoir tout ce qu'elle sait.

Jusqu'à la prochaine halte, jusqu'au premier dos, la première nuque grisonnante. Jusqu'au premier fantôme de Présence.

Pour tout arranger, il y eut ces sales retours de crocodile, des récidives subites, comme dans cette station-service où elle s'arrêta, le matin du deuxième jour, et se figea soudain devant un jeune homme adossé à un mur. Il buvait du lait dans un petit biberon à tétine bleue et c'était un blond magnifique, un extraordinaire Super-Ça, cheveux drus, yeux très clairs, annonçant par surcroît sous son jean étroit une impressionnante boîte à outils – si Judith pensa *boîte à outils*, c'est tout simplement par association d'idées, le garçon tirait sur sa tétine au beau milieu d'un capharnaüm de crics, jantes, clefs à mollette, bidons, marteaux.

Malheureusement, comme le laissait présager la tétine bleue, il y avait un lézard à l'intérieur du crocodile ; et le quadragénaire roux et chafouin qui jouait les pompistes se fit fort d'en avertir Judith dès qu'il surprit son regard sur le beau blond : « Pas normal, celui-là, madame. Retardé mental. »

Eh oui ! comme d'habitude, quelque chose qui cloche, un détail qui gâche tout, un Pas-Ça-Du-Tout de plus sous l'enveloppe d'un Super-Ça. Et ensuite, pauvre Judith, bien obligée de refermer de force les mâchoires du crocodile.

Lesquelles ne se laissaient pas faire : la preuve, ce qui lui tomba dessus trois heures plus tard dans un restauroute, une grande pièce surchauffée qui évoquait la station polaire tellement elle était confinée et calfeutrée – ce dont à la vérité on ne pouvait se plaindre, avec la pluie le temps s'était considérablement refroidi.

La femme qui régentait le restauroute était d'ailleurs parfaitement assortie à la réfrigération générale du désert, c'était une sèche Walkyrie à moitié chauve ; elle avait par-dessus le marché – stupéfiant ! – les épaules qui splashaient. Chaque fois qu'un client poussait la porte, elle les surélevait de derrière son comptoir pour apostropher le nouveau venu. Toujours les mêmes mots mécaniques et rogues : « *Prière d'enlever ses souliers avant d'entrer, on vous prête des chaussons mais c'est tout le monde à la même table, plat unique, frites et stockfish.* » Judith se retrouva donc placée d'autorité face à un Black athlétique. Et là, ça n'a pas loupé : crocodile.

Le Black s'appelait Djibrill, ce qu'il lui confia après trois bouchées de stockfish : il vivait en Amérique où il s'occupait d'enseigner, comme son ami Ben, assis à ses côtés, la biologie tropicale ; et, comme l'autre Black ne desserrait pas les dents, Djibrill ajouta qu'ils commençaient à en avoir ras-la-casquette, de cette île, qu'ils n'étaient pas venus pour faire du tourisme, mais pour se pencher sur le sort des bananiers et des plants d'ananas qu'on faisait pousser sous serre, dans la petite ville qui précédait le désert, aux fins de les exporter vers les populations du Groenland qui souffraient d'un manque chronique de vitamines. Malheureusement, les plants venaient de se choper une épidémie de moisissures, personne ne comprenait pourquoi. Eux non plus, malgré trois semaines passées à tripoter les ananas et les bananes à l'intérieur des serres.

Djibrill parlait avec douceur, mais il était beaucoup moins jeune que Ben et n'avait pas sa grâce dans le geste, ni sa finesse de traits. Pourtant, aussi violemment que sur le blond à tétine, c'est sur lui que se refermèrent les mâchoires du crocodile, comme ça, *Crunch !* tout de go.

Un Crunch de premier choix qui alla s'écraser très précisément en plein sur ce qui se renflait si rondement sous la braguette du Black lorsqu'il se leva pour aller faire un tour aux toilettes, ouh là ! très gros recrunch.

Ensuite, plus moyen de se calmer, même en s'empêchant de reluquer l'endroit crucial, ni en se faisant la réflexion (fondée) que ce Djibrill avait quand même l'arrière-train très cambré, et le splash, quand il marchait – comment dire ? –, viril à l'excès.

Le tout en pure perte : dès le retour du Black, l'offensive du crocodile se fit encore plus sévère – *crunch-crunch-crunch*, oh là là ! j'aurais jamais dû le zyeuter – et la situation devint d'autant plus incontrôlable que le dénommé Djibrill commençait lui aussi à la reluquer par en dessous comme s'il avait reniflé en elle la caractéristique odeur du crocodile.

Ça doit être cette conversation, se dit alors Judith en se raidissant et en muselant à la va-comme-je-te-pousse ses crunchs sous-pelviens, ça ne peut s'imputer, selon toute vraisemblance, qu'à cet échange idiot que nous avons eu, lui et moi, sur les maladies des bananes.

– Vous savez, enchaîna-t-elle donc, aussi Garce Urbaine qu'elle pouvait en dépit de ses subreptices crunch-crunch-crunchs et re-crunchs, j'y connais rien, moi, à la botanique tropicale. Excusez-moi, mais il faut que je m'en aille, j'ai beaucoup de route à faire et je dois vous avouer que je n'aime pas beaucoup les frites, surtout quand elles sont accompagnées de morue sèche. En plus, il faut absolument que j'aille téléphoner à la première cabine pour rendre OK mon billet open.

– Ah bon, votre billet d'avion. Vous rentrez ? s'étonne le Black.

– Oui-oui.

– Pourquoi, ça ne vous plaît pas, l'Islande ?

– Si-si.

– C'est parce qu'il pleut ?

– Non-non.

– Est-ce que vous savez qu'en prenant la Route n° 1 à l'envers, si vous repartez vers... ah, je ne sais plus, ici tous les noms sont à coucher dehors... En tout cas, si vous réenfilez la Route n° 1 dans l'autre sens, à trois cents kilomètres d'ici vous tombez sur un fabuleux lagon où, grâce à une centrale géothermique qui s'alimente à une source située sous le volcan...

– Oui-oui, je sais..., balbutie Judith, et elle se tait.

Elle se referme, plutôt : par-dessus son plat de frites et de morue sèche, ça pue de plus en plus le Tue-Fourmis.

Et comme le Black sent qu'elle va se lever et partir, il joue son va-tout, se fait plus familier :

— Pourquoi t'as l'air triste quand je te parle du lagon ? Quelque chose qui va pas ? Tu déprimes ?... Mais si, mais si, ça se voit... Si, je te dis que ça se voit. T'as pas l'air bien... Si-si, je te jure. Pas prudent, de reprendre la route dans cet état-là. Repose-toi un peu. Tu sais qu'il y a des chambres là-haut ?

Il désigne le plafond et sourit. Puis insiste encore :

— Si-si, tu devrais te reposer, je te jure...

Judith se sent rougir et baisse les yeux.

Qui tombent aussitôt sur le poignet du Black. Et là, ça ne loupe pas non plus, re-crocodile, parce que, quelles belles mains ! Longues, fines, élégantes. Et ce poignet à l'ossature gracile que souligne tellement bien un bracelet de cuir noir où sont collés – ça, crunch ! crunch ! crunch ! c'est le bouquet ! – des coquillages en forme de vulves.

Et voilà maintenant que l'autre bananiste, Ben, qui a sûrement reniflé que l'affaire de son copain prenait tournure, se lève de table pour aller farfouiller dans les rayonnages du petit bazar, à droite du bar. Histoire, sans doute, de dégager le terrain. Et, bien entendu, dès qu'il s'est éloigné, voilà que le crocodile se remet à recruncher – pourquoi est-ce qu'il porte, ce Black, un pantalon noir aussi moulant ?

Et toi, Judith, pourquoi tu l'écoutes au lieu de te casser ? Tu te rends pas compte qu'il te baratine, quand il te demande, coup classique :

— À quoi tu penses ?

Mais toi, toujours pas vaccinée depuis Sale-Mec, il faut croire, tu embrayes aussi sec :

— Je pense au téléphone.
— Pourquoi au téléphone ?
— Je t'ai déjà dit. Pour rendre OK mon billet open.
— Tu devrais pas reprendre la route, t'es pas bien.
— Si-si.
— Alors pourquoi tu renifles comme ça ?
— Je sais pas. Enfin si…
— Alors, c'est quoi, ce qui te turlupine ?
— Tu ne trouves pas que ça sent le produit à tuer les fourmis ?
— À tuer les fourmis ? Ici ? Avec le froid qu'il fait ! Et avec cette pluie ! Des moisissures, je veux bien, dans les serres, mais des fourmis !
— J'en sais rien, je trouve que ça sent le Tue-Fourmis.
— Mais non, ça sent rien. À part les frites et cet infect stockfish !
— Ah bon.

Parce que, évidemment, Judith, de la Garce Urbaine, tu t'es tout doucettement laissée glisser dans la peau de la Cruche Poétique… Et maintenant tu laisses aussi le Black avancer en douceur, vers la tienne, sa main cerclée de coquillages-vulves :

— T'es malade, toi. Allez, dis-moi ce qui va pas…
— Pas le temps, faut que je me sauve.

Ouf ! Ça y est, Judith, tu lui as enfin bouclé la gueule, au crocodile ; le bracelet t'a foutu les jetons, avec ses coquillages à face de Polaroïd, tant et si bien que le Black peut toujours essayer de rattraper son coup – *Mais t'en vas pas comme ça ! T'as presque rien mangé. Bois au moins quelque chose… Un café, pour la route…* –, tu n'écoutes plus, tu cours au téléphone et t'y pends, derrière la Walkyrie qui continue depuis son comptoir – *prière de se déchausser* – à régenter son petit monde – *plat unique, frites et stockfish…*

Couplet à quoi se superpose, au bout du fil, une voix très jeune et très polie, celle de la fille de l'agence censée OKéifier les billets open : « *Oui-oui, passez à mon bureau, il y a quelques places ce soir sur le dernier vol. Oui-oui, je prends note, Niels Judith, OK. Mais j'ai besoin de votre passeport, il faut impérativement que vous passiez à mon bureau. Vous êtes encore en route ? Non-non, prenez votre temps, le temps est très mauvais, la Route n° 1 est dans un sale état et comme le guichet ne ferme qu'à 19 heures… Si-si-si, c'est très facile à trouver, il est couplé avec la réception d'un hôtel qui s'appelle…* »

Et elle aligne une kyrielle de syllabes, *Kirkjubae-jarklausturhotel*, que Judith se traduit quasi automatiquement dans la langue qu'elle n'arrête plus de s'inventer pour remettre d'aplomb la dézingue que Sale-Mec est venu flanquer dans sa vie : Hôtel Pan-Pan Big Shot.

Eh oui, cercle d'enfer : comme la Route n° 1, on n'y coupera pas, à celui-là ; la danse de mort des Polaroïd continue, la mémoire réveillée explose et se fracasse, ses éclats vont se ficher partout où ça fait déjà si mal. Le cœur, bien sûr, mais surtout le crocodile.

Alors à nouveau sauve-qui-peut. Puis la débâcle au volant du Pou Platine.

Qui va faire tout ce qu'il peut, lui, au moins, tout pou qu'il est, pour qu'on réussisse à s'extraire de cette crapaudière, l'averse, les volcans mous, les tourbières fumeuses, les glaciers qui continuent sous la pluie à couver leurs sales secrets et les cascades qui se pissent dessus.

Mais ça ne marche plus.

Même en se rejouant un petit coup de mater dolorosa par-dessus la voix du castrat. Derrière la pluie qui flagelle l'essuie-glace – toujours, toujours – la mémoire en pleine face, et l'imagination – comment faire, comment faire – comment oublier que les deux autres, loin derrière les gouttes, la pluie, là-bas, continuent, *tzioum! tzioum! tzioum! tzioum!* à vivre vite et fort comme des astronefs de science-fiction sur leur planète amoureuse où il fait certainement très beau temps.

Parce que, oui, le temps était si beau, si plein, si rond, quand ils étaient là, les deux autres. Tout un monde, des myriades de mondes, une énorme et palpitante et compacte nébuleuse d'histoires, de curiosités, de mystères.

Et voilà, *schlllakk* : un coup de télécommande, zapping, on se retrouve dehors. Sorti ; retour au noir le plus noir. Ce néant qui n'est pas le néant parce qu'on continue à y rêver de la nébuleuse d'avant…

Évidemment, on peut toujours essayer de compter sur la carte fourrée dans la trousse à maquillage. Et imaginer tout ce qu'on peut encore trouver la force d'imaginer. Par exemple que Slash donne de ses nouvelles, au retour. Il faudrait seulement qu'il y ait retour. Or ça... Parce qu'avec ces deux-là...

Alors, s'arrêter pour composer le numéro de Sale-Mec sur le premier clavier venu et *tzioum!* reconnexion ?

Mais ce n'est pas la règle du jeu, Judith. C'est toi qui les as plaqués, pas eux. Toi qui as actionné le zap et choisi, *schlllakk!* de t'en retourner dans le monde noir et lent où, finis les tzioum! tzioum! tzioum! – maintenant seulement le pare-brise qui ne pare rien, ni la pluie ni les souvenirs.

Des bribes, comme ça, de choses dites par Sale-Mec, qui ressurgissent. Des bouts de phrases qui reviennent aussi claires que les gouttes avant le passage de l'essuie-glace. Et de la même manière : en désordre, tout éparpillés.

« *Il y a une esthétique du Polaroïd. Il y a une patine du Polaroïd. Les clichés vieillissent intelligemment.* » Cette phrase-là, c'était durant la nuit du solstice, dans la chambre à l'hôtel Pan-Pan Big Shot. Judith avait trouvé que les couleurs du cliché étaient très crues, elle avait murmuré : « C'est quand même un peu *trashy*, tu trouves pas ? » Et quand Sale-Mec avait rétorqué qu'il y avait une esthétique du Polaroïd, elle n'avait pas su quoi répondre, même si elle avait trouvé sa théorie plutôt fumeuse. Forcément, avec sa voix noire…

« *T'es bien foutue, mais tu t'habilles nunuche.* » Cette sortie-là, c'était avant le départ, dans un restaurant. Là encore, voix noire : pas moyen de répondre.

« *T'es pas très gaie, comme fille.* » Ça, c'était le soir des bulots, sur le lit, au moment où il lui avait tendu le tube de mayonnaise – elle l'avait repoussé, comme les maudits coquillages. Cette fois, elle avait argumenté, répliquant qu'on le lui avait souvent dit, mais qu'on s'était toujours trompé, qu'on la prenait pour une mélancolique à cause de ses yeux très pâles et de ses longs cils qui lui embrumaient le regard ; mais il fallait pas croire, elle aimait s'amuser. Sale-

Mec avait alors demandé, avant d'engloutir un bulot :
« *C'est qui, on ? Tes amants ? T'en as eu combien ?* »
Et comme, une fois de plus, elle n'avait pas réussi à articuler un mot, il avait enchaîné : « *Enfin, ce que je voulais dire, c'est que tu ne parles pas beaucoup ; t'es toujours à penser, on ne sait jamais à quoi.* »

« *Tu devrais te couper les cheveux. Ça t'éviterait de les avoir tout le temps dans les yeux. C'est comme ces chaussures fines que tu portais tout le temps avant qu'on parte, tu n'arrêtais pas de te tordre les chevilles.* » Cette remarque, Sale-Mec la lui a balancée en sortant du petit aéroport où ils avaient réservé un appareil, avant le lagon et avant l'angine. Une brusque saute de vent l'avait complètement décoiffée ; ses mèches lui giflaient les yeux, elle ne voyait plus rien, elle n'arrivait plus à avancer, même en se mettant dos au vent et en essayant de les plaquer entre ses mains. Elle devait avoir en effet une dégaine assez ridicule. Mais elle tenait à ses cheveux longs et la remarque l'avait blessée.

« *Les étoiles, c'est ça qui va te manquer, en Islande. Parce qu'avec le soleil qui ne se couche jamais, tu n'y verras que dalle, dans le ciel, toi qui passes ton temps, dès que la nuit est tombée, à chercher là-haut ce qu'il y a dedans.* » Ça, c'est une série de phrases très étranges, à la réflexion : Sale-Mec les a eues tout à trac, la veille du départ, au moment où ils bouclaient leurs bagages. Elle revoit très bien la scène, c'était le moment où elle fourrait son roman au fond du sac Mickey. Elle se revoit aussi relever le nez, lâcher les lacets du sac et laisser tomber un « Ah bon ? » absolument pas Cruche Poétique. Elle était sincèrement étonnée, elle n'avait pas eu l'impression, jusque-là, d'être passionnée par les étoiles – alors ça, pas du tout, comme l'avait bien prouvé, du reste, l'histoire de l'Astronome.

« *Où est mon ceinturon de cuir ?* » Il a dit ça vingt fois, cent fois, Sale-Mec ; et tiens, pas noté avant : il portait beaucoup de cuir. C'était peut-être ce qui le rendait si excitant.

« *J'aime pas faire l'amour avec les filles qui ont leurs règles.* » Ça, c'était la veille du lagon, dans la *rest-house* perdue au milieu des tourbières, au moment où le silence s'était incrusté entre eux – ils n'avaient pas échangé dix paroles, ce soir-là. Arrivée dans la chambre, elle avait cru qu'en se blottissant contre lui dans le lit, elle allait l'attendrir. Mais non, il l'avait immédiatement repoussée ; l'histoire des règles, un pur prétexte, car c'était le tout début, juste un filet.

« *Tu es charmante* » –, trois mots qui l'avaient estomaquée, la deuxième fois qu'ils avaient fait l'amour, elle assise sur lui. Ça ne lui avait pas semblé une phrase à dire à une fille qui se démenait de tous ses fessiers et de toutes ses cuisses comme on le fait toujours en pareille situation. Très Rat-Doré, quand on y repense.

« *Quels jolis seins en pommes ; à ton âge ça se fait rare !* » – ça, c'était juste avant le départ, pendant la courte période où ils se voyaient souvent et où ils copulaient exactement comme dans les films et dans les romans, avec les épidermes en sueur, les ahanements, la déclinaison de toutes les positions, la conviction de l'exact ajustement de leurs deux corps, comme on dit aussi dans ce type de romans ou de films. C'était aussi la brève époque où elle se crut l'unique, la préférée. Tu parles ! Si ça se trouve, Sale-Mec se tapait parallèlement la blonde chimique, et peut-être encore une troisième ; et va savoir s'il ne carburait pas aussi au Virilactif, comme l'autre, là, ce Rat-Doré. Et puis, le *ça se fait rare*, pourquoi ne l'avoir pas relevé, tout comme le *par exemple* du premier soir ? Parce qu'elle ne voulait pas comprendre, tout bonnement. Ne voulait pas voir.

«*Je déteste que tu reluques ma cicatrice !*» – dans le van, le premier jour. La vérité, c'est qu'il était en train de se passer de la crème écran total sur le cou, qu'il avait lâché son volant pour se frictionner et qu'il maintenait la direction par le seul jeu de son genou droit, elle était morte de frousse et elle s'en foutait complètement de sa cicatrice, puisque la veille, après le Pan-Pan Big Shot, il lui avait raconté comment il s'était retrouvé avec cette balafre. Complètement parano, en plus, ce Sale-Mec.

«*Tu es délicieuse*» – la veille du départ pour l'Islande, au moment où, ayant joui comme jamais, il lui avait embrassé très doucement les lèvres, le bout du nez, la pointe des seins, enfin les paupières. Avec vénération, religieusement. C'est pour des gestes comme celui-là, si inattendus, si tendres, aussi, qu'elle avait repoussé tous ses doutes quand ils s'étaient mis à l'assaillir. Cela dit, des élans pareils, Sale-Mec n'en eut que deux ou trois fois.

«*Comme ta peau est douce : de la soie, j'ai rarement vu ça*» – même soir.

«*Tu es une vraie femme.*» Encore le même soir, devant l'ascenseur, au moment où elle repartait de chez lui. Tiens, Slash avait raconté quelque chose d'approchant à propos de Rat-Doré. Ce doit être un truc. Une ficelle de sales mecs.

« *Je n'avais pas encore remarqué que tes yeux changeaient de couleur. La plupart du temps, ils sont bleu foncé, mais quand tu joues, ils deviennent bleu clair.* » Toujours le même soir. Un bon moment, ce jour-là, en définitive – il n'y en a pas eu tant que ça. Et puis, pour une fois, c'est une phrase qui sonne vrai, on ne peut pas inventer des choses comme ça. De temps en temps, il a dû être sincère.

« *Tu te lâches jamais vraiment, dans le fond. Pourquoi tu te lâches pas ? T'es très drôle, quand tu te lâches.* » Impossible de se souvenir quand Sale-Mec l'a dit mais il l'a dit, c'est sûr ; ce jour-là aussi il devait être sincère.

« *J'ai acheté du thé et des petits gâteaux, je sais que tu détestes le café instantané et mes vieilles biscottes !* » Délicate attention. C'était le lendemain matin. Au bout du compte, toute cette période qui précède le départ c'est le meilleur moment de leur histoire. Mais n'empêche ! Il était en train de combiner le coup des Polaroïd...

D'ailleurs, l'avant-veille, il y avait eu cet abominable « *Tu es gentille* », après qu'elle eut payé la note du déjeuner au restaurant japonais, puis, le soir même, la note du dîner chez le Tunisien – deux briks à l'œuf, un couscous, une salade de fruits. Sale-Mec avait prétendu que sa carte de crédit avait été avalée par un distributeur ; il avait promis de rembourser sa part, mais ne l'avait jamais fait. Quand on dresse le bilan, d'ailleurs, ce *tu es gentille*, dont elle avait horreur,

Sale-Mec l'a prononcé une bonne dizaine de fois. Elle le contrait toujours vaillamment d'un « *Non, je suis sincère, c'est comme ça !* » Il faut aussi relever que Sale-Mec parlait toujours de sa gentillesse quand il lui prenait quelque chose sans nulle intention de le lui rendre, en grand prédateur qu'il était.

« *Tu es agaçante, à la fin, à observer tout le temps les gens. C'est une vraie manie, chez toi ! Et tu te rends même pas compte qu'à force de tout espionner, tu finis par tirer la même tronche que les caméras à l'entrée des banques. Même quand je suis de dos, je sens que tu me regardes et j'ai horreur de ça.* » Ça, c'est une sortie qu'il lui a faite un matin, chez lui, mais quand ? Impossible à dater. Curieux, du reste : ce souvenir s'était effacé, pourquoi revient-il maintenant ? Ce qui est sûr, c'est que Sale-Mec avait balancé sa tirade sans préambule, depuis le couloir de la cuisine où il était allé chercher son infect café instantané. Il avait l'air exaspéré.

« *Referme bien le bouchon de ton tube de dentifrice, j'ai horreur de ça, et chez toi, les tubes ouverts, ça a l'air systématique. Alors, je préfère te prévenir : je supporte pas !* » C'était aussi un matin. Peut-être le même jour. En tout cas dans la salle de bains.

« *Et en plus t'as laissé le robinet du lavabo couler* » – une phrase qu'il a grommelée moins d'une minute plus tard, toujours dans la salle de bains.

« *Toutes ces crèmes que tu trimballes dans ta trousse de toilette ! Va pourtant falloir voyager superléger, en Islande !* » Même jour, même heure, même lieu, la salle de bains. Mais, cette fois-ci, ça se passe après la douche – c'est fou ce que leur cohabitation dans cette pièce le rendait irritable.

« *T'es vraiment une drôle de fille. Toujours l'air de gamberger, de calculer. Je te trouve sacrément compliquée. Tu pourrais pas être un peu plus simple ?* » Celle-là, il la lui a lancée le soir du solstice, dans la deuxième ou la troisième boîte où ils étaient entrés, elle ne se rappelle plus. Elle se souvient toutefois que ça s'est passé au moment où elle avait refusé d'aller danser avec les touristes ; et qu'elle lui a renvoyé ce soir-là (quoique la gorge nouée) une réplique dont, avec le recul, elle demeure assez fière : « *Et une femme compliquée qui jouit et qui te fait jouir, ça te gêne ?* » Il n'a rien trouvé à répondre. Il s'est borné à la regarder au-dessus de sa bière d'un œil méchant et jaunissant ; et il s'est remis à reluquer les filles.

« *C'est le principe de la profiterole inversée !* » – déclaration dans le lagon, deux heures avant que l'angine se déclare. Il aurait pu aussi bien dire : « On a le corps au chaud, la tête au frais ; il faudra qu'on fasse attention, en sortant, on pourrait prendre froid. » Non, il a dit *principe de la profiterole inversée*. Preuve que Sale-Mec pouvait être aussi sacrément compliqué quand il s'y mettait.

« *Ne prends pas froid, tiens, voilà mon pull* » – version n° 1. Voix très noire, c'était le moment où ils erraient sur les quais, du côté du manège, quand il était en train de manigancer son coup du Pan-Pan Big Shot. C'est du moins ce qu'on peut en déduire après coup, car il y a eu une version n° 2 de cette sortie, en beaucoup plus mielleux : « *T'as froid, mon mimi ; tiens, voilà mon pull* », après le passage du médecin, le soir du lagon, quand Sale-Mec a dû commencer à calculer, au vu de sa fièvre et des médicaments prescrits, qu'il aurait bientôt le champ libre pour aller prendre dans ses filets la fille à la langue de dragon dans la fente. Rien qu'à la réentendre, cette voix mielleuse, ça donnait envie de chialer…

Mais non, Judith, tu ne vas pas recommencer, c'est fini, bien fini ! Tu as balancé les Polaroïd au fond du geyser, anéanti dans le *sllllourg* sa superbe collection, et tes amours avec, puisque tu as balancé à Sale-Mec : «*Je me casse !* » et qu'il t'a répondu : «*Dégage !* » Tu le sais bien, tout de même, que ces quatre mots-là signent la fin du programme…

Donc, même si tu le croises, Sale-Mec, d'ici une minute, sur le bord de la route, à faire du stop sous la pluie, tout seul, dûment plaqué et plumé par la sauterelle-libellule ; même si tu tombes sur lui dans un coin de restauroute, au trente-sixième dessous, sale et mal rasé, en loques, SDF, devant un bout de morue sèche et une bière tiédasse de la marque qu'il n'aime pas ; et même si toi, à ce moment-là, tu te pointes en hyper-libellule, décolletée, nickel, parfumée, mascarisée à fond grâce à la Triche Cosmétique soutirée à la trousse de cette sale carne de Slash, toi, les yeux remplis de ♌ , alors que lui, Sale Mec, ses étoiles dans le regard, il les aura perdues pour toujours, l'imbécile, vampirisé qu'il aura été par l'ignoble sauterelle ; même à ce moment-là, Judith, tu peux en être sûre, après le coup du *pfffffffuuuuuuuuuuuuuuuuuu-chti*, il te redira : « Dégage ! »

Et puis, tel qu'il est, pas de chances que tu le

retrouves en SDF, ton Sale-Mec, à se siffler tout seul une bière tiède, les yeux vidés de leurs étoiles. Même lourdé par la sauterelle, tu le retrouveras avec une jeunette à ses pieds qui lui paiera des coupes de champagne, comme toi les notes de restaurant qu'il ne t'a jamais remboursées.

Parce que Sale-Mec, tu sais bien, il suffit qu'il se re *SPLASH* e un bon coup, et, dans la seconde – 🕉 –, ça libellule, en face.

Par conséquent, c'est à cette fichue manie de se souvenir et de ressouvenir, de tout décortiquer puis de tout couper et recouper en douze mille morceaux qu'il faut maintenant crier : « Dégage ! »

Même si la pluie s'entête. Même si ça n'arrête plus de !!!!!!!!!!!!!!!er des cordes sur le toit du Pou Platine.

Parce que suffit, maintenant, derrière le pare-brise, de tout ce passé qui dégouline ! Basta, Miss Niels ! On se redresse, on se revisse le cou, on se renéfertitise ! Et, dès que ça s'éclaircit, on s'arrête un bon quart d'heure pour souffler. On va faire un petit tour. Marcher.

Loin de ce pare-brise où n'arrête plus de s'abattre la mémoire, avant de se faire hacher menu par l'inexorable essuie-glace. Toujours plus tailladée, cisaillée. Suppliciée.

Et ça glisse et ça reglisse sur la route, avec tout ce déluge et ces boues et cette glace en lavasse, derrière le pare-brise on ne voit carrément plus rien.

Pourtant ce soir, il faut absolument qu'on soit dans l'avion, en route pour la Cité Pornic. Pour, une fois là-bas – ouf! –, tout recommencer.

Alors carbure, carbure, Pou Platine, fends le brouillard, déchire la pluie, décampe de ce pays qui schlingue la mort et va t'écrabouiller sous des blocs de malheur si tu y restes trois heures de plus; d'ailleurs, *tzîîîîîiiii-striiiiiiiiiiiiiiiiiffft*, un tandem surgit du brouillard, on frôle la Grande Valdingue – faut être fou, aussi, pour rouler sous une flotte pareille.

Au fait, sur le tandem, c'étaient pas Sale-Mec et la sauterelle? Si on s'offrait un demi-tour?

Mais non, Sale-Mec aime beaucoup trop son confort. Et puis décrétons une bonne fois pour toutes qu'ils se sont transformés en fantômes, ces deux-là. Des trolls qui vont rester peupler jusqu'à la fin des temps les landes de ce pays qui pue le suaire mouillé.

Donc direct-direct-direct sans avoir froid aux yeux ni nulle part ailleurs – sauf là où ça continue, hélas! à faire du crocodile –, jusqu'à l'hôtel du Pan-Pan Big Shot où tout a commencé, et qu'on en finisse – *tzîîîîîiiiiii-striiiiiiiiiiiiiiiifffft !* cette fois, c'est un camion qu'on a manqué d'emplafonner – avec cette sirupeuse mémoire d'amour qui n'arrête plus de dégouliner.

Et pourvu que là-bas, à l'hôtel, on ne tombe pas sur Sale-Mec et sa sauterelle-libellule au cas où ils auraient eux aussi décidé de changer de crémerie, vu la pluie.

Et si tu t'arrêtes, Judith, dans une station-service, par pitié, ne regarde pas la braguette du pompiste. Ni, dans les restauroutes fumants, les pantalons serrés des bananistes. Droit à l'hôtel où on transforme en OK les billets open.

Allez, hardi petit ! à fond les boulons ! Comme au moment où tu as quitté le parking du geyser, pleins gaz, fonce, fonce, fonce, en te bornant à un *striiiiiiiiii-iiiiiiifffft !* avant les virages et quand surgit à l'improviste un autre camion, une Land-Rover, un minibus, un autre tandem où continuent – c'est incroyable ! – de s'échiner des couples encaoutchoutés et ruisselants de la tête aux pieds.

Et freine aussi le long de la mer. Par luxe pur. Juste pour admirer, quand le temps s'éclaire, les baleines et les icebergs qui recommencent, entre les îles noires, à jouer aux autos tamponneuses. Ou pour t'étonner, à l'approche des ponts qui n'arrivent plus à digérer la boue, des tourbières qui ploufent et ploufent, des cascades qui n'ont jamais autant cascadé de leur vie et des chevaux sauvages qui font toujours bien dans le décor.

Mais direct, hein ! ensuite, jusqu'au billet OK, en dépit – *striiiiiiiiiiiiiiiiifffft ! striiiiiiiiiiiiiiiifffft !* – des virages mouillés, remouillés, surmouillés. Jusqu'au bout de la route n° 1 où va enfin disparaître ce qui n'arrête plus de te fixer dans l'entrecuisse de l'essuie-glace : l'orbite vide et larmoyante de Big Shot qui...

... Ouf ! le bas-côté. On n'a rien, tout va bien. Mais cette fois-ci, on a bien failli y rester. Normal, c'était un van, en face.

Pas le leur, pourtant. Celui-là était rouge. Criard. Pourquoi je l'ai pas vu ? Et pourquoi, maintenant cette suée glacée ?

Allez, on souffle, on s'éponge. On se renéfertitise une fois de plus et on redémarre. Mais doucement.

Car, pour tout arranger, ce qui tombe, maintenant, c'est du grésil, et ça patine sérieusement – dans le guide de Sale-Mec, ils disaient bien qu'en moins de vingt-quatre heures, dans cette île, on pouvait passer du plein et bel été au plus vilain de l'hiver.

Mais on finira bien par y arriver, à l'hôtel, on finira par voir – d'ailleurs, ça y est ! – le soleil faire fondre la giboulée, et balancer, comme ça, d'un grand jet de rayons dans le pare-brise qui dégoutte encore de ses paquets de grêlons, le port bien frais devant la ligne d'horizon.

Très net, avec toutes ses grues, ses quais, les brise-glace, les quilles rouillées de la nuit du solstice. Et le manège rose et doré où les enfants riaient.

Il fallait s'en douter, la fille qui rendait OK les billets open, à la réception de l'hôtel du Pan-Pan Big Shot, était une blonde.

Une vraie fille d'agence, une jeune-jeune-jeune à coller tout de suite entre les pattes (tiens, quelle riche idée !) de Sale-Mec à la première occase, histoire de se venger de la sauterelle-libellule.

Parce qu'avec celle-là, elle pourrait toujours hyper-libelluler, l'autre garce de Slash, elle ne tiendrait pas longtemps la route, même avec ses 🐟 et ses ✹☾,

en face des petites hanches étroites de la jeunette et de ses seins à la coque qu'on dirait pondus d'il y a deux heures.

En plus, elle annonce sérieusement la couleur, *whaaaaw !* – ce beau et gros cul tatoué en rouge vif au-dessus de son poignet droit, avec sa flèche violacée qui lui entre en plein dans le mille…

Et au bout de la flèche, ce petit fanion sur lequel danse – ça, c'est le pompon – un grand

en lettrage bien guilleret.

À ce compte-là, qu'est-ce qu'elle s'est fait dessiner au-dessus de la fente, la nymphette ? Un bouquet de violettes, pour faire contraste ?

Cela dit, elle a très mauvaise mine. Chlorotique, blafarde, maigrichonne.

Comme cette sinoque de Slash, quand on y repense, pas seulement azimutée, celle-là, mais patraque, dérangée de tous les côtés. Parce que, tout de même, pas normal du tout, de se balader à vélo avec cette masse de cachets au fond de son sac à dos. Timbrée, la sauterelle-libellule. Et certainement autre chose. Parce que tout ce théâtre, aussi, dans le bar, la cuisine, la chambre…

Au fait, dans ce qu'elle a raconté, qu'est-ce qui était faux, qu'est-ce qui était vrai ?

Mais pas de regrets, puisque c'est fini. Même si on se retrouve maintenant dans le monde plat des écrans, à naviguer loin du vent de la passion à coups de schlick-schlicks poussifs, de câbles en connexions, sur la bonace des pixels.

— Oui, s'il vous plaît, mademoiselle, ce que je veux, c'est un billet OK, tout de suite. Pour l'avion de ce soir, vous m'aviez bien dit, tout à l'heure, au téléphone…

— Ah bon ? Plus possible ? Non ! ?

Silence de la blonde jeune-jeune-jeune. Et parfaite immobilité. Impassibilité de bouddha. En elle plus rien qui bouge, pas même le fanion FUN au-dessus du poignet droit.

— Mais pourquoi ? Vous m'aviez pourtant dit... Ah, vous vous êtes trompée ? Vous aviez mal compris le nom de la destination... Et maintenant, alors ? Pas avant demain treize heures ? Non !

Un monstre de plus, cette blonde. Chaque fois qu'elle refuse quelque chose, elle se fige. Et ne dit plus rien.

— C'est pas long ? Mais si, c'est très long ! Parce que je dois rentrer, moi, je dois rentrer tout de suite ! Oui, tout de suite ! Impérativement ! Non, je ne peux pas attendre. Si, c'est un deuil, enfin... non, non, pas tout à fait. Mais bon...

Là, quelque chose vibre chez la blondinette. Elle semble brusquement tendue. C'est le moment d'insister. D'en profiter.

— Impossible, vous êtes sûre ? Mais au téléphone, vous m'aviez dit OK ! Vous voulez pas chercher encore ? Sur une autre compagnie, je ne sais pas, moi ! Ça sert à rien ? Et où je vais dormir, moi, alors ? Ici ? Ah, ça non, jamais de la vie ! Sûr, pas de place ailleurs ? Mais je rêve ! Tout est bondé, un match de foot ? Pas au courant, je me fous du foot. Mais vous êtes archicertaine : rien ailleurs ? Plus que trois chambres, uniquement ici ? Et ailleurs, sûre de sûre... ? Ah bon.

Fini de jouer, Miss Niels : ce soir les *ah bon* qui sortent de votre bouche ne sont plus du tout des *ah bon* ? bien ronds de Cruche Poétique, mais de vrais bons *ah bon* ? tout gros, tout cons.

Pourtant, pas question de passer une minute de plus dans ce pays dégoulino-merdiquissime. En tout cas, pas dans cet hôtel. Alors, pour lui extorquer ce qu'elle ne veut pas donner, la blondinette, si on copiait Sale-Mec ?

D'autant plus qu'elle parle très bien notre langue. Et qu'aux *vous* bien obséquieux qu'on lui sert elle n'a pas peur de répliquer par des *tu* droit au but. Donc, embrayons, meilleurs sourires dehors, avec des *ah bon* ? de classique intonation. Et pour le reste, on va froidement décalquer Sale-Mec.

— Oh là, *whaaaaaaaaw* ! tu parles superbien. Ah bon, t'as passé toute ton enfance à... C'était ta mère qui... ? Ah non, ton père, je comprends. OKééééééééé, ta mère s'est pas adaptée... Et quand ils se sont séparés, elle t'a remmenée ici. OKééééééééé, je comprends ; moi aussi, mes parents ont divorcé. Mais c'est pas loin, tout ça, t'es tellement jeune... Ah bon, t'avais quinze ans, et ta mère est morte un an après ? Un accident... C'est vrai, la Route n° 1 est supermauvaise, surtout par temps de pluie ; d'ailleurs moi aussi, tout à l'heure, à trente kilomètres d'ici... En tout cas, tu parles superbien. Et pour ma chambre, alors, qu'est-ce que tu me conseilles ? Aucun hôtel, t'es sûre de ton coup ? Mais s'il y a des footeux qui se décommandent ? Ah bon, avec le foot, les gens se décommandent jamais ? Bon. Mais je pourrais peut-être essayer la chambre chez l'habitant. Ça se fait plus ? À cause des drogués ? J'y crois pas ! Non ! Si, vraiment ? Ils sont si méfiants que ça, les gens d'ici ? OK-OK. Remarque, ça se comprend. Mais il y en a tant que ça, des drogués, par ici ? Ah ouais ? Et comment elle arrive, la came ? Oui, comme partout, je comprends. Mais la fumette, tout de même, ça rend pas si méchant ! Ah bon, de la dure ? Non ! Ah ouais ? De l'héro, de la coke ? Et on peut pas empêcher ça, dans ton île où tout le monde se connaît ? Vraiment pas ? Mais dis donc, là-dessus, t'as l'air d'en connaître un rayon...

Là, nouveau silence de la blondinette, comme au début de leur conversation. Et nouvelle paralysie. Puis, soudain, elle se remet à parler, toute douce, toute triste, sans méfiance ; et, au fil des répliques, Judith s'enhardit :

— Ah ouais ? T'as commencé en Angleterre, alors ? Et tu t'en es sortie comment ? Carrément : désintoxication ? Ils t'ont forcée ? Un an ! *Whaaaw!* Et là, alors ? Méthadone, ah oui ! Je connais, j'ai entendu parler, je comprends, oui, réinsertion, je comprends, je comprends. En tout cas, ça se voit pas, t'as très bonne mine. Et puis, t'es tellement jeune. Quel âge, au fait ? Vingt-deux ? J'aurais pas cru. Ah bon, un enfant ? Déjà ? Et qui s'en occupe ? Les services sociaux, oui, je comprends. Quel âge, ton mioche ? Deux ans ! *Whaaaaw !* Un enfant...

Là, Judith, reprends-toi, très vite. Oublie que ta voix s'est cassée, et ne te regarde surtout pas dans la vitre qui forme miroir, derrière la blondinette, pour constater à quel point tu pourrais être sa mère. Reviens à tes moutons, tout de suite !

– ... Alors, t'es sûre ? Sûre de sûre ? Pas d'avion avant demain treize heures ? Et sûr aussi : pas de chambre chez l'habitant ? Bon-bon. Bon. Eh bien, puisque tu dis que je suis forcée de prendre une des trois chambres qui restent, pétasse de blondinette, dans ce putain d'hôtel Pan-Pan Big Shot... – non-non, je ne disais rien, je parlais juste pour moi, je pensais que, dans ces conditions, j'allais bien entendu prendre une des trois chambres qui...

Et là, comme la blondinette paraît subitement inquiète, rassurons-la – qu'est-ce que ça coûte ? – d'un petit sourire crispé :

– OK-OK. OK. OK. Non-non, je suis pas contrariée, mais, bon ! j'aime pas du tout cet hôtel. Si-si, je suis déjà venue. À l'aller. Non-non, c'est pas question confort. C'est question... Enfin, passons. En plus, j'ai de la chance, je sais, elle sera pas chère, la chambre, vu qu'elle est au rez-de-chaussée, qu'elle donne sur la rue et que c'est une single. Oui-oui, je sais aussi qu'il y a toutes sortes de boîtes à côté, je suis déjà venue. OK, OK, je sais, on s'amuse bien. Ça marche surtout le vendredi soir ? Et on est vendredi ? Ah bon ? Vendredi...

Et voilà que la minçounette-blondinette-jeune-jeune-jeune se lève de toute sa jeunesse, minceur et blondeur, par-derrière son guichet, et murmure comme au chevet d'une grabataire :
— Ça va pas ?

Alors, réflexe d'oie qu'on vient de décapiter et qui continue cependant à marcher jusqu'au moment où son système réflexe sera complètement démantibulé :
— Non-non, c'est rien. J'ai très mal au crâne, voilà, c'est seulement ça. Au fait, tu pourrais me dire où il y a une pharmacie ? À gauche, là, en sortant ?

Et de réplique en réplique, la conversation retrouve ses glissières, ses aiguillages automatiques :
— ... Je voudrais de l'aspirine, oui, mais aussi des cachets pour dormir. Ah, sans ordonnance, pas moyen ? C'est plus facile ici d'acheter de la dure en douce ? Je rêve ! Et l'aquavit tu dis, à tous les coups on dort ? Ah bon. Je vais voir. Parce que moi, tu sais, je tiens très mal l'alcool, et la dernière fois que je... Mais bon, je vais voir. C'est comme l'hôtel : je vais voir. Déjà que j'ai trouvé une piaule et un billet OK... Donc, l'enregistrement, demain, onze heures à l'aéroport ? OK, OK. Merci pour tout. Oui-oui, ça va aller. Je vais voir. Si-si, je te jure, ça va aller. Non-non, c'est rien, je vais voir. Rien-rien. Simplement le mal de tête, ça va aller. Et puis, je vais voir, de toute façon ; je vais voir, je vais voir...

Tu parles ! C'est tout vu : t'as les chevilles qui vacillent comme aux plus beaux temps de la Cité Pornic, quand tu faisais claquer tes mules à schlllakk et schlllakk sous le nez de ce poisson-lune de Ruhl.

Mais, aujourd'hui, pas de mules, Miss Niels. Et pas d'excuses pour la flageole : tu chausses des Nike.

Ce qui n'empêche pas la tremblote de s'accentuer à mesure que s'approche le couloir qui mène à la chambre, puis la porte de ladite chambre, laquelle s'ouvre, c'était couru, sur un lit copie conforme de celui du Big Shot.

Et le beau monde des choses standard ! Même tissu pour le recouvrir, même commode de bois blanc à droite. Idem pour le téléviseur et le mini-bar... Restent que les souvenirs à n'être pas copiés sur le modèle.

Alors plutôt la rue. Plutôt dehors, même sous la pluie. Plutôt les quais.

À ce moment-là, au fond du cerveau, c'est du gris. Pas du noir, comme on croit. Comme on dit.

De la bouillie. De la vase bien molle. De la livide et bien saumâtre lavasse qui, comme le reste, empeste le Tue-Fourmis.

Et qui pousse, et pousse, et pousse le corps en bas de la rue en pente.

Pente très lente, mais tout de même en pente jusqu'à la pierre des quais.

Au fond de la cervelle, plus de cris d'orfraie, le crocodile est mort, comme la crocodilesse. Seulement ce gris. Et l'appel, comme un sllllourg, de la rue en pente.

Pente, pente, pente, même si elle est lente, un sllllourg vers l'eau, tout en douceur, tandis que ruisselle et ruisselle la lavasse.

Où ne surnage plus rien, pas même le manège rose et doré, ni les brise-glace. Plus de longes nulle part, plus de câbles. Jusqu'aux quilles d'acier renversées qui se retrouvent veuves de leurs cordages. Le monde s'est déconnecté de lui-même.

Détaché du vent, des nuages, des bateaux, des névés, des volcans, des étoiles – à ne pas croire, même des étoiles ! –, délié des myriades de mini-univers gris qui s'écrasent en bouillie dans chaque goutte de pluie.

Enfin non, le monde s'est simplement défait de la fille qui se regarde descendre la rue en pente sans comprendre ce qui lui arrive, pour se laisser couler comme ça dans la vase universelle, en bas du quai où les bittes d'amarrage la regardent passer poliment. Forcé : elles vont continuer à vivre, elles…

Vivre-vivre-vivre ! comme le hurlaient si fort tout à l'heure le crocodile et la crocodilesse. Vivre comme dans les cafés, sur les côtés de la rue en pente, les filles toutes longues et pâles qui dansent derrière les vitres, minces, languides, tatouées comme il faut, quand on veut alpaguer le Sale-Mec et se le tenir par la braguette jusqu'à la fin de la nuit des temps, façon sauterelle-libellule. Elles aussi, les filles, vont vivre-vivre-vivre. D'ailleurs, quand elles dansent, ça se voit : elles sont archibourrées de crocodile.

Mais laissons-les là où elles sont, dans leur café dansant ; ne faisons plus confiance qu'à la seule pente lente qui, si mollement mais sûrement, mène aux quais. Où, brusquement, plus rien à descendre.

Ni rien à faire, d'ailleurs. Sauf se laisser doucement vomir par le quai dans l'eau qui s'approche et qui monte et monte et qui rouille, rouille, rouille tout sur son passage. Même le gris dans la tête. Même les chevilles qui se sentent vaciller une dernière fois avant…

L'éclat de rire, dans le dos. Et cette main qui s'abat. Puis la voix.

Elle n'est pas noire. Les mains, si.

Fines, graciles. Et signées : autour du poignet, le bracelet de coquillages-vulves.

Le Black du restauroute polaire, Djibrill, le bananiste dont le pantalon noir moulant lui avait balancé de si puissantes giclées de crocodile.

Entre chaque phrase, son rire continue à hoqueter :

– Alors ?... Ça t'en bouche un coin, hein !... Hé oui !... Mais une seule route pour faire le tour de l'île... Alors, logique qu'on finisse par retomber sur les mêmes... Allez, viens !

Et le Black la saisit par la main,

Judith se laisse faire. Qu'est-ce que c'est ? Toujours du crocodile ? Encore faudrait-il savoir, pour être sûre, où on est et qui on est, en dehors de ce bras, de cette main qui se laissent entraîner par un inconnu au bout du quai, puis dans la rue en pente qui – miracle ! –, malgré toute la brouillasse qui l'envase, se met d'un coup à remonter.

Jusqu'à la porte d'un café aux vitres limpides malgré la pluie, où, sur de la musique *à donf*, comme avait dit Sale-Mec quand il avait trouvé malin de servir du jeune verlan à la sauterelle-libellule, continuent à danser les filles jeunes-jeunes-jeunes qui veulent vivre-vivre-vivre, bourrées qu'elles sont d'aquavit et de crocodile.

Et comme, sur le seuil de la boîte, Judith se cabre à la seule vue des filles, comme elle se raidit, se hérisse et tente soudain de se dégager de la poigne du Black, il choisit de la doucher une bonne fois pour toutes :

— Mais reviens sur terre ! Je suis gay !

Et, en effet, quand elle entra dans le café, ou plutôt dans la musique – tellement *à donf* qu'elle vous sllll-lourguait des pieds à la tête – elle vit son ami Ben qui dansait sur une sorte de grande piste aménagée entre les tables, face à un autre type.

La réplique du blond Super-Ça de la station-service, si ce n'est qu'il n'avait pas l'air autiste, lui, pas retardé ni muet : tout en se déhanchant, il n'arrêtait pas de bavasser.

Et Ben avait l'air de l'écouter, car il lui répondait de tout ce qu'il avait de beau dans son corps massif : le torse, les adducteurs, les biceps, les épaules, les fessiers.

Mais ces signaux-là – 👁️✌️📱, parfois 🚌 🎗️ ⏭️ et souvent ✌️⏭️ –, Judith ne parvenait pas à les saisir, elle devait se contenter de les décoder grossièrement. C'étaient des ♌ et des ⛎ en langue cousine, certes, mais résolument étrangère – même les splash très violents qu'elle y relevait de temps en temps n'arrivaient pas à former repère.

Et comme elle était à bout de nerfs et, pour parler

franc, très en colère contre Djibrill qui d'autorité, une fois de plus, venait de l'asseoir à ses côtés sur une banquette et devant une bière, elle lui lança en désignant Ben :

– C'est tout ce que ça te fait ?

Elle pensait l'avoir blessé à vif. Mais, aussitôt, du même gros rire de blagueur qui, sur le quai, l'avait arrachée à l'appel de l'eau rouillée, Djibrill s'esclaffa :

– Une paye qu'on n'est plus ensemble !

Puis il ajouta, un peu plus grave :

– Évidemment, ça me foutrait mal si c'était pour une fille.

Et comme Judith s'assombrissait encore au-dessus de sa pinte, il reprit sèchement :

– Bois !

Elle repoussa la bière. Il insista :

– T'aimes pas ça ?

Elle ne répondait toujours pas. Alors il haussa les épaules et la nargua :

– Et qu'est-ce que t'aimes, toi ?

Cette fois, Judith se mordit les lèvres pour s'empêcher de répondre, puis elle baissa les yeux.

Ce qui était bien entendu une stratégie stupide, car son regard alla inévitablement se poser sur la braguette de Djibrill et là – fatal ! – elle eut aussitôt envie de céder à ce qui la démangeait depuis qu'elle s'était laissée attabler devant cette bière : lui renverser sa pinte sur la tête, en somme le noyer dans sa lavasse à bulles comme elle avait voulu tout à l'heure aller elle-même se perdre dans l'eau glacée. Il n'avait qu'à pas être là, après tout ; et c'était lui qui avait commandé cette cochonnerie de bière – comme d'habitude la marque adorée de Sale-Mec, on aurait pu le parier.

Donc, logique qu'il prenne pour tout le monde.

Pour cette saleté de sauterelle, ça tombe sous le sens, qui l'avait si hypocritement libellulisée. Pour la blondinette qui, putasse entre toutes ! n'avait même pas réussi à OKéifier le billet open ni à lui trouver une piaule ailleurs qu'à l'hôtel du Pan-Pan. Pour toutes les blondasses vraies ou fausses qui avaient trouvé malin de se mettre sur son chemin depuis deux mois. Enfin – ce serait la conclusion – pour cette crevure et ce fumier de Sale-Mec bigshotant qui avait eu le culot de lui balancer « *Dégage !* » après le sllllllllourg, et dont le souvenir n'arrêtait pas de lui coller au train depuis qu'il pleuvait au point qu'elle avait failli, au moins par trois fois, s'envoyer dans le décor, et, tout à l'heure, sur le quai, ruminer des pensées qui ne pouvaient que conduire ici, à un autre pffffffuuuuuuuuuuuuuuuuuu-chti auprès duquel le premier…

Mais il était diabolique, Djibrill, il la vit venir, Judith. Elle n'avait pas bougé un doigt pour actionner la douche à bière qu'il posa sur la pinte sa main cerclée de coquillages-vulves ; avant de lui balancer comme s'il avait déchiffré au mot près le chapelet de vengeresses pensées issues de sa vase neuronale :

— Bon, tu en veux à toute la planète, et pour commencer à moi. Tout ça parce que je suis allé te chercher au bout du quai où tu trouvais malin d'aller faire de l'équilibrisme. Bois plutôt un coup, je te dis, ça calme.

Puis il reprit sa main dans la sienne. Sa main qui était douce. En plus, elle ne cherchait rien. Aucun indice de splash à l'intérieur.

Quel repos ! Du vrai bonbon. Et rien non plus dedans qui rappelle un soupçon d'aile de libellule... Enfin, le plus surprenant, aucune trace d'un seul des 🚌 ▶▶ ni des 👁✌ que Ben et son trémoussant prétendant continuaient de s'adresser au beau milieu de la piste. Non, c'était simplement de la peau chaude. Tendre, vivante. Vibrante.

Comme la petite veine qui battait juste en dessous

du bracelet de coquillages. Douce, elle aussi. On aurait dit qu'elle répétait après Djibrill : « Allez, calme-toi. Allez, bois. » Oui, elle aussi, on aurait dit qu'elle berçait.

Du coup, pour commencer, tout ce que Judith trouva à articuler fut une question dont elle connaissait déjà la réponse :

— Gay, tu me jures ? Vrai de vrai ?

— On t'a vraiment fait mal, soupira Djibrill.

Elle ne répondit pas, mais de nouveau se replia, se rétracta de partout.

Djibrill ne chercha pas à s'emparer du silence. Il se contenta de ne plus bouger d'un quart de millimètre, comme s'il fallait à tout prix protéger ce mutisme subit.

Avec, en lui, pour seule marque de vie, en cet instant, la petite veine qui battait, battait, battait contre la paume de Judith. On aurait dit qu'elle suivait le rythme des danseurs qui n'arrêtaient pas de se presser sur la piste – autour d'eux, ça n'arrêtait plus de splasher, maintenant, de libelluler, de ✌▶▶er de tous côtés.

Mais, en dehors de sa petite veine, Djibrill demeurait impassible, il résistait à tout, à la trémulation générale, aux signes de plus en plus enthousiastes – ✌🚓✔()👁▶▶ – que lui adressaient Ben et son comparse depuis le coin où ils se trémoussaient. Il les ignorait ; il semblait à l'affût, mais sans attente précise. Comme ces animaux qu'on rencontre dans les fonds sous-marins, intermédiaires entre l'algue, le mollusque, le poisson, et dont les nageoires, antennes, ouïes, cils vibratiles répondent aux moindres fluctuations de l'eau.

Car, en secret, tout résonnait, tout frissonnait en lui, on croyait même, entre deux syncopes de la sono, en percevoir l'écho : *vrrruîtttt !*

Cependant Djibrill restait muet. Silence ouvert mais sans attente particulière. Il se donnait comme il était : de la bonne grosse tendresse qui trouverait à se dire si ça se présentait, mais resterait telle quelle s'il n'y avait pas d'occasion. Et comme Judith persistait à se taire, Djibrill, contre sa paume, se résumait à cette minuscule veine, à ce battement-battement-battement-battement.

Le plus troublant, c'est qu'il n'avait pas du tout une tête à exhaler de la bonne grosse tendresse, le Djibrill, rien d'un Y a bon Banania, c'était même tout le contraire : un visage long, presque dérangeant à force d'étroitesse. Pourtant sa face s'élargissait soudain du côté des yeux en pommettes très renflées, très hautes, où son teint s'éclaircissait jusqu'à devenir caramel.

Alors on ne voyait plus que les yeux. Son regard aussi large, aussi puissant que son rire. Et on allait s'y perdre.

Mais sans se faire aspirer, sans le sllllourg des prunelles écarquillées de Slash, sans l'engloutissement minéral – si froid, quand on y repense – de la pupille de Sale-Mec. Non, on s'en allait nager en douceur et s'ébattre dans ce grand lac tranquille. Puis on entrait dans la parole comme on avait accepté le doux mielbonbon de sa paume : sans savoir pourquoi.

Rituel bancal des confidences qui commencent. Une fois confiance, une fois méfiance. Ça boite tout le temps.
— Tu m'avais suivie ?
— Oui.
— Depuis le restauroute ?
— Non.
— Alors, comment ça se fait ?
— Le monde est petit. Nous aussi, on rentrait.
— Mais...
— Le hasard.
— Et là, sur le quai, derrière moi ? Qu'est-ce que tu foutais ?
— Je t'avais vue passer devant le café.
— Qu'est-ce qui t'a pris de me suivre ?
— Déjà qu'au restauroute, la tête que tu tirais...
— Ça se voyait tant que ça ?
— Ça se voit.
— N'empêche...
— N'empêche quoi ?
— Qu'est-ce que j'avais, au restauroute ?
— Si tu t'étais vue ! Et entendue... Tu n'arrêtais pas

de parler de produit à tuer les fourmis. En plus, ton cou qui tenait plus debout sur ton corps...
— Mon cou ?
— N'essaie pas de te redresser, ça marchera pas.
— Mais ça va !
— Mon œil !
— Qu'est-ce que tu en sais ?
— J'en sais que ça se voit, que tu ne vas pas. Au restauroute, avec Ben, on s'était même dit que...
— Qu'est-ce que tu vas chercher !

Judith est à nouveau à deux doigts d'actionner la douche à bière. Mais Djibrill insiste :
— Avec Ben, on s'était dit que tu t'étais pris une Fata Morgana.

Alors Judith tombe enfin dans le piège :
— *Fata* quoi ?

Djibrill se met donc à expliquer, à raconter avec force détails. Et Judith en oublie la douche à bière.

Il dit qu'en été, ici, c'est un incident fréquent. Que c'est arrivé à Ben, quinze jours plus tôt, un dimanche, juste avant le solstice, quand le temps s'est mis au beau et qu'ils sont partis en Land-Rover pour se promener dans un désert, vers le Nord. Ce jour-là, Ben s'en est pris une, de Fata Morgana. À l'horizon d'une plaine de sable encore gelée, il a cru voir surgir devant lui d'énormes trolls ; et, soudain, il a eu envie de mourir.

À ce point de son mini-récit, Djibrill s'arrête, le temps de jeter un coup d'œil à la piste où Ben répond avec une ardeur croissante aux ✌▶▶ de son cavalier.

Alors il sourit et soupire – quand Djibrill sourit et soupire, on se dit que son âme est ourlée de longs cils, tellement on le sent, *vrrruîtttt!* frissonner souterrainement. Puis il reprend son histoire.

La vision de Ben, poursuit-il, n'était rien qu'un de ces phénomènes de réfraction dus à l'extrême transparence de la lumière arctique. Les images les plus lointaines, les contours les plus flous deviennent très nets, très proches, alors qu'ils sont parfaitement irréels. La Fata Morgana est en somme un mirage. Mais, pour être parfaitement factice, elle peut déboussoler longtemps. Ben a mis trois jours avant de s'en sortir, d'autant plus qu'il était sous décalage horaire – ils débarquaient tout juste de San Francisco.

– Oui, c'est le seul effet de la lumière arctique, poursuit Djibrill, animé d'une ferveur bizarre. Elle rend tout spectral, elle ne s'arrête jamais, on devient fou. Donc ton histoire de Tue-Fourmis...

« Et c'est pour tout le monde pareil, tu sais... C'est pour ça que le vendredi soir, les gens viennent se défouler dans les boîtes. Mais pour nous, rideau. Ben et moi, on repart demain. Ça tombe bien, je déteste ce pays. S'il n'y avait pas eu cette histoire de moisissures dans les ananas et les bananes...

– Moi aussi, je pars demain !

Judith avait répliqué du tac au tac, sans réfléchir, pour la première fois de leur échange ; au seul mot de *demain*, elle s'était à nouveau sentie toute vive, toute passionnée.

Et sous la peau de Djibrill, elle crut alors deviner – *vrrruîtttt !* – tout ce qu'il avait d'antennes et d'ouïes et d'épiderme et d'yeux et de cils qui se mobilisait d'un coup pour – *vrrruîtttt ! vrrruîtttt !* – continuer à la comprendre, vite, vite. Exactement le même vrrruîtttt que le sien, identiquement caché. L'écho parfait de son secret à ses secrets.

Alors vite, vite ! Oui, parler. Raconter, se soulager. Puisque, de toute façon, c'est la vie qui recommence, les astéroïdes qui se répercutent, le temps qui se recontracte, demain, *tzioum !* finis les vrrruîtttt, déjà plus personne. Chacun reparti sur son orbite, deux lignes de vie qui ne se recroiseront jamais.

Avant de se lancer, tout de même, Judith a hésité une dernière petite minute. Elle s'est souvenue une fois de plus de la sauterelle-libellule. Elle l'a revue, penchée sur elle, avec son œil slllourguant, dans le bar de l'hôtel et sur le lit, dans la chambre. Elle s'est rappelé aussi la séance des cachets.

Sur la piste de danse, Ben et son cavalier avaient disparu. À leur place dansait un petit roux dont les fervents ✌▶▶ allaient se perdre dans le vide. Mais ça n'avait pas l'air de le déranger, pas plus que les grappes de Super-Ça et de jeunettes-blondinettes qui se trémoussaient à ses côtés sur la musique *à donf*. Tout ce monde splashait et libellulait dans son coin, chacun selon sa petite méthode, même les femmes d'un respectable millésime, des Supervioques, pour les appeler par leur nom, qui n'avaient pas craint de se fondre parmi toute cette belle jeunesse avec leurs fesses ankylosées de graisse gynoïde et leurs faces ravagées d'ultraviolets perceurs de couche d'ozone.

Mais c'était ça, aussi, la danse, la liberté, le méli-mélo. Dans cette bouillabaisse de corps, on distinguait aussi trois ou quatre filles d'âges divers qui chaloupaient dans un surprenant mix de ✌▶▶🐦, ☾✹☯ et de *spLASH*, *whaaaaaaaaw!* comme se serait sûrement égosillé Sale-Mec avant de courir y coller son grain de sel. Parce que c'est sûr, s'il avait été là, il aurait fallu qu'il se mêle illico de toutes ces fesses trémulantes, gays ou pas gays – va d'ailleurs savoir s'il n'en a pas tâté, des gays, ma petite Judith, va savoir, au point où nous en sommes...

Mais non, basta ! Pour les *va savoir*, il y a Djibrill, maintenant. Djibrill qui vrrruîttttte d'avance à ton histoire.

Même si, tout en la racontant, tu ne vas pas arrêter d'y penser, à Sale-Mec, comme à la sauterelle-libellule. Parce que, tiens, écoute-toi donc un peu parler au moment où tu commences : « *Je comprends pas pourquoi je vais te dire ce qui m'est arrivé, parce que je te connais pas. Et la dernière fois que j'ai fait ça, raconter mon histoire à un inconnu, tout a tellement mal tourné... Mais enfin, ce soir, disons que c'est pas tout à fait pareil...* »

Cependant, elle n'a pas prononcé dix phrases que Djibrill, d'un signe, lui fait comprendre que le vacarme de la sono et davantage encore la généralisation, autour d'eux, du festival de trémoussements splashants, libellulants et autres vont étouffer les confidences.

Il jette donc quelques dollars sur la table et ils s'enfuient du gouffre de musique.

Comme ils y sont entrés : en toute facilité-simplicité, Judith se laisse faire par la douce main-bonbon, entraîner dans la rue puis par la pente lente qui, cette fois, n'arrête plus de remonter vers l'hôtel où le temps va se figer comme au soir du solstice.

À la fin, d'ailleurs, ils ont eu l'impression que c'était la nuit qui avait parlé à leur place, la nuit qu'ils s'étaient inventée au fur et à mesure que les mots les avaient rapprochés.

C'est bien simple, du reste : en entrant dans la chambre, ils ont eu spontanément le geste des amants – tirer le store pour se protéger du jour qui restait tenace, malgré l'heure,

21:17:11

même si la lumière avait un peu faibli, depuis le solstice.

Ou ce fut uniquement pour protéger leurs mots – pas si facile de devenir frère et sœur en paroles, tellement moins que d'emmêler les chairs !

Et puis, savoir si violemment que le temps leur était compté, sentir avec une telle intensité qu'avec l'aube l'échange serait scellé, plus rien à ajouter, à y redire, jamais.

Une nuit à parler, ça s'appelle.

Cela dit, ça saute aux yeux : par certains côtés, elle ressemble diablement au soir du Polaroïd, cette nuit-là, elle s'est déroulée dans le même hôtel et de la même façon qu'avec Sale-Mec : ils sont allés droit à la chambre.

Sans qu'ils se soient concertés : Djibrill, sans que Judith ait eu besoin de le préciser, avait aussi compris que c'était là, le noyau de sa souffrance ; il avait tout de suite saisi qu'il ne fallait pas qu'elle y retourne seule. Et quand elle a hésité, une fois encore, devant la porte, c'est lui qui l'a déverrouillée. Puis il a poussé Judith à l'intérieur avec la même poigne que sur le quai : une serre. Enfin il l'a assise sur le lit. Et il s'est installé à ses côtés.

Comme au café dansant, attendant que le silence referme autour d'eux sa matrice. Alors, comme rassurée, Judith a posé sa tête sur son épaule et, d'un coup, lui a remis tout le poids de sa faiblesse.

Ça a duré, duré. Le temps qu'elle refasse provision de cette chaleur qui lui avait tant manqué depuis la seconde où la libellule, avec son «*Je reste...*», s'était métamorphosée en sauterelle. Et quand elle a eu son content, tout son content de chaleur et douceur, alors son histoire s'est remise à couler comme elle avait commencé. De source, fluide et claire.

Car elle l'a racontée sans entrer dans aucune sorte de détail. Sans les secrets non plus, bien sûr. Pas question, par exemple, de parler du Petit Carnet des Ça, des Super-Ça, des Pas-Ça. Et évidemment rien sur le crocodile et la crocodilesse.

Non, elle a uniquement relaté ce qui s'était passé depuis la nuit du Polaroïd, à quelques étages de là. Et la suite : le lagon, l'angine, la libellule transformée en sauterelle, le sllllllllourg, sa trahison. Pour finir sur le *pfffffuuuuuuuuuuuuuuuuuu-chti* et le « Dégage ! »

Pas le temps de broder, de toute façon, de faire dans la dentelle. Vite, au plus juste, au plus court. Droit au cœur, la vérité cul-nu.

Voix brève et sans effets. En s'en remettant aveuglément à ce que disait son corps en contrepoint de ce qu'elle racontait : mains pressées, doigts triturés, lèvres mordues, narines pincées, mâchoires crispées, yeux noyés, jambes croisées puis décroisées. En se livrant tout entière à la force de ses faiblesses, l'hésitation, la voussure subites, le bégaiement, parfois. L'essoufflement, souvent ; car Judith laissait s'enfuir la parole de son corps comme les mots de sa bouche, les phrases, hachées ou non, étaient à présent la palpitation de son cœur, le rythme secret de ses artères, ventricules, veines, plus infime de ses vaisseaux capillaires. Oui, le son de chaque syllabe, une goutte de son sang ; et elle parlait dans un tel abandon qu'à la fin de son histoire, quand Djibrill s'est extasié : « Qu'est-ce que tu racontes bien... », elle a cru qu'il parlait de l'histoire qui s'était dite là : dans ses mains, son regard, son dos, son souffle.

Voilà pourquoi tout ce qu'elle a trouvé à lui répliquer fut alors une phrase en forme d'excuse :

— Je raconte pas. Je dis ce que j'ai vécu.

Et le plus étonnant de l'affaire, c'est qu'à cet instant-là elle n'a pas pleuré. Comme si, depuis sa déroute au volant du Pou Platine, elle avait croisé une vérité qui se passait de larmes. Elle a simplement répété : « *vraiment vécu* ». Puis, après un silence, elle a demandé – c'était aussi une forme de conclusion :

– Et comment faire, maintenant, pour revenir en arrière ?

Djibril a répondu. Mais pas comme elle le voulait. Pas comme elle l'attendait. Il a éclaté de rire, comme sur le quai. Puis il l'a longuement regardée et lui a jeté :

– Dans le fond, t'es rien qu'un petit cannibale !

Non mais, un cannibale ! Non mais il m'insulte ! Et dans ma propre chambre ! Et c'est un gay qui me sort ça, le comble !

Et par-dessus le marché — schlllakk et schlllakk ! — impossible de prendre la tangente, il me balance ça d'une telle façon que j'ai beau essayer de libelluler, pas moyen.

De toute façon, lui, en face, quand il parle, il cherche pas à me lilbelluler, lui non plus. Il me fait pas de splash, ni même de ✌▶▶, comme les types avec Ben, au café dansant. Non, seulement ce mot-là, cette insulte : *cannibale* ! Le super-pompon ! Alors que c'est

MOI

oui ou non,
qui me suis fait dévorer et dépecer par le Big Shot !

J'aurais voulu l'y voir, tiens, lui, après un coup pareil ! Non mais... J'en perds la voix.

Mais c'est ma faute, aussi. J'ai trop parlé, encore une fois. Indécrottable, Miss Niels : un coup de blues et tu lâches tout au premier venu.

Comme avec l'amour. Ensuite, pareil : quand les ennuis commencent, tu te retrouves muette. Une fois de plus, langue gelée.

Et évidemment il en profite, l'autre, en face, il fait son Grand-Marabout-Qui-Sait-Tout-Des-Grandes-Et-Profondes-Vérités-Cachées, il agite son bracelet à coquillages-vulves et se remet, en insistant, à en repasser une couche, deux couches. Et puis trois, maintenant, mais c'est un monstre, ce type, le Diable ! Un Sale-Mec, tiens, lui aussi !

Parce qu'en plus il a parfaitement vrrruîttté qu'il m'a fait mal, avec son mot de *cannibale* ! La preuve : écoute un peu ce qu'il s'est mis à chuchoter en transpirant comme s'il était en train d'exhumer d'une vieille tombe un encore plus vieux cadavre...

« ... Toi, tu aimes les histoires. Tu te nourris d'histoires. J'ai bien vu, quand je t'ai parlé de la Fata Morgana. *D'un seul coup, tu as eu l'œil... grand, féroce, brillant. Bourré d'appétit. Mais tu t'en foutais, de Ben. C'était l'histoire qui t'intéressait. Ce que tu aimes chez les gens, c'est ce qu'ils ont dans le ventre. Leurs histoires. C'est ta pâture; quand tu n'en as plus à te mettre sous la dent, tu dépéris, tu te dis que tu vas mourir. Alors, tu fais comme n'importe quel animal affamé, tu t'en vas à la chasse. Mais les gens ont des dents, des griffes, tu prends des risques, quand tu pars à la chasse aux histoires. Seulement toi, si tu veux du gibier, c'est uniquement pour la viande. Tu ne veux pas des griffes, tu ne veux pas des dents... »*

Voilà, c'en était fait, le cap était franchi, la vérité à jamais installée entre eux deux. Pour les séparer ou pour les rapprocher. À elle de trancher.

Mais Judith avait déjà choisi. Et basculé, pour tout dire, sans rien y comprendre. Elle était déjà passée dans un autre océan.

Et elle en soupirait, soupirait. De soulagement ou de stupeur, ou de l'un ou de l'autre à la fois – pas envie de chercher. Et pas la force, de toute façon : elle n'arrêtait plus de souffler, souffler.

Tout en scrutant devant elle ses paumes ouvertes, à croire qu'elle cherchait dans les lignes de sa main confirmation de ce que Djibril avait dit. Mais impossible d'articuler un mot.

Alors il a repris, inchangé, aussi doux, aussi calme :
— Mais tu es toujours vivante.

Sur les dernières syllabes, sa voix a vibré très fort – on aurait dit que son mystérieux vrrruîttt, soudain, était entièrement passé dans ce *vivante*.

Et c'était si troublant que Judith en a cessé de fixer ses paumes et qu'elle s'est mise à le dévisager.

Sans davantage comprendre pourquoi elle ne lui trouvait plus l'arrogance d'un Grand-Marabout-Qui-

Sait-Tout-Des-Grandes-Et-Profondes-Vérités-Cachées, car il ressemblait désormais à l'homme du restauroute, tout simplement. Au beau Black à la face tout épanouie par sa bonne grosse tendresse, qui continuait bien gentiment à murmurer :

— ... Tu t'es fait peur, mais tu t'en es sortie. Un sale coup de griffes, un bon coup de dents, mais t'es encore vivante. Intacte. Peut-être plus forte qu'avant. Et tu le savais bien, dès le départ, que tu t'en sortirais. Tu savais parfaitement que c'était un Sale-Mec. Et elle, une sauterelle. Depuis le début, tu le savais aussi. Même si ça t'amusait de croire que c'était une libellule. Avec eux tu cherchais quelque chose, tu ne savais pas très bien quoi. Tu mourais à petit feu, alors tu t'es fabriqué une histoire. Qui va maintenant vivre toute seule sa petite vie d'histoire. Parce qu'au bout d'un moment, ça se débrouille très bien tout seul, tu sais, les histoires ; c'est comme les enfants quand ils grandissent. Celle-là, laisse-la donc vivre sa fin comme une grande...

Fin. Après *cannibale*. Il avait osé. Ce culot.

Révoltant : comment pouvait-elle avoir une fin, cette histoire ? Ça en dégelait la langue dans la seconde, comme si on venait de la passer, puissance maximale, sous les vagues électroniques d'un micro-ondes. Elle a donc explosé :

– Alors, si t'es si fort, raconte-la-moi !

Et comme elle recommençait à trouver à Djibrill un air de Grand-Marabout-Qui-Sait-Tout, elle s'est dit qu'en dépit de sa colère elle ne perdait rien, au passage, à lui poser des questions. Elle a donc risqué :

– Je vais les revoir, Sale-Mec et la libellule ?
– J'en sais rien. Ça se pourrait.
– Ça se pourrait ? Qu'est-ce qui se pourrait ?
– Je sais pas, moi !
– Mais qu'est-ce que tu sais, alors ?
– Rien.
– Tu m'as bien parlé de *fin* !
– Oui.
– Eh bien, donne-la-moi ! Qu'est-ce que t'attends ?

Mais c'était terminé. Djibrill ne parlait plus.

Si c'était un charlatan, en fin de compte, et pas du tout un bananiste ? S'il se foutait de ma gueule depuis le début ? Comme Sale-Mec, comme la libellule ? J'aurais mieux fait de me balancer dans une cascade avec le Pou Platine avant d'arriver ici. Ou du haut d'un observatoire à cachalots. On n'en parlerait plus, de toute cette histoire. Et, pour le coup, on l'aurait écrit le mot *fin* !

Parce que là, se retrouver en plein chagrin d'amour à jouer aux devinettes avec un gay à l'hôtel du Pan-Pan Big Shot, c'est le clou !

Il aurait fallu s'en douter, aussi, avec une rencontre de la route — mais comment lui envoyer un bon schlllakk, à celui-là, c'est vraiment pas l'envie qui m'en manque ; mais pourquoi, aussi, je l'écoute sans rien dire ? Je croyais pourtant avoir touché le fond de la dézingue, avec la sauterelle-libellule. Si je m'attendais à tomber sur un bananiste sénégalo-américain qui me la jouerait Grand Marabout du Destin, Cannibale et Cie — je t'en foutrais, moi, des cannibales ! — en tripotant son bracelet de coquillages aussi porno qu'une collection de Polaroïd…

Et voilà maintenant qu'il me ressert son coup préféré, les grands yeux glauques et mystérieux, et qu'il se met à me chuchoter en me caressant la main – mais je le hais, ce gay; en plus, je m'en étais pas aperçue, mais il continue à se balader en pantalon noir hyperserré – comme s'il était le Grand-Sorcier-De-Tous-Les-Insondables-Mystères-De-La-Vie – une devinette.

Mais si, Judith, écoute-le ! Parce que, dans le fond, il n'a pas tort, ton Grand Marabout-Bananiste, tu n'es peut-être pas, comme il a dit, une cannibale – sûr, là il a exagéré, et je le hais, schlllakk, rien que pour ça ! – mais il n'a pas tort, tu adores les histoires et les complications qui vont avec...

D'ailleurs, c'en est peut-être une nouvelle, d'histoire, cette idiotie de devinette. Et pourquoi pas de l'espoir ? De toute façon, rien qu'en parlant, il te fait oublier le reste, le Grand Bananiste. Et comme il n'arrête pas de te parler de toi, tu l'écoutes forcément, tu marches, tu cours...

« *Un cannibale très affamé rencontre un vautour. Le cannibale est très petit et plutôt gentil. Le vautour, lui, est plutôt méchant, gros et très bien nourri. Qui mange l'autre ?* »

Et toi qui réponds, triomphante, sans réfléchir, toute à la joie de cet autre triomphe caché dans ta réponse :

– Le cannibale !

La suite, ces heures si longues, jusqu'au matin, qui lui ont paru si courtes, quand le départ de Djibrill est venu – *schlllakk!* – les trancher d'un seul coup, oui, vraiment, toute la suite de la conversation, miel et roses.

Pour commencer, et comme il fallait s'y attendre, Judith, extrêmement Cruche Poétique, les joues encore toutes rougies de sa découverte et retenant avec peine la malice qui lui rallumait l'œil, a demandé à Djibrill :

— C'était un vautour, alors, Sale-Mec ?

— J'en sais rien, a très calmement rétorqué Djibrill. Il faudrait d'abord que tu t'acceptes comme cannibale.

Sur ce point, Judith a préféré en rester là. Parce que ça demeurait quand même très exaspérant, de se faire traiter au débotté de cette chose-là par un inconnu qui, dans le fond, se fondait sur quoi, pour l'affirmer ? Sur des éléments ultrafragmentaires de sa vie : elle ne lui avait dit que ce qu'elle voulait, après tout. Et, par surcroît, en état d'extrême fragilité. Il en avait certainement profité. Maintenant, certes, ça allait mieux, sacrément mieux. Mais de là à continuer à se faire traiter de cannibale... Et lui, d'abord, Djibrill, qu'est-ce qui prouvait qu'il n'en était pas un ? Si on allait gratter un peu, par exemple, du côté de ses rapports avec l'autre, là, ce Ben ? Si on se souvenait un peu de son regard posé sur lui, quand le blond Super-Gay l'avait ✌ ▶▶| sur la piste du café dansant...

Mais non, pas le temps. Au surplus, on pouvait peut-être lui faire cracher autre chose avant la fin de la nuit, au Grand-Marabout-De-La-Vérité-Cachée.

Par exemple, en reprenant par un autre bout et d'une autre façon le récit de l'histoire avec Sale-Mec.

Parce que, dans le fond, cannibale ou pas, vautour ou pas, ça urgeait : plus rien à perdre de cette précieuse nuit comme, sitôt après son petit effet Cruche Poétique, Judith le déclara elle-même. Assez Garce Urbaine, il faut bien le reconnaître, et tout crûment :

— Moi, demain, à treize heures, je suis dans l'avion. Et le soir, rentrée chez moi, retour à la case départ. Ma chambre à moi, toute seule dans mon plumard. Alors, c'est bien beau de me dire que mon histoire va me servir sa fin sans même que je m'en aperçoive : comment je vais me débrouiller, moi ? Comment, hein, comment ? T'as pas une idée ?

Mais Djibrill n'avait toujours pas d'idée. Sec, rien. Ni même de nouvelle devinette sous le coude. Il ne lui resservait même plus de petit développement sur les cannibales. À croire qu'il le faisait exprès. Ou qu'il avait raconté n'importe quoi. Ce qui lui passait par la tête, allez savoir, avec un inconnu !

Quoique celui-là, avec son vrrruîtttt...

Dans ces conditions, qu'est-ce qu'il y avait d'autre à faire que de reprendre l'histoire de Sale-Mec par un autre bout ? N'importe lequel.

Parce qu'aussi, c'était fascinant, on pouvait la raconter de quantités de manières différentes, cette aventure. En se bornant à rapporter uniquement les dialogues qu'elle avait eus avec Sale-Mec, des bribes de conversations ou même de phrases, comme dans l'entrejambe des essuie-glaces pendant la fuite à travers les déserts, sous la pluie, au volant du Pou Platine. Ou en se concentrant sur des objets, des détails ; et là, pur régal ! Rien qu'en les relatant, ces riens et brimborions de rien, ça lui signait sacrément le portrait, n'empêche, à cette ordure de Sale-Mec. Et ça faisait rudement du bien. Car, contrairement à ce qui s'était passé sur la route, quand toute cette mémoire l'avait étouffée de sa lavasse grisâtre jusqu'à la conduire – pourquoi, au juste ? – à rêver, sur les quais, de se faire sllllourguer par l'eau glacée, c'était maintenant une belle ardeur qui animait Judith. Une énergie radieuse et sûre.

Et alors même qu'elle était impossible à identifier, cette force, impossible de lui donner un nom, il paraissait tout aussi évident qu'elle vibrait de quelque chose qui ressemblait au mot que Djibrill avait prononcé, tout à l'heure, avant que tout ne bascule : *vivante*.

Comme si, tout en parlant, en racontant, au plus profond du corps – côté crocodile ? Bizarre, tout de même, dans une chambre avec un gay tout ce qu'il y a de plus gay –, de minuscules bronchioles depuis longtemps asphyxiées s'étaient mystérieusement dépliées et mises à respirer. D'ailleurs, ça n'empestait plus du tout le Tue-Fourmis ; et, très souvent, avant de reprendre son récit, Judith, comme tout à l'heure, soufflait longtemps, longtemps – on aurait dit une nageuse exténuée, réchappée d'on ne savait quel large, quel ouragan.

Alors Djibrill recommençait à lui caresser la paume, en suivant sa ligne de vie du bout de son doigt qui continuait de faire miel et bonbon. Et il lui répétait : « T'inquiète, t'inquiète… » Et elle, de façon quasi automatique, se remettait à parler.

Tandis qu'il écoutait, écoutait. Sans rien montrer de sa fatigue. Sans rien dire d'autre que : « T'inquiète. »

Et c'est ainsi que la nuit a passé. Jusqu'au moment où, comme saoulée elle-même de paroles, et découvrant

5:12:22

l'inexorable décompte de l'heure sous le téléviseur, Judith s'est mise à bâiller. Alors Djibrill l'a doucement allongée sur le lit en lui disant :

– Maintenant, je m'en vais.

Sans préambule, cette fois, presque froidement.

Elle a eu un sursaut, elle a voulu se relever. Et c'est elle, cette fois, qui a refermé sa poigne de toutes ses forces sur le cercle de coquillages-vulves.

Djibrill a souri une dernière fois. Puis l'a rallongée en lui soufflant ce qu'elle a pris, sur le moment, pour une révoltante banalité :

– Et puis, fais confiance au monde. Tu sais, il est petit, petit…

Elle n'a pas compris. Elle a pensé que, redevenu Grand-Marabout-Des-Vérités-Cachées, il lui servait une de ces sales promesses qu'on prodigue aux enfants ; qu'il lui faisait miroiter, pour la cheviller définitivement à l'espérance, qu'ils allaient se revoir ; qu'ils n'étaient pas soumis, eux, à la commune loi des astéroïdes humains : se croiser et se décroiser pour toujours, *tzioum !* dans le vide intersidéral qui n'en finit jamais de séparer les solitudes.

Du coup, elle a repensé au cannibale ; et elle s'est sentie à nouveau très en colère. Contre lui ou contre elle, elle ne savait pas trop. Quoi qu'il en soit, elle n'a pas voulu le voir partir et elle lui a opposé son dos en faisant semblant de s'assoupir. Si bonne actrice qu'elle s'est bel et bien endormie.

Et qu'elle n'a plus eu souvenir de Djibrill après cette seconde-là, il est vraiment – *tzioum !* – sorti de son existence, sa ligne de vie avait définitivement décroisé la sienne. Sans laisser de trace, comme un bolide spatial.

Et le lendemain, sitôt replongée dans l'océan du jour, elle a repensé : n'empêche ! comme aurait dit Slash, encore un qui m'a bien eue !

Parce que *t'inquiète*, facile à dire ! La vie, elle, la vraie, celle du dehors, celle qui ne loge pas dans les chambres d'hôtel pour filles en transit et en chagrin d'amour, avec Grands Marabouts Intersidéraux pour se pencher sur leur sort, la vraie vie, elle, crève de trouille. Partout.

Suffit d'entrer – *ticket, please, passport* – dans cet aéroport – *please, passport* – chicane, barrage. Et guichet, maintenant, où à nouveau – *passport, please, ticket* – contrôle. Et fiche, *please*, en sus du ticket et du passeport. OK, OK, OK, tout est parfaitement OK, mais vérification de la fiche. Et du ticket. Et du passeport. Et du ticket par rapport à la fiche. Et maintenant à l'écran ; et de nouveau au passeport, et encore à l'écran, et toujours au ticket et au passeport. Puis *schlick-schlick*, nouveau détour par l'écran, rien qu'une vérification de la vérification, ouf – *streutchhh !* – fiche d'enregistrement, carton d'embarquement. Mais vérification, tout de même, du carton par rapport à la fiche et à l'écran. Et là seulement, OK, OK.

Ce qui ne dispense pas, *schlick-schlick*, de la vérification des bagages, ni du portique à bandits – s*chlick-schlick-tzuuuûûûû!* – vous avez sonné, repassez, je vous prie, eh oui! *security-security, passport, please, ticket*, fiche, repassez, OK-OK, ça va aller.

Et partout les caméras qui zyeutent, et les scanners qui scrutent – Big Shot, eux aussi! –, et les écrans qui clignent, reclignent, plus les portables, maintenant – ah ceux-là, on les avait oubliés! – qui re-drinnng-drinnnguent-tein-lein-lein…

Et, par-dessus – celle-là aussi, on l'avait passée à la trappe! – la gelée mollassonne des voix suavement réfrigérées : ne bougez pas, *please*, n'allez pas vous baguenauder, embarquement dans un quart d'heure, non, tout de suite, allez! à la botte! Carton d'enregistrement, mais, *please, please*, non! Attendez votre tour bien derrière la ligne blanche qui est peinturlurée par terre, allez, allez, reculez, attendez votre numéro…

Et toi, Judith, qui recommences à faire comme tout le monde, qui baisses la tête, qui obéis au doigt et à l'œil. Ça te change de tes histoires, hein! quand tu les reprenais hier soir, dans la chambre au Marabout, par le bout qui te plaisait, et comme ça te chantait.

Comment veux-tu, après ça, rêver de retourner chez toi en te disant que, cette fois-ci, c'est bon, t'inquiète! Forte de ce que tu as appris, tu vas refaire ta vie en Grande Maîtresse de…

De quoi, au fait? Des Listes? Des Petits Carnets? De la commande des sushis par téléphone? Du Splash sur Internet ? De l'Amoû-oû-oûr, celui qui fait tellement mâhl-ah-âhl, surtout au sortir des lagons-que-c'est-bon-onh-onh ?

En Grande Maîtresse de Rien-du-Tout, tu veux dire !

Regarde-toi, d'ailleurs, maintenant, dans l'avion, petit bestiau bien bouclé à sa place assignée par le tout-puissant Imperator-Ordinateur, le poumon soufflé à la gonflette de la pressurisation qui ne fait pas du tout *vrrruîttt !*, elle, au-dessus des nuages effilochés du monde petit, petit.

Non, elle n'en a que foutre, de toi, Judith, celle-là ! Elle est comme tout un chacun, elle se contente de faire son petit *fuuuuuuuuuuuuuuuuuuuuuuuuuuuuuuuuut* bien sage dans son coin, en réponse à des ordres, les commandements du pilote qui, depuis sa cabine, n'arrête d'ailleurs plus d'interdire ceci, cela, à tout le monde, à ses voyants, aux hôtesses, aux écrans, pas le droit de fumer, pas le droit de se lever, pas le droit d'étendre ses jambes, ses pieds, pas le droit d'aller pisser – mais comment lui en vouloir, à ce malheureux, lui-même est à la schlague de son Imperator-Ordinateur et du programme qu'il y a dedans, comme tu en avais toi-même un au fond de ton ventre, avant Sale-Mec !

Alors tu vas faire comme les autres, Judith. Comme le pilote, comme l'hôtesse, comme l'avion : tâcher de te poser sans trop de mal, en t'en remettant à la pressurisation qui n'en finit pas de jouer à l'oiseau tranquille en soufflotant son petit *fuuuuuuuuuuuuuuuuuuuuuuuuuuuuut* bien régulier, façon de te dire : Allez, mon mimi, fais confiance à mes ailes, t'inquiète ! je t'amènerai à bon port...

Alors qu'elle sait très bien ce qu'elle mijote, la garce, pas plus limpide que la sauterelle ou même que le Grand-Sorcier-Des-Grandes-Vérités-Dissimulées : d'une minute à l'autre, dès qu'on sera retombé sur terre, mine de rien, elle va froidement te sllllllllourguer dans le tube à recracher les filles qui ont bêtement cru que ça se faisait toujours de *partir loin avec un homme*.

Mais peut-être que Djibrill, tout de même, avait raison – *t'inquiète ! le monde est petit, petit*. Peut-être que tu ne les as pas encore tout à fait perdus, ton Sale-Mec et ta libellule – eh oui, j'y repense, la carte au fond de la trousse à maquillage...

N'oublie pas non plus qu'il t'a juré, le Grand Sorcier Intersidéral, avec sa petite parabole sur le gros vautour, que tu étais assez forte pour tout reprendre à zéro, toute seule, dès que tu aurais franchi les pièges à passeports et les herses à bandits. En somme, il t'a dit : tant qu'il y a de la vie et un peu de cannibale, y a de l'espoir. Donc, t'inquiète.

Y compris quand tu te retrouves à passer sous une affiche qui continue à danser sur l'air de

VOUS POUVEZ TOUT RATER
SAUF
VOS VACANCES !

Ou quand tu regardes sur ton passeport ta date de naissance en doublant des panneaux de pub où des filles jeunes-jeunes-jeunes sautent en criant de joie :

BEAUTÉ BEAUTÉ
NO AGE !
PAS LE DROIT DE VIEILLIR

Non, vraiment, t'inquiète.

C'est comme avec le taxi, allez, pendant qu'il approche du monde asphyxié, t'inquiète ! Puisqu'il paraît que les cannibales comme toi sont capables de tout bouffer, même les gros vautours qui se gavent de sales Polaroïd pollués. Alors t'affole pas, au moment d'aller splasher sur l'océan des rooooooooooot tziiiiiiiii et autres strifftttttt. Ni même à l'instant de l'ultime freinage devant la grille du square.

Parce que là, pas la peine de te formaliser de la poussière qui ternit sa belle peinture dorée. Ni de l'escalier étouffé par l'été, ni de l'ascenseur toujours pas réparé – de toute façon, t'inquiète, aujourd'hui pas un chat, personne pour se cogner à toi, ta valise et à ton sac Mickey sur le palier du premier.

Pas plus que dans ton appartement, toujours aussi vide, t'inquiète ! Toujours aussi blanc.

Avec, dans la chambre, le store à nouveau effondré, et pareil dans la cuisine, le plant de basilic a séché, mais t'inquiète ! regarde la vie en face, rien n'a changé : tu vois toujours par la fenêtre la bonne sœur qui va, qui vient, de son pas immuablement plombé par toute la vertu qu'elle est obligée de charrier en même temps que son énorme cul.

Ce qui signifie – tu vois bien que t'aurais tort de t'inquiéter ! – que la Vieille Dame n'est pas morte. Et que, d'ici à la nuit, t'as encore le temps d'espérer qu'elle ait renvoyé la fausse blonde.

Mais le plus dur est pour maintenant – ah, là, tu peux t'inquiéter. Étalé partout, le cristal des nombres.

Où que tu ailles, de la cuisine à la chambre, sous le magnétoscope, à droite du micro-ondes, en haut de l'ordinateur que tu rallumes et sur l'écran du portable que, va savoir pourquoi, tu rebranches aussi et qui, tiens ! n'arrête plus de clignoter en donnant comme toujours la date et l'heure

> **MESSAGES : 0**
> **Mar 38/06 20:05**

partout ces nombres rouges et verts qui bouchent l'horizon comme des barreaux de prison où viennent s'écraser d'un coup, fracassées, les petites ailes du *t'inquiète*.

Comme toi sur ton lit, maintenant, Judith. Pauvre oiseau qui a trop rêvé de voler et qui, voilà, s'effondre.

Tu cherchais pas grand-chose, pourtant, il avait raison, Djibrill. Rien que de l'histoire. Rien qu'un peu de pitance pour cannibales.

Mais, tout de même, il a un peu exagéré, le Grand Sorcier, avec son histoire de viande crue. Ou alors il aurait fallu, dans cette bidoche-là, quelque chose de très beau, très doux.

C'est pour ça que tu pleures, maintenant. Parce que, dedans, il aurait vraiment fallu autre chose. Quelque chose qui aurait ressemblé à la paix des étoiles.

9

C'est comme ça !

Et maintenant silence.

Rien à faire, c'est comme ça. Noir dans la chambre.

Seule trouée, par-delà le store effondré : le bout de ciel dans le jour qui décline. Avec la façade de l'immeuble.

Et les fenêtres, petits théâtres d'ombres que traversent de loin en loin des marionnettes muettes : Zonzon ; sa mère qui rentre, les bras accablés de sacs de surgelés, et retrouve son fils comme au matin, l'œil indéfiniment béant devant l'écran, poursuivant sa becquée de chips, céréales, cacahuètes, cornichons, barres chocolatées ; la fausse blonde, juste au-dessous, replatinée de frais ; elle n'a toujours pas été virée et, du même nez pincé qu'il y a six semaines, elle manipule dans l'évier une pleine bassinée de draps sales ; dans un salon, chez Ruhl, cinq étages plus bas, un lustre s'éteint, s'allume, une porte s'ouvre, puis claque.

Et silence. Le vent du monde se tait. Le crocodile aussi – comme c'est étrange.

Ou alors il fait semblant. En tout cas, gouffre muet de la nuit neuronale. Sur le bureau, le système de refroidissement de l'ordinateur en perd le souffle. Par-delà la courette, la gaine onduleuse du boulevard va jusqu'à ravaler son continuum de moteurs.

Oui, dans la nuit du cerveau, silence absolu, mais ça n'arrête plus de fouailler, croiser et recroiser, couper, recouper, découper. Cependant, toujours pas d'issue. Au bout du compte, la même impasse. La même asphyxie des souvenirs.

Qui s'obstinent dans le noir à tomber en pluie lourde. Toujours ce plomb qui ne trouve jamais ce qui l'aspire : le fond du fond.

Parce que, sur le portable, toujours la même indica-

MESSAGES : 0

tion, rien de changé. Il n'y a que l'heure qui ait bougé :

MAR 28/06 22:42

La vie ne se presse pas. Le destin prend son temps. Et la nuit imagine.

À la place de la vie. Qui ne rédige jamais dans le droit-fil, elle. Qui n'est jamais pressée de remplir le livre des destins.

Alors fondu au noir. Rien d'autre à faire, maintenant, qu'attendre le matin, l'œil vide, sans un regard pour le décompte sans fin des chiffres :

23:02

00:47

02:01

03:24

03:57

sur l'horloge aux cristaux d'un rouge aussi cruel qu'une légende de Polaroïd.

Sans plus savoir qui on est, où on est dans l'industrielle et chimique symphonie de la Vie Moderne, comme disait la Vieille Dame. Les mains figées, les bras relevés contre les montants de la fenêtre, comme en dormant. Le droit, rejeté en arrière, déplié comme une aile d'oiseau à l'envol ; le gauche doucement replié en couronne au-dessus de ta tête.

Posture du rêve. De l'âme au vent. Comme on dit une île, ou une plume au vent.

Oui, c'est ça, plume au vent. Car ça n'arrête plus,

mais alors plus du tout d'écrire intérieurement : un peu de ciel noir derrière le store et *whaaaaaaaaw!* c'est parti. Tiens, cette conversation, en face, depuis le premier étage, tous ces mots qui montent de chez Ruhl, par ses fenêtres, elles aussi ouvertes...

Il va et vient dans son salon, téléphone en main. Chaque fois qu'il passe sous son lustre, les reflets blonds roux de ses cheveux s'allument.

Il se croit seul, lui aussi, dans la nuit ; il n'a pas vu la femme derrière son store cassé, il parle fort. Mais, de temps en temps, il y a des blancs dans ce qu'il dit, et sa voix se casse. De chagrin, on dirait. Puis il reprend, plus assuré :

– Non-non-non, vous ne pouvez pas vous rendre compte. C'est tout un pan de ma vie qui s'effondre. Et puis apprendre sa mort, comme ça, en pleine nuit...

« Je l'adorais, il n'y a pas d'autre mot. Des cheveux, quand j'y repense... Ils lui tombaient jusqu'à la taille, si vous aviez vu ça... Quand on a rompu, elle les a rasés, l'idiote. Mais une allure, vous ne pouvez pas savoir. Et patiente, par-dessus le marché. Parce que... enfin, ma profession... beaucoup d'argent en jeu, des négociations compliquées. Des voyages...

« ... Mais elle, adorable. Jamais un mot plus haut que l'autre. Patiente, je vous ai dit, toujours souriante. Bien sûr, un peu nerveuse, parfois. Mais ça pouvait se comprendre. Avant de me connaître, tout ce qu'elle avait enduré des hommes... Ils sont sans pitié, vous savez, avec ce genre de filles. Trop raffinée, trop intelligente. Des brutes. Je pense qu'elle leur faisait peur. Et puis, cet enfant qu'elle avait perdu... Un frère, aussi, qui s'était suicidé, elle devait avoir treize-quatorze ans. À moins que ce ne soit une sœur, je ne me souviens plus. Et le divorce de ses parents. Ça l'avait énormément marquée.

« ... En tout cas, je la comprenais. *On* se comprenait. On avait, comment dire ? des âmes, des cœurs en parfaite correspondance, je pourrais même dire, si je voulais faire un effet, en parfaite exactitude. Les corps aussi, vous voyez ce que je veux dire. Quand j'y repense...

« ... Oui, je voyage beaucoup, avec mon métier. On n'avait jamais vécu ensemble, ça n'aurait eu aucun sens, avec tous mes déplacements... Mais on se téléphonait beaucoup. Ça m'aidait énormément. Elle m'accompagnait. M'accompagnait vraiment, vous voyez ce que je veux dire ?...

« ... Parce que, même si je suis essentiellement un négociateur, je dois démontrer en permanence dans ce métier, comme je le répète à longueur d'année à mes collaborateurs, une dose extraordinaire d'imagination. Sinon, on devient des fonctionnaires ; et alors on va dans le mur, direct. Sur ce plan-là, elle me comprenait aussi très bien, cette petite. Une fille formidable, vraiment.

« ... Et très généreuse avec ça. La seule à avoir saisi, et accepté – pleinement accepté, je veux dire – ce penchant que j'ai, c'est sûr, à aller toujours fouailler la complexité des gens, des choses. Ma curiosité des êtres, mon goût pour... comment dire... mon goût du danger. La prise de risques humains, comme je l'appelle. Pas seulement dans le travail, bien entendu. En amour aussi, j'ai pris des risques : les femmes, etc. Il y aurait de quoi dire. Mais enfin, c'est pas le jour. Parce que ce que vous me dites... Là, je suis effondré.

« ... Tuée par la barbarie moderne, en somme. Toute cette poésie qu'elle trimballait avec elle. Et elle m'avait offert tout ça, en bloc, sans mégoter...

« Oui, je suis effondré. Un jour, quand j'aurai le temps, je coucherai toute cette histoire sur le papier. Sous forme de roman, je pense. Mais je raconterai *tout*, attention ! Parce que, vous savez, déjà, à cette époque-là, la drogue... Et pas seulement la fumette. Les tranquillisants, les anxiolytiques, vous voyez le tableau... Alors, du jour où elle a rompu avec moi...

« Je ne sais toujours pas pourquoi, d'ailleurs. Ma femme, ce n'était qu'un prétexte, nous étions déjà en instance de divorce. Oui, bien sûr, il y a eu un épisode, un genre de... enfin, une petite interférence.

« Mais je pense surtout que je la protégeais trop. La figure du père : classique. Et comme je lui passais tout... Forcément un beau matin elle s'est révoltée, tout aussi classique. Elle est partie, elle m'a planté là, comme ça, du jour au lendemain, sans un mot d'explication.

« Et aucune nouvelle, ensuite. Je lui ai pourtant écrit. Mais pas de réponse. Je ne savais absolument pas ce qu'elle était devenue ; c'est vous qui me l'apprenez. Mais vous m'avez bien dit que vous l'avez rencontrée... ?

« Ah bon, c'est si neuf que ça ?... Et dans quelles circonstances... Et qu'est-ce qu'elle fichait, là-bas ?

«... Il va falloir que je me renseigne auprès de sa famille. Sa mère, oui, n'habite pas loin, elle est...

«... Oui, c'est ça, comptable... Ça a dû lui flanquer un coup, après le suicide de son fils... ou de son autre fille, je n'arrive plus à me souvenir... La barbarie moderne... En tout cas, ça m'émeut beaucoup de savoir que la petite se promenait toujours avec ma lettre. Parce qu'elle avait connu tellement d'hommes avant moi. Et sans doute après...

«Et maintenant, cette mort sordide... Mais je l'avais prédit. Je me souviens, je lui disais toujours que...

«Au fait vous m'avez dit quel hôpital?... Vous pensez que je peux la voir?... Pas encore à la morgue...? Alors demain matin, à la première heure?... Quel service?... Le dernier bâtiment au fond?...

On entend de moins en moins Ruhl. Sa voix baisse, il hoche la tête à plusieurs reprises, puis s'évanouit dans un angle du salon. Il tourne, vire. On continue à voir son ombre s'étirer sous le lustre avec le dessin de son bras prolongé par la prothèse du téléphone.

Il a peut-être aperçu la silhouette de la femme qui écoute, derrière son store, au septième, lorsqu'il a parlé de l'hôpital, qu'il s'est brièvement approché de la fenêtre pour chercher dans la nuit, on aurait dit, la réponse à ce mot de *morgue*, si inattendu, si trivial, venu dans sa bouche à ce moment-là. Et sans doute a-t-il eu, comme sous l'oculus du palier, un mouvement de recul devant cette présence à l'affût.

Si c'est le cas, il a tort, Ruhl. Car si la femme est toujours là, postée derrière la trouée de son store, quelque chose d'elle a déjà pris la fuite.

S'est envolé. De l'autre côté de la nuit, au fond du fond. Là où s'est replié, dans un étrange sommeil qui n'est pas le sommeil, le crocodile.

Là où ça imagine.

Et si Rat-Doré, c'était Ruhl ?

Tant de détails qui concordent, n'empêche ! Ruhl est blond, comme l'homme des récits de la libellule ; et il a le même âge que celui qu'elle lui donnait dans ses récits : une petite cinquantaine.

Et les cachets que prenait sa maîtresse. Et la poésie qu'elle trimballait avec elle. Et l'enfant perdu. Et les troupeaux d'hommes qu'elle avait eus. Et l'attente. Oui, surtout l'attente...

Et puis le monde qui est si petit, petit – c'est Djibrill qui l'a dit.

Alors... envie d'y croire.

Même si Ruhl est grand. Même s'il est mince. Même s'il a l'œil flou, sans le regard minéral qui le faisait si bien ressembler à celui de Sale-Mec. Même s'il n'a pas le sourire faux, ni le bedon de l'autre, ni ses fesses-mayonnaise tournée. N'empêche, comme ce serait bien ! Quel billet open ! Pour quel *partir loin, loin !* Mais, cette fois-ci, sans homme.

Pas besoin.

Oui, *partir loin, loin, toute seule*. Avec et sans lui, Ruhl/Rat-Doré. Parce que ce serait lui, vraiment. Et que ce qu'il vient d'apprendre, là, ce serait la mort de la libellule. Prévenu de cette mort par Sale-Mec.

Parce que, oui ! ce serait lui, lui aussi, Vassili-Vassili, au bout du fil, que Ruhl écouterait en hochant la tête. Vassili qui lui expliquerait de sa plus belle voix noire, et en truquant, évidemment, conformément à ses bonnes et vieilles habitudes, ce qui s'est passé, ces dernières quarante-huit heures, sous la pluie battante, sur la Route n° 1. Leur envie de fuir au plus vite l'île et son enfer mouillé. La dure en douce, achetée dans l'arrière-salle d'un café du port. Et hier matin, à leur retour, à peine sortie de l'avion, la libellule qui se pique juste après la douane. Dans le dos de Sale-Mec qui comptait pourtant bien se la garder pour le Big Shot – c'est pour ça qu'il avait fait en sorte qu'ils rentrent plus tôt, évidemment il s'en foutait bien, de la pluie, lui ; sa drogue, c'est encore et toujours le Polaroïd. Et là-bas, dans les déserts d'Islande, sous la pluie, sans ampoules et sans pellicules...

Donc là, à l'aéroport dans les toilettes, pendant que Sale-Mec récupère leurs bagages, la libellule s'injecte de la dure. Overdose. Inévitable : elle a perdu la main, depuis le temps qu'elle fait du vélo. Et puis, ces façons qu'a Sale-Mec de vous précipiter en enfer dès qu'il commence, après le chaud, à souffler le froid...

Quoi qu'il en soit, overdose dans les veines de la libellule. Et coma presque instantané. Vassili, à l'hôpital, pendant qu'elle agonise, fouille dans son sac, tombe sur la lettre de Ruhl/Rat-Doré. Après vingt-quatre heures d'indécision et d'accablement, il recouvre ses esprits et se décide enfin à appeler l'ancien amant. Sans même avoir remarqué, dans son abattement (c'est quand même la première fois qu'une de ses proies lui échappe d'aussi tragique façon), que l'adresse tracée au dos de l'enveloppe postée par Ruhl est la même que celle de son gibier précédent, Judith Niels, 6, Cité Pornic. Sans se souvenir, donc, à quel point le monde est petit, petit.

Oui, ce serait comme ça.

C'est comme ça.

Et si tous les détails ne tombent pas tout à fait juste, c'est seulement parce que la libellule s'est embrouillée quand elle a raconté ses histoires dans la chambre et au bar, à l'hôtel du lagon. À cause de tous les cachets qu'elle prenait. Ou de la pulvérisation de valériane bio. Ou de l'abus du vélo, allez savoir.

De toute façon, il n'y avait jamais moyen de distinguer le vrai du faux dans ce qu'elle racontait. Elle déformait tout, elle transformait, elle amplifiait, arrangeait, travestissait, n'arrêtait pas de repeindre le monde aux couleurs de son désir. En plus d'être accro, elle était un peu mytho, en somme.

C'est ça : elle était mytho. Elle a dû déformer, c'est sûrement ça. C'est ça. C'est comme ça.

Donc, dans la seconde, envol dans la nuit dans le sillage des étoiles. Tout de suite à l'hôpital.

Le corps de femme ne bouge pas de l'appui de la fenêtre, mais son âme au vent, elle, prend son essor.

Glisse, surfe, splashe sur la nuit plus du tout étale, la nuit qui pousse, enfle, gonfle, portée par le seul vent du rêve, au long des pentes et des vagues sans fin des champs d'étoiles, tandis que Ruhl continue à parler tout seul sous son lustre, «..... je lui avais bien prédit, pourtant .... mélancolie .... poésie .... érosion du quotidien .... voyages .... jardin secret .... désamour .... interférence .... mon ex-femme, évidemment .... roman quand j'aurai le temps .... chagrin immense, vraiment...»

Mais elle, l'âme au vent, est déjà à l'hôpital, à commencer de faire son petit métier de cannibale par les couloirs tout blancs et de plus en plus chloroformés où les moindres détails sont tous, OK, OK, si bien agencés pour que ça continue à glisser, allez! pour que ça roule, ça aussi, la maladie, la mort, sur les chariots nickel où gisent les corps si artistement charcutés, perfusés sous leurs translucides balancelles à glucose qui leur murmurent en dansant joliment : « Allez, allez, cher mourant, souples-souples-souples, les articulations, et zen, le muscle! bien coulés, bien goutte-à-gouttés, le pseudo-sang, la morphine, le tranquillisant ! On se laisse bien sereinement sllllllllourguer dans le coltar chimique, jusqu'à une petite agonie toute mignonne et bien présentable, laquelle conduira elle-même à une mort si décente, au bout des couloirs qui mènent aux ascenseurs qui débouchent sur les chambres où la libellule... »

Corps de morte. Environ un mètre soixante-dix. Cheveux très bruns presque rasés. Les chairs rigides sont marbrées par le parcours des veines. Canaux tantôt rougeâtres, tantôt violacés, surtout sur le bas-ventre que barre la cicatrice – ancienne – d'une vilaine césarienne.

La mâchoire a été refermée. Elle est soutenue par un bandage qui entoure la tête. Pas de bijoux, conformément à la procédure en vigueur dans tous les hôpitaux. Seule la perle du piercing n'a pu être ôtée de la commissure de la narine. Son orient sombre tranche avec les lèvres déjà décolorées, tout comme les ongles.

La peau a perdu tout aspect soyeux. Elle est classiquement d'une pâleur cireuse. Il est vrai que, d'après la fiche posée sur la table de nuit, le décès remonte à quarante-huit heures.

Le document signale aussi que le coma a suivi presque aussitôt l'injection et que, malgré l'intervention des secours dans les cinq minutes, la tentative de réanimation a échoué. « Décès par arrêt respiratoire », conclut la fiche.

Le visage ne porte aucun stigmate d'une agonie tourmentée. Les traits sont détendus, paisibles. Mais on ne peut en tirer aucune conclusion d'ordre métaphysique : c'est le lot commun des sujets sur lesquels on a essayé une procédure de réanimation. Le corps, toutefois, s'est déjà beaucoup amaigri. Le squelette pointe. Sous la cicatrice de césarienne, la tache velue du sexe en paraît plus obscène. Les chairs, d'une froideur extrême au toucher, sont affaissées de partout. Surtout les seins – une flaccidité de bulots. Mais, là encore, tableau classique.

À la fenêtre, la nuit pâlit. Dans le couloir, des infirmiers s'agitent. D'une minute à l'autre, ils vont venir s'emparer du corps pour le conduire à la morgue. De lui, alors, il ne restera plus dans ce lit que l'empreinte : un frêle dessin de chairs et d'os sur les plis du drap. Qui se volatilisera dès qu'on les soulèvera.

Judith, l'âme au vent, rejoint alors, derrière le store cassé, son propre corps.

Dans le complet sommeil des bruits. Pendant que la vie, au-dehors, ne se presse toujours pas de remplir le livre des destins.

Elle retrouve le lit qui n'a pas été défait, et la chambre en désordre – objets éparpillés à même le sol, vieux journaux, slip string, tube de crème anticellulite, walkman, télécommande, plateau cartonné qui a servi à emballer des sushis.

Jusqu'à l'instant précis

04:53

quand, comme tous les matins, en cette époque de l'année où, pour peu qu'on ait négligé d'occulter les vitres de la chambre, le soleil échappe enfin, subitement, aux dix étages de l'immeuble d'en face et…

... jette un bref éclair. Renaissance du monde.
C'est le crocodile qui rugit.
Il n'est plus caché, celui-là, au fond du fond du ventre. Ni même dans l'âme au vent, celle qui imaginait, tout à l'heure, dans la nuit face à la fenêtre.
Non, maintenant

04:54

il s'est étalé sur la table-bureau, au cœur du fouillis de paperasses, face à l'écran de l'ordinateur, machine à liberté qui...

```
@ 1 2 3 4 5 6 7 8 9 0 °
  A Z E R T Y U I O P
  Q S D F G H J K L M
  W X C V B N ? . / +
```

... de mot en mot de signe en ligne, de phrase en phrase – *whaaaaaaaw!* – fend l'éther de la page, que c'est bon-onh-onh!

Tellement plus jubilant que l'eau bleue du lagon, à en éteindre le soleil qui déferle par la trouée du store en renouant ses connexions par-derrière la façade la ville toujours aussi engorgée de câbles, de décibels, de moteurs, de béton, là où recommence à s'agiter la Vie Moderne.

Et comme elle est bien fichue, cette salope, avec le jour qui monte, de vouloir la première donner son imbécile et sinistre version des destinées humaines, Judith Niels, sur l'écran, entame avec elle sa course contre la montre.

Et se met à foncer, foncer, foncer sur l'étrange route du Temps.

La seule, dans la ronde île du monde, à mener quelque part avec ses mots, ses lignes, ses ponctuations qui n'arrêtent plus de copuler, essaimer, bourgeonner, accoucher, croître et multiplier, finir par tracer en tapant sur le clavier quelque chose comme...

Solstice d'été dans vingt-trois jours. Sur la carte des fuseaux horaires, l'ombre est en fuite, prise en chasse sous une déferlante de lumière. Hémisphère Nord, le soleil est au mieux de sa forme. Levé à Auckland il y a (à *voir, consulter dictionnaire – rappeler l'Astronome*)
4:53 à l'horloge numérique. Les enfants qui voient le jour à cette minute seront classés dans le signe de XXX (à *voir, consulter tables astrologiques*).
La chambre donne plein est, côté cour. Pour peu qu'on ait négligé d'occulter les vitres de la chambre, le soleil jette ~~sur~~ dans la pièce un bref éclair. Le ~~rideau~~ store s'est disloqué. On ne l'a pas réparé. D'un instant à l'autre, le rayon va frapper le lit, vitrifier les draps, la commode 1930, le téléviseur, les objets éparpillés à terre. Et le corps nu.
Corps de femme...

Et maintenant, tout au long des galaxies de pixels, de pages informatiques, les nébuleuses de chapitres électroniques, la suite.

Le réveil de Judith Niels. Son Ménage dans la Tête. Le Petit Carnet, les Listes, le Programme. Ses souvenirs des hommes. Leurs odeurs, la forme de leurs sexes. Le grain de leur peau, le dessin de leurs fesses, de leur dos. La Vieille Dame. Le verre de banyuls sur les biscuits roses. La scène dans la cuisine avec l'Astronome.

Puis la vie, dehors, lorsque Judith avait voulu sortir la sniffer et la voir, des ondes. La glisse, les bruits, les roooooooooooooooooot, les longes des câbles, des badges.

Et encore et toujours les hommes, le crocodile.

Puis lui, Vassili. Avec l'amour. Et son désir, l'envie d'y croire.

Enfin, les blondes. Alors : les volcans, les glaciers, la libellule, le geyser, la pluie, la fuite dans le Pou Platine. Et Djibrill.

Le tout raconté, à longueur de pages, du même appétit cannibale. Jusqu'aux étoiles.

Et puis... Et puis....

Et puis… ?
Et puis le monde. Grand, immense. Ou petit-petit, à l'infini.
La mort les gens, quoi ! La vie.
Etc.

Du même auteur :

AUX ÉDITIONS FAYARD

Quand les Bretons peuplaient les mers
Histoire de Lou
Devi
Quai des Indes
L'Homme fatal
L'Inimitable
La Maison de la source

AUX ÉDITIONS J.-C. LATTÈS

Le Nabab
Modern Style
Désirs
Secret de famille

AUX ÉDITIONS ROBERT LAFFONT

La Guirlande de Julie

AUX ÉDITIONS ALBIN MICHEL

À jamais

AUX ÉDITIONS DU MAY

Vive la mariée

AUX ÉDITIONS D. S.

La Vallée des hommes perdus

AUX ÉDITIONS DU LIVRE DE POCHE JEUNESSE

Les Contes du cheval bleu les jours de grand vent

AUX ÉDITIONS BLANC SILEX

Julien Gracq et la Bretagne

AUX ÉDITIONS PRESSES DE LA RENAISSANCE

(en collaboration avec Jetsun Pema)
Pour que refleurisse le monde

AUX ÉDITIONS ALIZÉS

La Côte d'amour

Composition réalisée par INTERLIGNE

Imprimé en France sur Presse Offset par

BRODARD & TAUPIN

GROUPE CPI

La Flèche (Sarthe).
N° d'imprimeur : 23464 – Dépôt légal Éditeur 45194-04/2004
Édition 01
LIBRAIRIE GÉNÉRALE FRANÇAISE - 43, quai de Grenelle - 75015 Paris.

ISBN : 2 - 253 - 10804 - 9   ♦ 31/0804/0